One

Sylvia Day

Angeli ribelli

romanzo

Traduzione dall'inglese
di Laura Scipioni

One

Della stessa autrice abbiamo pubblicato:

On Fire
On Desire

Prima edizione: giugno 2015
Titolo originale: *A Touch of Crimson*

via delle Fornaci, 66 – 00165 Roma
tel. 06.39366384

This edition is published by arrangement with NAL Signet, a member of Penguin Group (USA) LLC, a Penguin Random House Company

Stampato in Italia – Printed in Italy

Progetto grafico: Grafica Effe

Sylvia Day

Angeli ribelli

Questo è per i lettori della mia serie *Marked*.
Spero che l'adorerete.

Va', dichiara ai Vigilanti del cielo cosa hanno lasciato nell'alto dei cieli, il luogo santo ed eterno; essi si sono insozzati con le donne e hanno agito come i figli degli uomini prendendo moglie; e sulla terra hanno trovato grande corruzione e sulla terra non otterranno mai pace né remissione dei peccati. Non troveranno mai gioia nei loro discendenti, assisteranno alla morte dei loro cari, piangeranno la perdita dei loro figli, e supplicheranno per l'eternità, ma non vi sarà, per loro, né misericordia né pace.

Libro di Enoch, 12:4-6

1

«Phineas è morto.»

Quelle parole colpirono Adrian Mitchell come un pugno. Si tenne al corrimano per controbilanciare la perdita di equilibrio, cercando di resistere allo shock, e guardò il serafino che saliva accanto a lui. Così, Jason Taylor divenne a tutti gli effetti il secondo in comando di Adrian, ruolo che era stato di Phineas. «Quando? Come?»

Mentre raggiungevano il tetto Jason mantenne facilmente il ritmo sovrannaturale dei passi di Adrian. «Circa un'ora fa. Pare sia stato aggredito dai vampiri.»

«E nessuno si è accorto che stavano arrivando? Come cazzo è possibile?»

«Me lo sono chiesto anch'io. Ho mandato Damien a indagare.»

I due raggiunsero l'ultima rampa. La guardia lycan davanti a loro aprì la pesante porta di metallo, e Adrian indossò gli occhiali da sole prima di esporsi alla luce intensa dell'Arizona. Guardò la guardia ritrarsi dal sole cocente, poi udì le proteste ringhiose del secondo lycan, il loro fanalino di coda. A differenza dei serafini e dei vampiri, i lycan – creature puramente istintive – erano più sensibili agli stimoli fisici. Adrian non sentiva minimamente caldo; la perdita di Phineas gli aveva raggelato il sangue.

Ad attenderli davanti a loro c'era un elicottero le cui pale ronzanti agitavano l'aria insopportabilmente secca. Sul fianco arrotondato la scritta MITCHELL AERONAUTICS e il logo alato di Adrian.

«Mi sembri perplesso.» Adrian si concentrò sui dettagli, perché in quel momento non poteva permettersi di sfogare la sua furia. Dentro era sopraffatto dal dolore per la perdita del suo migliore amico e fidato tenente. Però, in quanto capitano delle Sentinelle, non poteva apparire debole. La morte di Phineas avrebbe suscitato un'ondata di preoccupazione tra i ranghi della sua unità speciale di serafini. Le Sentinelle avrebbero cercato in lui un esempio della forza che avrebbe dovuto guidarli.

«Uno dei suoi lycan è sopravvissuto all'attacco.» Anche se il rombo del motore era assordante, Jason non aveva bisogno di alzare la voce per farsi sentire. Con gli occhiali da sole firmati sollevati sopra la fronte, i serafici occhi azzurri non erano protetti. «Mi sembra alquanto... *sospetto.* Phineas stava indagando sulla grandezza del branco del lago Navajo, poi tornando a casa è caduto in un'imboscata ed è morto. Eppure uno dei suoi cani è sopravvissuto e ha riferito che si è trattato di un assalto dei vampiri?»

Erano secoli che Adrian utilizzava i lycan come guardie delle Sentinelle e cani pastore per convogliare i vampiri in aree designate. Ma ora i segnali della loro inquietudine lo stavano costringendo a rivedere la situazione. I lycan erano stati creati appositamente per servire la sua unità. Se fosse stato necessario, Adrian avrebbe ricordato loro il patto che aveva stretto con i loro antenati. Avevano corso il rischio di essere trasformati tutti in vampiri senz'anima e succhiatori di sangue, ma con quel patto lui li aveva risparmiati. Anche se alcuni lycan erano convinti che i loro predecessori avessero già saldato il debito, ancora non riuscivano a comprendere che questo mondo era fatto solo per i mortali. Non avrebbero mai potuto mescolarsi agli esseri umani. L'unico posto in cui potevano vivere era quello che Adrian aveva assegnato loro.

Una delle sue guardie si avvicinò arrancando nella turbolenza creata dalle pale dell'elicottero. Dopo aver raggiunto il velivolo, il lycan tenne lo sportello aperto.

I poteri di Adrian lo protessero dalle folate, consentendogli di procedere senza sforzo. Adrian guardò Jason. «Devo interrogare il lycan che è sopravvissuto all'attacco.»

«Lo dirò a Damien.» Il vento sferzò i ricci biondi del tenente e fece volare via i suoi occhiali da sole.

Adrian li afferrò con la velocità di un fulmine. Balzò nella carlinga e si sistemò in uno dei due sedili anatomici rivolti verso la coda.

Jason occupò l'altro. «Però mi chiedo: a che serve un cane da guardia che non sa fare la guardia? Dovresti sopprimerlo. Sarebbe da esempio per tutti.»

«Se ha delle responsabilità, mi implorerà di morire.» Adrian gli lanciò gli occhiali. «Ma finché non ne saprò di più, lui resta una vittima e il mio unico testimone. Mi serve, se voglio catturare e punire i responsabili.»

I due lycan si lanciarono sulla fila di sedili di fronte a loro. Uno era basso e sgraziato. L'altro era alto quasi quanto Adrian.

La guardia più alta si allacciò la cintura di sicurezza e disse: «La compagna di quel 'cane' è morta mentre cercava di proteggere Phineas. Se avesse potuto fare qualcosa per salvarlo, lo avrebbe fatto di sicuro.»

Jason spalancò la bocca.

Adrian sollevò una mano per tenerlo a bada. «Tu sei Elijah.»

Il lycan annuì. Aveva i capelli bruni e gli occhi verdi e luminosi di una creatura che era stata macchiata dal sangue dei demoni. Il contrasto tra Adrian e i lycan nasceva dal fatto che, quando loro avevano accettato di servire le Sentinelle, lui aveva contaminato il sangue dei loro antenati serafini con quello dei demoni. Quel tocco demoniaco, rendendo i lycan per metà uomini e per metà bestie, li aveva fatti sopravvivere dopo l'amputazione delle loro ali. Però li aveva anche privati della loro immortalità, ecco perché erano in molti ad avercela con lui.

«Sembri molto più informato di Jason» notò Adrian, mentre scrutava il lycan. Elijah era stato inserito nel suo branco, perché fosse tenuto sotto osservazione, quando aveva rivelato alcuni inaccettabili tratti alfa. I lycan erano addestrati per obbedire ciecamente alle Sentinelle. Se uno di loro fosse emerso sugli altri, avrebbe potuto generare frammentare il gruppo e innescare scintille di ribellione. Il modo migliore per gestire questo problema era anzitutto cercare di prevenirlo.

Elijah guardò fuori dal finestrino e fissò il tetto che si rimpiccioliva man mano che l'elicottero si sollevava nel cielo sereno di Phoenix. I suoi pugni stretti tradivano l'innata paura di volare tipica della sua specie. «Lo sappiamo tutti che quando si trova un compagno non si può più vivere senza. Nessun lycan lascerebbe morire la sua metà senza fare niente. Per nessuna ragione.»

Adrian si appoggiò allo schienale, cercando di liberare la tensione delle ali imprigionate che volevano spiegarsi e distendersi per manifestare fisicamente tutta la sua rabbia e il suo dolore. Ciò che Elijah aveva detto era vero, e lo poneva di fronte alla possibilità di un'offensiva da parte dei vampiri. Lasciò cadere la testa all'indietro contro il sedile. Il desiderio di vendetta bruciava come un acido. I vampiri gli avevano portato via troppe cose: la donna che amava, gli amici e le Sentinelle. Perdere Phineas era stato come perdere il braccio destro. Se avesse trovato il responsabile, gli avrebbe strappato ben altro che quello.

Adrian sapeva che i suoi occhiali da sole non avrebbero mai mascherato le iridi incandescenti che tradivano la sua collera. Chiuse gli occhi ma riuscì ugualmente a captare lo scintillio del sole sull'argento.

Si voltò istintivamente e schivò per un pelo una pugnalata al collo.

Di colpo gli fu tutto chiaro. *Il pilota.*

Adrian afferrò il braccio che spuntava accanto al poggiatesta e gli spezzò l'osso. Un urlo di donna perforò la cabina. L'arto spezzato del pilota pendeva sotto gli strati di pelle assumendo una strana angolatura; la lama cadde sul pavimento. Adrian si slacciò la cintura e si voltò mostrando gli artigli. I lycan balzarono in avanti e si piazzarono ai suoi fianchi.

Senza guida, l'elicottero cominciò a beccheggiare e imbardare. Una serie di *beep* frenetici echeggiavano dalla plancia.

Il pilota ignorò il dolore. Servendosi del braccio sano, affondò un altro pugnale nello spazio tra i due sedili.

Zanne. Schiuma alla bocca. Occhi iniettati di sangue.

Una stramaledetta vampira malata. Distratto dalla morte di Phineas, Adrian aveva fottutamente abbassato la guardia.

I lycan mutarono parzialmente forma, liberando le bestie sopite dentro di loro, per rispondere a quella minaccia. I loro ruggiti aggressivi fecero vibrare lo spazio angusto. Elijah, accovacciato per via del tettuccio basso, caricò il pugno e poi lo sferrò. L'impatto scaraventò il pilota contro la cloche, che si piegò in avanti. Il naso dell'elicottero si tuffò in picchiata.

I suoni d'allarme erano diventati assordanti.

Adrian afferrò la vampira e con un pugno alla vita la scagliò contro il finestrino della cabina di pilotaggio che si frantumò. Continuarono a combattere in caduta libera.

«Fammi assaggiare, Sentinella» cantilenò lei con la schiuma alla bocca, gli occhi spiritati mentre cercava di morderlo con i canini affilati come aghi.

Adrian le sferrò un pugno alla gabbia toracica, lacerandole la carne e frantumandole le ossa. Quando le afferrò il cuore pulsante, sorrise mostrandole i denti.

Le sue ali si spiegarono in un'esplosione di bianco iridescente bordato di rosso. Quei dieci metri di apertura alare, come un paracadute, attutirono la sua caduta con una repentinità da far tremare i denti mentre Adrian strappava il cuore alla vampira che si dimenava. Lei crollò a terra, e disintegrandosi lasciò dietro una scia di fumo acre e cenere. Il cuore continuò a pulsare nella mano di Adrian schizzando sangue viscoso, poi si arrestò ardendo con una fiammata. Adrian schiacciò l'organo rendendolo una massa polposa, poi lo gettò via. Il cuore cadde sotto forma di tizzoni ardenti e fluttuò in una nuvola scintillante.

L'elicottero stava precipitando verso il terreno deserto avvitandosi a spirale.

Adrian ritrasse le ali e scese in picchiata verso il velivolo. Uno dei lycan si affacciò dalla cabina di pilotaggio, il suo volto pallido e gli occhi verdi scintillanti.

Jason schizzò fuori dall'elicottero come un proiettile, poi tornò indietro con movimenti circolari. Le sue ali grigie e bordeaux erano un'ombra velocissima attraverso il cielo. «Che fai, capitano?»

«Salvo i lycan.»

«Perché?»

Adrian si limitò a rispondergli con uno sguardo truce. Saggiamente Jason si inclinò in una virata e tornò indietro.

Adrian sapeva di dover far sì che quelle bestie vincessero il loro innato terrore delle altezze. «*Salta*» ordinò a quello seduto all'interno della cabina.

Il suono angelico della sua voce rombò come un tuono attraverso il deserto, pretendendo un'obbedienza incondizionata. Senza pensarci due volte, il lycan si lanciò nel vuoto. Jason lo afferrò al volo e lo portò in salvo.

Elijah invece non aveva bisogno di ordini. Mostrando un coraggio incredibile, si lanciò da quel maledetto velivolo con eleganza.

Adrian si piazzò sotto di lui e grugnì quando il lycan muscoloso si schiantò sulla sua schiena. Erano arrivati a pochi metri da terra, talmente vicino che il battito delle sue enormi ali faceva vorticare la sabbia.

L'elicottero si schiantò al suolo un istante dopo ed esplose in una torre di fumo e fiamme visibile a chilometri di distanza.

2

All'aeroporto internazionale Sky Harbor di Phoenix c'era la versione in carne e ossa del sogno di ogni donna.

Lindsay Gibson lo intravide al suo gate mentre sbrigativamente si guardava intorno. Paralizzata dalla rozza sensualità che quell'uomo emanava, rallentò fino a fermarsi in mezzo all'atrio. Le sfuggì un fischio di apprezzamento. Forse la fortuna girava finalmente a suo favore. Avvistare una luce in fondo al tunnel, dopo la giornata che aveva passato, non le avrebbe fatto male di certo. Il suo volo da Raleigh era partito in ritardo di quasi un'ora facendole perdere la coincidenza. E a giudicare dal numero di passeggeri che attendevano davanti al gate di imbarco, aveva appena fatto in tempo a prenotare un altro volo.

Dopo aver esaminato la folla intorno a lei, Lindsay riportò la sua attenzione sull'uomo dall'aspetto più godurioso che avesse mai visto.

Lo sconosciuto percorreva sinuosamente il perimetro dell'area d'attesa, e le sue gambe lunghe fasciate dai jeans mantenevano un'andatura meticolosamente controllata. I suoi folti capelli neri un po' troppo lunghi gli incorniciavano il viso selvaggiamente virile. Una t-shirt color crema attillata con lo scollo a V metteva in risalto le sue spalle scolpite accennando un corpo degno di completare tutto il pacchetto.

Lindsay si scansò una ciocca bagnata di pioggia dalla fronte e catalogò ogni dettaglio. Ecco cosa aveva quell'uomo: sex appeal allo stato puro. Una dote impossibile da simulare o acquisire, che faceva passare la bellezza in secondo piano.

Camminava senza guardare avanti, ma nonostante ciò riuscì a evitare brillantemente un uomo che gli aveva tagliato la strada. Era tutto preso da un BlackBerry, e il modo in cui accarezzava ritmicamente la tastiera con il pollice fece contrarre la pancia di Lindsay.

Una goccia di pioggia le scivolò lentamente lungo il collo. Quella sensazione fresca rese il suo corpo ancora più sensibile nei confronti dell'uomo che stava divorando con lo sguardo. Dietro di lui, la vetrata sulla pista d'atterraggio rivelava il minaccioso cielo grigio del tardo pomeriggio. Gli scrosci di pioggia bersagliavano le finestre che incorniciavano il terminal. Un tempo così inclemente era stato una sorpresa, e non solo perché le previsioni non avevano parlato di pioggia. Lei anticipava sempre le condizioni atmosferiche con un'esattezza inquietante, e non aveva avvertito l'arrivo di questo temporale. Quando era atterrata aveva trovato il sole, poi subito dopo aveva cominciato a piovere a catinelle.

Generalmente Lindsay amava la pioggia, e non le sarebbe importato uscire all'esterno per prendere la navetta e raggiungere il gate del secondo aereo. Però oggi il tempo era particolarmente cupo. Malinconico in modo opprimente, quasi in lutto. E lei era molto sensibile.

Da che ne aveva memoria, il vento le aveva sempre parlato. Sia che gridasse attraverso una tempesta, sia che le sussurrasse nella quiete, le comunicava sempre qualcosa. Non con le parole, ma tramite le sensazioni. Suo padre le diceva che aveva un sesto senso, e aveva fatto di tutto per dimostrarle che si trattava di un talento particolare e non di un tratto inquietante.

Il proprio radar interiore l'attirava verso quell'uomo sensuale tanto quanto il suo aspetto fisico. Lo sconosciuto aveva un'aria meditabonda che le ricordava una tempesta sul punto di esplodere. Era fortemente attratta da quella sua caratteristica... e dalla mancanza di una fede nuziale al suo anulare.

Dopo aver fatto una piroetta, intenzionata a farsi notare da lui, Lindsay lo affrontò a testa alta.

L'uomo alzò gli occhi. I loro sguardi si incrociarono.

All'improvviso si sentì come colpita dal vento, con le raffiche che le scompigliavano i capelli. Ma non c'era nessuna corrente d'aria. Soltanto calore e seducente umidità. Lindsay mantenne il suo sguardo per un momento interminabile, ipnotizzata dalle sue attraenti e brillanti iridi azzurre, da due occhi tumultuosi e antichi come la furia della tempesta che imperversava all'esterno.

Prese un brusco respiro, si girò e si diresse verso l'angolo dei *pretzel*, dandogli la possibilità di manifestare il suo interesse... oppure no. L'istinto le diceva che era un uomo che correva dietro alle donne.

Raggiunse il bancone e guardò il menu. L'odore del pane caldo lievitato e del burro fuso le fecero venire l'acquolina in bocca. L'ultima cosa di cui aveva bisogno, prima di posare il culo su un aereo per un'altra ora, era una bomba di carboidrati come un *pretzel* gigante. Ma in fondo una scarica di serotonina forse le avrebbe calmato i nervi scossi dagli eccessivi stimoli sensoriali dovuti a tutta quella gente intorno a lei.

Lindsay si decise a ordinare. «Grissini al sesamo, per favore. Con salsa alla marinara e una cola light.»

La cassiera le disse il totale, e Lindsay rovistò nella borsa per prendere il portafoglio.

«Offro io.»

Dio... che voce. Musicale in modo intrigante. Lindsay sapeva che era *lui*.

Lo sconosciuto si avvicinò, e lei respirò il suo profumo esotico. Nessuna acqua di colonia. Solo il suo profumo intenso e virile. Fresco e sincero come l'aria pulita dopo un temporale.

L'uomo fece scivolare una banconota da venti dollari sul bancone. Lei sorrise e lo lasciò fare.

Peccato che si fosse messa i jeans più vissuti che aveva, una maglietta larga e un paio di anfibi. Per camminare erano comodissimi, ma per lui avrebbe preferito essere molto più sensuale. Era davvero fuori dalla sua portata, con quell'aspetto da star del cinema e l'orologio Vacheron Constantin al polso.

Si voltò per guardarlo e gli tese la mano. «Grazie, signor...?»

«Adrian Mitchell.» Lui le strinse la mano sfiorandole le nocche con il pollice.

La reazione di Lindsay a quel tocco fu viscerale. Trattenne il fiato e il suo cuore cominciò a palpitare. Visto così da vicino, era a dir poco sconvolgente. Ferocemente virile e spaventosamente bello. Lineamenti perfetti. «Piacere, Adrian Mitchell.»

L'uomo si chinò e afferrò la targhetta del suo trolley con le lunghe dita eleganti. «Piacere mio, Lindsay Gibson... Viene da Raleigh? O sta tornando lì?»

«Vado dove va lei. Siamo sullo stesso aereo.»

I suoi occhi erano di una tonalità azzurra davvero insolita. Ceruleo intenso come il nucleo di una fiamma. Circondati dalla pelle olivastra e incorniciati da folte ciglia scure, erano ipnotici.

E la fissavano come se non volesse mai smettere di guardarla.

La scrutò dalla testa ai piedi con uno sguardo infuocato. Lindsay si sentì esposta, praticamente nuda dopo che lui l'aveva spogliata con l'immaginazione, e arrossì. Il suo corpo reagì alla provocazione. Le si gonfiarono i seni; tutto il resto si arrese.

Le donne dovevano arrendersi per forza con lui, perché il suo corpo non aveva proprio niente di lontanamente docile. Dalle spalle e i bicipiti scolpiti ai lineamenti perfetti del suo viso, tutto in lui era affilato e preciso.

Adrian Mitchell le passò un braccio intorno per prendere il resto, muovendosi con una grazia fluida e primitiva.

Scommetto che scopa come un animale.

Accaldata per quel pensiero, Lindsay afferrò la maniglia estensibile del suo trolley. «Quindi abita nell'Orange County? O va lì per affari?»

«Torno a casa. Ad Anaheim. E lei?»

Lindsay si avvicinò al banco del check-in. Lui procedeva con passi più rilassati, ma c'era qualcosa di deciso e naturale nel modo in cui la seguiva. La sua rapacità le fece provare un brivido di trepidazione. La fortuna stava volgendo decisamente a suo favore... e anche lei era diretta ad Anaheim.

«Vado a vivere nell'Orange County. Mi trasferisco per lavoro.» Non voleva fargli sapere tutti i dettagli rivelandogli anche il nome della città. Sapeva difendersi, se necessario, ma non voleva più grane di quante ne avesse già.

«Un bel trasloco. Da un capo all'altro della nazione.»

«Era ora di cambiare.»

Mitchell incurvò la bocca in un mezzo sorriso. «Cena con me?»

Il suono vellutato della voce di lui catturò ancora di più la sua attenzione. Era carismatico e magnetico, due qualità che potevano rendere memorabili le storie brevi.

Lindsay afferrò la busta e la cola che le porgeva il ragazzo del bancone. «Vedo che va subito al sodo. Mi piace.»

La chiamata del numero del suo volo riportò la sua attenzione sul gate. Fu annunciato un breve ritardo che provocò l'agitazione dei passeggeri. Adrian non distolse mai gli occhi da lei.

Le indicò la fila di sedie nel punto in cui aveva passeggiato prima. «Abbiamo un po' di tempo per conoscerci.»

Lindsay si avvicinò all'area d'attesa insieme a lui. Esaminò nuovamente la zona circostante e notò le molte donne che seguivano Adrian con lo sguardo. L'immagine di lui come una tempesta sul punto di esplodere non era più tanto forte, mentre fuori l'acquazzone si era ridotta a una pioggerella fitta. La correlazione era molto interessante.

La feroce reazione che Adrian Mitchell aveva provocato in lei e il talento speciale che aveva dimostrato nell'attivare il radar atmosferico di Lindsay la convinsero ad avvicinarglisi di più. Di fronte alle coincidenze singolari lei preferiva sempre compiere indagini più approfondite.

Adrian aspettò che si sedette, poi le chiese: «Viene a prenderti qualche amico? Qualcuno della tua famiglia?»

Non sarebbe andato a prenderla proprio nessuno. Aveva prenotato una navetta e sarebbe arrivata all'hotel dove avrebbe alloggiato finché non avesse trovato un appartamento in cui stare. «Non si dicono certe cose a un estraneo.»

«Allora permettimi di risolvere la questione.» Mitchell si mosse con elegante fluidità, infilò una mano nella tasca posteriore dei jeans e, dopo aver tirato fuori un porta biglietti da visita, ne estrasse uno e glielo porse. «Chiama la persona che ti sta aspettando. Digli chi sono e come contattarmi.»

«Sei davvero determinato.» E anche abituato a dare ordini. A Lindsay non importava. Lei aveva una forte personalità e doveva confrontarla con un'altra altrettanto forte, o avrebbe assunto il comando. Gli uomini docili andavano bene in alcune circostanze, ma di sicuro non nella sua vita privata.

«Eccome» ammise lui spudoratamente.

Lindsay afferrò il suo biglietto da visita. Lui le sfiorò la mano con le dita e un po' di elettricità le risalì il braccio.

Adrian allargò le narici, poi le afferrò la mano e le sfiorò il palmo con i polpastrelli. Quel semplice tatto la eccitò come se la stesse accarezzando tra le gambe. La guardò con un calore sensuale quasi tangibile, oscuro e intenso. Come se sapesse dove fossero i bottoni da premere... o fosse intenzionato a scovarli.

«Credo proprio che con te mi caccerò nei guai» mormorò Lindsay, stringendo la presa per immobilizzare le sue dita curiose.

«Una cena. Quattro chiacchiere. Giuro che mi comporterò bene.»

Mentre gli teneva la mano, prese il suo biglietto da visita con l'altra. Il sangue le palpitava nelle vene, eccitato da un'attrazione assolutamente inaspettata e indomabile. «Mitchell Aeronautics» lesse. «E prendi un volo di linea?»

«Avevo altri piani.» Il suo tono era ironico. «Ma il mio pilota mi ha abbandonato all'ultimo momento.»

Il suo pilota. Lindsay incurvò la bocca. «Quando succede è una bella rottura, vero?»

«Di solito sì... Ma oggi ho conosciuto te.» Estrasse il BlackBerry dalla tasca. «Usa il mio telefono, così la persona che chiami avrà anche questo numero.»

Lindsay ritrasse la mano e accettò con riluttanza il telefono, anche se ne aveva uno anche lei. Posò la cola sulla moquette logora e si alzò in piedi. Anche Adrian si alzò. Era benestante, elegante, educato, premuroso e bello da morire. Ma sebbene fosse una persona distinta, trasmetteva comunque un qualcosa di pericoloso che solleticava gli istinti primordiali di una donna. Forse il terminal affollato stava stuzzicando i sensi acuti di Lindsay. O forse la loro compatibilità sessuale prendeva fuoco facilmente. In ogni caso, non aveva di che lamentarsi.

Lasciò la busta di grissini sul sedile, si allontanò di qualche metro e compose il numero dell'autofficina di suo padre. Nel frattempo Adrian si diresse verso il banco d'imbarco.

«Linds, sei già arrivata?»

Quella risposta improvvisa la fece trasalire. «Come sapevi che ero io?»

«Ho visualizzato il numero. C'è il prefisso della California.»

«Sto facendo scalo a Phoenix, sto usando il cellulare di qualcun altro.»

«Cos'ha che non va il tuo? E perché sei ancora a Phoenix?» Padre single da vent'anni, Eddie Gibson era sempre stato iperprotettivo. Non c'era da meravigliarsi, visto il modo orribile in cui Regina Gibson era morta.

«Il mio cellulare funziona, ma ho perso la coincidenza. E ho conosciuto una persona.» Lindsay gli raccontò di Adrian, ma tenne per sé le informazioni sul biglietto da visita. «Non sono preoccupata. È solo che mi sembra un tipo da tenere a freno. Non credo che sia abituato a sentirsi dire di no molto spesso.»

«Probabilmente è così. Mitchell è come Howard Hughes.»

Lindsay inarcò le sopracciglia. «Cioè? Soldi, film, attricette? Tutti e tre?»

Scrutò Adrian alle spalle, approfittando dell'opportunità di poterlo esaminare mentre era distratto. Il lato B era impressionante quanto il lato A, e rivelava una schiena muscolosa e un sedere da favola.

«Lo sapresti, se ogni tanto ti riposassi per più di cinque minuti» disse suo padre.

Santo cielo, Lindsay non riusciva a ricordare l'ultima volta che aveva letto una rivista, e aveva smesso di pagare la televisione via cavo già da diversi anni. Noleggiava i film e gli spettacoli del momento perché non poteva permettersi neanche il lusso di perdere tempo con gli spot pubblicitari. «Papà, riesco a malapena a tenere le redini della mia vita. Dove lo trovo il tempo di interessarmi a quella di qualcun altro?»

«Però ficchi sempre il naso nella mia» la provocò.

«Questo perché ti conosco. E a te voglio bene. Alle celebrità non tanto.»

«Lui non è una celebrità. Anzi, in realtà tiene moltissimo alla sua vita privata. Vive in una specie di complesso nell'Orange County, una volta l'ho visto in uno speciale in tv. È una sorta di capolavoro architettonico. Mitchell somiglia a Hughes nel senso che è un multimilionario solitario appassionato di aeroplani. I media gli stanno dietro perché il pubblico è affascinato dagli aviatori. Continuamente. Dicono anche che sia attraente, ma non sono bravo a giudicare questo tipo di cose.»

In effetti lei lo aveva notato in mezzo a tutta quella folla. «Grazie per le informazioni. Ti chiamerò quando mi sarò sistemata.»

«Lo so che sai badare a te stessa, però sta' attenta.»

«Certo, come sempre. E tu non mangiare i panini del fast-food. Preparati qualcosa di sano. Anzi, trovati una tipa fica che cucini per te.»

«Linds...» cominciò Eddie, con un tono di voce tra lo scherzo e il rimprovero.

Lindsay rise e chiuse la telefonata, poi scorse la cronologia delle chiamate e cancellò il numero.

Adrian si avvicinò con un accenno di sorriso. Camminava in modo così disinvolto trasudando potere e sicurezza di sé, e questo per lei era persino più attraente del suo aspetto. «Tutto a posto?»

«Assolutamente sì.»

Le porse una carta d'imbarco. Lindsay lesse il suo nome e si accigliò.

«Mi sono preso la libertà» le spiegò «di prenotare due posti vicini.»

Lindsay prese il biglietto. Prima classe. Posto numero due, cioè venti file più avanti rispetto a quello che aveva prima. «Non me lo posso permettere.»

«Di certo non mi aspettavo che pagassi per un cambio che non hai richiesto tu.»

«Non serve un documento d'identità per modificare il biglietto di qualcun altro?»

«Sì, ma ho degli assi nella manica.» Si riprese il telefono che lei gli stava porgendo. «Per te va bene?»

Lei annuì, ma le sue spie premonitrici interiori si accesero. Con le misure di sicurezza così severe, solo grazie a un intervento divino avrebbe potuto modificare il biglietto senza il suo permesso. Forse la hostess si era semplicemente arresa al fascino di Adrian, o magari lui l'aveva corrotta in qualche modo, ma Lindsay non ignorava mai i campanelli di allarme.

Doveva di scavare a fondo per scoprire qualcos'altro su di lui, e anche ripensare a quella che aveva sperato sarebbe stata una breve, dolce, bollente e sfrenata storiella senza complicazioni.

A dire la verità, uno come Adrian non doveva faticare molto per infilarsi nelle sue mutandine. Tutte le donne del terminal lo adocchiavano con lo sguardo interessato che diceva: 'Fammi anche solo un cenno, e sarò tua'. Merda, persino qualche uomo lo stava fissando in quel modo. E lui padroneggiava così bene tutto quell'interesse libidinoso nei suoi confronti che Lindsay immaginò dovesse sembrargli normale amministrazione. Adrian vagava continuamente con gli occhi senza posarli mai su qualcosa, e nel frattempo indossava la maschera dell'indifferenza come fosse uno scudo. Lindsay aveva sfoderato il suo sguardo da 'vieni a prendermi', ma a dire la verità il fatto che lui avesse abboccato al suo amo non aveva alcun senso. Lei era fradicia di pioggia, ed era vestita in modo sciatto. L'autostima affascinava gli uomini potenti, e lei ne aveva da vendere, ma questo non spiegava perché si sentisse come se fosse stata lei a cadere nella trappola.

«Tanto per essere chiari,» cominciò «io sono cresciuta credendo che un uomo debba aprirmi le porte, spostarmi la sedia e pagare il conto. In cambio, mi vesto carina e provo a essere affascinante. E questo è quanto. Nessuno mi compra per fare sesso. Va bene?»

Adrian incurvò la bocca in quell'ormai familiare mezzo sorriso. «Perfetto. Avremo un'ora per parlare sull'aereo. Se non sarai completamente a tuo agio quando saremo atterrati, ci scambieremo i numeri di telefono. Altrimenti, ho una macchina che viene a prendermi e possiamo andarcene insieme.»

«D'accordo.»

Nei suoi occhi balenò una punta di soddisfazione. Lindsay si trattenne dal rispondergli allo stesso modo. Qualunque cosa nascondesse, e qualunque cosa avesse in mente, Adrian Mitchell rappresentava una sfida che lei accettò volentieri.

3

È mia. Adrian assaporò la feroce ondata del trionfo. Se Lindsay Gibson avesse saputo quanto fosse predatorio e brutalmente sessuale il suo senso di conquista, ci avrebbe pensato due volte prima di accettare l'invito a cena con lui. Quando l'aveva vista, il suo primo istinto era stato di inchiodarla alla parete più vicina e farsela di brutto. Lei credeva che si fossero conosciuti lì per la prima volta. In realtà si erano incontrati di nuovo dopo duecento anni. Due secoli infernali di attesa e bramosia.

Di tutti i giorni possibili, proprio quello. Cazzo, la vita aveva il viziaccio di afferrarlo per le palle proprio nei momenti più impensati. Ma Adrian non poteva lamentarsi di questo... non lo avrebbe mai fatto.

Shadoe, amore mio.

Prima d'ora non erano mai stati lontani per così tanto tempo. I loro ricongiungimenti erano sempre casuali e imprevedibili, eppure inesorabili. Le loro anime erano attratte l'una dall'altra nonostante le loro vite stessero percorrendo le strade più disparate.

L'infinito ciclo delle morti di Shadoe e la sua incapacità di ricordare ciò che rappresentavano l'uno per l'altra: così Adrian era stato punito per aver infranto quella legge che avrebbe dovuto far rispettare. Era una punizione dolorosamente efficace. Adrian stava morendo un po' alla volta; la sua anima, il nucleo della sua angelica esistenza, era devastata dal dolore, dalla rabbia e dalla sete di vendetta. Ogni volta perdeva Shadoe, e ogni giorno era costretto a vivere senza di lei compromettendo ulteriormente la capacità di portare avanti la sua missione. La sua mancanza pregiudicava l'impegno alla causa che era il pilastro della sua essenza... di soldato, capitano, e aguzzino di creature potenti quanto lui.

Duecento maledetti anni. Era stata lontana da lui abbastanza a lungo da renderlo pericoloso. Un serafino con il cuore intrappolato nel ghiaccio era un pericolo per qualunque persona o cosa lo circondasse. Era un pericolo per *lei*, perché la fame che aveva di lei era talmente vorace da mettere in dubbio la sua capacità di controllarla. Quando Shadoe se ne andava, per lui il mondo era morto. In quel frangente di tempo, il silenzio era assordante. Poi tornava, e un'ondata di sensazioni lo sommergeva di colpo... il suo cuore palpitante, il calore del tocco di Shadoe, la forza del proprio desiderio. *La vita*. Che perdeva ogni volta che perdeva lei.

Mentre tornavano a sedersi, Lindsay disse: «Mio padre dice che sei l'Howard Hughes di questa generazione.»

L'impazienza lo dilaniava. Discutere della sua facciata necessaria ma priva di significato, dopo gli eventi accaduti quel giorno, era allo stesso tempo perverso e angosciante. Adrian era agitatissimo, il suo sangue denso e bollente per via della collera e della fame insopportabile.

«Mi piace pensare di essere meno eccentrico» rispose con un tono che non lasciò trapelare minimamente la sua volubilità. Ogni cellula del suo corpo era in sintonia con Lindsay Gibson... l'involucro che conteneva l'anima che lui amava. I peccaminosi bisogni fisici del suo guscio umano si erano svegliati con brutale prontezza, rammentandogli quanto tempo era passato dall'ultima volta che l'aveva stretta tra le braccia.

Non aveva mai dimenticato quanto era stato bello tra loro. Un solo sguardo cocente poteva dar fuoco a una fame che divampava per ore.

Adrian bramava quelle ore di intimità con lei. Bramava *lei*.

Anche se l'aspetto fisico di Shadoe rifletteva i geni della famiglia di Lindsay, lui la sentiva e la riconosceva indipendentemente dal corpo in cui era nata. Nel corso degli anni, il suo aspetto e la sua etnia erano variati di molto, ma l'amore per lei ardeva sempre allo stesso modo. L'attrazione che Adrian provava derivava dal legame che avevano, dalla sensazione di aver trovato l'altra metà di sé stesso.

Lindsay scrollò le spalle. «L'eccentricità non mi dispiace. Rende tutto più interessante.»

Le gocce di pioggia brillarono tra i suoi capelli. Questa incarnazione aveva i capelli biondi, e i suoi ricci scompigliati erano sexy da morire. Aveva i capelli corti, una decina di centimetri al massimo. Adrian serrò i pugni per combattere il desiderio di afferrare quella massa rigogliosa, di tenerla ferma per inclinare la bocca sulla sua e spegnere la sete disperata assaggiando il suo sapore.

Lui amava l'anima di Shadoe, ma Lindsay Gibson gli faceva provare una lussuria soffocante. Le due cose formavano una combinazione devastante che lo aveva colto alla sprovvista quando era già sul filo del rasoio. La sua spina dorsale si contrasse consapevolmente inquieta, costringendolo a trattenere le ali che volevano spiegarsi dal piacere che provava nel guardarla e nel respirare il suo odore. Stare seduto accanto a lei sull'aereo sarebbe stato il paradiso, ma anche l'inferno.

Adrian aveva il vantaggio di ricordare tutte le loro relazioni passate, ma Lindsay era guidata solo dal suo istinto, e questo le stava chiaramente inviando dei segnali che non sapeva ancora bene come decifrare. Aveva le narici leggermente allargate e le pupille dilatate, e il suo linguaggio del corpo confermava l'attrazione reciproca. Lo guardava attentamente, lo stava esaminando. In lei non c'era ritrosia. Era audace e sicura di sé. Decisamente a suo agio in quella pelle. A Adrian piaceva già immensamente, e sapeva che sarebbe stato così a prescindere dalla sua storia con Shadoe.

«In quale città dell'Orange County sei diretta esattamente?» chiese. «Perché hai deciso di trasferirti?»

Anche se Adrian la conosceva profondamente come qualunque uomo conosce la sua donna, per molti versi ricominciava daccapo ogni volta che la rincontrava. Le simpatie e le antipatie di Lindsay, la sua personalità, il temperamento e i suoi *ricordi* erano qualcosa che solo lei conosceva. Ogni ricongiungimento era una riscoperta.

Lindsay sollevò il fragile tappo di plastica della sua cola light e bevve un sorso. «Anaheim. Io lavoro nel campo del turismo, perciò la California del Sud è il posto ideale per me.»

Adrian diede l'impressione di prendere qualcosa dalla tasca posteriore. Tenendo la mano dietro di sé, fece comparire dal nulla una cannuccia e gliela porse. «Ristoranti o alberghi?»

Come prendeva il caffè? Anzi, le piaceva il caffè? Dormiva supina o sul fianco? Dove le piaceva essere toccata? Era nottambula o mattiniera?

Lindsay fissò la cannuccia e lo guardò inarcando un sopracciglio, poi la afferrò e strappò il rivestimento di plastica, ma era evidente che si stava domandando dove l'avesse presa. «Grazie.»

«Prego.»

C'era così tanto da imparare, e una quantità incerta di tempo in cui farlo. Una volta era tornata da lui per venti minuti; un'altra volta per vent'anni. Il padre la trovava sempre. Come Adrian, anche Syre, il leader dei vampiri, era interessato a lei. Voleva finire ciò che aveva iniziato: rendere sua figlia immortale, trasformandola in una vampira e uccidendo così l'anima che la legava a Adrian.

Ma finché avesse avuto vita, Adrian non glielo avrebbe permesso per niente al mondo.

«Hotel» rispose Lindsay, tornando alla sua domanda. «Mi piace l'energia che contengono. Non dormono mai, non chiudono mai. Il flusso continuo di viaggiatori ti pone sempre di fronte a nuove sfide.»

«Quale catena?»

«Il Belladonna. È un nuovo complesso vicino Disneyland.»

«Della Gadara Enterprises.» La sua non era una domanda. Raguel Gadara era un magnate immobiliare rivale di Steve Wynn e Donald Trump. Ogni cosa che faceva veniva pubblicizzata in pompa magna, ma Adrian conosceva bene Raguel anche senza la pubblicità. Non solo per le loro vite secolari, ma anche per quelle celesti. Raguel era uno dei sette arcangeli terrestri, e si trovava alcuni gradini sotto il rango serafico di Adrian nella gerarchia angelica.

Gli occhi marroni di Lindsay si illuminarono. «Lo conosci?»

«Raguel è una mia vecchia conoscenza.» Adrian cominciò a pianificare i passi necessari per documentarsi sulla vita di Lindsay dalla nascita fino a quel momento. Nel suo mondo non esistevano le coincidenze. Trovava sempre le reincarnazioni di Shadoe, non per caso, ma perché erano destinati a incrociare le loro strade. Però trasferirsi così vicino al suo quartier generale e alle dipendenze di un angelo...? Raguel possedeva proprietà in tutto il mondo, compresa la città natale di Lindsay nella East Coast. Le circostanze che la portavano nell'Orange County non potevano essere accidentali.

Adrian doveva conoscere le opportunità e le decisioni che l'avevano condotta proprio nella sua vita. Questo processo di scoperta doveva intraprenderlo ogni volta che lei tornava. Cercava azioni abituali o schemi che potevano essersi ripetuti nelle sue vite precedenti. La studiava a fondo per conquistarne fiducia e affetto. E cercava qualunque indizio suggerisse che qualcuno li stava manipolando, perché sapeva che presto avrebbe dovuto pagare per la sua superbia. Aveva commesso anche lui lo stesso peccato per il quale aveva punito gli altri: si era innamorato di Shadoe... una *nafil,* la figlia di una mortale e dell'angelo che suo padre era stato un tempo... e si era arreso innumerevoli volte alla lussuria della sua carne.

Lui aveva punito personalmente il padre di Shadoe per lo stesso reato. Aveva amputato le ali a quell'angelo caduto, privandolo della sua anima e rendendo Syre il primo vampiro della storia.

Un giorno Adrian avrebbe pagato le conseguenze della sua ipocrisia; era un fatto inevitabile che aveva accettato molto tempo prima. Se Raguel era lo strumento attraverso il quale il Creatore intendeva rimproverarlo, Adrian doveva saperlo e farsi trovare pronto. Doveva accertarsi che Shadoe se la sarebbe cavata quando fosse giunto il suo momento.

Incontrò gli sguardi delle guardie lycan che erano sedute a qualche fila di distanza su entrambi i lati. Li stavano osservando incuriosite. Non potevano fare a meno di notare che, rispetto alle altre donne, Adrian si comportava diversamente con Lindsay. L'ultima volta che aveva incontrato l'anima di Shadoe nessuno dei due lycan era ancora nato, ma loro conoscevano bene la sua vita privata. Sapevano quanto poco fosse interessato all'altro sesso.

Ora che poteva riprendere la caccia a Syre, due guardie non gli sarebbero bastate, e Lindsay avrebbe avuto bisogno di una scorta che si dedicasse esclusivamente a lei. Adrian sapeva di dover procedere con cautela. Lei era giovane, venticinque anni al massimo, e stava per iniziare una nuova vita in un posto nuovo. In quel momento aveva bisogno di ampliare i suoi orizzonti, non di scoprire che il suo nuovo amante stava gestendo ogni minimo dettaglio della sua vita.

Lindsay giocherellò con la cannuccia tra le dita, le sue labbra morbide e rosa indecise un istante prima di tirare un sorso.

Un'improvvisa ondata di calore lo travolse. Pur sapendo che l'avrebbe persa di nuovo, e che stava ignorando i suoi doveri ancora una volta, riuscì a controllare la scarica di desiderio che gli faceva palpitare il cuore. Voleva quelle labbra sulla pelle, voleva sentirle scivolare lungo i muscoli, voleva che gli sussurrassero parole sconce e tenere al tempo stesso mentre lo provocavano senza pietà. Anche se le Sentinelle non dovevano innamorarsi degli esseri umani e accoppiarsi con loro, niente avrebbe potuto convincere Adrian che Shadoe non era nata per appartenere a lui.

Ha parlato con suo padre al telefono...

Adrian rimase paralizzato.

Mantenne un'espressione impassibile, ma era assolutamente in allerta. Le molte incarnazioni di Shadoe erano state cresciute sempre da una madre, mai da un padre. Era come se Syre avesse marchiato l'anima di sua figlia quando aveva iniziato la Trasformazione che l'avrebbe fatta diventare una vampira, facendo sì che nessun altro uomo lo avrebbe mai privato del ruolo paterno finché lei fosse stata in vita. «I tuoi genitori vivono a Raleigh?»

Sul volto di Lindsay balenò un'ombra. «Mio padre. Mia madre è morta quando avevo cinque anni.»

Innervosito, Adrian cominciò a piegare e a distendere le dita. I suoi genitori erano morti sempre nello stesso ordine.

Il suo mondo, immobile ormai da molto tempo, quella mattina si era inclinato, e Lindsay Gibson continuava a minare il suo equilibrio cominciando a far scivolare lentamente gli oggetti intorno a lui e allontanandoli dalla loro posizione predeterminata. I lycan diventavano sempre più irrequieti giorno dopo giorno, i vampiri avevano commesso un'azione avventata con la morte di Phineas e l'aggressione nell'elicottero, e adesso Shadoe era tornata dopo un'assenza interminabile con lo schema delle sue reincarnazioni alterato.

«Mi dispiace per la tua perdita» mormorò Adrian optando per la frase fatta più comune tra i mortali in lutto, che spesso consideravano la morte come una fine dolorosa.

«Grazie. Della tua famiglia che mi dici? È grande o piccola?»

«Grande. Ho molti fratelli.»

«Ti invidio. Io sono figlia unica. Mio padre non si è risposato. Non ha mai dimenticato mia madre.»

Adrian era diventato esperto nel conquistare le sue madri. Ma gli uomini tendevano a stargli alla larga, nonostante facesse di tutto per metterli a loro agio. Percepivano istintivamente l'energia che emanava; in ogni posto poteva esserci un solo alfa, e lì c'era lui. Ottenere l'approvazione di suo padre avrebbe richiesto qualche sforzo, ma nonostante tutto ne sarebbe valsa la pena. Il sostegno della famiglia era solo una delle tante cose che Adrian utilizzava per assicurarsi la sua resa completa, l'unico modo per averla. Senza più barriere.

Toccò il dorso della mano che Lindsay teneva appoggiata delicatamente sul bracciolo, rilasciando la scarica elettrica che aveva ricevuto sfiorandola appena. Adrian udì il battito accelerato del cuore di Lindsay come se avesse tenuto l'orecchio premuto contro il suo petto. Oltre i rumori delle informazioni ai passeggeri, le chiamate d'imbarco e i cambiamenti di gate, poteva udire forte e chiaro l'amato ritmo costante dei suoi battiti. «Alcune donne sono indimenticabili.»

«Sembri un tipo romantico.»

«La cosa ti sorprende?»

Lindsay incurvò gentilmente le labbra. «A me non sorprende niente.»

Quel sorriso gli fece provare una fitta al cuore. Aveva vissuto troppo tempo senza di lei, e l'attesa era tutt'altro che finita. Anche se Lindsay non poteva fare a meno di avvertire quell'attrazione fra di loro, non era innamorata di lui. Adrian avrebbe avuto il suo corpo solo per un po', alleviando così i suoi bisogni più forti, ma sarebbe rimasto comunque inappagato.

Spostò l'attenzione su Elijah, che si era alzato in piedi, aveva abbandonato l'area ricoperta di moquette e si era fermato nel corridoio principale. I lycan si sentivano a disagio negli spazi chiusi e affollati. Adrian avrebbe potuto noleggiare un volo charter o aspettare uno dei suoi aerei per risparmiare ulteriori disagi alle sue guardie, ma era necessario inviare a qualunque vampiro fosse stato tanto stupido da credere che un agguato aereo o la perdita del suo secondo in comando lo avessero indebolito un messaggio chiaro: 'Mettetemi ancora alla prova'.

«A te piacciono le sorprese?» azzardò lei.

Adrian la guardò. «Veramente le detesto. A meno che non riguardino te.»

Lindsay rise dolcemente. Nel petto di Adrian si agitò un calore da tempo dimenticato.

Una giovane donna, che trasportava un passeggino con un bimbo in lacrime, si diresse verso il banco percorrendo il sentiero delimitato dalla moquette proprio davanti a loro. Mentre discuteva animatamente con l'altro figlio, che trascinava a sua volta un piccolo trolley, il telefono di Adrian squillò. Lui si scusò con Lindsay e si allontanò di qualche passo.

Sul display era comparso un numero, ma nessun nome. «Mitchell» disse rispondendo alla chiamata.

«Adrian.» Riconobbe all'istante quella voce glaciale.

Un'aggressività primitiva fece sobbalzare il cuore di Adrian. Il cielo fu squarciato da una serie di fulmini che precedettero il rombo del tuono. «Syre.»

«Hai una cosa che mi appartiene.»

4

Dopo essersi voltato con finta nonchalance, Adrian cercò gli agenti di sicurezza con gli occhi. Era possibile che Syre avesse trovato per primo sua figlia e che la stesse facendo seguire? «E sarebbe?»

«Adrian, non fare il finto tonto. Non ti si addice. Una bella moretta. Piccola. La rivoglio... sana e salva.»

Adrian tirò un sospiro di sollievo. «Se ti riferisci a quella stronza rabbiosa con la schiuma alla bocca che mi ha aggredito oggi, sappi che le ho spezzato il cuore. Anzi, a essere precisi l'ho stritolato con le mie mani.»

Ci fu un lungo, terribile momento di silenzio. Poi: «Nikki era la donna più gentile che avessi mai conosciuto.»

«Se per te quello è essere 'gentili', allora sono stato troppo buono. Fammi un altro scherzo così» lo avvertì rimanendo calmo «e vi ammazzo tutti.»

«Non ne hai né l'autorità né il diritto. Adrian, se non la pianti di giocare a fare Dio, farai la mia stessa fine.»

Dopo essersi allontanato dallo sguardo vigile di Lindsay, Adrian prese qualche respiro per placare la collera sempre più cocente. Lui era un serafino, una Sentinella. Doveva essere superiore alla volubilità delle emozioni umane. Se il tono della sua voce o le sue azioni avessero lasciato trapelare il contrario, sarebbe diventato irragionevolmente vulnerabile. Quel che era fatto era fatto; il suo amore mortale lo teneva legato alla Terra, lontano dalla serenità dei cieli.

«Non sai che cosa sono autorizzato a fare» disse impassibile. «Mi ha aggredito in pieno giorno, quindi uno dei tuoi Caduti... magari proprio *tu*... l'ha nutrita nelle ultime quarantotto ore. Questo mi autorizza a difendere me e le mie Sentinelle nel modo che ritengo più opportuno. Pensaci bene, prima di mandarmi un altro minion suicida. Io non sono Phineas; tu e io sappiamo bene che non puoi vincere contro di me.»

Era la verità... anche se eccessivamente semplificata. A Syre mancava l'addestramento militare che perfezionava le Sentinelle, ma dalla sua aveva secoli di tattiche di guerriglia. Inoltre era più vecchio, gli errori lo avevano reso più saggio, e come i lycan diventava sempre più irrequieto. I suoi vampiri lo avrebbero seguito fino all'inferno, se glielo avesse chiesto. Tutto questo lo rendeva estremamente pericoloso. Anche se Adrian sapeva di poter sconfiggere ancora Syre, la prossima volta non sarebbe stato tanto facile.

E Lindsay Gibson si sarebbe ritrovata tra due fuochi.

«Magari il mio obiettivo non è vincere» lo provocò Syre.

Lanciando uno sguardo possessivo a Lindsay, Adrian realizzò quanta tristezza le avrebbe provocato. Ma non poteva tirarsi indietro. Tra sé stesso e Syre, Adrian poteva ritenersi il male minore.

«Se proprio vuoi morire,» disse, mentre un tuono rombava attraverso il cielo «vienimi a trovare. Sarò felice di aiutarti.»

Lindsay si accigliò per qualcosa, e lui seguì il suo sguardo. La donna con i bambini irrequieti stava ancora discutendo con il più grande. La voce del ragazzino raggiunse un volume che attirò l'attenzione di tutti nelle immediate vicinanze.

Il leader dei vampiri rise. «Non finché non sarò certo che mia figlia è libera dalle tue grinfie.»

«Se ti uccido, risolveremo il problema.»

Adrian avrebbe maledetto per sempre la debolezza che lo aveva condotto da Syre quando Shadoe era stata ferita mortalmente. Aveva erroneamente creduto che il leader dei Caduti avrebbe agito nell'interesse di sua figlia, spinto dall'amore che provava per lei, ma la sete di vendetta di Syre lo consumava quanto la sua sete di sangue. Il vampiro avrebbe fatto qualunque cosa per impedire a sua figlia di procurare un po' di felicità alla Sentinella che lo aveva punito. Il vampiro aveva cercato di trasformarla in un suo simile – una creatura succhiasangue senz'anima che avrebbe dovuto vivere per sempre nell'oscurità – invece di lasciarle amare Adrian con la sua anima mortale.

Quando Adrian aveva capito le intenzioni di Syre, il vampiro aveva interrotto la Trasformazione provocando delle conseguenze imprevedibili: il corpo di sua figlia era morto, ma la sua anima *nafil* era diventata immortale. La Trasformazione parziale aveva condannato Shadoe a reincarnarsi all'infinito perché, a differenza dei mortali, la sua anima era per metà angelica e non dipendeva più dalle ali. Le anime dei mortali morivano con la Trasformazione, e quelle degli angeli con la perdita delle loro ali, ma i *nefilim* non avevano nessuna di queste due vulnerabilità. Quando la mutazione del corpo di Shadoe era stata interrotta, la sua anima *nafil* era sopravvissuta rimanendo legata all'individuo che l'aveva iniziata al vampirismo. Se suo padre fosse stato ucciso, questo legame si sarebbe spezzato; solo il vampiro che aveva iniziato la Trasformazione poteva completarla.

Ma il tempo era nemico di Adrian. Lui poteva agire solo mentre Lindsay era in vita, e per un immortale quella era una finestra terribilmente minuscola.

«Bastardo egoista» sibilò il vampiro. «Preferiresti far morire Shadoe piuttosto che renderla immortale.»

«E tu preferiresti punirla facendola soffrire, anche se non lo merita. Sei stato tu a infrangere la legge, non lei.»

«Non è colpevole anche lei, Adrian? Ti ha sedotto facendo cadere anche te.»

«È stata una mia decisione. Perciò la colpa è mia.»

«Però tu non soffri quanto noi.»

«Ah no?» Adrian lo provocò mantenendo la calma. «Che ne sai tu della mia sofferenza, Syre?»

Guardò di nuovo Lindsay. Seduta al suo posto, lei lo stava fissando con quegli occhi scuri che sembravano cogliere ogni dettaglio. Erano fin troppo esperti, per una persona della sua età.

Inarcò le sopracciglia per domandargli silenziosamente qualcosa.

Lui rispose con un sorriso rassicurante. Lindsay avvertiva una sintonia reciproca, anche se non poteva ricordare la storia che li aveva portati ad avere quell'affinità. Adrian avrebbe dovuto fare attenzione a non crearle preoccupazioni o angosce. Le mutevoli emozioni che provava erano il segno di quanto lui fosse caduto in basso. Erano la testimonianza di quanto il suo amore per lei lo avesse reso umano. I cieli si lamentavano della sua mortale debolezza attraverso le condizioni atmosferiche... la pioggia quando piangeva, i tuoni quando era infuriato, gli sbalzi di temperatura a seconda del suo umore.

«Tu brami la sua anima» mormorò Syre «perché è l'unica cosa che la tiene legata a te.»

«E a te.»

«Eppure mi impedisci di farle aprire definitivamente gli occhi. Perché, Adrian? Di che cosa hai paura? Che ti indebolisca del tutto ancora una volta?»

Intanto, lì vicino, il bambino insolente tirò un calcio allo stinco di sua madre. La donna gridò. Il piccolo che teneva in braccio si spaventò e si dimenò inclinandosi improvvisamente all'indietro. Sbilanciata, e chiaramente frustrata oltre ogni limite, la donna esausta perse la presa.

Adrian si precipitò in avanti, sforzandosi di mantenere un'andatura umana naturale...

...ma Lindsay afferrò il bambino per prima. Troppo rapidamente. Così maledettamente in fretta da dare l'impressione che il piccolo non fosse mai stato sul punto di cadere sul pavimento. La madre sbatté le palpebre con la bocca spalancata, confusa di trovarsi Lindsay proprio davanti invece che seduta qualche metro più in là.

«Non dimenticare» continuò Syre «che anche se non l'aiuto io, quell'anima che ami tanto si fa strada sempre di più verso la superficie ogni volta che si reincarna. Riuscirai a trovarmi prima che mia figlia riprenda coscienza? Che cosa penserà Shadoe di te quando recupererà la memoria e ricorderà il dolore delle tante vite che ha perso per te? A quel punto ti amerà ancora?»

«Io non dimentico niente. Di certo non dimenticherò di fartela pagare per le perdite che ho subìto oggi.» Adrian chiuse la chiamata e si concentrò esclusivamente sulla donna che con la sua velocità sovrannaturale aveva appena creato una colossale complicazione. I talenti *nafil* di Shadoe erano piuttosto evidenti in Lindsay, e questo suggeriva una maggiore affinità tra le due donne rispetto alle incarnazioni precedenti.

Il tempo di Adrian stava per scadere. Le anime acquisivano potenza con l'età e l'esperienza. Un giorno, inevitabilmente, Shadoe sarebbe riuscita a sopraffare l'anima dell'involucro che occupava.

Nessuno dei due era preparato per questo.

Adrian infilò il telefono in tasca e accorciò la distanza tra loro.

I piedi di Adrian Mitchell erano immacolati.

Seduta sulla sua poltrona incredibilmente comoda in prima classe, Lindsay fissava le estremità delle lunghe gambe distese di Adrian, e si rese conto di non aver mai prestato molta attenzione ai piedi di un uomo prima d'ora. Di solito pensava che fossero brutti: pelle ruvida, dita ricurve, unghie trascurate e ingiallite. Ma non quelli di Adrian. I suoi piedi erano perfetti da tutti i punti di vista. In realtà non c'era un tratto del suo corpo che non fosse perfettamente simmetrico e modellato ad arte. La sua *perfezione* era a dir poco sbalorditiva.

Sollevò il viso, incontrò il suo sguardo e sorrise. Non gli spiegò perché avesse fissato i suoi sandali fino a quel momento. Le sembrò inutile, visto il modo in cui la stava guardando. L'attrazione sessuale tra loro era innegabile. Era bollente e inquieta, e faceva andare leggermente su di giri il suo corpo, ma da parte di Adrian c'era anche qualcosa di più dolce. Qualcosa di tenero, quasi intimo. Lindsay rispose con una feroce soddisfazione. Una parte primitiva di lei stava ringhiando: 'È mio'.

«Non mangi i grissini?» le chiese con quella voce profonda che la invitava a mettersi comoda e a restarci per un bel po'.

Lui era così severamente riservato, rigidamente controllato. Anche quando Lindsay lo sentiva turbato, Adrian non lasciava trapelare nulla all'esterno. La sua voce era sempre calma e regolare, la sua postura rilassata e sicura di sé. Persino mentre passeggiava nell'aeroporto, era sembrato estremamente disinvolto. Per Lindsay, la combinazione tra la rigida compostezza di Adrian e la sessualità che emanava da tutti i pori era un potente afrodisiaco.

Creare problemi e smuovere le acque era nella sua natura, ed era proprio quello che voleva fare con lui. Avrebbe scavato quella superficie calma, perché era piuttosto certa che sotto quegli strati si nascondesse qualcosa di interessante.

«Li vuoi tu?» si offrì. «Non voglio rovinarmi l'appetito.»

Gli occhi di Adrian brillarono divertiti, e lei capì che non aveva ancora sorriso pienamente. La sua vita era già abbastanza oscura così com'era; di solito preferiva i tipi spensierati che amavano divertirsi. Perciò, se quella misteriosa serietà non aveva ancora spento il suo interesse, voleva dire che era veramente attratta.

«Cosa vuoi mangiare stasera?» le chiese.

«Qualsiasi cosa. Io ingoio tutto.» Si pentì della risposta

nell'istante in cui aveva pronunciato quelle parole. «Oddio, detto così suona proprio male.»

«Con me non devi preoccuparti di quello che dici, basta che tu sia sincera.»

«La sincerità è la mia politica, ecco perché mi caccio spesso nei guai.»

«Qualche volta ne vale la pena.»

Lindsay si voltò quanto le consentiva la cintura di sicurezza allentata e si inclinò verso di lui. «Ah sì? Che guai capitano a te?»

«Di quelli epici» rispose ironico.

Quell'umorismo appena accennato premette tutti i suoi tasti bollenti. «La cosa mi intriga. Dimmi di più.»

«Questi discorsi si fanno al terzo appuntamento. Dovrai aspettare.»

Come sarebbe stato frequentare un uomo come Adrian? *Magari solo per un po'*... «Questa è estorsione.»

Lui sembrava non avere rimorsi. «Quando voglio qualcosa, non mi fermo davanti a niente. Il che mi riporta all'argomento della cena. C'è un cibo a cui non sai resistere?»

«Cucini tu?»

«Se non hai obiezioni.»

Lindsay incurvò le labbra. Era chiaro che Adrian era abituato a ottenere tutto senza ricevere appunti. «Probabilmente in futuro dovrò negarti qualcosa, giusto per tenerti al tuo posto.»

Lo sguardo di Adrian si incendiò. «E quale sarebbe il posto dove vorresti tenermi?»

«Quello in cui sono io a dettare il passo.»

«Già mi piace.»

«Bene.» Lindsay annuì compiaciuta. Col passare dei minuti, stava diventando più facile avvicinarsi a lui. Più reale. «Per quanto riguarda la cena a casa tua, non ho problemi. Ma voglio che sia tu a decidere il menu. Stupiscimi.»

«Nessuna allergia? Niente di vietato?»

«Non sono un'amante del fegato, degli insetti o della carne che sanguina ancora.» Arricciò il naso. «A parte questo, hai carta bianca.»

Le sue condizioni lo fecero sorridere davvero per la prima volta. «Il sangue non piace neanche a me.»

Vedere quel sorriso sulle labbra di Adrian le provocò un'esplosione di calore che dalla pancia si diffuse in tutto il corpo, dandole le vertigini. Avvampò in viso, completamente cotta di lui.

Era comprensibile che l'uomo che la faceva partire come un razzo fosse anche lo stesso che evidentemente aveva molte più qualità di quelle che dava a vedere.

Come se ciò che aveva davanti non fosse già abbastanza...

«Perché ti servono le guardie del corpo?»

Adrian sollevò la spalla con un gesto disinvolto, lo sguardo puntato su Lindsay da quando erano entrati nel supermercato dei prodotti biologici. Era alta, snella, atletica. Il suo corpo era un'opera del Creatore, e lei lo manteneva in perfetta forma. Distribuiva il peso sui piedi con la grazia di un predatore. Anche se all'esterno appariva rilassata, Adrian percepiva il suo nervosismo. Il suo stato d'animo la stava influenzando profondamente, eppure lei stava al gioco mantenendo un ammirevole autocontrollo.

Lindsay stava molto meglio di lui.

Il ritorno di Shadoe stava riducendo a brandelli la sua serenità. Fare la spesa per la cena sembrava una cosa assurda, visto il bisogno violento che gli tendeva tutti i muscoli del corpo. Finalmente si trovava faccia a faccia con la donna che gli faceva venire fame, che lo faceva bramare ed *emozionare* come nessun'altra. L'unica donna in grado di renderlo profondamente consapevole di ogni secondo dei suoi duecento anni di celibato... e non poteva averla. Almeno non ancora.

«La fama attira attenzioni indesiderate» spiegò con un'impassibilità calcolata.

Ecco perché evitava di uscire in pubblico quando Shadoe non era con lui. Però adesso gli tornava utile farlo per una serie di motivi... poteva continuare ad apparire imperturbabile dopo l'aggressione di quella mattina, stabiliva una normalità e un'intimità con Lindsay e le dava la possibilità di scegliere gli ingredienti che preferiva.

Lindsay guardò i lycan impalati in fondo al reparto della frutta e verdura. «Attenzioni indesiderate? Gli uomini della tua scorta sono piuttosto grossi.»

«A volte capita. Ma non preoccuparti. Con me sei al sicuro.»

«Se fossi una che si spaventa facilmente,» disse Lindsay, prendendo una patata dolce e lanciandola nel sacchetto di plastica trasparente «non avrei lasciato l'aeroporto con un estraneo per aggirarmi in una città sconosciuta.»

Lei sentiva di conoscerlo, anche se non capiva perché né in che modo. Era ovvio che si affidava più ai suoi istinti che alla pura e semplice razionalità. E che l'intuizione stava riempiendo gli spazi bianchi al posto suo. Lo aveva guardato una volta sola e aveva deciso. Senza esitazione. Uno sguardo sincero e diretto che diceva 'ti voglio' aveva passato la palla a Adrian.

Lindsay indicò il cestino della spesa praticamente stracolmo che Adrian trasportava. «Non vedo l'ora di vederti cucinare tutta questa roba. Magari riesco a imparare come si prepara la tempura, uno dei miei piatti preferiti.»

«Sai cucinare, tu?»

La domanda la fece sorridere. «So usare le pentole. Niente di complicato. Con un padre single e le lezioni del college ho mangiato quasi sempre fuori.»

«Allora bisogna rimediare.» Adrian afferrò una cipolla dolce e se la fece volutamente sfuggire di mano.

Lindsay l'afferrò al volo con la stessa rapidità con cui lui aveva afferrato gli occhiali da sole di Jason.

«Tieni.» Lindsay gli lanciò il bulbo, poi si voltò come se non fosse successo niente di eccezionale.

Adrian serrò il pugno, e la cipolla si ruppe nel palmo come un uovo crudo. Quando il succo fragrante gli colò lungo le dita, imprecò e gettò istintivamente la poltiglia nel cestino della spazzatura in fondo al negozio.

Lindsay si voltò di scatto quando udì quel rumore, piroettando con una tale fluidità che la sua borsa messenger non si mosse di un millimetro. Se l'era messa a tracolla non appena l'aveva vista spuntare sul nastro trasportatore. La fretta con cui l'aveva ritirata lo aveva incuriosito. Se ne aveva tanto bisogno, perché non se l'era portata come bagaglio a mano sull'aereo?

Adrian la scrutò. L'economia dei suoi movimenti era impressionante. E preoccupante. «Hai dei riflessi incredibili.»

Lindsay abbassò lo sguardo. «Grazie.»

«Avresti potuto praticare qualche sport a livello agonistico.»

«Ci avevo pensato.» Afferrò una busta di carote e la posò nel cestino. «Ma mi manca la resistenza.»

Adrian sapeva perché. Il corpo mortale di Lindsay non era fatto per sostenere i doni *nafil* di Shadoe. Ciò che invece non sapeva era se avesse anche altri talenti, oltre a quello della velocità.

Si sentì sopraffare da una questione urgente. Doveva eliminare Syre il prima possibile.

Anche se Adrian sapeva quanto drasticamente, forse catastroficamente, sarebbe cambiato il mondo con la morte del leader dei vampiri, non si sentiva affatto scoraggiato. Shadoe aveva la precedenza su ogni cosa. La notte in cui aveva cercato di salvarla, aveva commesso l'errore di mettere sé stesso al centro di tutto; non sarebbe stato così egoista una seconda volta.

Anche se l'avrebbe pagata cara.

La sua missione era di contenere e controllare i Caduti, non di eliminarli. Se avesse ucciso Syre, sarebbe stato cacciato dalla Terra per aver disobbedito agli ordini, e le Sentinelle avrebbero perso il capitano che avevano servito fin dall'inizio. Per un po' le due fazioni, i vampiri e gli angeli, sarebbero rimaste entrambe senza un leader, e il pianeta sarebbe temporaneamente piombato nel caos. Ma l'anima di Shadoe non sarebbe stata più legata a suo padre, e l'ipocrisia di Adrian avrebbe avuto fine. L'angelo avrebbe finalmente riparato all'errore che aveva commesso tanto tempo prima.

Dopo molti anni, le sue azioni avrebbero riportato finalmente l'equilibrio. Lui e Syre si erano dimostrati entrambi indegni del loro ruolo. I Caduti e le Sentinelle meritavano capitani irreprensibili in grado di dare il buon esempio.

Il suo cellulare squillò. Quando lo sfilò dalla tasca, vide che era Jason. Adrian si scusò con Lindsay dicendole che doveva rispondere, ma lei gli fece cenno di non preoccuparsi e continuò a fare la spesa senza di lui.

«Mitchell» rispose.

«L'aereo di Damien sta per decollare. Sarà a casa tra un paio di ore.»

Adrian sapeva che si stavano muovendo tutti il più velocemente possibile, ma questo non bastava a placare la sua impazienza. La morte di Phineas esigeva un'immediata rappresaglia, ma prima di iniziare la sua caccia aveva bisogno di informazioni dettagliate. Damien era stata la prima Sentinella ad arrivare sulla scena del delitto, e avrebbe portato con sé il lycan sopravvissuto. Avrebbe cominciato da lì. «Io ho Shadoe.»

Ci fu una pausa. Poi un fischio. «Tempismo perfetto. Questo ci dà un po' di vantaggio, nel caso Syre decidesse di agire da solo.»

«Sì.» La sua spina dorsale vibrò per la tensione. Per quanto fosse di cattivo gusto servirsi di Lindsay come esca per avvicinare Syre, era indubbiamente il modo migliore per manipolare suo padre mettendolo in una posizione vulnerabile. «Adesso siamo in giro.»

«Dico a Damien di venire nel tuo ufficio domattina?»

«Voglio vederlo appena arriva. Finché non troveremo il responsabile, questo è il nostro obiettivo primario.»

«Capito.»

«E il pilota? Sappiamo che fine ha fatto?»

«L'hanno buttato giù dal tetto poco prima che salissimo le scale. Ne parlano tutti i telegiornali di Phoenix.»

Merda. Adrian raddrizzò le spalle. «Di' alle Risorse umane di mandarmi il suo file; voglio che la sua famiglia riceva tutta l'assistenza necessaria. Ma cerchiamo di limitare i danni. I suoi parenti adesso non devono essere assediati dai giornalisti.»

«Ricevuto, capitano. A dopo.»

Determinato a riportare Lindsay ad Angels' Point il prima possibile, Adrian riportò l'attenzione su di lei e vide che non era più nel reparto della frutta e verdura. Si avvicinò al secondo lycan. «Perché l'hai persa di vista?»

«C'è Elijah con lei.»

«Prendi la macchina e aspettaci all'entrata.»

Il lycan annuì e se ne andò. Adrian percorse il supermercato esaminando a uno a uno tutti i reparti per cercare una sagoma slanciata con i ricci dorati. Intravide Elijah accanto alla parete in fondo. Una figura imponente, con la sua ampia stazza e le braccia conserte. Ma Lindsay non era con lui.

Adrian accorciò in un batter d'occhio la distanza che li separava e chiese: «Dov'è?»

«Al bagno. E Trent?»

Adrian rimase impressionato ancora una volta dalla sicurezza e dal tono imperioso del lycan, un'innata fiducia in sé stesso che aveva consentito a Elijah di tuffarsi fuori da un elicottero in caduta libera nonostante la paura delle altezze. E che tra i lycan lo faceva emergere come possibile alfa.

Adrian volle metterlo volutamente alla prova, così gli rispose provocatoriamente rimanendo sul vago. «Obbedisce agli ordini.»

Elijah annuì brevemente, nascondendo qualsiasi reazione infastidita di fronte a quella risposta evasiva. «Qui dentro c'è un demone. Uno dei cassieri del turno di notte.»

«Non è un problema nostro.» Il Nordamerica era territorio

di Raguel Gadara. Erano i sette arcangeli a doversi occupare dei demoni. Adrian era stato creato solo per dare la caccia agli angeli ribelli. A parte Sammael, o Satana, come lo chiamavano i mortali, i demoni non erano una preda degna di una Sentinella.

«Questo potrebbe esserlo. Segue la donna da quando siamo entrati.»

«Tienilo d'occhio. E portami Lindsay quando esce dal bagno.»

«Vuoi che badi a lei? E tu come farai?»

Adrian si fermò quando furono spalla a spalla, si voltò e incrociò lo sguardo del lycan. Sapeva che, più che essere preoccupato per la sua incolumità, era incuriosito da Lindsay. «Per qualche minuto posso anche cavarmela da solo.»

Continuò a camminare e si fermò tra i cibi orientali prima di svoltare dietro l'espositore. Quando raggiunse il reparto del pane, Lindsay comparve in fondo al corridoio. Elijah era proprio dietro di lei.

«Abbiamo tutto quello che ci serve» le disse Adrian. «Sempre che tu non voglia prendere qualcos'altro.»

Lindsay si immobilizzò di colpo. Anche se all'esterno appariva calma e rilassata, Adrian sentì che era tesa come una corda di violino. Una folata di vento improvvisa le scompigliò un ricciolo biondo sulla fronte.

Adrian avvertì il demone dietro di sé prima che lei dicesse qualcosa.

Gli occhi marroni di Lindsay diventarono scuri e profondi come l'onice nera. «Allontanati da lui, stronzo.»

Adrian si sentì attraversare da un'energia che si propagò all'esterno fino a manomettere le telecamere di sicurezza del supermercato. Elijah mostrò i canini con un ringhio selvaggio.

«Serafino, tieni a bada il tuo cane e la tua puttana» sibilò il demone dietro di lui. «Non voglio problemi.»

«Stronzate» sbottò Lindsay. «Riesco a *percepire* il male dentro di te.»

Adrian si voltò leggermente per guardare contemporaneamente Lindsay e la creatura che le aveva fatto drizzare il pelo... un drago con le braccia tese lungo i fianchi mentre si preparava a lanciare una fiammata per niente trascurabile. Quel demone era solo una seccatura, se paragonato all'età e alla potenza di Adrian, ma la voracità con cui guardava Lindsay e l'irriverenza che le aveva mostrato non erano tollerabili.

«Se chiederai scusa alla signora per la tua mancanza di rispetto,» disse Adrian con calma «potrei anche non sventrarti.»

«Cazzo.» Il drago sollevò entrambe le mani distogliendo lo sguardo. «Mi dispiace, signora. Serafino, dille di stare calma, e me ne andrò di qui.»

Il demone aveva le sembianze di un adolescente biondo col codino, un abbigliamento comodo e una targhetta con su scritto SAM, ma il suo sguardo era freddo come quello di un rettile e tradiva una sostanza ancora più oscura. I draghi erano una brutta specie di demoni che si divertiva a terrorizzare i mortali prima di mangiarseli. Ma questo tizio era un problema di Raguel; Adrian aveva una selvaggina ben più grande a cui dare la caccia.

Adrian fece un gesto annoiato con la mano, già infastidito da quel ritardo. «Vattene.»

«Non credo proprio» ringhiò Lindsay.

Adrian vide passare davanti agli occhi una scia argentata, e la seguì con lo sguardo.

Il drago barcollò per un istante con un pugnale conficcato nella fronte, la bocca spalancata con un'espressione di incredulità raggelante. Poi il suo corpo si disintegrò in tizzoni ardenti che caddero formando un cumulo di cenere alto la metà del ragazzo. Il pugnale, rimasto improvvisamente senza un appiglio, cadde sul pavimento producendo un rumore assordante.

Adrian si accovacciò e lo raccolse. Non era possibile che quel piccolo pugnale avesse potuto uccidere un drago; la loro specie aveva una pelle impenetrabile. Se 'Sam' avesse sospettato anche solo per un istante di essere in pericolo, avrebbe mutato forma per proteggersi. Ma Lindsay aveva colto alla sprovvista sia lui che Adrian.

Un'improvvisa ondata di desiderio lo paralizzò, seguita immediatamente dalla furia di un uomo che aveva appena rischiato di perdere la sua ragione di vita perché si era esposta a un pericolo inimmaginabile. Si rialzò e la guardò.

Lei gli restituì lo sguardo con un sorriso. «Penso che ci dobbiamo entrambi delle spiegazioni.»

5

«Hai intenzione di usarlo?»

Lindsay sfiorò uno dei coltelli che portava nella borsa e non disse niente. Quando erano arrivati all'aeroporto John Wayne, aveva conosciuto le guardie di Adrian e aveva capito che non erano degli esseri umani. Ma non erano neanche *disumani,* perché altrimenti lo avrebbe percepito... proprio come il cassiere del supermercato, che aveva catturato la sua attenzione come un'insegna al neon. Per sentirsi al sicuro, aveva afferrato la borsa messenger che conteneva il suo arsenale quando l'aveva vista spuntare sul nastro trasportatore.

Scrollò le spalle, sfoggiando volutamente una nonchalance che imitava la sua. «Tenerlo in mano mi calma.»

Lei uccideva... *creature* sovrannaturali malvagie da quando aveva sedici anni, e da allora aveva sempre dormito sonni tranquilli. Ora ciò che la turbava era Adrian. Quell'orribile coso nel supermercato lo conosceva... gli aveva mostrato *rispetto,* si era *spaventato* quando Adrian lo aveva minacciato. Mentre lei, pazza scatenata com'era, con Adrian Mitchell si sentiva al sicuro Ed era una sensazione che non provava da quando aveva cinque anni.

Santo cielo... Lei sapeva come distogliere lo sguardo, aspettare l'occasione migliore. Sapeva dove lavorava Sam; sarebbe potuta tornare lì in un secondo momento e ucciderlo in gran segreto. Invece si era esposta talmente tanto che era stato come strapparsi i vestiti di dosso.

Lo aveva fatto perché *non* aveva avuto scelta. Da piccola non aveva potuto salvare sua madre, ma crescendo aveva giurato che non sarebbe mai più rimasta a guardare un innocente che moriva. Quando Sam aveva indietreggiato, aveva riconosciuto quella familiare espressione di chi non vede l'ora di sfogarsi. Per niente al mondo gli avrebbe concesso di andarsene con quell'atteggiamento. Lindsay avrebbe continuato a chiedersi chi avesse pagato per l'umiliazione e la frustrazione inflitta al demone, e a dirsi che avrebbe potuto prevenirne le conseguenze.

«Ti calma avere un'arma in mano» ripeté Adrian, scrutandola seduto accanto a lei. La sua elegante Maybach nera stava risalendo il fianco di una collina lungo una strada ventosa, lasciandosi la città alle spalle.

«Che cosa sei?» Il cuore le martellava nel petto, costringendola a riconoscere quanto fosse emozionata. Dopo essersi concentrata al massimo, frenò la mente che vorticava intorno a cose incomprensibili.

Non poteva ritornare verso quel precipizio oscuro del suo cervello, quel luogo dove la pazzia le sussurrava nel subconscio come un'amante. Il suo terapeuta infantile la considerava uno dei suoi più grandi successi. La riteneva fin troppo posata, per essere una donna che aveva assistito al brutale omicidio di sua madre alla tenera età di cinque anni. Ma lui non sapeva che lei aveva forgiato una nuova realtà quando le avevano strappato via quella vecchia. Un'esistenza in cui creature incredibilmente potenti lavoravano nei supermercati e squarciavano le gole delle persone davanti ai loro figli. In quel mondo in bianco e nero, abitato da esseri umani e creature immonde, Lindsay era diventata una guerriera.

Ma Adrian e le sue guardie confutavano quella che lei aveva imparato ad accettare come la verità. Che cos'era lui? E *lei*? Quale posto occupava, in un mondo dove gli esseri che non erano umani non erano neppure malvagi?

Lindsay inghiottì il nodo di incertezza e confusione che le ostruiva la gola.

Adrian increspò leggermente le labbra, un movimento quasi impercettibile. L'energia calda e pulsante che impregnava l'aria intorno a lui era totalmente in contrasto con il suo atteggiamento insolente e apatico. Si distese elegantemente sul sedile posteriore, assumendo una posa aggraziata e intrinsecamente letale. Quando Adrian aveva rivolto a Sam la sua dolce minaccia, Lindsay non aveva biasimato quel qualunque-cosa-fosse per essere stato visibilmente sul punto di farsela sotto. Anche se la compostezza di Adrian non si era scalfita minimamente, aveva avuto la sensazione che fosse un tornado, una forza distruttiva violenta, travolgente e inarrestabile.

Se la morte aveva un volto, era quello di Adrian quando era incazzato: un terrore reso più sconvolgente dalla sua bellezza impossibile.

«Non sai che cosa sono,» disse, il suo caratteristico tono di voce ancora più marcato «eppure sapevi che cos'era quel cassiere?»

«Mi piace alzare le mani solo quando so di poter lanciare un pugnale.»

Adrian si mosse molto rapidamente. Un istante prima era a un metro da lei; quello dopo l'aveva immobilizzata. La mano che impugnava il coltello era inchiodata al sedile di pelle sotto il suo polso, l'altra era immobilizzata allo schienale con una presa di ferro. I suoi occhi azzurri bruciavano, brillavano letteralmente al buio.

Il cuore di Lindsay batteva all'impazzata per lo stupore e la paura. Non sapeva cosa fosse, ma era certa che avrebbe potuto annientarla con estrema facilità. Adrian emanò un'ondata calda di energia che le fece arrossare la pelle e pizzicare gli occhi. «Lasciami.»

Lui la guardava con occhi incandescenti di rabbia e sesso. «Lindsay, scoprirai che con te sono incredibilmente indulgente. Ti lascerò fare cose che non ho mai permesso a nessun'altra. Ma quando è in gioco la tua vita non mi piacciono né le battute né le risposte evasive. Hai appena ucciso un drago che non ti aveva aggredito. Perché?»

«Un drago?» Lo shock la fece restare senza fiato. «Dici davvero?»

«Non sapevi neanche che cosa fosse, prima di ucciderlo?»

Quando capì che era serio, Lindsay si afflosciò sul sedile e smise immediatamente di protestare e fare resistenza. «Sapevo che era malvagio. E che non era umano.»

Proprio come sapeva che neanche Adrian lo era. Sovrumano, ma non cattivo. Era in grado di terrorizzare gli altri, eppure non le faceva provare quella paura raggelante e paralizzante che aveva provato quando sua madre era stata uccisa. Lindsay la cercò, e attese il suo arrivo pronta a farsi soffocare dal terrore. Ma l'ansia non arrivò. La tempesta che aveva avvertito in lui non era violenta, e l'effetto che faceva al suo radar interno... era unico. Riusciva a leggerlo come faceva con il tempo atmosferico, come se fosse stato un tutt'uno con il vento che le parlava da che ne aveva memoria. In lui c'era una familiarità che Lindsay non riusciva né a spiegare né a respingere. E anche se Adrian l'aveva sottomessa, lo aveva fatto con una presa decisa ma gentile, con un'espressione desiderosa e tormentata... Ogni sfaccettatura del comportamento che aveva con lei lo rendeva umano.

Qualunque cosa fosse, lei lo vedeva come un uomo. Non come un mostro.

Adrian la fissò serrando la mandibola. Sopra le loro teste, il tettuccio panoramico di vetro offriva lo spettacolo del cielo serale e le sue stelle. Quel momento si raddoppiò, si triplicò, e nessuno dei due riuscì a distogliere lo sguardo dall'altro. Finalmente Adrian sussurrò qualcosa in una lingua che lei non conosceva, e la sua voce palpitante di emozione le fece provare un brivido di calda sorpresa. Poi chinò la testa. Le sfiorò la tempia con la sua. Passò le labbra sul suo orecchio, facendo frusciare i capelli sulla sua fronte come seta. La avvolse con il suo profumo, la fragranza pura e robusta dell'aria dopo un temporale. Lindsay spalancò la bocca e respirò affannosamente in cerca della sua, sopraffatta da una inspiegabile fame di lui.

Adrian si ritrasse tornando al suo posto. Aveva già voltato la testa quando le chiese con fin troppa calma: «Come facevi a saperlo?»

Lindsay rimase immobile, così devastata da quel momento di tenerezza e di desiderio fugace che si chiese se fosse stato solo frutto della sua immaginazione. Cercò di ricomporsi e deglutì a fatica per ritrovare la voce. «Lo sentivo. Come sento che neanche tu sei umano.»

«Ucciderai anche me?»

Il suo tono minaccioso le fece serrare i denti. Lindsay raddrizzò la schiena. «Se mi costringerai.»

«Che cosa aspetti?»

«Aspetto di saperne di più.» Lindsay fece oscillare la piccola lama tra le dita, cercando di recuperare l'equilibrio con un'azione a lei familiare. Non gli avrebbe raccontato del vento e del modo in cui le parlava. Per quanto ne sapeva, poteva essere un grosso punto debole che lui avrebbe potuto usare a suo vantaggio. «Tu sei... diverso. Non sei come gli altri.»

«Che cosa intendi esattamente con 'altri'?»

«Vampiri.»

«Vampiri» ripeté lui.

«Sì. Denti aguzzi, artigli, sanguisughe. Cattivi.»

«Da quando uccidi i vampiri?»

«Da dieci anni.»

Un lungo momento di silenzio. «Perché?»

«Basta con le domande» replicò lei. «Tu che cosa sei?»

«Sento il tuo cuore che batte forte» la provocò dolcemente.

«Fai bene a essere diffidente. Non sai cosa sono né cosa posso fare. E hai perso l'elemento sorpresa. Ora so di cosa sei capace.»

Lindsay sorrise senza umorismo, accettando la sfida. L'umore di Adrian era così incostante da sferzarle i sensi come la furia di una tempesta tropicale. «Tu *non hai idea* di cosa sono capace. Non hai ancora visto niente.» Si inclinò verso di lui e ripeté: «Che. Cosa. Sei?»

Adrian rivolse l'attenzione alla strada davanti a loro. «Te lo mostrerò quando saremo a casa.»

Lindsay lo fissò giocherellando con il suo coltello. Qualche istante prima lui aveva avuto la meglio cogliendola alla sprovvista, e neanche quello era bastato a metterla in guardia. L'aveva disarmata in tutti i sensi, nonostante sapesse quanto fosse pericoloso.

Qualunque altra cosa avesse scoperto su Adrian Mitchell, sarebbe stata una bugia inconfutabile. E questo per lei era più pericoloso di qualsiasi artiglio, zanna o squama avrebbe potuto mostrarle. Uno spettacolo anche più dannatamente spaventoso.

Lindsay si concentrò sul suo magnifico profilo. Anche se nelle ultime ore aveva ricevuto tutte le sue attenzioni, era ancora pietrificata dalla possenza della sua mandibola e dal profilo aristocratico del suo naso. E adorava la forma delle sue labbra, così magnificamente disegnate da sembrare un'opera d'arte...

Si sentì stringere il cuore in una specie di morsa al pensiero di quella bocca seducente che le sfiorava la pelle, che le sussurrava parole infuocate ed erotiche e che si incurvava in un sorriso ampio e sincero. Nella sua mente c'era un intero repertorio di immagini intime e indistinte così emozionanti da sembrarle quasi dei ricordi. L'eccitazione affiorò in superficie irrigidendole i capezzoli e facendole scorrere una goccia lenta e bollente tra le gambe.

Lindsay distolse lo sguardo, guardò fuori dal finestrino e si sforzò di regolare i suoi respiri ansimanti. *Cazzo.* Che *dia-*

mine le prendeva? Era proprio una sciagurata. Una sciagurata tremante, incazzata, eccitata e nervosa.

La distanza tra le case sparpagliate sulla collina aumentava man mano che salivano. Presto i lampioni radi scomparvero, e il cielo serale li inghiottì risparmiando solo il fascio sottile dei fari. Lindsay cercò di tenere a mente che Adrian era un personaggio noto e che suo padre sapeva dove si trovava, ma queste garanzie non bastarono a calmare quella parte della sua mente che stava gridando: 'Lui non è un essere umano.'

L'auto rallentò quando raggiunse un cancello in ferro battuto che tagliava la strada in due, negando l'accesso al pubblico da lì in poi. Lindsay esaminò le immediate vicinanze e soffermò lo sguardo su una lastra di granito ruvido sulla quale erano incise le parole ANGELS' POINT. Si sentì percorrere da un brivido di disagio.

Da una portineria sbucò una guardia corpulenta. Scrutò l'autista di Adrian, Elijah, e annuì prima di rientrare per aprire il cancello. La Maybach percorse all'incirca un altro chilometro prima che si intravedesse la casa. Buio com'era a quell'altitudine, lontano dall'inquinamento luminoso della città, Lindsay non ebbe difficoltà a individuare il complesso. La residenza era circondata da proiettori che rendevano la sera luminosa quanto il giorno. Nessuno sarebbe riuscito ad avvicinarsi alla casa, da qualsiasi lato, senza essere visto.

L'abitazione vera e propria scalava il fianco della collina su tre livelli, ciascuno circondato da un'ampia veranda. Rivestimenti in legno invecchiato, gradoni di roccia e travi di legno a vista la integravano perfettamente con il paesaggio collinare. Lindsay non sapeva niente di architettura, ma Angels' Point gridava ricchezza... come tutto quello che riguardava Adrian.

L'auto si fermò, e un'altra guardia aprì lo sportello. Lindsay stava per scendere quando Adrian comparve davanti a lei con la mano tesa. Non poté fare a meno di notare la sua velocità. A quanto pareva non si preoccupava più di nasconderla, ma non fece alcun commento. Era contenta che non si fingesse più umano, ma non per questo lo avrebbe lodato.

I suoi piedi scricchiolarono sul vialetto ghiaioso. Lindsay stava tentando di stimare la grandezza della casa quando colse un movimento con la coda dell'occhio. Si voltò e vide un enorme lupo che si avvicinava.

Trattenendo il fiato per la sorpresa e l'ansia istintiva, Lindsay si appiattì contro la fiancata della macchina. Adrian l'afferrò per i gomiti, e lo scudo del suo corpo la riempì di un benessere e un sollievo indicibili. L'animale annusò uno pneumatico, poi sollevò la sua maestosa testa e la studiò manifestando un'intelligenza innegabile. I sensi di Lindsay, colti alla sprovvista, partirono in quarta e misero il suo corpo sulla difensiva.

«Non ce n'è bisogno» mormorò Adrian, facendole notare la prontezza con la quale aveva impugnato il suo coltello.

Elijah aggirò il cofano della macchina. Fissò il lupo, e dal suo petto partì un ringhio profondo. La bestia abbassò lo sguardo e fece un passo indietro.

Comparvero altri lupi. Un branco intero, forse due. Lindsay non sapeva di quanti lupi fosse composto un branco, ma intorno al vialetto c'era almeno una dozzina di bestie. Le loro dimensioni erano imponenti. Sembrava che ciascuno di loro mangiasse ogni giorno una mucca intera.

Un fulmine attraversò il cielo, imitando alla perfezione l'energia elettrica che circondava Adrian.

Gesù. Di colpo Lindsay rilasciò il fiato.

L'atmosfera sovrannaturale del posto e dell'uomo accanto a lei la fecero rabbrividire. Il vento la accarezzò scompigliandole i capelli, ma non portò nessun avvertimento né conforto. Era completamente sola, e si sentiva come fosse se caduta nella tana del coniglio... confusa, affascinata, stordita.

Adrian le indicò la casa. «Entriamo.»

Lindsay lo seguì. Superarono la doppia porta all'ingresso, e dopo aver attraversato un atrio d'ardesia raggiunsero un immenso soggiorno incassato nel pavimento. Una delle pareti era occupata da un enorme camino; Lindsay pensò che la sua Prius ci sarebbe entrata comodamente.

«Ti piace?» chiese mentre la lasciava andare, scrutandola attentamente come se la sua opinione avesse avuto importanza.

Gli interni della residenza di Adrian erano molto maschili, decorati con diverse gradazioni di marrone e grigio e qualche cenno di rosso scuro che le ricordava la ruggine. Aveva usato molti materiali rinnovabili... legno intagliato, biancheria di cotone grezzo, paglia secca. Proprio di fronte alla porta d'ingresso, c'era una parete di finestre che affacciavano sulle colline più piccole e le valli sottostanti. In lontananza le luci della città brillavano di mille colori, ma la metropoli sembrava distante anni luce da quel posto straordinario. Definire la sua residenza 'meravigliosa' sarebbe stato un eufemismo. Si adattava così bene a Adrian. Per quanto lui potesse sembrare un tipo da città, Lindsay intuiva in lui un collegamento con la natura.

Tenne la borsa stretta a sé e lo affrontò. «Come potrebbe non piacermi?»

«Bene.» Adrian annuì con fare regale. «Perché rimarrai qui a tempo indeterminato.»

Il suo tono imperativo era stupefacente. «Come, scusa?»

«Devo trattenerti dove so che sei al sicuro.»

Devo trattenerti... Come se ne avesse il diritto. «Magari io non voglio essere trattenuta.»

«Avresti dovuto pensarci prima di uccidere un drago in un luogo pubblico.»

«Sei stato tu a mettermi in pericolo. Oppure le tue guardie del corpo. Se non mi fossi trovata lì con te, quel mostro non si sarebbe mai interessato a me. Perciò se io sono un obiettivo è colpa tua.»

«Non importa di chi sia la colpa,» disse calmo «Elijah si è accorto che ti stava tenendo d'occhio. Non sappiamo cos'abbia fatto durante quei pochi minuti in cui sei stata al bagno.

Potrebbe aver avvisato qualcuno di averti visto con noi. Se è così, la sua scomparsa solleverà dei sospetti e cominceranno a cercarlo a partire da noi.»

Lindsay si accigliò. «Perché qualcuno dovrebbe interessarsi a una ragazza che era con te? Tu sei ricco e bello da morire. Sono sicura che ti vedono sempre con qualche donna. Dici che potrebbe aver chiamato i paparazzi? O meglio, qualche amico drago?»

Adrian distese elegantemente il braccio e le indicò il corridoio. «Ti mostro la tua stanza. Puoi darti una rinfrescata; poi parleremo.»

«*Tu* parlerai» lo corresse Lindsay. «Io ascolterò.»

Adrian posò la mano sulla sua schiena all'altezza dei reni, e Lindsay avvertì l'energia pulsare attraverso di lui... un'energia fortissima controllata da una ciclonica forza di volontà che la sbalordì.

In un certo senso, in questo posto lui era diverso. Il potere che Lindsay aveva percepito dall'inizio era più intenso, più raffinato. O forse era solo più evidente. Magari lo faceva apposta. In ogni caso, tutto il nervosismo che aveva dimostrato nella Maybach adesso era sotto stretto controllo. Ma perché mostrare la sua inquietudine a lei, un'estranea, per poi nasconderla a casa sua, il posto dove avrebbe dovuto sentirsi completamente al sicuro?

Lindsay si guardò intorno e si rese conto che non erano soli. C'erano altre persone lì con loro: alcuni tipi muscolosi e altri dal fisico elegante come quello di Adrian. C'era anche qualche donna... tutte talmente belle da suscitare gelosia e possessività. Nell'insieme, qua e là nella stanza, una decina di persone la scrutavano con sguardi incuriositi e in qualche modo ostili.

Lindsay infilò la mano nella borsa e impugnò l'elsa di un secondo coltello. Era in inferiorità numerica e, in quanto umana, decisamente più debole. Aveva un brutto presentimento, e il suo cuore cominciò a battere all'impazzata.

«Lindsay...» Adrian le afferrò l'altro polso, placando istantaneamente i suoi battiti e irradiando da quel punto una sensazione di calma. «Non ti servono. Questo per te è il posto più sicuro al mondo. Qui nessuno ti farà del male.»

«Anche perché glielo renderei piuttosto difficile» disse Lindsay, rivolgendosi a tutti i presenti. Una minaccia praticamente inutile, visto che non sapeva con chi avesse a che fare.

«Fa' attenzione. Tu sei mortale. Sei fragile.»

Lei lo guardò inarcando un sopracciglio. Era pronta ad affrontare qualunque altro 'mortale', persino uomini grossi tre volte lei. Il fatto che Adrian la definisse 'fragile' le confermò la convinzione che, qualunque cosa lui fosse, aveva dei poteri che Lindsay non aveva mai neanche immaginato. «Ma non mi hai ancora detto cosa sei *tu*.»

Adrian si arrese sospirando. «Hai accennato ai vampiri. Quali altre creature conosci?»

«I draghi. Grazie a te.»

Lui la lasciò andare e indietreggiò. «Se esistessero gli angeli, starebbero con i buoni o con i cattivi?»

La mente di Lindsay cominciò a lavorare vorticosamente. Gli angeli avevano una connotazione biblica, e lei aveva voltato le spalle alla religione molto tempo prima. Era stata costretta a farlo. Si era incazzata quando aveva pensato che qualcuno avrebbe potuto impedire la morte di sua madre, e non aveva mosso un dito.

Si sforzò di rilassare le spalle rigide. «Dipende se sono impegnati o meno a uccidere vampiri e draghi.»

All'improvviso, alle spalle di Adrian si sollevarono alcune scie di fumo. La nebbia si diffuse allontanandosi da lui e prendendo la forma e la sostanza di un paio di ali... ali perfette e immacolate con le estremità color cremisi come se le avesse intinte nel sangue appena versato.

Lindsay barcollò all'indietro, e riuscì a stento a stare in piedi anche dopo aver appoggiato una mano alla parete. La purezza della vera forma di Adrian minacciava di accecarla. Dal suo corpo alato l'energia si diffuse con una calda e tangibile radiosità; Lindsay la percepì come se fosse stata stesa a prendere il sole.

Gli occhi le si riempirono di lacrime, e le sue ginocchia vacillarono. Il corridoio prese a vorticare con una terribile sensazione di déjà-vu, flash millesimali di Adrian con le ali. Abiti diversi... diversi tagli di capelli... diverse ambientazioni...

Per un istante temette di svenire. E poi tutto si fuse in un unico pensiero: 'Un angelo'.

Merda. Lei era così distante dalla fede. Quel concetto esisteva in un mondo totalmente diverso. Persino adesso, mentre lui si presentava con le ali e un meraviglioso bagliore dorato, Lindsay non provava affatto un senso di riverenza, quanto piuttosto una primitiva, peccaminosa lussuria. E si era innamorata ancora di più di lui quando lo aveva visto spiegare le ali, perché spogliandosi della sua maschera si era esposto apertamente tanto quanto lei si era esposta nel supermercato.

Lindsay era stata diversa per tutta la vita. Era più veloce e forte delle altre, e sapeva percepire i cambiamenti minimi del vento che l'avvertiva quando c'era qualcosa di *strano* nelle vicinanze. Da bambina si era sentita spesso una mutante perché aveva sempre saputo quanto fossero rapidi i suoi movimenti. Negli ultimi dieci anni aveva cercato di apparire 'normale' nonostante avesse dato la caccia a esseri pericolosi. Aveva perso ogni speranza di avere una relazione seria. La necessità di nascondere una parte tanto importante di sé stessa l'aveva trasformata in una persona solitaria nel vero senso della parola.

E adesso era di fronte a un uomo che conosceva la sua diversità. Qualcuno che avrebbe potuto accettarla così com'era perché anche lui era diverso. Non aveva mai potuto parlare con nessuno del mondo nascosto di cui era a conoscenza. Ma Adrian sapeva tutto...

«Tu avresti lasciato andare quel drago!» lo accusò, proteggendo la sua improvvisa vulnerabilità con la rabbia. Quando Adrian aveva scoperto che andava a caccia di mostri, era entrato in contatto con la sua vera *essenza*... stabilendo un'intimità che Lindsay non aveva mai condiviso con nessun altro. Questo essere etereo di una bellezza indicibile adesso era ancora più prezioso ai suoi occhi.

«La tua sicurezza veniva prima di tutto.»

«Io me la cavo da sola. Avresti dovuto pensare a lui.»

«Ma io do la caccia solo ai vampiri» disse calmo. «E, come ho detto, lui era un drago.»

La porta d'ingresso si aprì, e Lindsay si voltò in quella direzione. Elijah entrò con i sacchetti della spesa. Il lycan si fermò sulla soglia, e il suo bellissimo viso rimase assolutamente impassibile quando si trovò di fronte quella scena carica di tensione. Una ciocca dei suoi folti capelli castani gli scivolò sulla fronte incorniciando gli occhi smeraldo. Anche se Lindsay non lo aveva mai visto ridere neanche una volta, non percepiva vibrazioni ostili da parte sua. Sembrava semplicemente circospetto e profondamente curioso. Decisamente intelligente. Era pronta a scommettere che fosse una creatura scaltra che difficilmente si faceva cogliere alla sprovvista.

Lindsay si accorse che Adrian si era spostato accanto a lei. Il profumo della sua pelle la provocava, un respiro dopo l'altro. *È un* angelo. *E dà la caccia ai vampiri...*

«So che hai fame» mormorò lui. «Ti mostro la tua stanza, così potremo parlare mentre preparo la cena.»

L'idea di una creatura alata celestiale che trafficava per lei davanti ai fornelli era alquanto bizzarra, eppure condividere con lui quell'esperienza le sembrava normale a livelli inquietanti, come se l'intimità di una cena con lui fosse assolutamente familiare.

Accidenti, doveva riprendere il controllo. Doveva imparare le nuove regole per adeguarsi, o trovare il modo di aggirarle. Non poteva permettersi il lusso di ignorarle, e di certo nessuno poteva obbligarla a restare né dirle quando poteva andarsene. Da qualche parte, là fuori, i vampiri che avevano ucciso sua madre stavano sicuramente terrorizzando qualcun altro. Quel giorno si erano divertiti così tanto a dispensare dolore e terrore; era convinta che non avrebbero smesso finché qualcuno non li avesse sterminati. Voleva essere lei a farlo, e sarebbe andata a caccia finché non fosse stata certa che non avrebbero più distrutto l'innocenza di un altro bambino come avevano fatto con la sua.

«Okay» disse. «Però, come ho detto, parlerai tu.»

«Chi è?»

«Non lo so.» Elijah appoggiò l'avambraccio sulla branda superiore negli alloggi dei lycan e guardò gli uomini e le donne riuniti intorno a lui. «Non so cosa passi nella testa di Adrian. È spuntata all'improvviso all'aeroporto, e da quel momento non fa che provarci con lei. Non si è mai filato una donna prima d'ora, eppure non riesce a toglierle gli occhi di dosso.»

«Magari è il suo tipo» disse Jonas, mostrando con la sua ingenuità i limiti dei suoi sedici anni.

«I serafini non hanno un 'tipo'. Non provano emozioni come noi. Non conoscono né lussuria né fame né bramosia.» Almeno questo era ciò che Elijah aveva imparato da piccolo e che aveva visto con i suoi stessi occhi. Ma quella sera, di ritorno dal supermercato, aveva percepito l'energia di Adrian, la sua risposta emotiva alla minaccia che Lindsay Gibson aveva affrontato con il drago. E c'era una tensione profonda e intensamente possessiva nel modo in cui Adrian si occupava di lei. Si comportava come se provasse qualcosa per quella donna, mentre era chiaro che lei non lo aveva mai visto prima.

«Comunque è proprio bella» disse Jonas scrollando le spalle. «Me la farei.»

«Non dirlo neanche per scherzo» sbottò Elijah. «Lui ti ridurrebbe a brandelli. Stava per uccidere un demone al supermercato solo perché l'aveva guardata di traverso.»

«E Raguel sarebbe andato su tutte le furie» precisò Micah, passandosi la mano sulla mandibola con fare pensieroso.

«Gli arcangeli stanno sempre a frignare sul loro territorio, specialmente con i serafini. Ha rischiato di irritare anche il signore di quel demone. Adrian avrebbe potuto creare parecchi problemi, per una donna che ha appena conosciuto.»

«Perché proprio lei? È umana.» Il tono aspro di Esther incitò le altre femmine ad annuire.

«Ha ammazzato un drago come se avesse schiacciato una mosca.» Elijah incontrò i molti sguardi verdi puntati su di lui. «Si è mossa più in fretta di qualunque mortale abbia mai visto, però hai ragione, Esther. È un essere umano. Non fiuto nient'altro in lei.»

«Ma deve esserci dell'altro» ipotizzò Micah, afferrando le parole che non erano ancora state dette.

«Sì» concordò Elijah. «L'ho sentita mentre diceva a Adrian che riesce a percepire la presenza dei demoni e dei vampiri, e va a caccia da dieci anni.»

Nel branco si sollevò un brontolio d'incredulità.

Elijah fece un sorriso sardonico. «Quando sono entrato in casa, Adrian le stava mostrando le ali. C'è qualcosa sotto. Sarebbe meglio scoprire di cosa si tratta.»

«Che possiamo fare?» chiese Jonas, guardando Elijah in cerca di una risposta così come gli altri presenti.

I lycan ricorrevano troppo spesso a lui. Quello era un fardello che Elijah non voleva, e che non poteva permettersi di portare. Sembravano aver dimenticato tutti che lui era stato trasferito nel branco di Adrian per essere osservato. Si era convinto che si fossero semplicemente abituati alla sua testardaggine. Doveva prevenire questa loro abitudine a fargli decidere sempre tutto. Però anche questo significava ostentare un potere che in teoria non avrebbe dovuto avere.

«Abbassate la cresta» rispose finalmente. «Non create problemi. Jason pensa che la morte di Phineas sia collegata ai lycan. Non dobbiamo dargli motivo di credere che sia così.»

Esther fece un verso. «Jason non si è mai fidato di noi.»

«E adesso è il secondo in comando» le ricordò Elijah. «La sua opinione è influente.»

Guardò la stanza lunga e stretta. Era uno spazio funzionale pieno di letti a castello di metallo verde oliva e cassapanche abbinate. Di tutti i branchi, quello di Adrian era il meno confortevole. Quasi tutti gli altri si trovavano nelle zone remote dove le Sentinelle tenevano i vampiri sotto controllo. Erano luoghi in cui un lycan poteva correre, andare a caccia e fingere di essere libero. Ma il branco di Adrian era considerato il più prestigioso. Il capitano delle Sentinelle pagava e nutriva bene i suoi lycan, ma, cosa ancora più importante, dava la caccia solo ai criminali più crudeli, ai vampiri più feroci, astuti e pericolosi. E qualsiasi miserabile lycan bramava una preda tanto degna e impegnativa.

Elijah raddrizzò le spalle. «Vi do un consiglio: prestate attenzione a tutte le voci. Qualunque dettaglio anche minimo è importante. E, per favore, pensateci due volte prima di fare qualcosa che potrebbe attirare l'attenzione su di voi.»

Dopo aver ringhiato il loro consenso, il gruppo si disperse prima di destare sospetti. La combutta e l'ammutinamento erano fatti gravi di cui nessuno voleva essere accusato.

Micah rimase indietro e si passò una mano tra i capelli rosso fuoco che gli arrivavano fino alla pelliccia da lupo. Prima di parlare, si guardò alle spalle per individuare eventuali orecchi indiscreti. Poi si chinò e sussurrò: «Lei potrebbe essere il nostro biglietto per la libertà.»

Elijah si irrigidì. «Non dire un'altra parola.»

«Qualcuno deve pur dirlo! Noi non dovremmo vivere così... non dovremmo lottare contro la nostra natura e reprimere i nostri istinti. Ti ho visto mentre portavi quella cazzo di *spesa* per Adrian. Tu sei sprecato per quelle cose. Sei migliore di lui!»

«Smettila.» Elijah si voltò. Non c'era niente che potesse fare. Una sommossa avrebbe procurato solo la morte di tutti quelli che amava. «Oggi mi ha salvato la vita.»

«Potrebbe togliertela schioccando le dita.»

«Lo so. Ma in questo momento sono in debito con lui.»

«*Non* posso farmi sfuggire l'occasione, e non possiamo farcela senza di te. Sono sicuro che tu sappia che questa donna è una grande opportunità. Se Adrian tiene a lei, chissà a cosa sarebbe disposto a rinunciare pur di riaverla sana e salva.»

«Non rinuncerebbe mai al controllo sui lycan!» Elijah sprofondò su una delle brande inferiori. «Sei un illuso, se credi che abbiamo le Sentinelle in pugno perché li proteggiamo. Loro sono serafini addestrati a sopraffare altri serafini, le creature celestiali più potenti dopo il Creatore. Adrian vive per la sua missione. Le Sentinelle si addestrano ogni giorno come se fosse l'ultimo prima dell'Apocalisse. Ci massacrerebbero tutti.»

«Meglio morire da lycan che obbedire come cani.»

Elijah sapeva che Micah non era l'unica testa calda tra i lycan. Molti erano convinti che la lotta di potere tra angeli e vampiri non riguardasse più i lycan, e che fosse necessario fare una rivoluzione per conquistare la libertà che spettava loro di diritto. Elijah non era contrario, ma neppure aveva una compagna o dei cuccioli per i quali lottare. Aveva solo sé stesso, e dare la caccia ai vampiri era tutta la sua vita. Lavorare per Adrian gli dava le informazioni e le risorse necessarie per fare ciò che sapeva fare meglio.

«Noi non siamo cani» disse calmo. «Il nostro compito è controllare quelli che non sono più serafini. È un lavoro enorme.»

«È servilismo.»

«Cosa faremmo se non avessimo questo? Dove andremmo? Faresti l'impiegato? Il pendolare? Lasceresti entrare i bambini umani in casa tua per farli giocare con i tuoi cuccioli?»

«Forse. Sarei finalmente libero. Potrei fare tutto quello che mi pare.»

«Ci darebbero la caccia. Ci guarderemmo le spalle ogni giorno, nell'attesa che Adrian ci trovi e ci uccida. Scappare non vuol dire essere liberi.»

Il lycan dai capelli rossi si sedette sulla branda di fronte a lui. «Ci hai pensato... molto, a quanto pare. Purtroppo io devo fare i bagagli... sono diretto in Louisiana per una missione di caccia... ma parleremo ancora quando tornerò.»

«Non c'è niente di cui parlare. Fuggire è inutile. Smettila di insistere.»

«El, io sono il tuo beta.» Micah sorrise. «È il mio lavoro.»

«Non ho bisogno di un beta. Io non appartengo a un branco.»

«Continuare a ripeterlo non servirà a niente. Tu sei in grado di controllare la tua bestia, che a sua volta è abbastanza forte da dominare tutti noi. So che avverti anche tu il modo in cui i lycan si affidano istintivamente a te. Non possiamo farci niente. Questo ti rende un capo, che ti piaccia o no. Noi possiamo anche fare il finimondo, ma alla fine avremo bisogno di un leader, e tu sei l'unico che abbia la forza necessaria per diventarlo.»

Elijah si alzò in piedi. Ciò che lo rendeva straordinario poteva essere la loro unica fonte di salvezza. Se avesse assunto il comando dei lycan, avrebbero avuto una possibilità di sopravvivenza. Sapeva quello che dicevano di lui: la capacità di domare il suo istinto selvaggio in ogni momento era un'enorme anomalia per i lycan. La paura, la rabbia, il dolore... potevano scatenare un mutamento involontario. Ma lui non si trasformava mai, a meno che non scegliesse di farlo. Per quanto ne sapeva, poteva essere anche solo un mutante, non un alfa. E questo non lo autorizzava in alcun modo a condurre la sua specie al massacro.

«Mi stai chiedendo di guidare i soldati in un bagno di sangue» disse «pur sapendo che è inutile. Scordatelo. Non succederà mai.»

«È troppo tardi, El. Dovevamo impedirlo secoli fa.»

6

Mentre Lindsay si leccava una briciola sul labbro inferiore, i pensieri che balenavano nella mente di Adrian erano spudoratamente erotici. Lei era una donna bellissima, una tigre dai capelli dorati e dagli attenti occhi marroni, ma ciò che lo eccitava maggiormente in quel momento era la voracità con la quale stava mangiando. Alternando abilmente l'uso delle bacchette alle dita, esprimeva la sua soddisfazione emettendo qualche versetto mentre divorava ciò che aveva nel piatto.

«Mmh, che *bontà*!» esclamò.

Il suo entusiasmo lo fece sorridere tra sé e sé.

Il carattere troppo neutrale delle Sentinelle impediva loro di mostrare qualsiasi emozione con una passione del genere. Non conoscevano gli alti e bassi delle emozioni umane. Le Sentinelle erano i pesi che riequilibravano la bilancia, la lama che proteggeva l'armonia.

Lindsay stava tenendo un gamberetto per la coda. «Mio padre una volta ha portato mia nonna a cena in un ristorante *teppanyaki*. A un certo punto, mentre era presa a fissare le fiamme e le spatole volanti, il cuoco con una mossa particolare ha fatto volare un gamberetto nel suo piatto. Che *ficata*. Quel tipo era davvero pazzesco. Ma mia nonna ha fissato il gamberetto per un minuto buono... aveva uno sguardo assassino, giuro... e alla fine lo ha preso e glielo ha *tirato dietro*. Si era offesa tantissimo. Non capiva come un cuoco tanto maleducato potesse lavorare in un ristorante così bello.»

Adrian inarcò le sopracciglia.

Lindsay si inclinò all'indietro sullo sgabello e scoppiò a ridere. «Dovevi vedere la faccia che ha fatto quel tipo. Mio padre gli ha offerto un paio di sakè per risanare il suo orgoglio ferito.»

La sua risata era contagiosa. Quel suono era così aperto e libero che Adrian non riuscì più a trattenere il sorriso. La sua bocca si incurvò per la prima volta dopo secoli. Lei gli piaceva. Voleva conoscerla meglio.

Però doveva mantenere l'espressione dell'ospite freddo e distaccato. Per il bene di Lindsay e delle sue Sentinelle. Adrian percepiva la loro diffidenza e la loro sfiducia. Anche se non lo avessero mai detto apertamente, sapevano che Shadoe era il suo punto debole. Se non avesse fatto attenzione, la loro preoccupazione per il loro leader avrebbe potuto trasformarsi in un rancore pericoloso. La sua unità comprendeva serafini migliori di lui, angeli che non avevano le sue fragilità emozionali. Loro non comprendevano appieno quanto Shadoe lo rendesse vulnerabile, perché non concepivano l'amore mortale che provava per lei. Se una Sentinella avesse sospettato che Lindsay avrebbe potuto compromettere seriamente la loro missione, avrebbe avuto tutte le ragioni per ucciderla.

Mentre era impegnato a friggere la tempura di verdure, Adrian si sforzò di non guardare Lindsay troppo spesso. Lei era seduta su uno sgabello di fronte a lui, dall'altro lato del piano di granito, e stava bevendo il suo terzo bicchiere d'acqua. Adrian si accorse che il modo in cui deglutiva lo eccitava. I duecento anni di celibato cominciavano a farsi sentire. Quando Shadoe era in letargo, non voleva essere toccato da nessun'altra. Ma quando la sua anima tornava sulla terra, il bisogno e la fame, repressi troppo a lungo, tornavano a galla più famelici che mai. Non vedeva l'ora di assaggiarla, di affondare dentro di lei, di farla contorcere sotto le spinte impetuose del suo uccello.

Ma per quello avrebbe dovuto aspettare. Lindsay doveva prima imparare a fidarsi di lui, poi desiderarlo con la stessa intensità. Quando finalmente l'avrebbe posseduta, non si sarebbe più risparmiato. Era convinto che lei non gliel'avrebbe permesso. Non impulsiva com'era. Quando si sarebbe concessa, si sarebbe abbandonata completamente. Quella donna aveva il cuore di un guerriero, e la sua anima emanava un dolore profondo.

Adrian doveva solo pazientare e adottare tutti i provvedimenti necessari: tenerla al sicuro, renderla forte e guadagnare la sua fiducia.

«Tu non mangi?» notò Lindsay.

«In realtà lo sto facendo. Ma non come te.»

«Eh?» Il tono di Lindsay rimase apparentemente neutrale. «E come mangi?»

La presa sulle bacchette cambiò si fece più aggressiva. Adrian avrebbe potuto spezzarle la schiena anche soltanto sfiorandola, ma la propria concezione di giusto e sbagliato, amplificata dal bisogno di proteggere gli altri, la spinse a prepararsi ad affrontare uno scontro che non l'avrebbe vista vincitrice. Lui ammirava il suo spirito combattivo e la forza delle sue convinzioni.

Adrian scelse con cura le parole. Non poteva rischiare di darle l'impressione di essere un parassita come i vampiri. «Io assorbo l'energia.»

«Dove la prendi? Come fai?»

«L'energia è intorno a noi... nell'aria, nell'acqua, nella terra. È la stessa energia che sfruttano gli impianti eolici e quelli idroelettrici, come la diga di Hoover.»

«Immagino che sia molto pratico.»

«Sì» ammise, riportando l'attenzione sull'ultimo gamberetto e sul resto della verdura immersa nella pastella.

In quel momento, i suoi livelli energetici stavano pulsando come avveniva sempre quando Shadoe era nei paraggi. La sua vicinanza, la forza unica di due anime rinchiuse nello stesso involucro, gli consentiva di raggiungere il livello più alto di energia. La forza vitale delle anime era la prima fonte di sostentamento dei serafini e la ragione per cui i Caduti avevano cominciato a bere il sangue. I Caduti avevano ancora bisogno della linfa vitale per sopravvivere, ma dato che erano stati privati dell'anima erano costretti ad assorbire l'energia con metodi più diretti.

«Quindi» cominciò Lindsay «tu dai la caccia ai vampiri.»

«Sì.»

«Ma il tizio del supermercato era un drago.»

«Sì.»

Lindsay fece un bel respiro. «Esistono anche i demoni? Voglio dire, angeli e demoni di solito vanno a braccetto.»

Adrian estrasse l'ultimo pezzo di tempura dall'olio con un colino, poi spense la fiamma. «Il drago era un demone. Ci sono altre specie di demoni.»

«I vampiri?»

«Esistono dei demoni con le zanne che bevono il sangue. Ma loro non mi riguardano. Io mi occupo di altri angeli... di angeli caduti. I vampiri ai quali do la caccia un tempo erano come me.»

«Come te. Angeli. Non mi dire.» Le sue labbra si assottigliarono. «Ma i demoni non costituiscono un problema per tutti? Loro sono i cattivi, giusto?»

«Io ho una missione ben precisa.»

«Una missione?»

«Io sono un soldato, Lindsay. La mia vita è fatta di doveri da rispettare e ordini da eseguire. E mi aspetto che chi dà la caccia ai demoni si assuma le sue responsabilità come faccio io. Non spetta a me interferire, e non lo farei comunque. Francamente, ho già abbastanza gatte da pelare.»

«Quindi c'è già qualcuno che si occupa di loro?»

«Sì.»

Lindsay lo fissò per un momento, poi annuì lentamente.

«Non lo sapevo. Quando qualcuno emette un'energia negativa, io lo elimino.»

Adrian strinse la presa sul bancone. Era un miracolo che fosse ancora viva. «Come fai a capirlo? Che cosa provi?»

«È come se fossi nella casa dell'orrore del luna park e sapessi che da un momento all'altro qualcosa mi salterà addosso. Mi si agita lo stomaco e mi viene la pelle d'oca alla nuca. Ma è davvero forte. Non potrei confondere quella sensazione con nient'altro.»

«Sembra spaventoso. Eppure dai la caccia alle creature che ti terrorizzano. Perché?»

Lindsay posò il mento sulle dita congiunte. «Non voglio salvare il mondo, se è quello che vuoi sapere. Odio uccidere. Ma se avverto il male in quelle creature ci sarà un motivo. Non posso fare finta di niente. Non riuscirei a dormire la notte.»

«Quindi la tua è una specie di vocazione.»

Lindsay prese un respiro lento e profondo. Il silenzio si prolungò. «Una cosa del genere.»

«Chi altro sa che sei una cacciatrice?»

«Tu e le tue guardie, e le persone a cui lo hai detto.»

«Bene. Per quanto scontato, è necessario ribadirlo: devi fidarti di me» disse calmo. «Altrimenti non potrò aiutarti.»

«È questo che vuoi fare? Aiutarmi?» Lindsay raddrizzò le spalle. «Sapevi già chi ero, quando ci siamo conosciuti in aeroporto?»

«Mi stai chiedendo se sapevo che sei in grado di avvertire la presenza dei demoni e dei vampiri, e che dai loro la caccia?» chiarì lui, restringendo volutamente il campo della domanda in modo da poterle rispondere sinceramente. «No. Ti ho visto, ti ho desiderato e concesso una possibilità. Ho agito in base a questo.»

Alcune rughe leggere le incorniciarono la bocca e gli occhi. Un muscolo della sua mandibola si contrasse per la tensione. «Quindi per te è stata solo una mera coincidenza?»

«Mi trovavo nel posto giusto al momento giusto. Ma noi ci siamo conosciuti perché hai avvertito che ero 'diverso', vero?»

«In realtà ho pensato che fossi l'uomo più bello che avessi mai visto. Quella sensazione è venuta dopo. Per quanto riguarda quella cosa del posto giusto al momento giusto, avrei dovuto prendere il volo precedente. Siamo atterrati in ritardo.»

«E io stamattina sono stato aggredito da una vampira. Il mio elicottero si è schiantato a terra e ho dovuto prendere un volo di linea. Visto?» Adrian scrollò le spalle. «Era destino.»

«Tu sei un angelo. Non dovresti considerarlo un intervento divino o qualcosa del genere?»

«Libero arbitrio, Lindsay. Ce l'abbiamo tutti. Oggi tu e io siamo rimasti coinvolti nelle ramificazioni delle scelte fatte da altre persone.» Adrian sorresse il suo sguardo. «Ma non credo tu voglia intavolare una discussione teologica con me. E non ti piace parlare degli eventi che ti hanno fatto diventare una cacciatrice. Non ti costringerò a farlo, per il momento, ma finché non mi dirai che cosa ti succede siamo in un vicolo cieco.»

Anche Lindsay lo fissò. «Sei convinto che abbia qualcosa da nascondere?»

«Ti ho visto in azione. Ci vogliono anni di pratica per imparare a usare un'arma in quel modo. Chi ti ha addestrato?»

«Ho imparato tutto da sola.»

Una fiera ammirazione incendiò il sangue di Adrian. «Che materiali usi per forgiare i tuoi pugnali? Come minimo userai un po' di argento.»

«Sì. Ho scoperto che è efficace contro quasi tutti gli... *esseri.*»

«Non sui draghi. In realtà, a parte un paio di punti deboli, loro hanno una pelle praticamente impenetrabile. Se si fosse mosso, il tuo pugnale gli sarebbe rimbalzato addosso.»

Lindsay sollevò la mano sinistra e gli mostrò il polpastrello del pollice. Era attraversato da una linea cremisi che tradiva una ferita recente. «Alcune creature reagiscono male anche a contatto con il mio sangue. Per sicurezza ne verso sempre un po' sui miei pugnali prima di lanciarli. Il sangue di per sé non li uccide, ma facilita di gran lunga il lavoro delle mie armi. Però non l'ho scoperto nel migliore dei modi.»

La mente di Adrian fu sommersa dalle implicazioni di quelle parole. Lei era mortale, e il sangue di una *nafil* come Shadoe non dovrebbe avere effetti sulle altre creature.

Lindsay continuò a mangiare, ignorando beatamente quanto fosse confuso in quel momento.

Adrian riprese il controllo e disse: «Quindi hai dedicato gran parte del tuo tempo libero a imparare come uccidere gli esseri che ti spaventano. Hai un forte senso della giustizia, Lindsay, ma nessuno sano di mente ucciderebbe senza un motivo. Per quanto una creatura possa essere malvagia, per volerla morta devi aver vissuto quella malvagità in prima persona. Dev'esserti successo qualcosa, e qualcos'altro ti spinge a tirare fuori l'istinto omicida. La vendetta, forse?»

«E tu vorresti aiutarmi a ottenerla?» Lindsay aveva un'espressione diffidente e incuriosita. «Come, di preciso? *Perché* lo faresti?»

«Perché no? Abbiamo un obiettivo comune. Finora sei stata fortunata, ma non potrai esserlo in eterno. Un giorno gli amici di un demone o un vampiro che hai ucciso vorranno regolare i conti, oppure tu mancherai la tua preda. In ogni modo, hai i giorni contati.»

«Puoi dirmi che differenza c'è tra un vampiro e un demone?»

«E così hai delle preferenze.» Adrian incrociò le braccia. «Posso indicarti la direzione giusta e guardarti le spalle. Posso addestrarti a combattere più efficacemente e a uccidere senza contare sull'effetto sorpresa. In questo momento stai vagando senza meta e aspetti di imbatterti nel nemico. Io posso darti obiettivi specifici.»

Lindsay si appoggiò allo schienale. «Ma se non mi conosci neanche.»

La sua indecisione, anche se lo preoccupava enormemente, gli dava la scusa ideale per tenerla vicino a sé. «Sto combattendo in prima linea una battaglia dove siamo in inferiorità numerica. Qualunque soldato in più è bene accetto.»

«Ma io non faccio solo questo. Ho una vita regolare e un lavoro.»

«Anche io. Possiamo occuparci insieme della logistica.»

Lindsay si morse il labbro inferiore. Dopo un istante interminabile, annuì. «Okay.»

Perfetto. Adrian si godette un momento di piena soddisfazione. Poi udì la porta d'ingresso che si apriva. Un istante dopo, Damien fece la sua comparsa.

Adrian si concentrò sulle notizie che stava per dargli sulla morte di Phineas. «Unisciti a noi.»

La Sentinella entrò in cucina. Diede un'occhiata veloce a Lindsay, poi si rivolse a Adrian. «Capitano.»

Mentre Adrian li presentava, sottolineò che Lindsay era una nuova recluta.

I serafici occhi azzurri di Damien si posarono ancora su di lei. «Signorina Gibson.»

«Chiamami Lindsay, per favore.»

«Parla liberamente» disse Adrian a Damien, suggerendogli con lo sguardo di rimandare a dopo le domande sulla reincarnazione di Shadoe.

Dopo un istante di esitazione, Damien cominciò a riportare i dettagli. «Non ho ottenuto molte informazioni utili dal lycan di Phineas. Quella bestia era sotto shock per il dolore. Ha detto che il vampiro che li ha aggrediti era malato. Non ho capito se intendesse fisicamente o mentalmente. L'aggressione è stata piuttosto brutale, perciò propendo per la seconda ipotesi. Il collo di Phineas è stato sbranato fino alla spina dorsale.»

Lindsay si schiarì la gola. «Lycan? Cioè lupi mannari?»

Adrian la guardò. «I lupi mannari sono demoni. I lycan hanno una discendenza in comune, perciò possono mutare forma anche loro. Però, a differenza dei lupi mannari, un tempo erano angeli.»

«E ti do una dritta» aggiunse Damien in tono arcigno. «Se qualcuno li chiama lupi mannari, si offendono molto.»

«Angeli.» Lindsay aveva spalancato gli occhi scuri, e adesso le sue iridi non erano che un sottile filo marrone intorno alle pupille dilatate. «Perché non sono diventati vampiri?»

«Perché avevo bisogno di rinforzi» disse Adrian. «Siamo giunti a un accordo... Se avessero accettato di aiutarmi a controllare i vampiri, io avrei chiesto al Creatore di risparmiare loro il vampirismo.»

«I vampiri e i lycan facevano parte dello stesso gruppo di angeli?»

«Sì.»

L'unico segnale di nervosismo che Lindsay mostrava era il modo in cui faceva ruotare il bicchiere sul piano. «Mi dispiace per il tuo... Phineas.»

«Il mio secondo in comando. Il mio amico... anzi, più di un amico. Per me era come un fratello.» Adrian aveva ritratto le ali durante la cena, ma ora le spiegò di nuovo, irrequiete per la sua profonda agitazione e la sete di battaglia.

Lei seguì con gli occhi la curva superiore di un'ala e addolcì lo sguardo. Adrian percepì il suo sguardo tenero come se lo avesse accarezzato direttamente.

Lindsay scivolò giù dallo sgabello. «Sappiamo come trovare il bastardo che lo ha ucciso?»

Quel 'noi' implicito non gli sfuggì. «Lo sapremo presto.»

Damien le diede un'altra occhiata, stavolta meno ostile della precedente. «Da quel che ho potuto capire, Phineas è caduto in un'imboscata. Si era fermato solo per nutrire i lycan.»

«Dov'è la guardia sopravvissuta?»

«L'ho abbattuta.»

«Non ti avevo autorizzato a farlo.»

«O lui o me, capitano.» Damien raddrizzò le spalle. «Mi ha aggredito. Sono stato costretto a difendermi.»

«Ti ha aggredito?»

«Ci ha provato. Secondo me voleva suicidarsi.»

Elijah aveva ragione, quando aveva detto che nessun lycan poteva restare a guardare il proprio compagno che moriva... nessuno di loro sopravviveva senza il compagno. E se il lycan sopravvissuto avesse progettato di morire subito dopo...? «La ferita di Phineas... Hai detto che è stato sbranato. È possibile che non sia stato un vampiro?»

Damien inclinò la testa di lato. «Mi stai chiedendo se potrebbe essere stato massacrato da un lycan? Sì, è possibile, anche se mi domando come mai sulla scena del crimine non ci fosse un lago di sangue. C'era solo qualche schizzo di sangue arterioso, ma a parte questo è stato di lui non è rimasto traccia.»

Il fatto che Phineas fosse caduto in un agguato era davvero preoccupante. Le Sentinelle non erano sensibili alla fame, quindi dovevano essere stati i lycan a convincerlo a fermarsi in un posto pericoloso per lui. Se l'ipotesi di Jason su una sommossa dei lycan aveva qualche fondamento, Adrian stava affrontando una battaglia che si sarebbe estesa anche ai mortali. Non poteva permettersi di scartare nessuna possibilità. «Va' da Jason e raccontagli tutto, poi ci rivediamo domattina. Voglio riesaminare la situazione dopo che vi sarete confrontati. Per stasera è tutto.»

La Sentinella fece un leggero inchino e lasciò la cucina.

Lindsay nascose uno sbadiglio con la mano, rammentando a Adrian che lei era un essere umano e che il suo corpo aveva ancora il fuso orario della costa orientale.

«Ti mostro la tua stanza» disse.

Lindsay annuì, e anche se si sentiva esausta passò intorno all'isola con movimenti fluidi e aggraziati. «Tu e io continueremo domani.»

«Sì.»

Lindsay si fermò davanti a lui e incrociò le braccia. «Hai detto che mi volevi.»

«È così.» Adrian fu improvvisamente sopraffatto dal bisogno di tirarla a sé, di assaporare la sua bocca carnosa e scoprire che gusto aveva. Una reazione puramente umana che non riusciva a controllare. Prima d'ora non aveva mai collaborato con nessuna delle precedenti incarnazioni di Shadoe. Lei stessa era sempre rimasta neutrale, preferendo non scegliere tra suo padre e Adrian. Questa sarebbe stata la prima volta che avrebbero lavorato fianco a fianco per raggiungere gli stessi obiettivi. Il pensiero di condividere con Lindsay la sua missione, di mostrarle la sua vera natura, lo turbava in un modo che non aveva previsto. 'Volere' era un verbo troppo insipido per descrivere la forza della sua attrazione per Lindsay Gibson.

Lei abbassò le ciglia, velandosi gli occhi. «È un peccato molto grave desiderare un angelo?»

«Il peccato è mio, visto che desidero te.»

Lindsay si sforzò di deglutire. «E se la cosa dovesse andare oltre il desiderio? Verrò colpita da un fulmine? O peggio ancora?»

«Ti tireresti indietro, se te lo dicessi?»

«Avevo sperato di guadagnare qualche punto per aver liberato il mondo da quel mostro.»

«Ti aiuterò a guadagnarne altri.» Adrian non vedeva l'ora di cominciare. Lei aveva già dimostrato incredibile resistenza e capacità di adattamento. Nel giro di poche ore aveva già imparato che i vampiri e gli umani che aveva creduto di conoscere erano solo una piccola parte di un mondo misterioso molto più grande. E si era già adeguata a quelle novità perché era una sopravvissuta, una combattente, una donna che lui immaginava già al suo fianco nei giorni a venire.

«Mi serviranno?» Lindsay si piazzò accanto a lui. «Non hai risposto alla mia domanda, perciò credo di sì.»

«Il peccato è mio» ripeté mentre l'accompagnava lungo il corridoio fino alla stanza che era stata preparata appositamente per lei. Adrian aveva sempre una stanza per lei nelle sue case, era il promemoria della sua fallibilità e della sua umanità. Per lui le due cose erano intimamente legate. Non poteva avere l'una senza l'altra, e senza Shadoe non aveva nessuna delle due.

Raggiunsero la stanza di Lindsay. Adrian le aprì la porta, ma non entrò. Per quanto fosse inevitabile che prima o poi avrebbe peccato, era comunque in grado di resistere... almeno per il momento. Ma non ci sarebbe riuscito ancora per molto. Non dopo aver vissuto tutto quel tempo senza di lei. E la prorompente sensualità di Shadoe rendeva tutto più difficile. Che rinascesse in epoche licenziose e dissolute o proibizioniste e repressive, lei era sempre pronta a sedurlo. E lui ci cascava puntualmente ogni volta.

Lindsay entrò nella sua stanza ma esitò appena oltre la soglia. Disse da dietro la spalla: «Forse no.»

Adrian inarcò un sopracciglio, incuriosito.

«Non mi tirerei indietro» spiegò.

Quando Lindsay chiuse la porta, lui stava sorridendo.

7

«Vuoi insegnarle come dare la caccia alla sua famiglia? Ai suoi amici?» chiese Jason mentre seguiva Adrian nel suo ufficio.

«Lo sta già facendo.» Adrian passò intorno alla scrivania. «E continuerebbe a farlo con o senza di noi. In questo modo le sto dando la possibilità di sopravvivere.»

Jason fischiò. «Dopo tutti questi anni sei ancora un angelo.»

«Ne dubitavi?»

«No. Ma alcuni si chiedono se la figlia di Syre non ti renda troppo... umano.»

Non Shadoe in sé, quanto il suo amore per lei. L'amore dei mortali non faceva per gli angeli. La loro neutralità doveva essere assoluta. «Se qualcuno ha dei dubbi, dovrebbe parlarne con il Creatore. Nella mia unità ho bisogno della fiducia di tutti. Se la perdo, non sono più utile.»

«Ti adorano, capitano. Per tutte le Sentinelle sarebbe un onore morire per te. Ne sono certo.»

Adrian si sedette sulla sua sedia. «E per me è un onore essere il vostro capitano. È una responsabilità che prendo molto sul serio.»

«È normale che qualcuno sia preoccupato.» Jason si passò istintivamente la mano tra i capelli biondi. «Dobbiamo fare da babysitter ai Caduti per l'eternità. 'Non otterranno mai pace né remissione dei peccati. Supplicheranno per l'eternità, ma non vi sarà, per loro, né misericordia né pace.' A volte sembra che la stessa punizione sia toccata anche a noi.»

«Forse. Ma dobbiamo obbedire agli ordini.»

«Che per te è la cosa più importante.»

«Dovrebbe esserlo anche per te. Siamo o non siamo Sentinelle?»

Jason esitò per un istante, poi sorrise imbarazzato.

«Giusto.» Adrian riportò la conversazione al problema principale. «Voglio che Lindsay sia inserita nel programma di addestramento il prima possibile.»

«Come? È fragile come un guscio d'uovo. Potrà anche cavarsela contro gli altri esseri umani, magari anche contro un vampiro o un lycan, cogliendoli di sorpresa... ma un corpo a corpo con una Sentinella? Solo in pochi sopravvivono.»

«Conosciamo tutti l'entità della nostra forza. D'ora in poi dobbiamo esercitarla con maggiore cautela.»

«Ne vale davvero la pena?»

«Lei è una risorsa preziosa.» Adrian fece ruotare la sedia, notando con lo sguardo assente lo schiarirsi del cielo che segnalava l'arrivo dell'alba. «Non desta sospetti. La sua furtività può esserci utile in molti modi.»

«Come esca?»

«Come diversivo.»

«Quello è poco ma sicuro.»

Adrian colse il tono leggermente sarcastico del suo tenente. «Hai qualcosa da ridire sui tuoi ordini?»

Jason abbandonò il sorriso. «No, capitano.»

«Nelle ultime quarantotto ore sono state aggredite le due più alte cariche delle Sentinelle. Hai visto la minion sull'elicottero... era malata, e Damien ha parlato di una possibile malattia quando ha fatto rapporto sull'uccisione di Phineas. Ho ordinato altre indagini alle altre Sentinelle sul campo.

Voglio che tu scorra i loro rapporti, e che verifichi se ci sono eventuali punti in comune.»

«Hai già qualche idea?»

«Qualche Caduto, forse più di uno, sta donando il sangue ai minion perché possano darci la caccia durante il giorno. Syre mi ha telefonato parlandomi della vampira che pilotava l'elicottero, perciò sapeva dove si trovava. Però sembrava sinceramente sorpreso, quando gli ho detto che sono stato aggredito senza averla provocata. Mi ha detto che agire in quel modo non era nella sua natura.»

«Sai che non puoi fidarti di lui. Le avrà somministrato qualche droga e poi ti ha chiamato per vedere come te l'eri cavata con lei. Altrimenti come avrebbe fatto a sapere che era con te?»

«Giusto. All'inizio avevo pensato la stessa cosa. Ho creduto che facesse il finto tonto per evitare di assumersi la responsabilità di quanto era successo. Sappiamo entrambi che non mi avrebbe chiamato per parlarmi di un vampiro qualsiasi, perciò il solo fatto di essersene interessato lo renderebbe colpevole. Però quando ho accennato all'aggressione di Phineas non ha detto una parola. Non mi aspettavo che ammettesse di aver organizzato il suo massacro, ma neanche che rimanesse zitto. Nessuna negazione, nessuna domanda per fingere di non sapere, niente di niente! Io lo trovo davvero strano, cazzo. Lui non si fida di me come io non mi fido di lui, quindi se stesse perdendo il controllo sui Caduti non lo ammetterebbe mai. Magari fa finta di non essere al corrente degli attacchi. Ma se non è così, e davvero non ha idea di quello che sta succedendo, là fuori potrebbe esserci una cricca, un covo di vampiri che si sta adoperando per metterci in guerra l'uno contro l'altro. Loro non possono annientare Syre, ma sanno che io posso farlo e che lo farò se le cose dovessero sfuggirgli di mano, il che lascerebbe il campo libero a un nuovo leader.»

Jason inarcò le sopracciglia. «Lasciar fare a te il lavoro

sporco? Geniale. Sarebbe una giustizia poetica, se completassimo la nostra missione grazie a una rivolta vampiresca.»

Adrian aveva smesso di pensare in termini di giustizia e ingiustizia ormai da molto tempo. «Devo sapere se dietro questi attacchi c'è Syre oppure no. Che sia colpevole o meno, possiamo usare le informazioni per indebolire il suo controllo sui Caduti. Sta mettendo a rischio i loro sogni di redenzione, volutamente o per noncuranza. Nessuna delle due ipotesi aiuterà la loro causa.»

«La loro causa *persa*. Vuoi mettere i Caduti contro Syre?»

«Perché no? Come hai detto tu stesso, una rivolta andrebbe a nostro vantaggio. Soprattutto se lui sta facilitando loro il compito di organizzarla.»

«Ricevuto.» Jason se ne andò.

Per sbarazzarsi della costante inquietudine che provava, Adrian decise che un po' di esercizio fisico era quello che ci voleva. Doveva avere una mente serena, se voleva concretizzare i suoi piani con Lindsay prima di allora.

I sogni di Lindsay si interruppero prima del previsto. Una parte della sua mente rimase ancora aggrappata al sonno, desiderosa di ricevere un'altra carezza da quelle mani maliziosamente esperte, un altro sussurro da quelle labbra sul proprio collo, un altro lieve tocco di quelle ali bianche con la punta cremisi...

Aprì gli occhi trattenendo il fiato, il suo cuore a mille e la pelle bollente. Era eccitatissima, i suoi pensieri pieni di ardenti occhi azzurri e parole sconce, erotiche, pronunciate dalla voce roca del peccato.

Si passò una mano sul viso, scostò le coperte con un calcio e fissò le travi di legno sulla sua testa. Il suo futuro aveva subìto una virata colossale nel momento in cui aveva incrociato lo sguardo di Adrian Mitchell. Prima di allora la sua vita era stata in bianco e nero... svegliarsi, andare al lavoro, tornare a casa e, tra una cosa e l'altra, uccidere qualsiasi essere le avesse fatto scattare i campanelli d'allarme. E invece adesso era tutto incredibilmente complicato.

Lindsay rotolò giù dal letto, attraversò l'enorme stanza e si diresse nel bagno privato, grande quando il suo vecchio appartamento. Accanto alla vasca c'era un camino, e nella doccia a sei soffioni un mosaico bellissimo. Non era mai stata neanche in un hotel così lussuoso, eppure si sentiva completamente a suo agio. Nonostante tutta quella opulenza, l'ambiente nel complesso era rilassante. I toni del giallo chiaro e dell'azzurro conferivano un'atmosfera luminosa e arieggiata che Lindsay gradiva molto, perché a volte la sua vita poteva essere davvero buia.

Dopo essersi lavata il viso e i denti tornò nella camera da letto, e il suo sguardo fu attirato dalla parete disadorna con le finestre che affacciavano a ovest. Il panorama di colline rocciose ricoperte di arbusti secchi ispirava sentimenti di lontananza e isolamento, ma sapeva che la città non era molto distante.

Si infilò un paio di leggings e una canottiera.

«Non ti ci abituare» si disse mentre si dirigeva verso le finestre. Man mano che si avvicinava, l'enorme vetrata centrale scivolò silenziosamente di lato consentendole di uscire sull'ampio terrazzo. L'aria pura e frizzante del mattino l'attirò all'esterno. Lindsay si aggrappò con forza alla ringhiera di legno, fece un respiro profondo e assorbì la vastità di quel contesto tanto diverso. Il sole sorse alle sue spalle, e una leggera brezza le venne incontro. Gli altri due piani al di sotto sporgevano su una ripida discesa, ma la paura delle altezze non le consentì di guardare oltre.

Un'improvvisa ondata di ansia la colse di sorpresa, perché si rese conto di *non* averla percepita fino a quel momento. Lei era sempre stata avventata e agitata. La sensazione si amplificava quando era presente qualche orribile creatura, ma in ogni caso la sentiva pulsare continuamente dentro di sé. La costante *attesa*, la consapevolezza che prima o poi sarebbe successo qualcosa di molto spiacevole, era una caratteristica della sua esistenza. E ora era scomparsa lasciandosi dietro una calma sconosciuta ma piacevole. Qualunque cosa sarebbe accaduta in futuro, Lindsay in quel momento era calma e concentrata. Per rendere il tutto ancora più piacevole, decise di godersi fino in fondo quella serenità.

Mentre indietreggiava dalla ringhiera, una grande ombra la superò alle spalle correndo lungo la ringhiera. Lindsay sollevò lo sguardo. Trattenne il fiato e si guardò intorno.

Il cielo era pieno di angeli.

Con il rosa e il grigio pallido della mattina sullo sfondo, volavano in picchiata e roteavano formando danze affascinanti. Almeno una decina di loro, forse di più, volteggiavano l'uno intorno all'altro con una grazia e un'abilità impressionanti. Le loro aperture alari erano enormi, i loro corpi così elegantemente sospesi in aria. Erano troppo potenti e atletici... troppo *letali* per ispirare devozione religiosa, ma incutevano comunque un timore reverenziale.

Lindsay svoltò l'angolo e scoprì che il terrazzo si allargava di molto nella parte posteriore, formando una specie di piattaforma di atterraggio. Sbigottita e leggermente impaurita, si ricordò di respirare solo quando i polmoni cominciarono a bruciarle. Aveva perso la testa per Adrian quando aveva creduto che fosse un semplice essere umano. Ma adesso...

Spiccava perfino in mezzo a tutti quegli angeli. Il sorgere del sole faceva brillare le sue ali come perle, e le punte cremisi striavano l'orizzonte man mano che prendeva velocità. Adrian schizzò in alto come un proiettile, poi cadde in picchiata vorticando in una nuvola rosso sangue e alabastro.

«Penso che stia cercando di far colpo su di te.»

Lindsay distolse lo sguardo. Damien era accanto a lei, con le mani sui fianchi e l'attenzione rivolta alle acrobazie aeree in atto sopra di loro. Anche lui era bellissimo: alto, fisico scolpito, capelli neri e corti che incorniciavano due occhi azzurri simili a quelli di Adrian. Però, a differenza del suo capitano, lui trasmetteva una sensazione di quiete... era come un oceano calmo. Anche Damien aveva spiegato le ali, e Lindsay sospettò che si trattasse di una tattica intimidatoria. Le sue erano grigie con le punte bianche, e le ricordavano il cielo tempestoso. Incorniciavano la sua pelle chiarissima facendolo somigliare a una statua classica di marmo che prendeva vita.

«Be', sta funzionando» confessò lei. «Ha *sicuramente* fatto colpo. Ma non dirgli che te l'ho detto.»

Uno spostamento d'aria e il battito di due enormi ali annunciò l'atterraggio di Adrian davanti a lei. I piedi nudi dell'angelo si posarono sul terrazzo quasi in silenzio, e Lindsay lo notò appena perché era distratta dal suo torso nudo.

Porca vacca.

Con indosso soltanto un paio di pantaloni neri larghi, le sue magnifiche ali e il suo corpo seducente erano uno spettacolo meraviglioso. La sua pelle olivastra si tendeva sopra i muscoli sodi e possenti. Lindsay non vedeva l'ora di accarezzare i suoi bicipiti e i suoi pettorali divinamente scolpiti, e le venne l'acquolina in bocca al pensiero di leccare quella peluria leggera che gli divideva a metà l'addome contratto. Per quanto il suo sogno fosse stato realistico, averlo lì davanti a sé era ben più devastante. Adrian era stato plasmato da una mano esperta e temprato dalla battaglia, e Lindsay non riusciva a smettere di tradurre mentalmente tutta quella mascolinità allo stato puro in una bollente fantasia erotica. La prorompente forza del suo fascino bastò a farla dondolare sui talloni e a mozzarle il fiato.

«Buongiorno» la salutò lui con quel tono basso della voce che le fece quasi arricciare le dita dei piedi. «Hai dormito bene?»

Lindsay si liberò della sensazione di déjà-vu che le causava la mancanza di caffeina in combinazione con i postumi del suo sogno erotico. «Molto bene. Grazie.»

«Credevo che avresti dormito ancora per qualche ora.»

«A casa mia sono le nove. Per me *quello* è dormire fino a tardi.»

«Hai fame?»

Sapere che lui non mangiava rese la sua domanda ancora più significativa. «Vorrei un po' di caffè, se ce l'hai. E qualche minuto del tuo tempo.»

«Certo.» Adrian lanciò un'occhiata loquace a una delle guardie, una di quelle grosse. L'uomo annuì brevemente prima di rientrare in casa. «Vuoi tornare dentro?» chiese Adrian.

«E perdermi lo spettacolo aereo? Assolutamente no.»

La battuta le valse un sorriso. Ma lei era determinata a strappargli un sorriso di tipo diverso... più intimo, come quello che le aveva donato in sogno.

Mentre Adrian le indicava un tavolo di legno lì vicino, le sue ali si dissolsero come nebbia. «Damien.»

L'altro angelo lo seguì facendo sparire anche lui le sue ali. Adrian spostò la sedia per lei, poi passò intorno al tavolo e si sedette accanto a Damien.

Lindsay era rivolta a est, quindi i due angeli incredibilmente belli davano le spalle all'alba. Lindsay prese un bel respiro, sapendo di trovarsi a un bivio. «Qui la mia vita ha preso una svolta importante e improvvisa. Mi sono trasferita in California per lavoro. Avevo dei progetti, avevo prenotato in hotel per ieri notte e non ho disdetto, quindi dovrò pagare comunque la camera. Ho...»

«Me ne occuperò io.»

«Non voglio che te ne occupi. Ascoltami e basta.» Lindsay cominciò a tamburellare le dita sui braccioli della sedia. «Apprezzo la tua offerta di addestrarmi, e l'accetto. Sarei una stupida se non lo facessi, visto che in pratica sono autodidatta e apparentemente cieca. Riesco a percepire le creature sovrannaturali ma non riesco a concentrarmi su quello che dovrei... su quello a cui voglio dare la caccia. Però devo anche essere autosufficiente. Ho bisogno dei miei spazi, di pagare la mia parte e di andare e venire quando mi pare.»

«Non posso permetterti di correre dei pericoli.»

«Non puoi *permettermi*?» Lindsay avrebbe riso, ma questo dettaglio della loro collaborazione andava discusso seriamente. Era ben consapevole che lui non era di questo mondo, e che indossava la maschera dell'uomo estremamente benestante mentre era un angelo ancor più potente. Ma lei non si sarebbe inchinata davanti a nessuno. Soprattutto non davanti a lui. Doveva mettere subito le cose in chiaro prima che fosse stato troppo tardi.

La guardia tornò portando un vassoio con una caraffa di caffè, una tazza, il latte e lo zucchero. Lo posò davanti a Lindsay, poi riprese la sua posizione accanto a loro. Lindsay si chiese perché gli angeli avessero bisogno di protezione, specialmente se le loro guardie del corpo sembravano essere meno potenti di loro. Da quel po' che era riuscita a capire durante la cena, i lycan si occupavano della sicurezza degli angeli. A quanto pareva, questo mondo sovrannaturale che lei aveva brutalmente conosciuto da piccola era regolato da una specie di struttura organizzativa. Si rese conto di conoscere davvero poco gli esseri a cui dava la caccia, e questo le aveva reso più facile ucciderli. D'ora in poi li avrebbe collocati in un contesto preciso, forse umanizzandoli, e tuttavia avrebbe continuato a ucciderli.

Ancora una volta, Lindsay desiderò di poter tornare indietro nel tempo. Se quella volta non avesse implorato sua madre di portarla a quel maledetto picnic, a quest'ora Regina Gibson sarebbe stata ancora viva.

«Sono seduta qui con te» continuò «per cercare di trovare una soluzione ragionevole. Vorrei confrontare le nostre idee su come affrontare le nuove sfide e allo stesso tempo mantenere un po' di autonomia. Ma se continui con questo atteggiamento da 'o mangi questa minestra o salti dalla finestra', non mi rimane che dirti addio. Non voglio sembrarti un'ingrata, ma francamente preferirei correre da sola i miei rischi piuttosto che perdere la mia indipendenza.»

Damien guardò il suo capitano con la coda dell'occhio, ma Adrian non staccò mai gli occhi da lei. L'angelo sollevò leggermente un angolo della bocca come se volesse sorridere. «Ho capito.»

«Bene, allora. Qualche suggerimento?»

Adrian si appoggiò allo schienale e fece scivolare le gambe lunghe in avanti, assumendo un atteggiamento scomposto ma comunque aggraziato. L'attrazione che lei provava nei suoi confronti era un altro ostacolo da superare. Prima di scoprire che cosa fosse, Lindsay si era dimostrata impaziente di esplorare la loro chimica. E adesso...? Be', sarebbe stato molto complicato. Lindsay non aveva mai avuto relazioni a lungo termine perché aveva appena il tempo di pensare a sé stessa, e non aveva mai avuto una scappatella con un suo collega proprio per evitare il disagio che comportava la fine di una storia. Se avesse continuato a vivere con Adrian una volta finita la loro storiella, lo avrebbe visto frequentare altre donne. Non aveva mai vissuto con un uomo prima d'ora, a parte un suo ex che poi si era messo con un'altra. Immaginare Adrian che guardava un'altra donna con la stessa passione con cui guardava lei le faceva provare una gelosia talmente intensa da spaventarla, soprattutto perché lo conosceva da pochissimo.

Si versò una tazza di caffè e lo addolcì perché i suoi neuroni dovevano mettersi subito in moto e cominciare a carburare.

«Ti rendi conto» cominciò Adrian «che non puoi continuare ad avere una doppia vita? Se vuoi la normalità, puoi averla. Raguel Gadara prende molto sul serio la sicurezza dei suoi impiegati. Posso aiutarti a trovare casa in una delle sue proprietà. Se ti accontenti di un lavoro e una casa, puoi smettere di uccidere.»

«No che non posso. Non finché non avrò trovato la persona che sto cercando. E forse neanche allora. Non riuscirei a vivere tranquillamente, sapendo che quegli esseri sono in giro a terrorizzare gli altri mentre io non faccio niente per fermarli.»

Negli occhi di Adrian comparve un bagliore quasi trionfale. «L'alternativa è restare qui. Ti addestri duramente e ti concentri sulla caccia.»

«Non potremmo raggiungere un compromesso? Potrei vivere altrove, addestrarmi nei week-end e chiamarti se c'è qualcosa che non va.»

«Anche se potessi affidare a uno dei miei uomini il compito di aiutarti con il materiale top secret, noi non diamo la caccia a chi vogliamo. Il nostro compito è vigilare sui vampiri, non sterminarli.»

Lindsay si sentì raggelare il sangue. «Perché no?»

«Il loro castigo è convivere con la loro natura per l'eternità.»

«E noi umani siamo... che cosa? Un danno collaterale? Anche noi dobbiamo convivere... e morire... con quello che rappresentano.»

Gli angeli in volo cominciarono ad atterrare. Lindsay li guardò con stupore misto a collera. Queste creature meravigliose sembravano così magiche e potenti, eppure consentivano a quei vampiri parassiti di continuare a vivere.

«Noi andiamo a caccia ogni giorno» disse lui. «Uccidiamo ogni giorno. È davvero così terribile concentrarsi sui nemici più pericolosi?»

Lindsay lo guardò da sopra il bordo della sua tazza di caffè. «Giusto. Magari potrei unirmi a voi quando avrò qualche giorno libero.»

«Raguel ti avrà assunto per un motivo. Per quale posizione ti sei candidata?»

«Assistente alla direzione.»

«Un lavoro importante in un nuovo hotel prestigioso. Sono certo che sei estremamente qualificata per quel ruolo, ma immagino che per una donna della tua età sia un avanzamento di carriera piuttosto notevole.»

Lindsay si leccò il caffè nell'angolo della bocca. «E mi paga anche troppo.»

«Perché crede che tu sia ambiziosa, affamata di soldi e disposta a fare parecchi straordinari.»

Lindsay annuì rassegnata. Quello era un genere di lavoro che l'avrebbe assorbita completamente. Ecco perché le era sembrato molto interessante... avrebbe potuto cercare di avere una vita normale e usare il lavoro come scusa per non andare più a caccia come un tempo. Sì, avrebbe fatto marcia indietro, ma era comunque convinta di aver scelto la migliore opportunità che le si era presentata.

Mentre tutti gli angeli si distribuivano intorno a Adrian, lui rimase immobile al centro. Ma non era l'occhio del ciclone. Lui era il ciclone *stesso*. Era come le nuvole nere all'orizzonte, sublime in lontananza ma capace di una violenza inaudita.

Lindsay si rese conto di essere seduta in mezzo agli angeli a bere il caffè e parlare del suo nuovo lavoro. Non era certamente una donna normale.

«Certo.» Bevve un sorso per farsi forza. «Che cosa ho studiato a fare per tutte quelle ore?»

«Non riesco a credere che saresti disposta a rinunciare al tuo sogno tanto facilmente» disse Damien, esaminandola. «Senza sogni, gli esseri umani avvizziscono.»

«Il campo del turismo non era il suo sogno» spiegò Adrian con decisione. «Lei voleva una vita normale, almeno in apparenza.»

«Che c'è di male?» chiese lei. Lindsay voleva una relazione stabile, la possibilità di innamorarsi, di uscire con gli amici e di avere un lavoro che non la rendesse insoddisfatta. Ma si sentiva in colpa perché voleva far finta di niente. Che tipo di persona avrebbe preferito ignorare la sofferenza degli altri pur di ottenere la felicità?

«Niente. Non ti sei mai sentita a tuo agio nel mondo degli umani, vero? Sei troppo bella e sicura di te per fare la reclusa, però non hai mai pensato che fosse davvero il tuo posto.» La guardò con quegli occhi che leggevano dentro di lei e sembravano conoscerla. «Non devi vergognarti, se vuoi sentirti apprezzata per quello che sei e a tuo agio nell'ambiente che ti circonda.»

«Di sicuro il mio posto non è *questo*.» Però Lindsay non poteva negare che invece, nel profondo, fosse proprio così. E che Adrian era il motivo principale. Lui sapeva cosa aveva fatto, e l'aveva accolta. Questo la faceva sentire completa come non era mai stata prima.

«Ah no?»

«Non ancora.» Ma credeva che prima o poi lo sarebbe stato.

Dio... Come sarebbe stato lavorare con altre persone che combattevano la sua stessa battaglia, non sentirsi più così profondamente sola in questo mondo malvagio e letale che aveva scoperto con la morte della madre?

Lindsay sollevò una mano e si grattò la nuca. «Questa è una decisione difficile da prendere... per entrambi. Vi rallenterò e sarò un ostacolo per voi.»

«Giusto» disse Damien.

Adrian sollevò una spalla con un movimento spontaneo ed elegante. «Qualunque talento può tornarci utile.»

«Ho bisogno di uno stipendio» puntualizzò lei. «Che io scelga una vita o l'altra, non accetterò di farlo gratis.»

«Questi mortali» biascicò Damien «sono davvero ossessionati dai beni materiali.»

Adrian accennò un sorriso. «Ogni giorno invio le mie squadre in tutto il mondo. Prenotare voli e hotel tocca a chiunque sia stato così sfortunato da trovarsi accanto a me in quel momento; non può occuparsene il mio staff della Mitchell Aeronautics, o desteremmo sospetti. Da oggi potrai farlo tu. A meno che tu non sia assolutamente negata, o che non provi un totale disgusto, questo sarà il tuo lavoro a tempo indeterminato. Possiamo accordarci sul tuo stipendio e sull'affitto. Io fornisco i cellulari, mi occupo della nota spese e degli spostamenti di tutte le Sentinelle. Puoi continuare a usare il tuo cellulare, ma dovrai averne due.»

«Sentinelle?»

«Gli angeli che vedi intorno a noi.»

Lindsay fece scorrere lo sguardo sul terrazzo. «Quanti siete?»

«Fino a ieri, centosessantadue.»

«In tutto?»

Lui annuì.

A Lindsay sfuggì una risatina. «Ecco perché vuoi che resti qui. Hai bisogno di tutto l'aiuto possibile.»

«Ci sono anche i lycan» brontolò Damien.

Lindsay scrutò le guardie disposte lungo il perimetro del terrazzo. La differenza tra il loro aspetto e quello degli angeli la aiutava a distinguerli. Gli angeli erano agili e snelli, cosa che probabilmente li avvantaggiava dal punto di vista aerodinamico, mentre i lycan erano più grossi e muscolosi.

Adrian guardò Damien. «Voglio esaminare l'area dove è stato aggredito Phineas, e credo che sia il momento di fare di nuovo visita al branco del lago Navajo.»

Damien annuì e si alzò in piedi. «Invierò una squadra in ricognizione per mettere la base al sicuro.»

«No. Sarebbe un segnale di paura e diffidenza, ed è un messaggio che non voglio mandare.»

«Allora mandane uno diverso» suggerì Lindsay. «Un messaggio vero e proprio. Fagli sapere che stai arrivando.»

I due angeli la guardarono.

Lindsay agitò una mano con noncuranza. «Non so che cosa stia succedendo, quindi magari sono completamente fuori strada, ma mi pare di capire che volete raggiungere un luogo rischioso e non volete che la gente del posto si renda conto che voi lo considerate tale. Perciò... fategli capire che state arrivando. Annunciatelo. Così dimostrerete di non avere paura e gli offrirete la possibilità di fare qualsiasi cosa temiate. Però prima da' retta a Damien, senza spifferarlo ai quattro venti. Fa' esaminare l'area di nascosto. Manda qualcuno in ricognizione prima di comunicare il tuo arrivo. Poi osserva come reagiscono dopo aver ricevuto il messaggio.»

Damien socchiuse gli occhi. «I lycan hanno un olfatto molto sviluppato. Si accorgeranno di essere sorvegliati.»

«Allora manda qualche lycan di cui ti fidi.» Quando calò un silenzio di tomba, Lindsay inarcò le sopracciglia. «Non ti fidi di nessun lycan? Allora perché li usi come guardie del corpo? Per tenere vicino i tuoi nemici?»

Adrian ordinò a Damien di andarsene con uno scatto del mento.

Lindsay guardò l'angelo volare via. «Va bene. Così imparo a parlare a sproposito.»

Adrian si alzò in piedi. «È un piano valido e sensato. Non vedo l'ora di sentire cos'altro suggerirai oggi e in futuro.»

«Adulatore.» Lindsay si chiese dove fosse diretto e cosa avrebbe dovuto fare mentre lui era assente. Doveva chiamare suo padre, poi prendersi un po' di tempo per capire cosa fare con il suo lavoro.

Adrian passò intorno al tavolo. «Ti va di venire con me per qualche minuto?»

«Sì.»

Scansò la sedia per lei e posò la mano sulla sua schiena, all'altezza dei reni. Il calore del suo palmo penetrò attraverso la canottiera sottile facendole venire la pelle d'oca. La condusse verso la ringhiera, lontano dagli altri. Lindsay sentiva la spalla di Adrian che premeva contro la sua e il suo profumo assolutamente delizioso. Se avesse potuto, avrebbe premuto il naso nell'incavo del suo collo e avrebbe inspirato profondamente. La fragranza della sua pelle dava assuefazione, era inebriante... familiare.

«Ti fidi di me?» mormorò sfiorandole l'orecchio con il suo fiato delicato.

«Io non ti conosco nemmeno» rispose lei sussurrando, torturata da un brivido di piacere.

Si fermò con lui in fondo al terrazzo.

«Okay allora.» La sua voce bassa era leggermente divertita. «Puoi concedermi il beneficio del dubbio?»

Lindsay lo guardò. Lui si avvicinò invadendo il suo spazio personale. Ora solo un paio di centimetri li separavano, e Lindsay dovette inclinare la testa all'indietro per guardarlo in faccia. Le ali di Adrian si materializzarono, proteggendoli da sguardi indiscreti. Lei lo guardò assaporando il suo ampio e muscoloso torace. I suoi addominali contratti le fecero venire una voglia matta di vederli in tensione mentre la penetrava. Quel pensiero erotico le fece rizzare la pelle e irrigidire il corpo. Si leccò le labbra asciutte, e lui seguì quel movimento con gli occhi. Lindsay annuì.

«Bene.» Adrian la strinse a sé, cingendole le scapole con un braccio e la curva del sedere con l'altro.

Ogni centimetro del suo corpo vigoroso premeva contro di lei. Lindsay sentì il pene muoversi a contatto con la sua pancia, e il desiderio farsi largo tra le sue cosce.

Gli cinse il collo con le braccia. «*Adrian...*»

«Me lo dirai dopo» mormorò. «Adesso tieniti forte.»

E balzò insieme a lei oltre la ringhiera.

8

Lindsay gridò mentre cadevano in picchiata. Cercò di avvilupparsi alla figura snella di Adrian, con le gambe che andavano per conto loro. Lui premette le labbra sulla sua tempia, e Lindsay si ammutolì di colpo quando sentì defluire improvvisamente tutto il terrore fuori dal suo corpo. Adrian spalancò le ali, e ripresero quota librandosi in volo.

«Per motivi aerodinamici» disse calmo «preferirei che non ti agitassi.»

Infastidita dal mancato preavviso, Lindsay gli mordicchiò il collo. «Mi hai fatto morire di paura, cazzo!»

«Perché?»

«Io ho paura delle altezze!» Avvinghiò le gambe intorno a lui.

«Semmai hai paura di cadere» la corresse sfiorandole la guancia con le labbra. «Io non ti farei mai cadere.»

Stronzate. Era già caduta ai suoi piedi da un bel po' Lindsay si chiese se lui avesse la minima idea di quanto la annientassero le sue accidentali dimostrazioni d'affetto. Ogni volta erano come un cazzotto allo stomaco. Avrebbe potuto difendersi in qualche modo da quell'intimità cocente, se avesse pensato che la sua fosse una tattica per sedurla, ma il comportamento di Adrian non sembrava avere secondi fini. Le sue azioni sembravano oneste... e irresistibili. Il pensiero che non potesse fare a meno di essere tenero con lei la spaventava più di un volo senza un aereo. La paura e l'eccitazione erano una miscela potente.

Dopo aver premuto il viso contro il suo collo, Lindsay si aggrappò al corpo di Adrian percependo ogni contrazione muscolare man mano che saliva su una collina rocciosa. La protesse tenendola talmente tanto stretta a sé che tra loro non passava neppure un filo d'aria, con una sicurezza che calmò tutte le sue ansie. Con il viso arrossato per la scarica di adrenalina, Lindsay si eccitò ancora di più nonostante l'aria fresca del mattino e le braccia scoperte. I suoi seni si fecero più sodi, i suoi capezzoli si irrigidirono.

Mentre virarono a destra, la sua canottiera si sollevò. Lindsay trattenne il fiato quando avvertì la pelle di Adrian a contatto con la sua. Lui era bollente, i muscoli delle braccia che si contraevano mentre batteva le sue enormi ali. I capelli di Lindsay le sferzarono il viso facendole chiudere gli occhi. Il vento cantava un motivo quasi gioioso.

Sentire gli addominali piatti di Adrian flettersi contro il suo addome era molto sensuale, e la loro contrazione ritmica simulava alla perfezione il modo in cui l'avrebbe posseduta. La sua erezione cominciava a diventare evidente, e istante dopo istante per Lindsay era sempre più difficile ignorare quanto fosse eccitata.

Lindsay si sfregò contro il suo pene rigido e grosso.

Adrian perse improvvisamente quota per diversi metri. Lindsay gridò. Lui le mormorò qualcosa in una lingua straniera con la veemenza di un'imprecazione.

«Comportati bene» la rimproverò, stringendola fino a immobilizzarla completamente.

«Sei tu quello eccitato.»

Adrian la strattonò ancora più vicino a sé schiacciandole i seni con il petto. «A sentire i tuoi capezzoli, non sono l'unico.»

Raggiunsero finalmente la cima di un'altra collina, poi piombarono verso il basso e atterrarono agilmente su una piccola pianura sul lato opposto. Lindsay non lo lasciò andare subito. Invece fece quello che aveva voluto fare prima: premette il naso sulla pelle di Adrian e inspirò. Lui infilò le dita tra i suoi capelli, le prese la nuca nella mano e rimase stretto in quell'abbraccio.

Cominciò a respirare affannosamente. «Così mi tenti, *tzel.*»

«Questa parola che non conosco dovrebbe farmi sentire insultata o eccitata?» Lindsay gli lambì la vena pulsante; poi gliela graffiò leggermente con i denti.

Adrian gemette. «Fallo ancora e non mi sentirò in colpa se ti ritroverai qualche sassolino conficcato nella schiena.»

«Ahi.» Lindsay indietreggiò. Si guardò intorno e capì che quel luogo non era l'ideale per un incontro romantico. I cespugli secchi e il terreno roccioso non invogliavano di certo a spogliarsi.

«Le Sentinelle e i lycan hanno un udito piuttosto sviluppato» spiegò, e recuperò l'aspetto candido passandosi la mano tra i capelli. «Se vogliamo parlare in privato, dobbiamo farlo molto lontano dalla residenza.»

«Cosa volevi dirmi di tanto segreto?»

Le sue ali svanirono. «Non è quello dovrò dirti, quanto il modo in cui lo farò. E come ti guarderò.»

Lindsay inarcò le sopracciglia incuriosita.

I luminosi occhi azzurri di Adrian si posarono su di lei e si fermarono sui suoi capezzoli turgidi. Lei raddrizzò la schiena e lasciò che la guardasse.

L'espressione dell'angelo si addolcì. «Non ho mai portato una donna a casa. I lycan non sanno come interpretare la tua presenza, e mi stanno tenendo d'occhio per capirci qualcosa.»

Lindsay represse la sensazione di calore che stava per assalirla. Dopo una vita a disagio con il resto del mondo, ora era in un posto dove si sentiva bene, un posto adatto solo a lei. Poteva essere lei la tessera mancante di quel puzzle? «È chiaro che non porti mai le donne a casa tua. Altrimenti non vivresti con una legione intera sotto lo stesso tetto e un branco di lupi che si aggirano lungo il perimetro. A meno che non esistano altre donne come me...»

«No» disse lui con calma. «Posso dire con certezza che sei unica al mondo.»

«Però mi avevi invitato a cena prima che uccidessi il drago.»

Adrian incrociò le braccia, e i suoi bicipiti si contrassero facendola eccitare ancora una volta. «Certe cose si intuiscono a pelle. Quando ti ho visto ho capito che avresti fatto inevitabilmente parte della mia vita.»

«Anche se fossi stata un essere umano tutt'altro che speciale.»

«Avevi qualcosa di speciale anche allora.»

Lindsay gli voltò le spalle. L'affetto per lui cresceva irrazionalmente in fretta, e sembrava incapace di fermarlo. «Non capisco. Posso essere solo una rottura di palle per te.»

«Come hai detto tu, sono ignari della minaccia che rappresenti per loro. Puoi attirare i vampiri, e io posso usarti a mio vantaggio. Ti piace come risposta?»

Lindsay lo guardò da dietro la spalla. Mercenario e spietato: due caratteristiche che non gli invidiava. Ma comprendeva il suo bisogno di essere tale. Se l'unico modo per essergli utile era fare da esca ai vampiri, sarebbe stata al gioco. Persone innocenti continuavano a morire. Persone che avevano una famiglia, e magari bambini piccoli come un tempo era stata anche lei. Lindsay avrebbe voluto che un mercenario altrettanto spietato avesse salvato sua madre. «La mia arteria come esca? Okay, ci sto. Ma voglio che mi spieghi come mai quegli angeli sono diventati vampiri. E perché altri sono diventati lycan. Sai come si dice, no? Sapere è potere.»

«D'accordo.» Adrian attese che si voltasse per guardarlo. «Poco dopo la creazione dell'Uomo, duecento serafini furono inviati sulla Terra per osservare i suoi progressi e fare un resoconto. Questi angeli erano chiamati Vigilanti. Appartenevano a una casta erudita, e avevano ricevuto l'ordine tassativo di non interferire con l'andamento naturale dell'evoluzione umana.»

«Dovevano solo 'vigilare'. Capito.»

«Però disobbedirono.»

Lindsay sorrise. «Lo immaginavo.»

«I Vigilanti cominciarono a fraternizzare con i mortali e insegnarono loro delle cose che non avrebbero mai dovuto conoscere.»

«Tipo...?»

«Il modo in cui costruire le armi, l'arte della guerra, le scienze...» L'angelo agitò una mano accentuando la casualità del gesto. «Tra le tante cose.»

«Continua.»

«A quel punto, per far rispettare le leggi che i Vigilanti stavano infrangendo, fu creata una casta guerriera, le Sentinelle.»

«E tu comandi queste Sentinelle?»

«Sì.»

«Quindi è colpa tua se gli angeli caduti sono diventati vampiri» lo accusò mentre il suo cuore batteva sempre più forte per la rabbia e l'orrore.

«Se sono diventati quello che sono, la colpa è *loro*. Sono stati *loro* a fare le scelte che li hanno condotti alla rovina.» Adrian la scrutò con i suoi occhi impenetrabili. «Sì, io li ho puniti. Ho strappato le ali ai Vigilanti. Le ali sono collegate alle anime, e senza di esse hanno cominciato a bere il sangue. Ma io non sono responsabile dei loro errori, così come un poliziotto non è responsabile delle azioni commesse dai criminali.»

«Sarebbe meglio dire che è un sistema penale che fa rilascia i criminali quando sono diventati ancora più pericolosi.» Lindsay si scompigliò i capelli per la frustrazione. «Perché devono bere il sangue? Tu non lo bevi, eppure un tempo erano angeli come te.»

«Fisiologicamente sono ancora dei serafini. L'amputazione delle ali non li ha resi mortali. Non mangiano quello che mangi tu. Dall'esterno possiamo sembrare simili ai mortali, ma dentro siamo molto diversi. I vostri corpi generano energia tramite processi fisici e chimici; i nostri non funzionano allo stesso modo.»

Lindsay annuì lentamente. Le ali, e il modo in cui comparivano e scomparivano, erano la prova più evidente di quanto fossero diversi. «E dei lycan che mi dici? Che funzione hanno?»

«Loro avvertono l'odore dei vampiri nascosti, fanno irruzione nei loro covi e li radunano in zone scarsamente popolate dove causeranno il minor danno possibile agli esseri umani.»

«Hai detto che in questo momento ci sono centosessantadue Sentinelle. Le altre sono... morte?»

Adrian sollevò il petto e fece un lungo sospiro. «Sì, ci sono state delle vittime.»

«Quanti sono i lycan?»

«All'inizio erano venticinque. Ma adesso sono parecchie migliaia, perché possono riprodursi.»

«E quante vittime ci sono state tra i vampiri?»

«Centinaia di migliaia. Ma sono ancora tanti, perché riescono a Trasformare i mortali in vampiri molto più in fretta di quanto si riproducano i lycan.»

«Mentre invece il numero delle Sentinelle non aumenta. Anzi, diminuisce ogni volta che ne muore una» Lindsay rilasciò improvvisamente il fiato quando capì l'importanza del compito di Adrian. «Perché gli angeli caduti diffondono la loro malattia? Non capisco perché possano farlo.»

«A questo non so rispondere. Se dovessi azzardare un'ipotesi, direi che è per qualcosa che riguarda il libero arbitrio. I Caduti hanno scelto di trasmettere agli altri la loro punizione proprio come hanno scelto di trasmettere le loro conoscenze. Come i mortali che hanno scelto di essere Trasformati in vampiri.»

«Come se i mortali avessero scelta.»

«Alcuni di loro vogliono essere Trasformati. Soprattutto quelli che sono malati o storpiati da qualche infermità. Quelli che vogliono vivere a qualunque costo.»

Lindsay rabbrividì. «Chi vorrebbe vivere in quel modo? Io preferirei morire.»

Adrian fece un passo verso di lei. Poi un altro. «La domanda è: chi vorrebbe morire in quel modo? La maggior parte dei mortali non sopravvive alla Trasformazione. Molti di quelli che ci riescono diventano rabbiosi e devono essere abbattuti. I Caduti non hanno l'anima. Quando diffondono la loro disgrazia ai mortali, che hanno un'anima, la Trasformazione causa un danno irreversibile. Alcuni minion possono sopravvivere senz'anima, ma la maggior parte perde l'empatia e la ragione.»

«Li chiamate minion?» Lindsay arricciò il naso. «Persino il termine fa schifo.»

Una folata di vento scompigliò i capelli di Adrian, attirando una grossa ciocca nera sulla sua fronte. Quel leggero turbamento della sua perfezione assoluta lo fece sembrare più giovane dei trent'anni che Lindsay gli aveva inizialmente attribuito.

Ma sapeva che era solo un'illusione. Gli occhi di Adrian, così brillanti e pieni di sfumature, erano molto antichi. Il periodo di tempo di cui lui parlava come se niente fosse per lei era inconcepibile. Secoli. Ere. Cercare di immaginare gli eventi storici ai quali lui aveva assistito era a dir poco spaventoso.

«Sei qui» disse Lindsay con cautela, infilandosi i pollici nell'elastico dei pantaloni «per punire gli angeli che hanno insegnato ai mortali cose che non avrebbero mai dovuto conoscere... però vuoi insegnarmi cose che altrimenti non conoscerei. Le leggi che i Vigilanti hanno trasgredito non valgono per te?»

«Ti insegnerò a difenderti meglio, ma rispettando i limiti del tuo corpo mortale. In sostanza, niente che non potresti imparare altrove seguendo corsi di autodifesa.»

«Bene.» Lindsay lasciò andare il respiro che non si era accorta di trattenere. «Ora che conosco le basi, quando partirai voglio venire con te.»

Adrian scosse la testa. «Non so con cosa ho a che fare. Fino ad allora, è troppo rischioso.»

«Dove potrei essere più al sicuro, se non al tuo fianco?» azzardò Lindsay.

«Non c'è niente di più pericoloso che stare al mio fianco.»

La tentazione che rappresentava ne era la prova, però...

«Correrò il rischio. E poi sono già pronta.»

Quando Adrian assunse un'espressione di arrogante superiorità, Lindsay sollevò una mano. «Pensaci bene prima di rispondere» disse mettendolo in guardia.

Adrian fece una pausa e rimase assolutamente immobile.

Un istante dopo averlo conosciuto, Lindsay aveva già capito che era abituato a dare ordini, e che gli altri gli obbedivano senza fare domande. Con lei avrebbe dovuto rinunciarci.

«Insomma... o mangio questa minestra, o salto dalla finestra?» chiese lui con una calma pericolosa.

Lindsay abbassò la mano. «Se uccido le creature malvagie... lo faccio per vendicare *qualcuno.* Lo faccio per le vittime, perché loro non possono più farlo. Per aiutare qualcuno con un nome, un volto, degli amici, una vita... Mi capisci? Hai detto che mi avresti dato un obiettivo, e quello è il tipo di obiettivo che voglio. Voglio aiutarti a scoprire chi ha ucciso il tuo amico.»

«Oggi non vado a caccia.»

«Stronzate. Partirai non appena avrai ricevuto le informazioni che stai aspettando. Vuoi capire se puoi raccogliere qualcosa di utile intorno alla scena del crimine. E quando avrai trovato qualcosa non credo proprio che te ne tornerai a casa. Io non ho bisogno di addestramento per esserti utile. Sono già letale.»

«Con l'elemento sorpresa» precisò lui. «Ma in un combattimento corpo a corpo moriresti in un batter d'occhio. E quando scopriranno chi sei, ti inseguiranno. Non sei ancora pronta per queste cose.»

«Nessuno lo è. Se il momento arriverà, pazienza. Tutto accade per una ragione.»

«Adesso sei *tu* che dici stronzate.»

«Devi portarmi con te» disse lei con una voce che non ammetteva repliche. Poi lo guardò 'in quel modo', lo stesso con cui lo aveva accalappiato all'aeroporto. Quando si trattava di sfoderare gli stratagemmi femminili, non era seconda a nessuno.

Adrian sorrise. Un sorriso *pieno* e seducente che la sbalordì. «Non puoi manipolarmi a tuo piacimento, Lindsay. Sono più che contento di essere l'oggetto delle tue strategie persuasive, ma solo se mi prometti di non infastidirti quando non otterrai ciò che vuoi.»

Quel sorriso la stava travolgendo. Lindsay avvertì una scarica elettrica che le fece formicolare la pelle e drizzare i peli sulla nuca. «Adrian...»

«No.» La curva della sua bocca si raddrizzò bruscamente. «Non commetterò un errore tattico perché ti desidero da morire. La mia missione, e soprattutto *tu*, siete troppo importanti per correre dei rischi.»

La morsa che Lindsay avvertiva al petto fu alimentata dal rispetto. Provò l'improvviso e folle desiderio di muoversi lentamente sopra di lui, nuda. «Anche io ho delle responsabilità, Adrian. So che quegli esseri sono là fuori. Avrei preferito non saperlo. Vorrei non avvertire la loro presenza. Però la sento, e questo comporta un prezzo da pagare. Ma è una cosa che riguarda solo me. Potrei esserti utile e guardarti le spalle.»

«Io sono una Sentinella. So cavarmela da solo.» Per quanto fosse duro il tono della sua voce, era addolcito dal calore dei suoi occhi straordinari.

«Se non mi lascerai venire con te, non resterò qui. Lo so, è infantile, ma è l'unico modo per fartelo capire.»

«Stai ricattando un angelo.»

Lindsay fece spallucce. «Fammi causa.»

Le ali di Adrian si materializzarono, contraendosi di pari passo con la sua mandibola. «Potrei imprigionarti.»

«Così mio padre pianterà un casino e tu avrai molte più gatte da pelare. Ehi... è inutile che ti incazzi. In parte è stata una tua idea coinvolgerlo. E poi lo so che vuoi catturare i responsabili, e più passano i giorni più diventa difficile trovare prove. Io non so se anche tu hai un sesto senso come me, ma se non è così sappiamo entrambi che potrei trovarli piuttosto in fretta. E loro non se lo aspetteranno. Per loro sono soltanto una banale arteria come tante.»

«Il ricatto funziona in entrambi i sensi, Lindsay. Voglio qualcosa in cambio.»

«Eh?» Lindsay si mise subito sulla difensiva. Lo scintillio negli occhi di Adrian era troppo... superbo, come se, senza volerlo, lei stesse facendo il suo gioco.

«Il motivo per cui vai a caccia... la *persona* che vuoi vendicare... voglio sapere chi è.»

«Stavo parlando di qualcuno in generale» tergiversò lei.

Adrian la scrutò per un lungo istante, poi disse: «Molto bene. Allora mi prenderò qualcos'altro.»

«Cosa?»

«Questo...»

Adrian la stava già baciando prima che lei potesse rendersene conto. Si era mosso talmente in fretta che le parve di aver perso interi fotogrammi di un film.

Lo shock la paralizzò. Le aveva sigillato la bocca premendo delicatamente le labbra decise e sensuali sulle sue. La sua gentilezza la colse di sorpresa, vista la veemenza con cui le stringeva il viso tra le mani. Sentì la lingua di Adrian accarezzarle il labbro inferiore prima di scivolare nella sua bocca. Quel tocco vellutato la fece tremare, poi gemere. Adrian la baciò con la calma di un uomo che non aveva fretta di fare l'amore, un lusso che lei non si era mai concessa prima d'ora. Il sesso era uno sfizio che si era presa di tanto in tanto per sentirsi più normale. Non era mai stato una fusione così lenta e profonda. E questo era solo un bacio. Come diavolo sarebbe stato a letto?

Lindsay arricciò le dita dei piedi e gli afferrò la cintura con le mani per restare bene ancorata. Dietro le palpebre chiuse, assorbì il suo sapore e il suo profumo mentre avvertiva la sua vicinanza. Ebbe l'impressione che avesse trovato un passaggio segreto per entrare dentro di lei. Non percepiva nient'altro. Solo la sensazione che fosse diventato una nuvola di fumo e che stesse rovistando tra i suoi pensieri...

Lindsay si ritrasse imprecando. «Eri *dentro la mia testa*?»

«Dovevo sapere se il tuo passato poteva rappresentare un ostacolo.» Adrian si leccò le labbra come se stesse gustando il suo sapore.

Il suo gesto primitivo le provocò delle reazioni molto strane all'altezza del ventre, ma era troppo infuriata per farsi trasportare da quella sensazione. «E quindi hai violato la mia privacy scavando nel mio cervello per scoprire i fatti personali di cui non volevo parlarti?»

«Sì.»

«Vaffanculo.» Lindsay sarebbe voluta scappare via da lì, ma era impantanata in quel posto. Si chiese se Adrian non avesse pianificato tutto dall'inizio.

«So chi stai cercando,» disse «e ti assicuro che ti servirà il mio aiuto per trovarla. E avrai bisogno di me, se vorrai convincerla a rivelare i suoi complici.»

Lindsay lo fissò, domandandosi come fosse possibile sentirsi violata e speranzosa al tempo stesso. Lui aveva visto l'aggressione nella sua mente, aveva visto quella specie di amazzone stronza con i capelli rosso fuoco e la tuta di pelle nera attillata. «Non hai riconosciuto i due che erano con lei?»

«Ci sono migliaia di vampiri con la cresta di quel colore. E la corporatura e i tratti somatici non sono molto d'aiuto, se il ricordo è sopraffatto dal terrore e dal dolore come il tuo.» Le sue ali si agitavano velocemente, come se rivivere il ricordo doloroso di Lindsay lo avesse turbato. «A un certo punto, durante l'aggressione, hai smesso di vedere e ti sei concentrata sui tuoi sentimenti. È questo che riecheggia maggiormente in te... ciò che hai provato mentre guardavi tua madre che moriva dissanguata, mentre aspettavi che arrivasse il tuo turno.»

Che alla fine non era arrivato. Lei era corsa via incolume gridando in cerca di aiuto. Il danno che aveva subìto era puramente mentale ed emotivo. Aveva visto sua madre morire dissanguata. Aveva udito gli sporchi insulti di quei vampiri. Aveva avvertito la pressione degli artigli sulla sua pelle mentre l'avevano tenuta inchiodata a terra...

«Però conosci la donna?» insistette Lindsay, alla disperata ricerca di un indizio. Qualunque cosa potesse aiutarla a trovare i vampiri coinvolti nell'evento che aveva cambiato per sempre la sua vita.

«Oh, certo. Vashti è inconfondibile. È la vicecomandante dei vampiri.»

«Vicecomandante... Vampiri così sono al comando? E questo non basta per spazzarli tutti via dalla faccia della terra?»

«Basta per spazzare via *lei* e i suoi complici.» Le labbra di Adrian si assottigliarono formando una linea severa. «Tu e tua madre siete cadute in un'imboscata in pieno giorno. Gli unici vampiri che non sono sensibili alla luce sono i Caduti. Loro possono conferire un'immunità temporanea ai minion nutrendoli con il loro il sangue, ma in ogni caso i responsabili dell'aggressione sono uno o più Caduti. Se pensiamo a questo, è un miracolo che tu sia sopravvissuta. Avrebbero dovuto uccidere anche te per proteggere la loro identità.»

«Forse non mi ritennero così pericolosa. Un errore grave, da parte loro.» Lindsay sospirò bruscamente. Sebbene fosse incazzata con Adrian per aver rovistato nel suo cervello senza permesso, avrebbe voluto riempirlo di baci. Lui era la chiave per risolvere il mistero di quel giorno. Adesso lei conosceva i responsabili; doveva solo scoprire perché lo avevano fatto. A quel punto avrebbe potuto uccidere quei cazzoni e chiudere per sempre quel capitolo della sua vita. «Bene, ora che abbiamo risolto la questione del ricatto verrò con te.»

«Obbedirai ai miei ordini senza fare storie.»
«Sì. Lo prometto.» Lindsay tracciò una X sul petto. «Croce sul cuore.»
Con un dito, Adrian le disse di avvicinarsi. «Dobbiamo tornare indietro.»
Il corpo di Lindsay cantò per l'eccitazione e il crescente entusiasmo. Le venne in mente che, se avesse mai percorso in volo con lui distanze più lunghe, avrebbe potuto provare un orgasmo mentre era sospesa per aria. Come una motociclista in sella a una Harley-Davidson che veniva per le vibrazioni del motore. L'adrenalina l'aveva sempre fatta eccitare. In combinazione con Adrian, poi, era un vero e proprio inferno. Lo scrutò per bene dalla testa bruna ai piedi nudi... che in quel momento non stavano esattamente toccando il suolo ghiaioso.
Era completamente fottuta.

9

Syre roteò sulla sedia dietro la scrivania e guardò Main Street dalla finestra del suo ufficio. La cittadina di Raceport, in Virginia, sembrava un dipinto di Norman Rockwell, ma si era guadagnata un tocco di modernità grazie alle decine di Harley-Davidson allineate lungo i marciapiedi.

«Adrian ha ammesso di averla uccisa? Se n'è uscito proprio così?»

La voce solitamente melodica della sua vicecomandante era spezzata per la rabbia e il dolore. Vashti camminava avanti e indietro come un animale in gabbia, mentre i tacchi a spillo dei suoi stivali ticchettavano ritmicamente sul pavimento di legno.

«Sì» rispose calmo.

«Come ci vendichiamo? Che cosa fa...»

«Non fare niente, padre.»

L'inquietante placidità nella voce di suo figlio spezzò il cuore di Syre più di quanto avrebbe potuto fare la collera. Si alzò in piedi e lo guardò: era il suo unico figlio ancora in vita. Torque rimase sulla soglia buia per evitare i raggi del sole che avanzavano sulla scrivania di Syre tagliando la stanza a metà.

«Nikki vuole... *voleva* che vivessimo in pace con le Sentinelle.» I lineamenti di Torque erano deformati dal dolore, i suoi occhi a mandorla iniettati di sangue e la bocca contratta incorniciata da rughe profonde. «Non avrebbe voluto essere la causa scatenante di una guerra.»

«Non è stata tua moglie a causare tutto questo» sbottò Vash. «Adrian ha attirato la guerra sulla su di sé.»

Syre congiunse le mani dietro i reni. «Dice che lei lo ha aggredito.»

«Questo è ridicolo, cazzo.»

«Lo penserei anche io, ma ha detto che aveva la schiuma alla bocca. Rabbia. E non l'ha riconosciuta... non sa di aver ucciso mia nuora. Non è possibile... a meno che il suo aspetto non fosse completamente alterato. Nikki era scomparsa da due giorni. Chissà cosa ha fatto in quel lasso di tempo. Qualcuno potrebbe averla drogata.» Il vampiro guardò suo figlio, che sapeva quanto orribilmente potesse reagire il corpo di un minion ad alcuni tipi di droghe umane.

«Magari non era Nikki, allora» si affrettò a dire Vash. «Forse era un'altra.»

«Era lei» confermò Torque con la voce roca. «L'ho percepito nel momento in cui ha perso la vita.»

Syre annuì, sapendo che il legame tra vampiro e minion era doppiamente forte se c'era di mezzo l'amore. Lui stesso aveva avvertito chiaramente le morti di Shadoe nonostante la distanza che li separava. «Che cosa sappiamo del rapimento?»

Torque si passò una mano sul viso. «È arrivata all'aeroporto intorno alle dieci. A mezzanotte ho chiamato il covo, perché doveva venirmi a prendere a Shreveport ed era in ritardo. Hanno mandato Viktor a cercarla. Nikki era sparita, e intorno all'elicottero c'era odore di lycan.»

Syre guardò Vash e ordinò: «Mettiti sulle tracce dei lycan e portameli.»

«Credevo che non me lo avresti chiesto.» Gli occhi ambrati della vampira erano freddi e duri come la pietra. Una cinquantina di anni prima, un branco di lycan aveva teso un agguato al suo compagno e lo aveva ucciso. Ora covava un odio talmente accecante da ucciderla a poco a poco. «Mi farò dire quali erano gli ordini di Adrian.»

«*Ammesso che* Adrian abbia qualcosa a che fare con questa storia.»

Torque si accigliò. «Chi altri potrebbe essere stato?»

«La domanda è proprio questa.»

Vash imprecò sottovoce. Con i suoi capelli rossi lunghi fino alla vita e la tuta di pelle nera incarnava il canone della bellezza vampiresca descritta nei romanzi. Non nascondeva mai le zanne perché diceva che alcuni mortali erano disposti a pagare per farsi fare delle capsule dentali come quelle. «Adrian ha confessato di aver ucciso Nikki. Cos'altro ti serve?»

«Un movente.» Syre inarcò il collo per trovare sollievo dalla tensione. Le sue zanne si distesero di pari passo con il movimento, proprio come le ali che un tempo avevano espresso i suoi stati d'animo. «In fondo Adrian è una Sentinella. Suona semplicistico, ma in realtà non lo è. Lui è come una macchina... hai i suoi ordini, e non si allontana mai da quella strada. Attenersi fedelmente alle responsabilità è la sua forza più grande e la debolezza che lo rende più prevedibile. Non farebbe mai di testa sua, non è nella sua natura. Se ha agito in quel modo significa... che è stata una reazione, non un attacco deliberato.»

«Magari i suoi ordini sono cambiati» suggerì Torque, diffidente.

Vash sbuffò. «O magari sta mentendo. Potrebbe essersi inventato la storia della legittima difesa per pararsi il culo, farci incazzare e spingerci a organizzare una rappresaglia. Così avrebbe la scusa per darci la caccia. Magari ci sta mandando un messaggio.»

«Dimentichi che risponde ancora al Creatore» disse Syre sardonico. «E se avesse voluto fare una dichiarazione di qualche tipo, l'avrebbe inchiodata al corpo martoriato di Nikki che avrebbe abbandonato sotto il mio portico. Non lascerebbe nessuno spazio alle congetture. Sapete cosa penso? Qualcuno vuole che noi incolpiamo lui. E peggio ancora, vuole fargli credere che io abbia fatto impazzire Nikki e che l'abbia mandata da lui, perché è vero anche il contrario: lui ci ritiene responsabili per quello che ha fatto Nikki. Ma chi trarrebbe maggior guadagno da una guerra tra vampiri e angeli?»

«I lycan.» Vash emise un respiro improvviso e ricominciò a fare avanti e indietro nella stanza. I suoi lunghi passi coprirono i sei metri di ampiezza con una velocità che ai comuni mortali avrebbe fatto venire il mal di testa. «Lo sapevo che quei cani sono subdoli e rozzi. Ma non credevo che avessero le palle o l'astuzia per liberarsi dal collare delle Sentinelle.»

Syre sorrise torvo. Il fatto che Adrian avesse tenuto i lycan al suo servizio fino a quel momento era la dimostrazione di quanto fosse forte la sua leadership. In qualche modo riusciva a tenerli vincolati generazione dopo generazione grazie al patto che aveva stretto con i loro antenati.

Fino a quel momento Syre aveva ammirato il capitano delle Sentinelle per la sua lungimiranza. L'aspettativa di vita limitata dei lycan consentiva loro di riprodursi. A differenza dei vampiri, che erano sterili. O delle Sentinelle, a cui era proibito procreare. Adrian aveva bisogno di quei cuccioli lycan in aggiunta alle sue Sentinelle, i cui ranghi non potevano essere rinfoltiti.

«Ricorda» disse Syre, arcigno «che i lycan discendono dai Vigilanti come noi. Sono imparentati alla lontana con te e me, quindi hanno certamente ereditato parte del nostro temperamento ribelle. E anche se quando hanno ricevuto per la prima volta il sangue demoniaco erano poco più che bestie, il fatto di essere mortali per loro è stato un vantaggio... noi siamo rimasti gli stessi, mentre loro si sono evoluti.»

«Quindi qualche lycan ribelle vuole farci intraprendere una guerra contro le Sentinelle. Perché? Vogliono suicidarsi in massa? La loro vita è al servizio delle Sentinelle. Sono incastrati nel mezzo.»

«Magari sono stufi di servirli. Trova chi ha rapito Nikki, così chiederemo direttamente a lui. Ma nel frattempo non uccidere nessuna Sentinella.»

«Siamo giustificati a farlo» protestò Vash.

«Fa' come dico, Vashti.»

«Come vuoi, Syre.» La vampira si voltò e si diresse verso la porta. Si mosse con la lentezza e la precisione di una cacciatrice. Syre le aveva affidato la sua vita proprio come le aveva affidato quella di Shadoe nella sua originale incarnazione. Vash aveva addestrato la volenterosa figlia del capo instillandole un po' della disciplina necessaria, e insieme a lei aveva annientato migliaia di demoni.

Vash abbracciò Torque prima di lasciare la stanza, mormorandogli la promessa di uccidere i bastardi che avevano fatto fuori sua moglie. Poi se ne andò portando con sé la sua energia turbolenta. Nell'improvvisa calma che seguì, Torque fece cadere le spalle come se stessero sostenendo il peso del mondo. Lui aveva Trasformato Nikki perché si era innamorato di lei, e le aveva donato l'immortalità per tenerla sempre al suo fianco. Per l'eternità. Ma purtroppo l'immortalità non poteva proteggerli dalle Sentinelle.

Torque incrociò le braccia, e i suoi occhi colmi di rabbia brillarono come ambra fusa. «Vendicare Nikki è un mio diritto, non spetta né a te né a Vash.»

«Hai assolutamente ragione. Ma devo indagare a fondo sulla questione, ed è un compito troppo delicato per poterlo affidare a chiunque altro.»

Torque entrò nella stanza e si fermò quando le punte dei suoi stivali rinforzati sfiorarono la linea che separava la luce del sole dall'ombra. I suoi capelli corti erano dritti come spilli, e le punte ossigenate quasi bianche. Il suo era uno stile che si adattava bene ai lineamenti esotici che aveva ereditato dalla madre e alla vita spericolata che conduceva. Mentre Syre preferiva le cittadine che attraevano gli appassionati di moto, assicurando così un costante rifornimento di sangue alle combriccole di vampiri e ai loro covi, Torque gestiva una catena di nightclub in espansione assicurando un tetto ai minion che muovevano i primi passi.

Syre si avvicinò a suo figlio e lo afferrò per le spalle. I lineamenti di Torque gli ricordavano così tanto Shadoe... Si somigliavano come tutti i gemelli. Ora sua figlia era stata privata dei suoi geni e dei suoi ricordi. Un tempo era l'immagine sputata di sua madre, ma poi le sue incarnazioni le avevano conferito i tratti somatici di altre persone. Anche se lui amava Shadoe indipendentemente dall'aspetto esteriore, a una parte di lui sembrava di perdere sua moglie ogni volta che la figlia rinasceva con il volto di un'altra donna.

«So che è un brutto momento» mormorò «ma devo chiederti di farti da parte. Quando Adrian mi ha detto di essere stato aggredito da Nikki, ha fatto anche un commento su Phineas che mi riguarda. Voglio che scopri che cosa è successo nelle ultime quarantotto ore.»

«Va bene.» Torque posò le mani su quelle di Syre. «Adesso ho bisogno di concentrarmi su altro, o potrei fare qualcosa di cui ci pentiremmo tutti.»

Syre stampò un bacio sulla fronte del figlio. Il leader dei vampiri lo capiva fin troppo bene. Lui era sopravvissuto a malapena, dopo la morte di sua moglie e di Shadoe. Se non ci fosse stato Torque, la loro scomparsa lo avrebbe ucciso molto tempo prima. «Quando diffonderemo la notizia che sei in lutto, nessuno solleverà domande sulla tua assenza.»

Servirsi del dolore di suo figlio per mandare avanti i suoi piani era una cosa spietata, ma Syre non poteva permettersi il lusso di farsi sfuggire delle occasioni preziose.

Dio, si sentiva davvero vecchio e insensibile. Talmente vecchio da non riconoscere il giovane volto che lo fissava dallo specchio della parete accanto alla porta. Dimostrava solo dieci anni più di Torque, al quale la maggior parte della gente non avrebbe dato neanche trent'anni.

Suo figlio disse bruscamente: «Come fa Adrian a gestire le cose, se perde l'amore della sua vita ogni cent'anni? Sei certo che abbia tutto sotto controllo? Papà, Shadoe se n'è andata molto tempo fa. Deve avergli dato di volta il cervello.»

«Potrebbe essere vero se gliene fregasse qualcosa. Ma lasciarla morire continuamente... senza che possa ricordare la sua famiglia e le persone che la amano? Questa è crudeltà, non amore.»

«Non lo so.» Gli occhi di Torque riflettevano il suo tormento interiore. «Io farei qualsiasi cosa pur di riavere Nikki, a ogni costo.»

«Lui non è come noi. Se lo avessi sentito al telefono... così freddo e distaccato. È serafico in tutti i sensi. Per lui l'anima è tutto. Senza quella non ha più motivo di vivere. Tu hai detto che faresti qualsiasi cosa, ma di fronte a una scelta, so che prenderesti la decisione giusta.»

«Questo non puoi saperlo. Non lo so neppure *io*. Ora avrei voglia di sventrare tutte le Sentinelle e i lycan che incrocerò per strada.»

«La morte di Nikki aveva proprio questo scopo... farci impazzire di rabbia. Ma noi dobbiamo essere più furbi. Se prima raccogliamo informazioni, potremo muoverci con precisione, invece di sparare alla cieca. Pensa ai vantaggi che avremmo, provocando dei contrasti tra le Sentinelle e i lycan. Dobbiamo soltanto ottenere la prova che quei cani stanno cospirando contro i loro padroni. La consegneremo a Adrian, e lui farà il lavoro sporco al posto nostro.»

«Cosa devo cercare?»

«Lo capirai quando lo vedrai. Se qualcosa non va, te ne accorgerai.»

«Suggerimenti su dove iniziare?»

Syre sollevò il polso davanti alla bocca di suo figlio e gli offrì la forza del suo sangue per aiutarlo ad affrontare la sua impresa. Anche se Torque era un *nafil*, e quindi era superiore agli altri minion, era comunque svantaggiato rispetto ai Caduti. Bere un bicchiere o due di puro sangue di un Caduto avrebbe sopperito alle sue mancanze per qualche giorno.

Syre sibilò quando le zanne di Torque affondarono nella sua arteria, poi chiuse gli occhi. «Adrian starà indagando sulla morte di Phineas. Va' ad Anaheim. Comincia da lì.»

«Non ti piace volare?» chiese Lindsay, guardando le nocche bianche di Elijah mentre si teneva aggrappato con forza ai braccioli del suo sedile.

Lui la guardò con i suoi meravigliosi occhi smeraldo. «Non mi fa impazzire.»

«Dài, ammettilo, un jet privato è molto meglio di un volo di linea.»

«No.» Il lycan impallidì quando l'aereo virò leggermente. «Non lo ammetto.»

La bocca di Lindsay si incurvò. Esaminò la cabina lussuosa accarezzando la pelle del sedile sul quale si era buttata. Adrian stava seduto qualche metro più in là, impegnato in una conversazione piuttosto seria con Damien e un tizio biondo, Jason, un fico pazzesco come tutti gli altri angeli.

Lindsay riportò l'attenzione su Elijah, seduto di fronte a lei dall'altra parte di un tavolo. Su un aereo. L'interno era accogliente come un camper. «Sei costretto a farmi da babysitter, eh?»

Il lycan si limitò a guardarla.

«Mi dispiace» gli disse sentendosi in colpa per lui. «Non ti darò nessun problema.»

«Sarà, ma è chiaro che Adrian non è contento di averti portato con noi.»

Lindsay rifletté su quella frase. «Pensi che si sia sentito costretto a farlo, e che quindi io sia una seccatura?»

Ancora una volta, lui si limitò a guardarla con i suoi intensi occhi. Gli occhi di un cacciatore, attenti e scrutatori.

Lindsay non poteva assolutamente alimentare il clima di diffidenza che la circondava, così disse: «Ma tu lo conosci molto bene. Sai che nessuno può costringerlo a fare quello che non vuole.»

Elijah sollevò una spalla muscolosa in risposta.

Lindsay posò il gomito sul tavolo e il mento sulla mano. «Non sei un tipo molto loquace, eh? Comunque mi piaci, e non solo perché sei la guardia del corpo di Adrian. Speriamo che prima o poi ti piacerò anch'io.»

«Preferisco rischiare solo quando vado a caccia.»

Lindsay ci mise un po' a capire quel commento. «Pensi che finirai nei guai, se sarai gentile con me? Se Adrian fosse geloso del suo territorio, non ti avrebbe ordinato di farmi da babysitter.»

Il volto di Elijah riprese colore quando si distrasse dalla paura e si concentrò sulla loro conversazione. «C'è una bella differenza tra ordinarmi di sorvegliarti e permettermi di diventare tuo... amico.»

Quando Lindsay si voltò nuovamente e sbirciò dietro la sua spalla, vide che Adrian la stava fissando. L'angelo indossava un completo color cachi fatto su misura e una camicia nera che secondo lei costava come minimo un mese di stipendio. Si era arrotolato le maniche e aveva sbottonato il colletto, mostrando abbastanza pelle olivastra da tramortirla. Prima d'ora lo aveva visto in abiti casual all'aeroporto e mezzo nudo proprio quella mattina, ma adesso era di un'eleganza raffinata. E naturalmente mozzava il fiato in qualunque modo. Lindsay era talmente cotta che riusciva a stento a distogliere lo sguardo da lui. Fu Adrian a interrompere per primo il contatto, riportando lentamente l'attenzione sui suoi uomini.

Lindsay tornò a Elijah. «Vedi? Non è affatto geloso.»

«Noi abbiamo degli antenati in comune» sussurrò lui. «Il nostro lato animalesco non deriva solo dal sangue demoniaco.»

Quella frase la colse momentaneamente di sorpresa, e alla fine annuì assorta nei suoi pensieri. In Adrian c'era decisamente qualcosa di selvaggio; fremeva proprio sotto la superficie.

«Non mi sembri sorpresa.» Elijah socchiuse gli occhi verdi. «Ti ha detto cosa siamo?»

Il lycan aveva abbassato talmente tanto la voce che Lindsay dovette leggere il labiale mentre lo ascoltava. Il fatto che riuscisse a rimanere discreto con una voce così profonda la stupì.

«Mi ha detto qualcosina» rispose. Lindsay non riusciva a parlare piano quanto lui, ma cercò di fare il possibile. «Però non sono sicura di aver capito bene tutta la questione delle gerarchie. Cioè, ho capito che le Sentinelle sono cazzute, altrimenti non sarebbero riuscite a sottomettere i Vigilanti, tanto per cominciare. A meno che i Vigilanti stessi non abbiano organizzato una rivolta...?»

«Non lo so. Forse, se avessero saputo quello che sarebbero diventati, avrebbero scatenato un putiferio.»

«Che vuol dire 'non lo so'? Non te lo ricordi?»

Elijah increspò le labbra. «Io non c'ero. Noi lycan non siamo immortali. Io ho solo settant'anni.»

Lindsay spalancò la bocca. La sua idea di settantenne non si addiceva *minimamente* al marcantonio palestrato seduto di fronte a lei. Non c'era nemmeno un capello grigio nella sua folta chioma castana e i suoi bellissimi lineamenti non erano segnati dalle rughe. «Wow» disse.

Calò improvvisamente il silenzio. Sorprendentemente, alla fine fu Elijah a romperlo. «Perché vai a caccia di vampiri?»

Lindsay ponderò per un istante la sua risposta. Quello era un argomento che non aveva mai toccato con nessuno, perché parlare della morte di sua madre significava rivivere quel ricordo. Ma Adrian adesso sapeva tutto, e in questo nuovo mondo nel quale lei stava vivendo doveva affrontare il suo passato, se voleva capire chi fosse. Era una cosa che Lindsay non prendeva affatto alla leggera. Nessuno l'aveva mai capita veramente prima d'ora, e non si era mai resa conto di quanto desiderasse essere accettata finché non l'aveva fatto Adrian. Così prese un bel respiro e rispose: «Sono stata aggredita dai vampiri.»

«Non direttamente, altrimenti saresti morta.»

«Una persona della mia famiglia.»

Elijah annuì. «Anch'io.»

«È per questo che combatti?»

Il lycan inarcò un sopracciglio scuro. «Come se avessi avuto scelta. Però sì, diciamo che è un incentivo.»

«Già.» Lindsay sospirò. «Neanche io ho scelta. Credevo di sì, ma mi illudevo.»

«Tu che cosa sei?»

«*Eh?*»

«Ieri sera... Come facevi a sapere che quello era un demone?»

«Ah.» Lindsay fece una smorfia. «Io sono un essere umano, una *mortale* sfigata, diciamo.» Un tempo si era chiesta cosa si provasse a essere ignoranti come tutti i mortali, ma ormai era una vita che non si intratteneva più con quel genere di pensieri. Era inutile, come chiedersi quale sarebbe stata la sua vita se fosse stata una gatta.

«Che cosa vedi?»

«Io non *vedo* niente. Provo delle sensazioni. Sono come un fantasma che cammina sulla mia tomba, se capisci cosa intendo.»

«È per questo che sei andata dritta da Adrian non appena l'hai visto?»

«No. L'ho fatto perché è bello da morire.» Lindsay addolcì quella mezza verità con un sorriso e tenne per sé il suo rapporto con le condizioni atmosferiche e il suo legame con Adrian. «Sono pur sempre una donna, sai. Etero. Gli uomini belli mi attraggono.»

«E non è strano che tu abbia conosciuto l'unico angelo di tutto l'aeroporto?»

«Certo. Ieri sera ho detto la stessa cosa a Adrian, ma lui se n'è uscito con una specie di discorso sui sei gradi di separazione.»

«*Mmm...*»

«Anche io ho reagito più o meno così, ma in fondo chi sono io per contraddirlo? Non sono una persona religiosa.»

«Disse la donna che viveva con gli angeli.»

«Dico sul serio.» Lindsay sorrise. «Hai visto la faccia di Adrian quando il drago è crollato a terra?»

Gli occhi di Elijah brillarono divertiti. «Sì.»

L'aereo cominciò a perdere quota. Lindsay si sfregò le mani. «Spero che troveremo chiunque stiamo cercando.»

«Lo troveremo.» L'espressione del lycan si irrigidì conferendogli lo sguardo fiero del predatore.

«Ti piace proprio andare a caccia, eh?»

«Sì. Specialmente questa volta.» Le sue iridi emanarono un bagliore eccezionale. «Oltre al vice di Adrian, questo vampiro è responsabile della morte di due lycan.»

«Erano tuoi amici?»

«Una cosa del genere.»

Lindsay si domandò quanti 'amici' avesse Elijah, e le venne in mente che doveva essere un gruppo molto ristretto e ben selezionato. Raddrizzò le spalle e sbuffò rumorosamente.

«Stai bene?» chiese Elijah, impallidendo mentre l'aereo scendeva rapidamente.

«Starò bene.»

Era la prima volta che Lindsay non vedeva l'ora di uccidere qualcuno. E non si sentiva minimamente in colpa come aveva immaginato.

10

Lindsay scese dall'aereo, si infilò gli occhiali da sole e si guardò intorno. «Porca puttana.»

Una mano calda si posò sulla sua schiena anticipando il mormorio di Adrian: «Che c'è?»

Lindsay si voltò tutt'intorno, lentamente, finché non fu faccia a faccia con lui. «Dov'è il *terreno*?»

La pista terminava... a mezz'aria.

«Siamo su una *mesa*.»

«Non ci credo.»

«Be', credici.»

«Chi è quel matto che ha costruito una pista d'atterraggio su una *mesa*? Se il pilota non frena in tempo, sei fottuto.»

Adrian fece una smorfia, e a Lindsay venne voglia di vederlo sorridere ancora. «Ma dài.»

L'angelo la condusse al piccolo parcheggio dell'aeroporto, dove ad attenderli c'erano due eleganti macchine scure. Jason e Damien salirono nella prima, mentre Elijah scivolò sul lato passeggero della seconda.

«Saint George, eh?» disse Lindsay mentre Adrian le apriva lo sportello. «È la prima volta che vengo nello Utah.»

«È un bellissimo Stato.» Adrian prese posto accanto a lei e

chiuse lo sportello. Le macchine si misero in moto. «A sud ci sono delle bellissime formazioni di arenaria rossa.»

«Dove siamo diretti?»

«Non molto lontano. In una cittadina chiamata Her-ah-kun.»

Lindsay aggrottò la fronte. «Her-ah-kun? Che razza di nome.»

Ancora una volta, Adrian fu sul punto di sorridere. «Si pronuncia 'hurricane'.»

Tempesta. Andiamo bene...

La sua determinazione le infuse coraggio. Neanche il nome di quella città doveva essere una coincidenza, visto tutto quello che le era successo da quando aveva lasciato Raleigh.

Mentre scendevano verso la città, Adrian divenne immobile e silenzioso, ma Lindsay sentì la sua instabilità farsi sempre più forte col passare dei chilometri. Il suo migliore amico era morto. Per quanto Adrian potesse apparire stoico, era chiaro che quella perdita lo turbava profondamente. Il suo dolore lo umanizzava, lo rendeva più uomo che angelo. Lindsay si chiese dove cercasse conforto quando ne aveva bisogno, o se preferisse tenersi tutto dentro. Anche se era circondato da angeli pronti a morire per lui, sembrava comunque molto solo.

Lindsay mise una mano sul sedile tra loro e intrecciò di nascosto il mignolo al suo. Anche se lui non lasciò trapelare niente, Lindsay percepì la sua sorpresa. Adrian le afferrò improvvisamente la mano spostando lo sguardo fuori dal finestrino, e lei coprì le loro mani unite con la borsa perché non si vedessero nello specchietto retrovisore. Adrian le mostrò la sua gratitudine stringendo un po' la presa.

Stranamente commossa per il fatto di essergli di conforto, Lindsay rifletté sull'intimità che si era già creata tra loro. Si stavano aprendo l'uno con l'altra come non gli era mai successo prima. Perché? Perché Adrian aveva preferito portarla a casa sua la notte precedente? Una cena al ristorante sarebbe stata la scelta più ovvia per evitare che lei scoprisse i suoi segreti. E perché era così *intimo* con lei? Così tenero...

Perché lei lo lasciava fare? Perché con lui non era diffidente come con tutti quelli che incontrava?

Lindsay fissò il paesaggio distrattamente, e si chiese per quale motivo sembrava attirare solo i tipi strani e misteriosi. Perché i suoi movimenti erano così veloci, se era solo un essere umano? Suo padre l'aveva sempre portata dal medico anche quando le colava il sangue dal naso o aveva una leggera irritazione. Si era fatta le solite radiografie ai denti e alle ossa, le solite analisi del sangue e anche una TAC quando aveva avuto un trauma cranico in seguito a una caduta nel cortile di un amico. I medici non sapevano spiegare le sue abilità. Ma non c'era dubbio che fosse diversa, e questa sua diversità stava creando un'affinità tra lei e Adrian. Anche se non riusciva ancora a capire se questo fosse un bene o un male.

Si allontanarono dalla strada ed entrarono nel parcheggio di un negozio di ferramenta. Mentre la macchina scivolava agevolmente in uno spazio accanto a quella che trasportava Jason e Damien, Lindsay si guardò intorno per studiare la situazione.

«Siamo arrivati» disse Adrian prima di scendere dalla macchina.

Lo sportello di Lindsay si aprì, ed Elijah si piazzò alto e incredibilmente minaccioso lì davanti. Nonostante fosse un tipo muscoloso con le spalle larghe, non era eccessivamente grosso, eppure la sua presenza fisica lo rendeva tale. Come nel caso di Adrian, era meglio non farlo arrabbiare.

Scesa dall'auto, Lindsay prese un bel respiro ed esaminò l'ambiente circostante. Hurricane sembrava uno di quei paesotti costruiti intorno a un'unica strada principale. Oltre al negozio di ferramenta, c'erano un paio di fast food, una drogheria e un paio di negozi a conduzione familiare.

Il vento sferzò i capelli di Lindsay, gridando. Lei spalancò la bocca, e quando vacillò di fronte alla sua veemenza Elijah le afferrò prontamente un braccio per stabilizzarla.

Adrian comparve accanto a lei prima che potesse riprendere fiato. «Che cosa hai sentito?»
Lindsay rabbrividì. «Questo posto fa accapponare la pelle.»
«Un covo, forse?» chiese Damien avvicinandosi a loro.
«Non so cosa sia.»
«Un gruppo di vampiri nomadi» spiegò Adrian.
Perfetto. Proprio quello che lei aveva sempre desiderato. «Sono decisamente tanti.»
Damien guardò Adrian. «Allora non scherzavi. È davvero una sensitiva.»
Adrian annuì brevemente.
Lindsay si ricompose. «Cominciamo subito a cercarli? O aspettiamo i rinforzi?»
Jason la squadrò da capo a piedi. «Riesci a individuare con esattezza dove sono?»
Lindsay annuì, sapendo che il vento le avrebbe indicato la giusta direzione, se lei glielo avesse permesso. «Più mi avvicinerò a loro, meglio la avvertirò. Devo soltanto fare un giro qui intorno.»
«No.» Adrian si voltò come se non ci fosse nient'altro da dire sull'argomento. «Adesso sappiamo che Phineas non era inseguito; si è imbattuto in un covo. Da qui in poi possiamo trovarlo senza metterla in pericolo.»
Lindsay rifletté sulla mossa successiva. Sfidarlo di fronte ai suoi uomini era impensabile, però non voleva perdere l'occasione di aiutarli 'per il proprio bene.'
Quando si rese conto di non avere idee migliori, Lindsay scelse l'unica soluzione che le era venuta in mente... si allontanò dal gruppo.
Si diresse verso la strada principale, convinta che il punto più trafficato fosse il posto migliore da cui iniziare; lì Adrian non avrebbe potuto fare una scenata in pubblico... anche se non poteva esserne certa. Sarebbe stato capace di mettersela in spalla e portarla dove la riteneva più al sicuro. Come aveva

previsto, Lindsay percepì lo sguardo di Adrian su di sé. Comunque si sarebbero messe le cose, i suoi sensi si sarebbero concentrati su di lui quanto sul nascondiglio della loro preda.

Elijah la raggiunse prontamente. I suoi occhi erano protetti dagli occhiali da sole, ma lei sapeva che stava controllando la zona con la meticolosità di un predatore. «Per tua informazione: un atto di sfida di solito comporta una punizione.»

«Immaginavo. Sono adulta e vaccinata; me la caverò. Tu piuttosto... te la caverai?»

«Io non devo perderti di vista.»

«Quindi in pratica sei spacciato se vieni con me e spacciato se non lo fai.» Lindsay arricciò le labbra. «Cosa pensi che farà?»

Elijah scrollò le spalle. «Non ne sono sicuro. Di solito la ribellione viene punita con la morte, ma scommetto che con te chiuderà un occhio.»

L'ansia la invase, intensificando il nervosismo provocato da quel vento frenetico. Era convinta che Adrian fosse capace di cose che non poteva neanche immaginare; altrimenti non lo avrebbero mai messo a capo delle Sentinelle. Eppure lei non lo temeva, perché in fondo, per lui, la sua sicurezza veniva prima di tutto. Preoccuparsi delle conseguenze non l'avrebbe portata da nessuna parte. Poteva solo continuare a fare ciò che aveva sempre fatto: un passo alla volta, sempre avanti.

Fortunatamente quel ragionamento sembrava funzionare. Passo dopo passo, Lindsay si sentì sempre più a suo agio. Qualunque fosse stata la reazione di Adrian al suo ammutinamento, lui le stava concedendo un po' di vantaggio. E lei lo apprezzava. Significava riconoscere la sua intelligenza e la sua esperienza sul campo. Considerato l'enorme divario tra le loro abilità, quella fiducia significava molto per lei.

Mentre superava un fast food con Elijah, Lindsay guardò attraverso le vetrine. All'interno c'erano famiglie e ragazzi che ridevano, mangiavano e vivevano nella beata ignoranza. Che bastardi fortunati.

«Ce l'hai la ragazza?» chiese. «Una moglie? Figli?»
«No, non ho una compagna.»
Lindsay resistette alla tentazione di controllare quanto fosse distante Adrian. In realtà avrebbe preferito trovarsi lì da sola; un gruppo di fichi minacciosi a spasso per una piccola città come quella era il segnale che stava succedendo qualcosa di molto insolito. «Il lycan che hai perso era la tua compagna? Scusa... sono una ficcanaso.»
Elijah la guardò. «Se avessi perso la mia compagna, adesso non sarei vivo. Quando un lycan perde il suo compagno, si lascia morire.»
«Ah. Come i lupi? Quelli veri, intendo. Ho letto che hanno un solo compagno per tutta la vita.»
Elijah riportò l'attenzione sulla strada. «Sì.»
«Agli esseri umani succede la stessa cosa, sai? Alle coppie che sono state sposate per molti anni. Quando una persona muore, di solito il coniuge non sopravvive molto a lungo. Anche per i vampiri è così? E le Sentinelle?»
«I vampiri scelgono un compagno, ma non per tutta la vita. Le Sentinelle non fanno coppia con nessuno.»
«Be', certo... Hanno parecchie cose da nascondere, e non possono mica avere legami tra loro... non sono molti. Secondo me in questi casi l'unica soluzione è una storiella.»
«Per quanto ne so, loro non fanno proprio sesso. Punto e basta. Non sembrano aver voglia di farlo, almeno da quel che vedo. Ho sempre avuto l'impressione che fossero superiori a questo genere di cose.»
Lindsay sorrise, perché sapeva fin troppo bene quanto Adrian invece volesse farlo. Quell'uomo grondava sesso da tutti i pori. «Magari semplicemente non siete il loro tipo.»
«Le Sentinelle hanno sempre qualche lycan accanto a loro» insisté calmo. «Se non fosse stato così, lo avrei saputo.»
Lindsay rimase colpita dall'incrollabile convinzione nella voce di Elijah, poi ripensò a quanto fossero riservate le Senti-

nelle. Non le aveva ancora mai viste ridere o almeno sorridere veramente. Non alzavano la voce neanche quando erano eccitati o arrabbiati. Non che le avesse frequentate abbastanza da poter dire di conoscerle bene...

«Scherzi?» chiese lei.

«Perché dovrei?»

Fu sorpresa di scoprire che gli credeva. Elijah era uno di quelli che non sparava cazzate. E questo la confondeva. Lindsay sapeva riconoscere bene l'interesse maschile quando lo vedeva... e poi Adrian era andato dritto da lei ed era stato chiaro riguardo alle sue intenzioni. Cos'altro poteva volere da lei, se non esplorare la loro attrazione reciproca?

Raggiunsero la fine della via principale, dove una curva a sinistra la trasformava in un viale più residenziale. I cartelli indicavano che il bivio per lo Zion National Park era nelle vicinanze.

«Quindi stai cercando l'anima gemella?» chiese Lindsay. «Funziona così? Al mondo c'è una sola persona destinata a te e cose del genere?»

«No. No. E no.»

«Ti capisco. Non puoi vivere in questo modo, se vuoi una relazione stabile. Io ormai ci ho rinunciato tanto tempo fa.» Il vento le sferzò i capelli. «Ci siamo quasi.»

Il lycan la guardò. «Ti spiacerebbe spiegarmi che cosa sono queste folate di vento che ti seguono?»

«Questo posto si chiama Hurricane. Che c'è da spiegare?» Lindsay indicò con il mento una collina rocciosa in fondo alla strada; poi sfrecciò in quella direzione a una velocità impressionante.

Elijah le stava alle calcagna. «I lycan avvertono il pericolo nell'aria prima di fiutarlo con l'olfatto» insisté.

Lindsay pensava che il suo radar meteorologico fosse ancora troppo privato per poterlo rivelare a qualcuno. Non aveva ancora capito esattamente *come* interpretare quelle rivelazioni, ma di sicuro era una cosa che riguardava solo lei e preferiva tenerla per sé... almeno per il momento.

Fece scivolare la mano nella borsa e afferrò l'elsa di un pugnale, poi superarono una specie di monumento con una colonna di pietra e una targa d'ottone. In fondo al viale, disposte a ferro di cavallo, alcune casette risalenti agli anni Cinquanta o anche prima si aprivano a ventaglio.

«Il vostro olfatto funziona bene in entrambe le forme?» chiese ispezionando l'area con sguardo attento.

Un istante dopo, qualcosa le colpì la coscia attirando la sua attenzione verso un enorme lupo marrone accanto a lei. La prese come una risposta alla sua domanda.

«Accidenti.» Lindsay era davvero impressionata. «Come hai fatto a mutare forma così in fretta? E dove sono i tuoi vestiti?»

Lui la guardò con un'espressione che le parve esasperata.

«Capito» disse Lindsay, allungando una mano per toccargli la pelliccia e scoprire se era morbida o ispida. Si accorse che era un misto tra le due.

La pelliccia color cioccolato aveva qualche macchia bianca sul petto e sulle zampe, che conferiva all'insieme bellezza e regalità. «Sei proprio un bel lupo, lo sai?»

Elijah sbuffò col naso.

Lindsay proseguì, e notò che il vento si era improvvisamente placato. L'aria adesso era quasi stagnante. L'avrebbe protetta evitando di diffondere l'odore del lycan e degli angeli. In qualche modo, lei sapeva che gli angeli avevano preso il volo. Non alzò lo sguardo, ma sospettava che si trovassero sulla collina di fronte a lei.

«Voglio visitare qualche scantinato» disse, ed Elijah sbuffò in cenno di assenso.

Avanzarono percorrendo il ferro di cavallo. Una vecchia signora era seduta sul dondolo della sua veranda. Sorrise agitando una mano al loro passaggio, e a quanto pareva non era minimamente preoccupata per il gigantesco animale che accompagnava Lindsay. Quando si accorse dello spessore delle lenti degli occhiali, Lindsay dedusse che la signora doveva avere dei gravi problemi alla vista. Oltre all'età avanzata, quella era l'unica spiegazione plausibile che la portava a ignorare un lupo grande quanto un pony.

A un certo punto, nello spazio tra due case, si trovarono davanti a un sentiero ghiaioso illuminato da due lampioni. Dopo averlo imboccato, passarono intorno alla collina e alla fine raggiunsero una casa in stile prebellico con un cartello fatiscente che indicava un bed and breakfast.

Una brezza gelida accarezzò la nuca di Lindsay.

«È uno scherzo?» brontolò ad alta voce.

Anche se era una locanda evidentemente in disuso da molto tempo, aveva mantenuto la dignità e lo stile sufficienti a mascherare un covo di vampiri. Con un bravo giardiniere e una mano di vernice, gli esterni sarebbero tornati quelli di un tempo.

Mentre Lindsay ed Elijah si avvicinavano al cancelletto del muro di mattoni che circondava la proprietà, un'ombra gigantesca e il battito d'ali annunciarono l'atterraggio aggraziato di Adrian davanti a lei. «Lindsay, adesso fermati.»

Lei alzò le sopracciglia. «Come vuoi. Felice di avervi aiutato.»

Adrian addolcì la sua espressione. «Grazie.»

Jason e Damien atterrarono nel giardino dall'altra parte del muretto. La collina era sulla destra. Alle loro spalle, a circa un chilometro di distanza, c'erano la strada principale e quella a ferro di cavallo delle vecchie case. Sulla sinistra, ettari ed ettari di campi non coltivati si estendevano a perdita d'occhio. Il nascondiglio dei vampiri non era poi così nascosto. Ma Lindsay non era particolarmente sorpresa. Gli esseri che uccideva di solito all'apparenza sembravano persone assolutamente normali. A volte anche in modo inquietante.

Lindsay indietreggiò e si tenne a qualche metro di distanza dal muro. Elijah si sedette sulle anche e rimase accanto a lei. Gli angeli avanzarono... Adrian al centro, Jason alla sua sinistra e Damien alla sua destra. All'improvviso altri due lupi comparvero dal nulla facendola trasalire. Lindsay si chiese da dove fossero sbucati, poi le tornarono in mente gli autisti che li avevano accompagnati. Un lycan per ogni angelo. Uno dei due era un misto tra il grigio antracite e il bianco, l'altro era tra il marrone ramato e il grigio caldo. Entrambi ansimavano come se riuscissero appena a contenere l'entusiasmo.

Però le tre bestie circondavano *lei*. Gli angeli dovevano arrangiarsi da soli.

Lindsay abbassò un braccio e accarezzò l'enorme testa di Elijah per ringraziarlo silenziosamente. Gli altri due lupi si sistemarono accanto a lui lasciandogli il comando. Elijah mosse solo le orecchie e gli occhi. Anche se aveva un'espressione distaccata, Lindsay sapeva che sarebbe potuto entrare in azione in un batter d'occhio. Tutti i tratti del cacciatore che aveva notato nella sua forma umana si erano amplificati nella forma lupina.

Lindsay riportò l'attenzione sugli angeli, che si stavano avvicinando alla casa con le ali piegate sulla schiena. Quella cosa la stupì. Perché correre un pericolo simile con i piedi a terra? Alle brutte, Jason e Damien avrebbero potuto spiccare il volo verticalmente, ma Adrian si trovava nel portico, circondato da colonne alte due piani e con un tetto sulla testa.

Adrian entrò nella casa dalla porta principale, mentre gli altri due trovarono ingressi alternativi che Lindsay da lì non riusciva a vedere. L'area piombò nel silenzio assoluto. Lindsay spostò il peso del corpo da un piede all'altro, mentre faceva roteare un pugnale con la mano e giocava distrattamente con l'orecchio di Elijah. «Ho davvero un brutto presentimento.»

All'improvviso il vento stridette attraverso la pianura desolata facendole drizzare i peli biondi delle braccia. Poi si scatenò l'inferno.

I vetri della casa esplosero in mille pezzi, e gli angeli uscirono all'unisono dalle finestre drappeggiate inseguiti da una vera e propria orda di vampiri.

«Porca puttana!»

La valanga di vampiri si diresse verso di lei dopo aver scavalcato il muretto. Lindsay lanciò il pugnale che aveva in mano e centrò un vampiro con la schiuma alla bocca proprio in mezzo agli occhi. Continuò a lanciare un pugnale dopo l'altro, indietreggiando mentre i lycan balzavano in avanti e formavano una barriera protettiva.

Lindsay cercò Adrian oltre la massa di corpi che si contorcevano. *Oddio...*

L'angelo si stava facendo strada falciando via tutti... letteralmente. Come aveva potuto pensare che le sue ali fossero vulnerabili? Erano dispensatrici di *morte*. Le brandiva come spade, affettando arti e torsi e roteando con una precisione letale. Quello che stava facendo insieme agli altri due angeli era a dir poco impressionante. Le loro ali si spalancavano come mantelli, poi curvavano fluidamente intorno ai loro corpi. I tizzoni ardenti dei vampiri abbattuti formavano spirali che li circondavano e vorticavano sotto forma di nuvole scintillanti. Lindsay non riusciva a staccare gli occhi dalla loro danza macabra e paurosamente aggraziata.

Un guaito acuto riportò bruscamente la sua attenzione sui lycan e sulla vampira suicida che aveva afferrato Elijah per il collo. Mentre resisteva ai violenti movimenti del lycan che cercava di scrollarsela di dosso, la stronza dagli occhi spiritati si tenne aggrappata forte a lui anche quando Elijah si lanciava sulla schiena e si contorceva per schiacciarla a terra sotto di lui.

Lindsay cercò freneticamente gli altri due lycan e li trovò con le bocche piene. Dopo essersi fatta coraggio, si buttò nella mischia. Un vampiro la individuò e cominciò a correre nella sua direzione. Lindsay sapeva che se lo avesse schivato all'ultimo momento avrebbe soltanto perso l'equilibrio, così continuò ad avanzare verso di lui con un pugnale in mano. Lo colpì dritto al cuore, poi utilizzò l'elsa sporgente per scavalcarlo e atterrare alle sue spalle.

Continuò imperterrita la sua corsa e si gettò nella mischia

mentre Elijah si tirava su. Lindsay sferrò un pugno alla mandibola della vampira, che cedette con uno scrocchio rivoltante. Svincolata dalla sua presa, la vampira colpì il suolo con la schiena. Elijah si voltò verso di lei ruggendo, poi le addentò la gola e gliela squarciò fino alla colonna vertebrale. Lindsay la finì conficcandole un pugnale nella fronte.

Uno sparo improvviso echeggiò sulla collina, seguito dal sibilo inconfondibile di un rimbalzo.

Lindsay si voltò. Sui gradini della casa c'era una donna che imbracciava un fucile da caccia e lo stava caricando con un'altra cartuccia. Lo puntò verso Adrian e premette il grilletto. Mentre lo scoppio le rimbombava dentro, i polmoni di Lindsay si gelarono impedendole di emettere il grido di terrore che ululava nella sua mente.

Adrian agitò un'ala, deviando la pallottola con il *ping* assordante del metallo sul metallo.

Il fucile scomparve dalle mani della vampira e riapparve ai piedi di Lindsay.

Lei impiegò una trentina di secondi per capire cosa fosse successo veramente. Poi raccolse l'arma, pompò l'astina e sparò a un vampiro che stava per aggredire uno dei lupi. Sparò altre sei volte per coprire le spalle ai lycan. Dopo aver usato l'ultima pallottola, Lindsay impugnò il fucile come una mazza e colpì un vampiro che stava cercando di rialzarsi da terra.

Lanciò uno sguardo verso la casa e cercò Adrian.

L'angelo era completamente accerchiato, e stava massacrando di botte i suoi nemici. Ma la tizia sotto il portico aveva recuperato un altro fucile, a canne mozze questa volta, e lo stava sollevando per prendere la mira...

Lindsay si precipitò verso la casa superando il cancelletto, schivando i corpi volanti e sfrecciando attraverso i cumuli di cenere. Un vampiro si avventò su di lei da destra, e Lindsay si chinò sotto il suo corpo in volo sbalordita dalla sua stessa agilità. Poi estrasse l'ultimo pugnale dalla borsa e si preparò a scagliarlo.

La canna della pistola deviò verso di lei.

Lindsay afferrò il vampiro più vicino e lo trascinò davanti a lei. Il fucile sparò con un *boom* assordante.

Il vampiro sobbalzò contro di lei, e un dolore lancinante si propagò nell'avambraccio con cui gli cingeva la vita. Lindsay cadde in ginocchio in una nuvola esplosiva di cenere mentre il vampiro veniva disintegrato da quel colpo fatale.

I tre lycan balzarono sui gradini e si scagliarono sulla vampira.

Lindsay spalancò la bocca, ma non riuscì a respirare per il dolore. Distolse lo sguardo impaurita per non guardare il braccio.

Un vampiro spuntò improvvisamente dal buio della porta, e galoppando sui piedi e sulle mani puntò dritto verso Adrian. Lindsay lo abbatté con l'ultimo pugnale che stringeva ancora con la mano sana. Le ceneri di quell'essere fluttuarono sul prato ingiallito e infestato proprio mentre Adrian sferrava un pugno nelle fauci schiumanti di un vampiro ringhioso.

La creatura si schiantò a terra priva di sensi. Un instante dopo, svenne anche Lindsay.

11

Lindsay si svegliò in una stanza avvolta dalla penombra. Sbatté gli occhi per allontanare il sonno e si voltò per capire dove si trovasse.

Sfiorò il cotone fresco della federa con la guancia e vide Adrian. Era seduto alla sua sinistra, su una poltrona rotonda di damasco argentato con lo schienale basso. Indossava soltanto i pantaloni del pigiama bianchi e sotto probabilmente le mutande. La guardava con un'intensità ardente, la sua bocca assottigliata in una linea minacciosa. Anche se muoveva solo le palpebre, Lindsay percepì il tornado che infuriava dentro di lui.

«Ciao» gracchiò lei con la gola asciutta. Di sicuro aveva preteso troppo dal suo fisico; ogni volta che oltrepassava il limite si sentiva sempre uno straccio.

L'angelo afferrò la caraffa d'acqua sul comodino e riempì un bicchiere. Prima di darglielo, si alzò in piedi e la aiutò a sollevarsi sistemandole qualche cuscino dietro la schiena.

Lindsay accettò il bicchiere con un sorriso. Il suo braccio sinistro era avvolto da un bendaggio di garza piuttosto spesso, e sotto tutti quegli strati avvertì il dolore che pulsava debolmente. Trangugiò tutta l'acqua e gli restituì il bicchiere.

Quando Adrian sollevò la cornetta del telefono accanto a lei e premette un pulsante per ordinare il servizio in camera, Lindsay capì che erano in un hotel. Le finestre alla destra del letto erano alte almeno due piani, ed erano coperte da tende color turchese. Poco più in là c'era anche un grande salotto e un enorme mobile attrezzato con la tv e l'impianto stereo ai piedi del letto. A giudicare dalle dimensioni e dallo sfarzo della stanza, e dal grande pianoforte che intravedeva dalla soglia del soggiorno, dovevano trovarsi a...

«Las Vegas?» chiese Lindsay.

Adrian posò la cornetta e annuì. Riempì un altro bicchiere d'acqua e glielo porse.

Lindsay lasciò andare il fiato. «Quanto tempo sono rimasta svenuta?»

«Eravamo a Hurricane l'altro ieri.»

Accidenti. «Stanno tutti bene?»

L'angelo la fissò. «L'unica che si è fatta veramente male sei tu.»

«Meno male.»

«Meno male un cazzo» ringhiò Adrian, la sua voce come il rombo di un tuono scosse tutti i soprammobili. «Ti avevo detto di stare ferma.»

Ci risiamo. «Le mie intenzioni erano proprio quelle. Ma poi quella vampira sotto il portico ha puntato il fucile contro di te. A quel punto non potevo più starmene con le mani in mano.»

«Perché no, cazzo?»

Dio, quando si arrabbiava era davvero sexy. Lindsay non lo aveva mai visto mostrare nessun sentimento oltre alla gelosia, ma adesso era visibilmente infuriato. «Perché avevi bisogno di qualcuno che ti guardasse le spalle. Gli altri erano tutti impegnati. Non potevo rischiare che venissi colpito.»

«Sarei sopravvissuto.»

«Come fai a saperlo? Tu stesso mi hai detto che avete subìto delle perdite. Non sei indistruttibile. Non potevo mica starmene lì a guardare mentre morivi.»

Se al mondo era rimasta un po' di pietà, Lindsay non avrebbe mai più assistito alla morte di una persona cara.

«E quindi hai preferito che fossi io a guardare *te* che morivi.» *Ancora una volta...*

Quelle parole silenziose scivolarono insidiosamente e inspiegabilmente nella mente di Lindsay, che fece una smorfia e si premette la tempia improvvisamente dolorante con il palmo della mano. Adrian prese il bicchiere che lei teneva con l'altra mano, quella troppo debole per sorreggerlo, si chinò e le stampò un bacio sulla fronte. Il dolore si ritirò come la bassa marea.

«Se solo potessi imbottigliare il tuo talento» mormorò lei.

Le tornò in mente il salto ninja stile *Matrix* con cui aveva scavalcato quel vampiro e rimase spaventata dalla sua stessa prodezza. Come diamine c'era riuscita?

«Mi stai facendo diventare matto.» Anche se la sua voce era di nuovo morbida come la seta, la turbolenza che lo tormentava non si era ancora placata. Adrian raddrizzò la schiena.

«Puoi aprire le tende?»

L'angelo premette un pulsante sul comodino, e le tende si aprirono rivelando il cielo nuvoloso e la pioggerella. A Las Vegas. Non che in quella città nel deserto non piovesse mai, ma com'era possibile in questo periodo dell'anno?

Lindsay lo guardò, sapendo che l'umore di Adrian stava influenzando ancora una volta le condizioni atmosferiche, e questo influenzava a sua volta lei. «E così eri davvero preoccupato.»

Adrian posò le mani sui fianchi, mostrando tutta la perfezione del suo torace e dei suoi magnifici bicipiti. Le sue ali si materializzarono aprendosi con una grazia sinuosa. Era così maledettamente bello. Così forte e orgoglioso. Per lei era come l'erba gatta. Lindsay aveva voglia di rotolarsi con lui in preda a uno stordimento beato, respirare quel suo profumo che la faceva impazzire.

«Quando sei caduta a terra...» Adrian sospirò bruscamente, le sue ciglia che si abbassavano per nascondere l'improvviso luccichio dei suoi occhi luminosi. Poi incrociò le braccia, e le sue piume si agitarono lasciando trapelare con i loro incessanti movimenti ciò che provava. «Sì, ero preoccupato.»

«Non dovresti tenerci così tanto. Non mi conosci nemmeno.»

«Parla per te. Hai rischiato la vita per salvarmi.»

Aveva ragione. La paura di perderlo l'aveva spinta ad attaccare una vampira che imbracciava un fucile. Sarebbe stato un suicidio per chiunque, soprattutto per un fragile essere umano. Ma lui era... Be', per lei aveva un valore inestimabile.

In un breve lasso di tempo, Adrian le aveva donato un senso di appartenenza. Lui conosceva i suoi lati peggiori e le sue qualità migliori, e non la giudicava. Per quanto suo padre potesse amarla, Eddie Gibson non sapeva che cosa aveva passato il giorno in cui sua madre era morta, né che dava la caccia ai vampiri per quel motivo.

Lindsay scostò le coperte e fece penzolare le gambe dal letto. Le sue gambe *nude*. Quando si rese conto che indossava solo una canottiera e un paio di boxer da uomo, rimase pietrificata. Anche se era decentemente coperta, sentì improvvisamente di aver bisogno di una doccia, di lavarsi i denti e di depilarsi le gambe. «Devo darmi una rinfrescata...»

Ma il *clic* della maniglia della porta la informò che Adrian era già uscito dalla stanza.

Mentre Vash correva nella foresta, sfrecciando tra le chiazze di sole e i cipressi spogli, udì i respiri strozzati e ansimanti dei lycan che stava inseguendo. Accanto a lei, tre dei suoi capitani Caduti li stavano inseguendo con la stessa penetrante concentrazione. Il sottobosco frusciava sotto i loro piedi mentre coprivano chilometri e chilometri in pochi minuti, spinti dal fuoco della vendetta che ardeva nelle loro vene.

Me ne serve solo uno...

Uno di quei lycan le avrebbe dato le informazioni che cercava sulla morte di Nikki.

Vash udì qualcuno inciampare e cadere. Il ruggito frustrato di un lycan la fece sorridere. La vampira sollevò un braccio sulla spalla, afferrò l'elsa della sua katana e la sguainò dal fodero che portava a tracolla sulla schiena. Il sussurro della lama a contatto con la guaina le parve assordante, e sapeva che il lycan lo percepiva allo stesso modo. L'improvviso martellare del suo cuore le fece distendere le zanne per la trepidazione.

Scavalcò con un salto un pino abbattuto e accorciò la distanza tra loro... avvicinandosi abbastanza da fiutare la paura che si celava sotto l'odore naturale del lycan. Quella era la fragranza che preferiva, ed era persino più dolce del loro sangue.

L'improvviso attacco da sinistra la colse del tutto impreparata.

Vash rimase inchiodata al tronco di un albero lì vicino, e la spada le volò di mano roteando forsennatamente sopra i resti della vegetazione ammassati nella boscaglia. Il pino gigante vibrò in segno di protesta e lasciò cadere una pioggia di aghi intorno a lei.

Disorientata da quell'imboscata, le ci volle qualche istante prima di comprendere la natura della minaccia. Il lupo rosso le sarebbe balzato addosso prima che avesse avuto la possibilità di recuperare la sua spada.

Vash non poté fare altro che irrigidirsi e prepararsi a subire il colpo nella speranza di sopravvivere.

Se così fosse stato, poi lo avrebbe massacrato.

Adrian era in piedi davanti alla finestra, e guardava la Las Vegas Strip mentre cercava di domare il turbinio di emozioni che non avrebbe dovuto provare. Quando la porta si aprì alle sue spalle, si voltò aspettandosi di vedere Lindsay. Invece fu Raguel Gadara a entrare nella suite dell'attico come se fosse il proprietario di quel posto... cosa che peraltro era vera. Il famoso Mondego Hotel e Resort apparteneva all'arcangelo. Eppure, nella gerarchia angelica, Raguel occupava un posto molto più basso rispetto a quello di Adrian. E avrebbe dovuto mostrare più rispetto.

«Raguel.»

«Adrian. Spero che sia tutto di tuo gradimento.»

«Se non fosse così te ne accorgeresti.»

L'arcangelo esitò per un istante, poi chinò la testa mostrando la giusta deferenza. Incorniciato da una pelle liscia come il migliore cioccolato al latte, il suo sorriso bianco spiccava in modo impressionante. Sulle tempie di Raguel c'era qualche riccio grigio, ma quel segno dell'età era una finzione con la quale mascherava la sua immortalità. A differenza di Adrian, l'arcangelo amava attirare l'attenzione dei media non appena ne aveva occasione.

Raguel estrasse un sigaro dalla tasca e lo offrì a Adrian.

«No.»

Il sorriso dell'arcangelo si allargò. Indossava una *guayabera* e i pantaloni di lino, ma l'aspetto del milionario scansafatiche faceva parte del travestimento tanto quanto i capelli grigi. Proprio come gli altri sei arcangeli, Raguel era profondamente e spietatamente ambizioso. «Quel minion che hai portato con te... è malato.»

Schiuma alla bocca. Occhi arrossati. Praticamente inebetito. Chi era infettato somigliava a uno zombie. Nel covo ne avevano trovato qualcuno... i malati avevano convissuto a contatto con i sani. Adrian aveva interrogato la vampira con il fucile e le aveva chiesto chi avesse organizzato l'aggressione a Phineas il giorno prima. Quanti Caduti li stavano nutrendo? Solo alcuni membri del covo erano fotosensibili. Il resto del gruppo, approssimativamente un centinaio di minion, era stato in grado di attaccarli in pieno giorno.

La donna aveva riso per parecchi minuti fino a perdere il fiato. Poi, con gli occhi ambrati scintillanti di malizia, aveva sibilato: 'Come ci si sente a essere una preda, Sentinella? Faresti meglio ad abituartici.'

Alla fine non gli aveva rivelato nulla. Divorato dalla frustrazione e dalla paura di perdere Lindsay, Adrian le aveva poi mozzato la testa. Quando l'aveva vista piegata a terra, dentro di lui si era rotto qualcosa. Non ricordava niente di quello che aveva fatto tra il suo svenimento e il momento in cui aveva capito che lei ce l'avrebbe fatta. Se Lindsay Gibson fosse morta prima di Syre, le reincarnazioni di Shadoe avrebbero ripreso il ciclo... e lui avrebbe atteso ancora una volta il suo ritorno in uno stato di perenne torpore. Ma più di tutto, vedere Lindsay che cadeva aveva suscitato in lui un diverso tipo di orrore. Adrian l'aveva appena trovata, aveva appena cominciato a conoscerla, appena cominciato a immaginare anni e anni di caccia con lei al suo fianco. Quando aveva contemplato la perdita di tutte le cose possibili che avrebbero potuto condividere, aveva vissuto un inferno privato.

Aveva avuto *paura*. Era questo il sentimento che aveva provato. In un primo momento non se n'era reso conto, perché per lui era stata un'esperienza nuova. Ma adesso la riconosceva perché l'aveva provata attraverso i ricordi di Lindsay; Adrian aveva avvertito il terrore puro che l'aveva raggelata dall'interno. Il ricordo dell'omicidio di sua madre era un incubo capace di distorcere la mente degli adulti, figurarsi quello di una bambina di cinque anni... un picnic finito nel sangue, la madre che implorava pietà per sua figlia, un assolato pomeriggio estivo frantumato dalle grida di una bambina. Nella mente di Lindsay, le immagini del rosso cremisi che gocciola dai fili d'erba e la sensazione degli artigli che per poco non le avevano lacerato la pelle fragile erano talmente vividi che si erano impresse anche in quella di Adrian.

Era praticamente un miracolo che Lindsay Gibson fosse riuscita a diventare la donna che era... forte e sana di mente, determinata e compassionevole. Era una delle tante grandi ironie della sua vita, che la donna che rappresentava la sua rovina fosse anche riuscita a restituirgli un po' di fede. Era la prova vivente che la redenzione era sempre possibile, anche nelle circostanze più terribili o di fronte agli ostacoli più insormontabili.

E così, con il cuore in gola per la paura, si era seduto accanto a lei sul sedile posteriore della macchina, aveva sollevato delicatamente il suo corpo privo di sensi e se l'era sistemato in grembo. Il braccio maciullato di Lindsay era rimasto disteso sul suo petto con l'osso esposto e i tendini recisi. Quando Adrian ci aveva versato sopra il suo sangue, spremendolo da una ferita nel palmo della mano, la carne aveva crepitato e si era compiuto il miracolo. I tessuti lacerati si erano riparati, e quello che era stato spazzato via dal colpo di fucile si era rigenerato. Se Lindsay fosse stata colpita direttamente, lui non avrebbe potuto salvarle il braccio. Non avrebbe potuto restituirle un arto perduto; poteva soltanto guarire ciò che era ancora vivo.

Lindsay aveva rischiato la sua vita mortale per salvare quella di Adrian.

«Non è il primo minion malato che ho visto di recente» disse Adrian, riportando l'attenzione su Raguel. «Devo capire cosa gli sia successo, e quanto si sia diffusa la malattia.»

«Forse la fine dei vampiri è finalmente vicina. Geova si diverte a infliggere le sue piaghe.»

«Ci ho pensato anch'io, e non posso escluderlo, ma è più probabile che stiano cercando di risolvere il problema della fotosensibilità con qualche nuovo farmaco che ha degli orrendi effetti collaterali. In quel covo c'erano troppi minion in grado di tollerare la luce del sole.» Un'alternativa era che Syre avesse spedito ingenti quantità di sangue dei Caduti a Hurricane e, a giudicare dalla vicinanza del covo al branco del lago Navajo, non era un'ipotesi assurda. Ma per il momento non voleva condividerla con Raguel.

«Vuoi che faccia analizzare il suo sangue?» Lo scintillio dell'avarizia negli occhi scuri dell'arcangelo tradì la natura altruistica della sua offerta.

«Sì.» Adrian avrebbe voluto effettuare un esame completo nella sua base, ma doveva ancora recarsi al lago Navajo. Nel frattempo gli servivano delle risposte, e le voleva subito. Anche se era chiaro che Phineas era rimasto vittima di un agguato vampiresco, doveva ancora portare a termine il programma di riduzione della popolazione lycan avviato dal suo secondo in comando.

«Me ne occupo io. Se posso aiutarti in qualche modo, chiedi pure.»

Adrian inarcò un sopracciglio. «Generoso, da parte tua.»

«Essere generosi conviene sempre.» Raguel sorrise in modo enigmatico.

«Lo terrò a mente. C'è dell'altro?»

Con un inchino lievemente beffardo, l'arcangelo se ne andò senza avere ottenuto quello che voleva veramente.

Adrian rimase a fissare la porta chiusa. Sapeva che Raguel era andato a trovarlo esclusivamente per un motivo: vedere Lindsay. Vedere Adrian insieme a Lindsay. Verificare con i suoi occhi quanto lo avesse reso vulnerabile. Ciò che si erano detti avrebbero potuto dirselo anche al telefono.

I vampiri non erano gli unici a fiutare il sangue e a girare in cerchio come gli avvoltoi.

Fresca di doccia, Lindsay si fermò davanti allo specchio illuminato e si esaminò il braccio sinistro. Lo piegò in alto e in basso, e notò il rosa acceso della carne glabra. Anche se sembrava ancora piuttosto tenera, i muscoli e i tendini sotto gli strati di pelle erano stati abbastanza forti e le avevano consentito di lavarsi i capelli. Riusciva a piegare le dita della mano e il polso senza difficoltà, e la forza dell'arto era compromessa solo in parte.

Il suo braccio si stava *rigenerando*. Cazzo, era proprio un miracolo.

Uscì dal bagno avvolta nell'asciugamano... e sul letto trovò il regalo tipico di un amante: un pigiama di seta color champagne, completo di pantaloni e canotta, e una vestaglia lunga della stessa tonalità. Il perizoma coordinato in pizzo era la ciliegina sulla torta.

Fissò quegli indumenti per un lungo istante, poi si tolse l'asciugamano e si vestì. Era difficile resistere al desiderio che le evocava la seta sulla pelle, ma la sensazione era mitigata da tutto ciò che sapeva e che ancora ignorava. Adrian era un uomo profondamente complicato, e Lindsay aveva avuto già abbastanza complicazioni nella vita.

Dopo essersi annodata la vestaglia, si avvicinò alla porta ed entrò nel soggiorno. La vastità della stanza la fece immobilizzare. Oltre al pianoforte a coda, c'erano anche una cucina completa, una sala da pranzo e un tavolo da biliardo. Attraverso una parete di vetro intravide una piscina coperta.

«Vieni a mangiare» disse Adrian, attirando la sua attenzione sul divano dov'era seduto. I suoi pantaloni bianchissimi contrastavano con l'azzurro della tappezzeria. Il modo in cui aveva appoggiato i piedi nudi sul tavolino da caffè con le gambe incrociate all'altezza delle caviglie appariva squisitamente erotico. Quando Lindsay si fece avanti, Adrian si alzò in piedi facendo scivolare lo sguardo su di lei come una carezza bollente.

A parte la sua bellezza impossibile e l'eleganza sensuale sembrava così... umano.

Lindsay andò verso il tavolo da pranzo e sollevò uno a uno i coperchi dai piatti. Pancake, uova, pancetta e salsiccia, prosciutto, patate, succo d'arancia e caffè. In pratica un banchetto per due, anche se Adrian non avrebbe mangiato. Lei, invece, avrebbe divorato fino all'ultimo boccone. Ogni volta che consumava tutte le energie, Lindsay mangiava per un intero esercito.

«Sei bellissima» mormorò Adrian mentre tornava a sedere e riprendeva l'iPad che aveva lasciato sul cuscino accanto a lui.

Lindsay si sedette e prese una forchetta. «Grazie. Anche tu sei bellissimo.»

L'angelo inclinò la testa bruna a mo' di ringraziamento.

«Perché siamo qui?» chiese lei, spalmando il burro tra un pancake e l'altro.

«Ci stiamo riorganizzando.»

«In altre parole, vi sto facendo perdere tempo.»

Adrian chinò lo sguardo sullo schermo. «No.»

«Ti ringrazio per il mio braccio, qualsiasi cosa tu gli abbia fatto.»

«Non c'è di che. Ma se ti venisse in mente di rischiare un'altra volta la vita per me, te ne farò pentire.»

Lindsay lo fulminò con gli occhi, e nel frattempo si domandò se non fosse impazzita. Nessuna donna moderna sana di mente avrebbe preso quelle stronzate maschiliste come una minaccia sensuale. Invece lei le percepì in quel modo, e qualche gene recessivo rispose facendola rabbrividire. «Non minacciarmi.»

«Non è una minaccia. Io non ti perderò. Ho già perso troppo.»

Lindsay fece una smorfia, cercando di ricordare che lui aveva appena perso un amico che era stato come un fratello. Non si sentì più offesa. Mentre si arrovellava il cervello per trovare qualcosa da dire e riempire il silenzio improvviso, si innervosì e se ne uscì con un tristissimo: «Grazie per i vestiti.» Dopo essersi data uno scappellotto virtuale sulla testa, aggiunse: «Mi piacciono molto.»

«Mi fa piacere» disse Adrian in tono fin troppo distaccato. Lui sembrava assolutamente padrone di sé, ma il vento che ululava dolcemente e la pioggia costante all'esterno dicevano il contrario.

Lindsay non riusciva a sopportare il suo tumulto interiore. Lei era confusa quanto lui, *vulnerabile*, ma non riusciva a nasconderlo altrettanto bene. E non voleva neanche che lui nascondesse le sue vere emozioni. Adrian conosceva i suoi segreti, e ora che tra loro non c'erano più barriere Lindsay voleva mantenere quel tipo di rapporto. «Però non posso uscirci. Hai intenzione di lasciarmi qui?»

Senza sollevare lo sguardo, l'angelo rispose: «Partiremo domani. Insieme. Fino ad allora, devi mangiare e dormire.»

«Non posso neanche dormirci.» Versò un po' di sciroppo sui pancake e cominciò a mangiarli.

Adrian sollevò la testa per scrutarla. «Non sono confortevoli?»

Lindsay mandò giù il boccone. «Certo.»

Adrian sollevò le sopracciglia incuriosito.

«Sono anche molto sexy.» Infilzò una salsiccia con la forchetta. «Sono fatti per compiacere chi li indossa, ma anche chi li guarda. Però ho sentito dire che gli angeli non si eccitano... sessualmente... come i mortali, perciò forse non hai pensato a queste cose mentre li compravi.»

Con estrema calma, Adrian spense il suo iPad e lo posò accanto a sé. «Vedo che hai parlato con Elijah. Preferirei che rivolgessi a me le tue domande.»

«Be', ecco, è proprio questo il problema. Non so che cosa chiedere.» Lindsay addentò l'estremità della salsiccia con più energia del necessario.

«Magari perché non c'è proprio niente da chiedere.»

«Ne dubito» disse lei, masticando. «Mi prendi in giro? Io dico che mi hai scelto perché ti serviva qualcuna da mostrare ai paparazzi, oppure volevi portarmi a qualche evento. Poi ti ho sorpreso con la faccenda del drago e adesso non sai più che cosa fartene, di me.»

Adrian appoggiò il gomito sul bracciolo e si sdraiò mettendo ancora più in risalto il suo fisico. Poteva anche essere un angelo, ma conosceva bene i suoi punti di forza e l'effetto che avevano su di lei, e non si faceva scrupoli a sfruttarli entrambi. «Oh, lo so eccome.»

«Però l'altra notte non hai fatto proprio niente. E a quanto pare non lo fai da parecchio... sempre che tu lo abbia mai fatto.» *Oddio.* Il fatto che lui potesse essere ancora vergine la stava eccitando. Il pensiero di insegnare a un uomo come Adrian certe cose...

«Quindi» mormorò lui «il fatto che io non sia promiscuo è un problema per te?»

«Ah!» Lindsay agitò il coltello puntandolo verso di lui. «C'è una bella differenza tra l'assennatezza e il celibato.»

«Magari il celibato è una conseguenza dell'assennatezza.»

«È questa la tua risposta?»

Adrian si guardò le unghie della mano destra. «Non credevo che questo fosse un interrogatorio.»

«Okay, ecco una domanda per te. Agli angeli è proibito fare sesso?»

«No.»

Lindsay socchiuse gli occhi. «È vero che la lussuria è una questione che non vi tocca?»

«Tu che cosa pensi?»

«Io penso che dovresti toccare *me*. Ed ero convinta che alla fine ci saremmo arrivati, ma a questo punto credo che stiano succedendo molte cose di cui non sono a conoscenza.»

Adrian fece scivolare la lingua sul labbro inferiore, e lei prese a sudare come se invece avesse leccato lei. «Arriviamoci adesso.»

Lindsay si pulì la bocca con il tovagliolo che aveva in grembo, poi ritrasse la sedia dal tavolo. Si mosse verso di lui con passi volutamente lenti e sensuali. Portò le mani alla cintura della vestaglia, fece scivolare le dita attraverso il nodo di seta e la slacciò. Mentre si avvicinava al tavolino da caffè, lasciò scivolare la vestaglia sul pavimento, e sorrise quando Adrian trattenne il fiato. L'angelo si raddrizzò, piantando bene i piedi a terra e rivelando forma del suo lungo e grosso pene eretto. Il gioco della seduzione di per sé era divertente, ma osservare quella reazione fisica rese il desiderio di Lindsay ancora più intenso.

Lei stava infastidendo una tigre irritabile tirandole la coda, e a giudicare dalla fame improvvisa e rapace che balenò nello sguardo di Adrian, lui si stava preparando a saltare. E a mordere.

Dopo essersi inclinata sopra di lui, Lindsay si sorresse con una mano sulla spalliera del divano e lasciò che il top si spalancasse. Quando lo sguardo di Adrian scivolò su quel panorama, Lindsay approfittò del suo momento di distrazione per sottrargli l'iPad.

Si raddrizzò e tornò al tavolo. Riprese a mangiare, e nel frattempo digitò su Google alcune parole. Tipo 'angeli e sesso', 'angeli Sentinelle' e, infine, 'Vigilanti angeli vampiri.' La sua attenzione fu catturata per un po' da un articolo che affermava che i Vigilanti maschi erano capaci di avere erezioni infinite, ma la cosa più importante che scoprì fu ciò che i Vigilanti avevano fatto per meritarsi la condanna al vampirismo: avevano concupito e posseduto le donne mortali.

Mentre lei leggeva, Adrian rimase immobile e silenzioso sul divano. Lindsay non lo guardò, ma sapeva che stava fremendo nell'attesa e udì il rombo del tuono all'esterno. In quella suite con l'aria condizionata parve arrivata l'ondata di caldo che precede la tempesta estiva... l'atmosfera era insopportabilmente calda e umida, e friggeva per l'energia rimasta in sospeso. Tutta la turbolenza di Adrian si preparava a esplodere. Lindsay sapeva che lui aveva bisogno di sfogarsi, proprio come istintivamente sapeva che lo avrebbe portato fino a quel punto. Ma a quale prezzo?

Si infilò in bocca le ultime patate e si riappoggiò allo schienale della sedia masticando pensierosa. I loro sguardi si incrociarono, e rimasero a fissarsi.

«Come immaginavo, ho fatto la domanda sbagliata» disse lei dopo aver bevuto tutto il succo d'arancia. Adesso che era sazia, il suo corpo si stava ricaricando tanto rapidamente da stordirla. «A *te* è proibito fare sesso? È questo il peccato di cui parlavi l'altra sera? Non la lussuria in sé, ma il suo atto pratico?»

Adrian posò i gomiti sulle ginocchia e congiunse le dita

delle mani. «Se ti dicessi che le conseguenze di un atto del genere sono un problema mio, saresti soddisfatta?»

Ciò che l'avrebbe soddisfatta era *lui*, appassionato, eccitato e dentro di lei. Ma c'erano conseguenze e *conseguenze*. «Potresti perdere le ali e l'anima? Diventeresti un vampiro?»

«Potrei perdere la ragione, a forza di desiderarti.»

«Non puoi dire sul serio.» La stava uccidendo.

«Ah, no?» L'angelo appoggiò il mento sulle dita.

«No. Non puoi. E io sarei una stupida se credessi di farla franca. La mia vita non funziona così. Io la pago sempre cara. In realtà questo» disse gesticolando impazientemente con il polso per indicare loro due «potrei pagarlo per tutta la vita. Cioè... A chi capitano le disgrazie che sono capitate a me? Magari quando sono nata qualcuno ha detto: 'Ecco, questa manderà a puttane la perfezione di Adrian.'»

L'angelo si raddrizzò bruscamente, il suo sguardo tormentato. «Lindsay...»

«Tu sei il guerriero più forte nel gradino più alto della gerarchia angelica. Ho visto come ti guardano gli altri. Si fidano di te. Ti ammirano. Qualcuno lassù deve amarti proprio tanto... se hai tutto questo potere e un aspetto così meraviglioso. E io non voglio essere quella che ti porta sulla strada della perdizione.» Lindsay ritrasse la sedia dal tavolo, si alzò in piedi agitata e si sentì pronta a correre per dieci chilometri solo per bruciare energia.

Anche Adrian si alzò in piedi. «La decisione spetta a entrambi. Tra noi c'è qualcosa. Qualcosa di prezioso e potente. E io lo voglio. Voglio te.»

Le sue ali si materializzarono spalancandosi. Quella massa perlacea brillò così intensamente da farle male agli occhi. Dopo la morte di sua madre Lindsay non aveva più pianto, ma Adrian le aveva fatto venire le lacrime agli occhi più di una volta da quando lo aveva incontrato. Il modo in cui la faceva sentire importante e preziosa, la facilità con cui l'accettava così com'era... Adrian era così tenero, e lei non poteva permettergli di prendersi la colpa al posto suo. Lui la faceva sentire umana; la faceva sentire *viva*. Quando Lindsay era con lui, le pareva finalmente di risvegliarsi dopo aver dormito per tutta la vita. Ma Adrian non poteva avere la stessa umanità che le aveva restituito, e lei non doveva dimenticarlo neanche per un istante. *Lui* non poteva permettersi che lei ne dimenticasse le conseguenze.

«A me piace fare sesso come a chiunque altra» disse facendo qualche passo. Adrian era un serafino, proprio come i Vigilanti. Stesso ordine angelico, stesso reato... stessa punizione? Lindsay non aveva alcun motivo di credere che Adrian non sarebbe andato incontro allo stesso destino, e a quanto pareva non avrebbe potuto darne uno a lei. «Può essere molto divertente, ed è un modo efficace per sfogare lo stress. In un certo senso mi lusinga il fatto di eccitarti così tanto. Però non vale la pena di succhiare il sangue per questo. Non vale la pena di perdere quelle ali meravigliose. Fidati di me... i preliminari sono la parte migliore. Non ti perdi niente.»

Adrian si mosse, attraversò in un lampo lo spazio che li separava e si piazzò davanti a lei costringendola ad affrontarlo direttamente. Lindsay si fermò di colpo un attimo prima di finirgli addosso. Il tuono rombò proprio sopra di loro scuotendo le posate sul tavolo.

L'angelo incrociò le braccia sul petto muscoloso, e le sue iridi brillarono come due limpide fiamme azzurre. Le mostrò i denti con il sorriso di un predatore. «Vediamo se è così.»

12

Lindsay scrollò energicamente la testa. «No.»

Quando tentò di fare un passo indietro, Adrian la afferrò per le spalle. Nel momento in cui l'aveva sfiorata, si era ricordato di quanto fosse fragile il suo corpo mortale.

E aveva rischiato la vita per lui.

Adrian la desiderava al punto da stare male. La sua stessa vulnerabilità, quando si trattava di lei, lo faceva infuriare e lo rendeva umile al tempo stesso.

«Non guardarmi così» mormorò Lindsay.

«Ho bisogno di te, *tzel*» disse lui, calmo.

«No, tu hai bisogno che io sia abbastanza forte da dirti di no e che provi a farti ragionare.» Lindsay sollevò lo sguardo oltre la spalla dell'angelo. Si liberò dalla sua presa e gli passò intorno. «Avrei dovuto capirlo prima... Ora stai attraversando un momento difficile. Ne hai passate troppe in pochi giorni, e non hai la mente lucida. Ti stai comportando in modo impulsivo. Porca miseria, hai affrontato un covo pieno di pazzi suicidi.»

Lindsay era bellissima. I suoi capelli ancora umidi erano della stessa tonalità del miele. Quando era andata a prendere l'iPad di Adrian, lui era rimasto incantato dalla sua camminata seducente... dai suoi fianchi che ondeggiavano sensualmente, dal fruscio delicato della seta mentre si era avvicinata. Praticamente una leonessa dorata a caccia. Perfetta per lui. Era stata pronta ad affrontarlo... finché non aveva scoperto a quali rischi sarebbe andato incontro.

Lindsay Gibson si stava trattenendo per il suo bene, perché era preoccupata per lui.

Adrian sentì la schiena irrigidirsi, ansiosa di ricevere una carezza che non sapeva se sarebbe arrivata, ma che bramava comunque. Quando lei gli sfiorò, esitando, le piume della parte superiore dell'ala destra, chiuse gli occhi lasciandosi toccare da quella carezza appena percepibile.

«Sono bellissime» sussurrò piena di stupore. «Oh! Credevo che fosse intera. E invece sono... *tre*? Oh mio dio. Hai *sei* ali?»

Lui riuscì soltanto ad annuire, perché aveva la gola troppo contratta per parlare.

Le carezze di Lindsay si fecero più audaci. Gli accarezzò la curva superiore, e quando l'ala si distese leggermente in preda alla beatitudine lei spalancò la bocca e barcollò all'indietro. «Scusami.»

«Non smettere.»

Ci fu una pausa. «Sono così sensibili? Ma io le ho viste deviare dei *proiettili*!»

«Nessun oggetto creato dall'uomo può ferire le ali di un serafino.»

Lindsay si riavvicinò, aprì le mani e le passò delicatamente sulle sue piume. «È stato meraviglioso vederti in azione.»

La sua voce bassa gli fece capire che quel ricordo la eccitava. Forse era una reazione che si portava dietro dal periodo in cui era stata Shadoe. O forse semplicemente *lei* era fatta così. Lindsay era una guerriera nata.

Impaziente di assorbire il calore delle sue attenzioni e della sua ammirazione, Adrian spiegò lentamente le ali per incoraggiarla silenziosamente a toccarlo ancora.

«Gli angeli che ho conosciuto hanno tutti ali diverse» mormorò mentre lo torturava con le sue carezze gentili. «Jason le ha scure. Quelle di Damien sono grigie. Quelle degli altri sono simili sotto certi aspetti, ma nessuno ha ali come le tue. Le punte sfumate di rosso... sono bellissime. Significa qualcosa? O sono dei motivi unici come le impronte digitali?»

«Le macchie sono comparse quando ho strappato le ali di Syre. Sono stato il primo a versare il sangue di un angelo.»

«Il primo in assoluto?»

«Sì.»

Lindsay gli sfiorò la nuca, poi fece scivolare i polpastrelli tra le sue ali e lungo la sua spina dorsale. Adrian inarcò la schiena gemendo, il suo corpo tremante.

«Questa per te...» Lindsay si schiarì la gola. «È una zona erogena?»

Adrian portò il braccio dietro la schiena e le bloccò la mano destra. Gliela spostò sotto le ali, poi la portò davanti a sé. Lindsay fu costretta ad avvicinarsi, il suo respiro abbastanza vicino da penetrargli la pelle. Lui le fece avvolgere le dita intorno al suo pene eretto.

Lindsay emise un piccolo gemito che Adrian interpretò come un segno di vulnerabilità. Spietato, approfittò di quel momento sfilandosi i pantaloni senza pensarci due volte e premette il palmo di Lindsay sulla sua carne nuda.

Per un attimo rimasero entrambi senza fiato, completamente immobili. Adrian attese che lei si ritraesse, o che stesse al gioco.

Quando Lindsay finalmente parlò, la sua voce sembrava tranquilla. «Lo hai fatto anche con il fucile, vero? L'hai sottratto alla vampira e me l'hai lanciato. E l'hai fatto anche con la cannuccia, all'aeroporto. Tu puoi spostare gli oggetti con la forza del pensiero.»

«Sì.»

Lindsay chiuse le dita.

Adrian lasciò cadere le braccia lungo i fianchi e serrò i pugni. Il fresco profumo del corpo di Lindsay, mescolato all'odore intenso della sua eccitazione, permeò i suoi sensi. Lei era inebriante... e creava a dir poco assuefazione.

«Scotti parecchio» sussurrò Lindsay.

«Sei tu che mi fai bruciare.» Quando era venuto a sapere della morte di Phineas, gli si era raggelato il sangue. E quando Lindsay era svenuta a terra ricoperta di sangue era diventato praticamente un blocco di ghiaccio. Solo adesso, sotto il calore delle sue carezze, era tornato a sentirsi finalmente... *umano*.

Lindsay lo impugnò alla base e lo accarezzò fino alla punta. «È così grosso e lungo. Lo voglio. *Ti* voglio. Da morire. Dal primo momento che ti ho visto.»

«Prendimi.» La sua voce era graffiante.

«Non posso.»

Adrian serrò la mandibola. Lei aveva tutto il diritto di essere spaventata. Faceva bene a esserlo. Da quel momento in poi sarebbe stato tutto più difficile.

Lindsay fece scivolare la mano verso il basso, stringendolo di più. Risalì e scese ancora.

«Sì» ringhiò lui mentre si spingeva nella sua mano. «Fammi una sega. Fammi godere.»

«Mio dio...» Lindsay lo lasciò andare.

Adrian tremò per il desiderio. Lui aveva *fame* delle sue carezze. Due secoli di astinenza lo avevano ucciso. Ora i suoi sensi e i suoi nervi erano nuovamente vivi, e la bramavano disperatamente.

Lindsay comparve nel suo campo visivo passando intorno alle sue ali.

Adrian rimase fermo in piedi, completamente nudo.

Lei lo fissò. «Dimmi la verità, angelo. Ci siamo solo io e te? O c'è qualcos'altro che ancora non so?»

«Solo io e te.» Adrian si sentì stringere il petto per quella mezza verità. In realtà tra loro c'era di tutto. La sua missione, Syre, le leggi che gli proibivano di cercare conforto nel corpo di Lindsay...

Dimmi la verità, angelo.

La verità lo stava strangolando. Lo aveva afferrato per la gola e gliela stava premendo così forte che Adrian riusciva a malapena a respirare, figurarsi se poteva parlare sinceramente come lei meritava. *Ti metterò contro la tua stessa gente. Ti addestrerò a uccidere tuo padre. Farò sparire la tua anima dalla faccia della Terra una volta per tutte. Il mio amore distruggerà te, me e tutto ciò che amiamo. È inevitabile.*

Lindsay fece scivolare il braccio sinistro convalescente intorno alla sua vita e lo infilò tra le sue ali. Con la mano destra gli toccò il membro ancora una volta. Adrian sibilò tra i denti.

Lindsay lo accarezzò con decisione. Le sue ali tremarono mentre la lussuria prendeva il sopravvento. I movimenti del suo pugno erano così perfetti da fargli male.

«Più veloce.» Adrian trattenne il fiato, e dopo averla tirata a sé le cinse le spalle con un braccio.

Lindsay cercò di non perdere l'equilibrio con il braccio intorno alla sua vita e lo guardò mantenendo la schiena dritta. Così vicino a lui, sentiva tutto il suo calore. Il fianco di Adrian era infilato tra i suoi seni, mentre le cosce di Lindsay rimanevano ben salde intorno alla sua. Ancorata in quel modo, approfittò della posizione vantaggiosa per impugnare la sua erezione con più forza e velocità.

Adrian lasciò cadere la testa all'indietro con fare supplichevole. Le sue ali si sollevarono e si chiusero intorno a loro proteggendo la loro preziosa intimità.

Per tutto il tempo, Lindsay continuò a stringerlo forte masturbandolo con un ritmo costante. Il petto di Adrian si sollevava e si abbassava emettendo respiri ansimanti. Anche Lindsay cominciò a respirare affannosamente contro il suo petto. I suoi capezzoli erano turgidi e tesi a contatto con lui, i suoi fianchi si muovevano tracciando piccoli cerchi vogliosi. Adrian premette le labbra sulla sua fronte quando avvertì un bruciore agli occhi.

«E diventa ancora più grosso prima di venire» sussurrò Lindsay. «E più duro.»

La sua mano si muoveva con una velocità sovrumana... ed era esattamente ciò di cui lui aveva bisogno. Due secoli di desiderio trattenuto pretendevano di essere liberati *immediatamente*. Poi avrebbe potuto sedurla come si deve. L'avrebbe trascinata nel suo letto, dove si sarebbe avvinghiato a lei e avrebbe fatto finta che al mondo esistessero soltanto loro due. Avrebbe dimenticato le conseguenze, gli inganni, l'inevitabile e definitiva separazione.

«Sì» gemette a contatto con la sua fronte madida di sudore. «Sto per venire...»

Il desiderio formò una spirale intorno alla sua colonna vertebrale e andò a depositarsi come ferro fuso alla base del pene.

Per eccitarlo ancora di più, Lindsay lo blandì con una voce resa roca dal suo stesso desiderio. «Fammelo vedere. Vieni per me, Adrian. Lasciati andare completamente.»

«Continua a toccarmi... non fermarti.»

«Non lo farò. Non posso. Voglio guardarti...»

Il corpo di Adrian sobbalzò quando eiaculò il primo schizzo straziante. «*Lindsay*.»

Lei emise un gemito affamato mentre l'angelo tremava in preda a un orgasmo esplosivo, e con il braccio instancabile continuò a farlo godere con la dedizione di una donna che non desiderava altro che soddisfarlo.

Ti amo. Quelle parole si fecero strada dentro di lui, risalendo con gli artigli dal profondo della sua anima, minacciando di sfuggirgli.

Incapace di arginare la frenesia dei suoi sentimenti, Adrian soffocò quella verità con la bocca morbida di Lindsay.

Le ginocchia di Lindsay cedettero non appena Adrian la baciò.

L'angelo si voltò nel suo abbraccio e le prese il viso tra le mani amorevoli. Con la stessa intensità con cui aveva cercato ferocemente l'orgasmo, ora la stringeva teneramente. Le sue labbra la sfioravano delicatamente, e la sua lingua era una frusta vellutata. Lindsay gli afferrò i polsi, talmente persa nel suo profumo e nel suo sapore da non accorgersi che si stavano muovendo finché non toccò la parete con la schiena.

«Grazie» sussurrò lui prima di infilarle nuovamente la lingua in bocca.

Lindsay gemette flebilmente. Adrian muoveva lentamente la testa da una parte all'altra, facendo scivolare le labbra socchiuse sulle sue. Affondò le dita tra i suoi capelli e le massaggiò la testa. Lindsay si sentì attraversare da una calda sensazione di benessere che permeò il suo corpo eccitato e lenì il suo frenetico desiderio. Sempre più languida, sotto l'assalto sorprendentemente delicato della sua bocca, lo afferrò per i fianchi magri e lo tirò più vicino a sé.

«Resta fuori dalla mia testa» lo avvertì.

«Non è nella tua testa che voglio entrare in questo momento.»

Sentire il suo uccello contro la sua pancia, ancora duro come l'acciaio, le tolse il respiro. Adrian respirava nella sua bocca, riempiendole i polmoni con la sua stessa aria. Quell'intimità era persino più potente delle sue dita che scivolavano verso il basso e le scostavano le spalline sottili della canotta. Lindsay inarcò la schiena per offrirgli i suoi seni.

In fondo sapeva che sbagliava a comportarsi così con Adrian. Sapeva che doveva fermarsi, che doveva farlo smettere. Ritrasse le mani e premette i palmi contro la parete. Ma la sensazione delle sue carezze sulla sua pelle nuda, dei polpastrelli che seguivano il bordo dei pantaloni prima di infilarsi sotto la sua canotta era sublime... incredibilmente perfetta...

Lindsay scoppiò a ridere e ritrasse la pancia da quelle dita desiderose di esplorare il suo corpo.

Le bellissime labbra di Adrian si incurvarono a contatto con la sua bocca. «Soffri il solletico?»

La gioia di Adrian era palpabile, echeggiava attraverso di lei e faceva vacillare la sua determinazione. Lui la afferrò per la vita e la trascinò in un abbraccio esuberante.

Oh dio... così non poteva farcela. Sensuale. Scherzoso. I suoi occhi luminosi non erano più tormentati, ma brillavano per la felicità... per lei. Avevano raggiunto un livello di intimità che Lindsay non aveva mai sperimentato nelle sue storielle precedenti. Ecco cosa si era persa...

«Adrian.»

«*Mmh*...?» L'angelo le baciò la tempia, poi scese sul suo orecchio. «In quali altri punti soffri il solletico, Linds?»

«Non...» Adrian le sfiorò l'orecchio con la lingua, facendola tremare. Lindsay serrò i pugni. «Non dovremmo farlo.»

«Tu non devi fare niente» mormorò lui con voce roca, avvolgendole i seni gonfi e teneri con le mani.

Lindsay gemette. Poi si voltò verso la parete con le finestre accanto a loro. Il sole splendeva scintillando attraverso le goccioline di pioggia aggrappate al vetro... un riflesso dello stato d'animo di Adrian e di come lei lo aveva alleggerito.

Dopo averle preso i capezzoli tra il pollice e l'indice, glieli tirò leggermente. «Così piccoli e delicati, per due seni così sodi. Voglio succhiarteli fino a farti venire.»

Lindsay impulsivamente spinse i fianchi in avanti, e il suo sesso si contrasse avidamente. «Per essere vergine» disse ansimando «sai fin troppo bene come far impazzire una donna.»

Adrian fece una pausa, i suoi occhi cerulei brillanti e divertiti. «Pensi che io sia vergine?»

«Vuoi dire che non è la prima volta che lo fai?» La gelosia se la divorò, facendole raggelare il sangue. «Io credevo che se lo avessi fatto saresti diventato un vampiro.»

Adrian incurvò la bocca in un sorriso molto virile. «Per me ci sei solo tu, *neshama*. Solo tu sei in grado di risvegliarmi.»

Lindsay non sapeva che cosa significasse quella parola con la quale l'aveva appena chiamata, però era riuscita a colpire una corda molto profonda, e il modo in cui lui l'aveva pronunciata le aveva fatto sentire le farfalle nello stomaco. «Adrian... Merda. Brucerò all'inferno, per questo.»

«Perché te ne stai appoggiata a un muro?» Le leccò l'orecchio con fare sensuale. «No, non succederà.»

«Sto cercando di fare la cosa giusta» protestò lei, anche se non riusciva a trovare la forza per spingerlo via. Non ora che una delle sue mani perfidamente esperte stava scivolando nei suoi pantaloni e l'altra le stava sollevando la canotta, denudandole il seno.

«Tutto questo era ineluttabile. *Io e te* siamo ineluttabili.» Adrian sollevò lo sguardo e fissò i suoi occhi sbalorditi. «E lo sai bene.»

«Ma non hai paura?»

«Mi spaventa di più non averti che accettarne le conseguenze.» La afferrò con fare possessivo sotto le mutandine.

Lindsay inclinò la testa all'indietro, e quando l'angelo percorse il bordo di pizzo nella piega sensibile dell'inguine abbandonò ogni tentativo di resistenza. In lei c'era un'ansia vibrante, una fame lancinante e un desiderio che la spaventavano più delle implicazioni di ciò che stavano facendo. La sensualità bruciante che lui emanava la avvolse alimentando il suo desiderio, e alla fine Lindsay non riuscì più a pensare nonostante gli sforzi. Voleva disperatamente essere toccata da lui... lo *bramava*.

Adrian le sostenne la schiena cullandola con la sua mano grande e la inarcò verso di sé. Lindsay trattenne il fiato, in attesa. Lui soffiò aria fresca sul suo capezzolo increspato, e la leggera costrizione del perizoma scomparve improvvisamente insieme alla stoffa. Mentre Adrian la accarezzava con la lingua calda e umida, le sue dita le fecero aprire le gambe per accarezzarle il clitoride. Lindsay rabbrividì violentemente e gridò. Era così maledettamente eccitata che temette di prendere fuoco. Era febbricitante, madida di sudore e di eccitazione.

Adrian ringhiò la sua approvazione. «Morbida e bagnata. Dopo la ceretta. Potrei mangiarti per ore e ore.»

Non si era depilata con la ceretta, ma con il laser. Ma adesso che importanza aveva? A lui piaceva. E a lei piaceva che a lui piacesse. Come le piaceva anche sentire il suo tocco leggero come una piuma mentre le circondava la fessura tremante del suo corpo e svolazzava con la lingua sopra il capezzolo indurito. Le piaceva il modo in cui le sue ali si incurvavano fin quasi a toccare al muro, formando uno scudo di bianco che la faceva sentire protetta. Adorata.

Lindsay sollevò le braccia e infilò le mani nelle spesse ciocche dei suoi capelli neri. Poi sollevò una gamba e gli circondò il fianco aprendosi ancora di più. «Toccami» ansimò, contorcendosi quando le guance di Adrian si incavarono succhiandole voracemente il seno.

«Lo sto facendo.» Il suo respiro caldo si posò sull'umidità che aveva lasciato la sua bocca e che si stava raffreddando.

Lindsay ringhiò.

Adrian spinse due dita affusolate dentro di lei. «È questo che vuoi?»

Lei si sollevò aggrappandosi alla sua nuca e si impossessò della sua incantevole bocca; poi gli mordicchiò la mandibola e scese fino alla gola. Quando raggiunse la vena pulsante aprì le labbra e gliela sfiorò con la lingua facendola gonfiare. Poi gliela graffiò leggermente con i denti.

Lui gemette e le cinse la schiena con il braccio. «Sei così eccitante, cazzo. Mi stai facendo impazzire.»

Lindsay sollevò e abbassò i fianchi, facendoli ruotare al tempo stesso e cavalcando le sue dita. Gli ripeté quello che lui le aveva detto prima. « Fammi venire. Fammi godere.»

Adrian la baciò con passione. Premette il pollice sul clitoride pulsante e lo massaggiò ogni volta che la penetrava con le altre dita. Lindsay sospirò per il piacere nella sua bocca e affondò le unghie corte nei muscoli possenti delle sue spalle. Adrian le intrappolò la lingua e gliela succhiò, facendole contrarre il sesso intorno alla sua mano laboriosa.

La peluria del petto accarezzandole delicatamente i capezzoli turgidi la stava uccidendo, completando il lavoro iniziato dalla sua tenerezza. Ogni sua carezza era piena di rispetto. Di adorazione. Persino durante l'incontro sessuale più trasgressivo che avesse mai avuto, Lindsay si sentiva come se tutto ruotasse intorno a lei. Come se condividere quell'intimità con lei fosse per Adrian la cosa più importante del mondo.

L'orgasmo l'attraversò come un fulmine. Lindsay tremò tra le braccia dell'angelo mentre raggiungeva l'estasi con violenza, mentre i tessuti delicati del suo sesso ondeggiavano intorno alle dita maliziosamente esperte che si incurvavano e la sfregavano perché continuasse a godere.

Lindsay non poté fare altro che tenersi aggrappata a lui mentre strizzava gli occhi, facendo uscire le lacrime. I suoi respiri ansimanti presero il posto di quelli di Adrian. E nel frattempo lui continuò a baciarla come se per lui fosse stata questione di vita o di morte.

Lindsay aveva appena smesso di tremare quando Adrian estrasse le dita, e si ritrovò nuda in braccio a lui, gli indumenti spariti come quelli di lui... chissà dove. Rimasero avvinghiati volteggiando nella stanza con una frenesia controllata; poi Lindsay sentì la superficie fredda del tavolo da pranzo sotto il sedere, e un istante dopo aveva disteso le braccia dietro la schiena per sostenere il torso. Adrian le scansò il ginocchio con una mano, si afferrò il pene con l'altra e piazzò il glande all'entrata del suo sesso.

I suoi occhi la fissarono con il bagliore di due vivaci fiamme azzurre. «Ho fame di te, *neshama sheli.*»

Quando Lindsay prese un respiro tremante e si preparò a chiedergli che cosa le avesse detto, lui cominciò a scivolare duro e bollente dentro di lei, costringendola a distendersi mentre la copriva con il suo corpo. Lindsay si contorse per accoglierlo e lo afferrò per i fianchi cercando di rallentare la sua implacabile penetrazione.

«Dio mio...» Lindsay spalancò la bocca inarcando la schiena. «A che cavolo ti serve questo corpo da pornostar se non puoi fare sesso?!»

La risata di Adrian si riversò su di lei facendole venire la pelle d'oca. Era un suono denso e profondo... infinitamente bello ed emozionante. Il suo cuore si gonfiò come se vivesse solo per ascoltare quel suono.

Adrian la penetrò fino in fondo. Le sue ali si distesero e si piegarono magnificamente, facendole venire in mente un felino pasciuto che fletteva i muscoli. I loro sguardi si incrociarono, e rimasero a fissarsi l'un l'altra mentre trattenevano entrambi il respiro. In quell'attimo così intenso, lui le prese il viso tra le mani e la guardò in un modo che la fece sciogliere.

«*Ani ohev otach,* Lindsay» sussurrò prima di baciarla ancora e riempirle i polmoni ardenti con il suo respiro. Adrian roteò i fianchi spingendosi un po' più a fondo. Lindsay credette di sentire ogni suo centimetro... ogni vena contratta e ogni battito del suo cuore che batteva forte.

Gli tenne la nuca con la mano mentre gli leccava le labbra, scossa dalla certezza assoluta di trovarsi proprio dove avrebbe dovuto essere senza averlo mai saputo. «Adrian, io...»

Uno scampanellio in lontananza all'improvviso la paralizzò. E paralizzò anche lui.

Si tennero abbracciati stretti respirando affannosamente, il suo pene grosso e pulsante dentro di lei. La consapevolezza di ciò che stava facendo e con chi lo stava facendo la colpì come una doccia gelata.

Il suono giunse ancora, seguito da una serie di colpi bruschi. Il campanello della maledetta porta d'ingresso.

Lindsay tirò un sospiro di sollievo, poi gemette quando Adrian cominciò a ritrarsi. Non smise mai di guardarla mentre estraeva il pene con una lentezza micidiale e la mandibola serrata. Quando fu completamente fuori dal suo corpo, Lindsay balzò giù dal tavolo e corse in camera da letto.

Prima di chiudere la porta l'angelo le mise di nuovo il pigiama, ma la stoffa non le impediva di sentirsi comunque vulnerabile e completamente esposta.

13

Adrian si infilò le dita tremanti tra i capelli per sistemarli prima di guardarsi nello specchio ovale all'ingresso. Poi evocò una tunica orientale smanicata lunga fino a metà coscia per nascondere la sua erezione, ma il suo viso arrossato, gli occhi luminosi e le labbra rese turgide dall'ardore di Lindsay tradivano la sua mortale debolezza.

Fissò la sua immagine riflessa, placando i respiri e recuperando il contegno controllato e austero che doveva mostrare in pubblico. Infine ritrasse le ali, sapendo che avrebbero rivelato le sue emozioni tanto quanto il suo sguardo.

Il campanello suonò per la terza volta, seguito da un'altra serie di colpi. Adrian sollevò il nottolino di una delle due ante della porta, e si allontanò aspettando che si aprisse. Mentre camminava per la stanza, con la forza del pensiero schiacciò qua e là qualche petalo dei fiori più profumati di una gigantesca composizione floreale. Quel profumo stucchevole non avrebbe impedito alle narici di un angelo di fiutare l'odore della lussuria, ma il tentativo di mascherarlo era comunque una dimostrazione di rispetto.

«Capitano» lo salutò Jason, trascinando la parola con malizia.

«Ci sono novità?» Adrian andò in cucina e si lavò le mani per attutire l'odore di Lindsay che ora amava tanto. Il suo sangue ardeva ancora al ricordo di come il corpo bollente di lei lo aveva tenuto stretto. Quel meraviglioso momento di intimità avrebbe potuto distruggerlo, se lei non lo avesse fatto ridere. E lui non riusciva nemmeno a ricordare quanto tempo fosse passato dall'ultima volta che si era fatto una risata. Aveva dimenticato quanto fosse potente la loro affinità. Gli pareva di essere stato in una fucina, di essersi riscaldato fino a sciogliersi per poi rimodellarsi in una nuova forma.

«Dov'è Shadoe?»

Adrian si voltò agitato quando udì un nome che non poteva ancora spiegare a Lindsay, e vide che Elijah era con Jason. Ai sensi di un lycan non sarebbe mai sfuggito cosa stava facendo con lei quando li avevano interrotti. Era completamente intriso dell'odore di Lindsay e, a giudicare da come Elijah allargava le narici, il lycan doveva averlo riconosciuto.

«*Lindsay*» sottolineò Adrian «è ancora convalescente.»

Jason lo esaminò apertamente. «Però si è alzata. E ha... mangiato.»

«Come un taglialegna.»

«Come sta il braccio?» chiese Elijah, la sua espressione assolutamente impassibile.

«Sta guarendo come previsto.»

«Bene.» Il lycan annuì brevemente, soddisfatto.

Adrian incrociò le braccia e scrutò Elijah. Dopo averlo visto insieme agli altri lycan quando avevano ripulito il covo di Hurricane, era ormai evidente che il lycan fosse un alfa. Com'era evidente che fosse pericoloso... il suo innato ascendente e la capacità di guidare gli altri lycan potevano solo causare danni. Per il momento, in ogni caso, era impegnato a badare a Lindsay. Lei gli aveva salvato la pelle... in più di un'occasione, aveva detto. Lui avrebbe ripagato quel debito proteggendola a costo della vita e, in questo momento, Adrian aveva bisogno proprio di quel tipo di lealtà per tenerla al sicuro.

«Volevo solo verificare con te» cominciò Jason, mentre si avvicinava al tavolo «il piano per tornare nello Utah domani. È ancora valido?»

«Ho detto di sì.» La voce di Adrian era bassa e calma, ma dovette fare uno sforzo notevole per non serrare i pugni quando Jason si fermò proprio nel punto in cui aveva penetrato Lindsay solo qualche minuto prima. «Voglio partire alle sei in punto.»

«Okay.» Jason appoggiò una mano sul tavolo e lo guardò. «Helena è a Las Vegas. Vuole vederti.»

«Andrò da lei non appena mi sarò cambiato. Elijah, rimani con Lindsay.»

Adrian si diresse verso la sua camera da letto, che si trovava di fronte a quella di Lindsay, nella parte opposta del soggiorno. Chiuse la porta e si sedette sul bordo del letto, inspirando bruscamente prima di sollevare la cornetta e premere il pulsante che lo collegava alla stanza di lei.

Le ci volle parecchio tempo per rispondere. «Pronto?»

«Linds... stai bene?»

Lei sospirò. «No. Non sto bene per niente.»

Adrian chiuse gli occhi. L'imbarazzo e la confusione che provava Lindsay erano palpabili. «Devo uscire. Elijah resterà qui con te. Quando tornerò, parleremo un po'.»

«Va bene.»

«Se hai bisogno di qualcosa mentre sono via, addebitalo pure alla stanza.»

«Oh dio.» Lindsay gemette. «Ti prego, non tentare di comprarmi.»

«Non lo farei mai. Hai un valore inestimabile.»

Ci fu un'altra lunga pausa. Quando Lindsay parlò di nuovo, aveva una voce d'acciaio. «Hai ragione, Adrian. Non puoi permettertelo. Ho un prezzo troppo alto per te. Non lascerò che tu lo paghi.»

Adrian guardò la porta chiusa e imprecò sottovoce. Dopo

quello che avevano appena condiviso, lei aveva bisogno delle sue premure e delle sue rassicurazioni, ma ora che c'erano altre persone nella suite non poteva calmarla in nessun modo. C'erano cose che non poteva ancora dirle, ma che avrebbe potuto mostrarle se solo avessero avuto un po' di intimità. «Parleremo al mio ritorno» ripeté.

«Sta' attento.»

«E tu non metterti nei guai.» Adrian riagganciò la cornetta e balzò in piedi. Prima avesse pensato agli affari, prima avrebbe potuto ritornare da Lindsay.

Lindsay si fece una seconda doccia. Quando uscì dal bagno c'era un altro completo sul letto. Questo aveva ancora la stampella, ed era avvolto dalla custodia per abiti di una boutique. Aprì la cerniera e vide le etichette ancora attaccate che riportavano un prezzo astronomico. Era un completo bellissimo, pantaloni lunghi e larghi color cioccolato e una blusa dalle mille tonalità di turchese e oro. Costoso ed elegante, proprio come piaceva a Adrian. Accanto agli abiti c'era un beauty-case pieno di trucchi MAC nuovi di zecca. Sotto i trucchi e il completo, abbandonata casualmente sul letto, giaceva una busta con il logo dell'hotel che conteneva un mazzo di banconote da cento dollari alto cinque centimetri.

Lindsay si portò le mani al viso, gemendo. Era talmente spaventata che si sentì soffocare. Adrian era troppo per lei. Non sapeva come affrontare tutto questo. Non sapeva come affrontare *lui*. Il modo in cui la guardava, il modo in cui le parlava e la toccava... qualunque maledetta cosa stessero facendo, per lui non era affatto una scappatella. E non importava cosa dicesse Lindsay, né quanto si sforzasse, lui era comunque deciso ad averla a ogni costo.

Lindsay si vestì e si rese presentabile, poi si sedette sulla poltrona dove si era seduto Adrian e chiamò suo padre.

«Autofficina Gibson, sono Eddie Gibson» rispose.

«Ehi, papà.» Lindsay udì in sottofondo il ronzio dei macchinari ad aria compressa, e la nostalgia di casa le fece venire un nodo in gola. Suo padre non conosceva gli aspetti più bui della sua vita, ma sapeva che lei era diversa e l'amava lo stesso incondizionatamente. «Sono io. Scusa se non ti ho chiamato prima.»

«Ehi, piccola. Stai meglio?» La sua adorata voce era arrochita dalla preoccupazione.

Lindsay si accigliò e chiese: «Meglio? Sì, sto bene. Anzi, sto benone.»

«Mi fa piacere.» Un sospiro di sollievo colmò la distanza che li separava. «Ero preoccupato, non riuscivo a mettermi in contatto con te. Ogni volta che ho provato a chiamarti al cellulare, è partita la segreteria telefonica.»

«Sì. Da quando sono arrivata non l'ho ancora ricaricato. Credo che si sia spento.»

«Di' a Adrian che lo ringrazio per avermi chiamato e per avermi fatto sapere che stai bene. Se non lo avesse fatto, probabilmente avrei mandato la guardia nazionale a cercarti.»

«Adrian ti ha chiamato?» Lindsay ebbe un brivido. Con tutti i problemi che aveva, aveva anche trovato il tempo di contattare un padre in ansia e si era preso la briga di rassicurarlo. La sua premura la toccò profondamente.

«Ieri. Mi ha detto che hai avuto un disturbo allo stomaco. Dovresti riposarti per un paio di giorni e bere molta acqua. E dovresti dedicare un po' di tempo a Adrian Mitchell. Sembra tenere davvero molto a te. Chissà che non nasca qualcosa.»

Magari. Ora che finalmente aveva trovato un uomo al quale non doveva mentire e nascondere niente, non poteva averlo. «Ti stai prendendo cura di te?»

«Certo, altrimenti mi daresti il tormento. Ieri sera sono andato da Sam e abbiamo anche giocato a poker.»

«Bene.» Lindsay aveva cercato di convincerlo a uscire di più. Una partita a poker con gli amici era un buon inizio.

«Dove sei? Sul display ho letto Mondego Resort.»

«È un hotel di Gadara» spiegò Lindsay, ricordando il logo della Gadara Enterprises sul telefono quando aveva composto il numero.

«Sei già tornata in sella, quindi. Prenditi cura di te. Hai sempre lavorato troppo.»

«Senti chi parla» ribatté lei. «Facciamo un patto: ogni volta che ti prenderai un giorno di ferie, io farò altrettanto.»

Eddie rise, e lei assaporò con gioia quel suono. «Va bene. Ci sto.»

«Ti voglio bene. Ti richiamo tra un paio di giorni, ma se hai bisogno di qualcosa o ti va di fare quattro chiacchiere mi assicurerò che il mio telefono sia sempre carico.»

«Okay. Ti voglio bene.»

Dopo aver riagganciato, Lindsay si alzò in piedi, afferrò la sua borsa e si preparò a lasciare la stanza. Ormai era un po' che non sentiva più le voci maschili provenire dal soggiorno, ma prima di aprire la porta trasse comunque un bel respiro per farsi coraggio. Ascoltare la voce di suo padre l'aveva aiutata a ritrovare la concentrazione, ma si sentiva ancora vulnerabile ed esposta. Adrian l'aveva conquistata. Per quanto desiderasse il contrario, aveva così poche difese contro di lui.

Lindsay trovò Elijah ad attenderla in piedi accanto al divano a braccia conserte. La sua era una presenza imponente e spaventosa. La sua t-shirt verde oliva e i jeans comodi lasciavano comunque intravedere il suo corpo possente. Quel lycan emanava una sensazione di solidità e tenacia; era il tipo a cui si poteva affidare la propria vita. In questo era simile a Adrian. Anche lui era incredibilmente maestoso e risoluto. Il modo in cui la faceva sentire protetta era una delle sue qualità a cui lei non poteva resistere. Lindsay lo desiderava, le piaceva, si fidava di lui. E quando era con Adrian si sentiva in pace, una sensazione che i vampiri le avevano sottratto quel giorno infernale di tanti anni prima.

Lui le aveva restituito la serenità. E lei, per ricambiare quel favore, avrebbe dovuto lasciarlo andare. Pur avendole dato tanto, Lindsay rischiava di togliergli tutto per un istante di puro egoismo.

«Ciao El.» Lindsay sorrise al bellissimo lycan. «Come ti senti?»

«Vivo.» La voce profonda di Elijah rimbombò nella stanza. «Soprattutto grazie a te.»

«Già, be'... Tu sei stato davvero in gamba. Io ho solo cercato di non fare la figura dell'inutile mortale.»

«Inutile.» Il lycan fece un verso. «Tu non sei inutile. Sei completamente svitata.»

Lindsay annuì con un ghigno. «Più o meno.»

I brillanti occhi verde smeraldo di Elijah si posarono su di lei scrutandola da cima a fondo. «Tu come stai? Ti fa male il braccio?»

Lindsay si avvicinò a lui con la mano tesa. Da quando si era fatta la prima doccia, il rosa della carne aveva cominciato a svanire lasciando il posto a un leggero alone color pesca.

Elijah guardò il braccio e fischiò. «Ero convinto che l'avresti perso.»

«Era ridotto proprio male, *eh*?»

Lui la guardò di traverso. «Direi. È stato quasi spazzato via da un colpo di fucile.»

A Lindsay tornò in mente il dolore lancinante che aveva provato, e si sfiorò il braccio quando le parve di sentirlo di nuovo. «Come ha fatto?»

«Vorrei tanto saperlo.»

Visto che sembrava affascinarlo così tanto, Lindsay disse: «Se vuoi puoi toccarlo.»

«Neanche per sogno.»

Lindsay sollevò un sopracciglio. «Non mordo mica.»

«Non voglio fare incazzare Adrian. La curiosità uccise anche il lupo.»

«Credimi, lui non è affatto geloso. Non essere esagerato. E poi non lo verrebbe mai a sapere.»

«Fiuterebbe il mio odore su di te.»

Lindsay sollevò l'altro sopracciglio all'altezza del primo.

«Credimi» disse facendole eco. «Non vorrei assolutamente metterti in imbarazzo, ma sei completamente impregnata del suo odore.»

Lindsay sentì aggrovigliarsi lo stomaco. «E hai fiutato il mio odore addosso a lui?»

«Sì.»

«Merda.» Lindsay si scompigliò i capelli agitando le mani. «Se volessi fare i bagagli e partire dovrei buttarti in un fosso? O mi lasceresti andare come se niente fosse?»

«Provaci.» Elijah ringhiò leggermente. «Vediamo fin dove arrivi.»

«Hai l'ordine di trattenermi?»

«No. Ma non ti perderò di vista.»

Dato che si fidava di lui, Lindsay gli mostrò tutto il suo tormento. «Sto giocando col fuoco, e prima o poi mi brucerò. Io potrei anche conviverci, ma Adrian... non ha bisogno di questo tipo di calore. Deve ancora riprendersi dalla morte di Phineas.»

«Lui è adulto. Se la cava da solo.» I tratti di Elijah si addolcirono. «Sei tu che dovresti prenderti cura di te stessa.»

Lindsay guardò il tavolo. Ricordava molto bene la sensazione di Adrian dentro di lei. Il tono della sua voce era stato intimo quanto il sesso, e le parole sconosciute che aveva pronunciato riecheggiavano ancora dentro di lei colpendola in un modo vagamente familiare. Non sapeva che cosa significassero, ma sapeva che erano le parole pronunciate da un uomo alla donna che amava. Erano potenti quanto una carezza, e la sfioravano dolcemente come una brezza calda. Se fosse stata l'unica a pagarne le conseguenze, allora lo avrebbe accettato. Sarebbe rimasta con lui. Lo avrebbe reso suo. Ma non era così. Lui avrebbe sofferto...

Lindsay sospirò. «La spia del mio istinto di sopravvivenza è fuori uso.»

«Me ne sono accorto l'altro ieri.»

«Hai fame?»

«Un boccone lo mangerei volentieri.»

«Andiamo a ingozzarci da qualche parte, poi ci facciamo un giro sulle montagne russe finché non vomitiamo.»

Una scarica o due di adrenalina era l'unica cosa che potesse impedirle di darsela a gambe levate. Era tesissima. Se non si fosse sciolta un po', avrebbe potuto spezzarsi.

Elijah sospirò. «Mi hai salvato la vita per questo?»

«O andiamo o scappo via. A te la scelta.»

«Bene.» Il lycan le indicò la doppia porta d'ingresso con il braccio. «Però ti avverto... non ti conviene vomitarmi addosso.»

Lindsay cominciò a camminare, ansiosa di fuggire da un posto che conteneva così tanti ricordi pericolosi. «Perché no?»

«Perché ti vomiterei addosso anche io» disse aprendo la porta. «E ti garantisco che mangio molto più di te.»

«*Bleah.*» Lindsay stava per uscire nel corridoio quando un afroamericano vestito di tutto punto comparve improvvisamente sulla soglia.

Lindsay si fermò di scatto, paralizzata dal suo sorriso smagliante. Lo riconobbe immediatamente. Era anche il suo capo. «Salve, signor Gadara.»

«Buon pomeriggio, signorina Gibson. Stavo cercando proprio lei.»

Adrian entrò nell'Hard Rock Café e chiese di Helena Bardon. La manager gli regalò un sorriso luminoso e cercò di intrattenerlo facendo due chiacchiere, ma lui rispose solo a monosillabi perché i suoi pensieri erano fissi su Lindsay. La moretta carina continuò a flirtare con lui mentre lo accompagnava al séparé di Helena, ma il suo entusiasmo svanì in fretta quando vide la bionda che scivolava dalla panca per venirlo a salutare. Adrian sapeva che cosa l'aveva fermata... la vista di una donna bellissima, statuaria e raggiante con due serafici occhi azzurri.

«Adrian.» Helena lo abbracciò affettuosamente. «Quando ho saputo di Phineas, mi sono preoccupata moltissimo per te.»

«Sto andando avanti...»

La donna lo scrutò allargando le sue narici delicate. «E così la tua Shadoe è tornata per consolarti.»

Lui le fece cenno di sedersi.

«Lo sai che non ti giudico» gli disse dolcemente, tornando a sedere.

«Lo so.» Dopo tutto quel tempo, Helena aveva ancora un cuore e un'anima puri. La sua devozione era innegabile; non sembrava minimamente scalfita dal mondo in cui vivevano. Adrian invidiava la sua serenità.

«Ti consola davvero?»

«Mi consola e mi tormenta, mi dona piacere e sofferenza. E tutto all'estremo. È una cosa meravigliosa e infernale, e non riesco a vivere senza. Io ho bisogno di lei.» Erano poche le Sentinelle alle quali poteva parlare tanto liberamente. La fede incontrollabile di Helena le conferiva un'imparzialità che solo pochi potevano vantare.

Una cameriera arrivò per prendere le loro ordinazioni. Avrebbero fatto finta di mangiare spostando il cibo qua e là nel piatto, poi se lo sarebbero fatto mettere nelle vaschette e lo avrebbero portato ai loro lycan. Quando furono nuovamente soli, Helena si appoggiò allo schienale e improvvisamente parve piuttosto stanca.

«Come posso aiutarti?» chiese Adrian. In apparenza non sembrava minimamente preoccupato per l'inquietudine di Helena, ma in realtà lo era. Il suo stato d'animo lo influenzava profondamente. Lei era sempre stata uno dei punti fermi della sua esistenza. Come del resto lo era stato anche Phineas.

«Mostrandomi la tua solidarietà.» Helena posò la mano delicata sul tavolo. «Ti ho detto che uno dei miei lycan, Mark, crede di essere innamorato di me?»

Adrian si immobilizzò. «No.»

«Già. Be', lui ne è convinto.»

Dopo aver ripreso il controllo, Adrian disse: «Non sarei particolarmente sorpreso, se fosse vero. Tu sei una donna bellissima con un'anima gentile.»

«Non è a me che dovresti fare questo genere di complimenti, ma grazie lo stesso.» Helena tamburellò leggermente le dita sul tavolo, un gesto eloquente e apparentemente inconscio. «Io ho fatto di tutto per rispettare i suoi sentimenti, per quanto mi infastidissero. È grazie a loro che finora ha sempre fatto bene il suo lavoro. Mark ha rischiato la sua vita in circostanze che nessun altro lycan avrebbe mai affrontato.»

«È diventato un problema per te?»

«No.» Helena sospirò. «Il problema sono *io*.»

Adrian allungò il braccio e le afferrò la mano per immobilizzare il suo gesto nervoso. «Ti ascolto.»

«Sapevo che lui aveva dei... bisogni. So bene come si riproducono i lycan. Però io... mi sono rifiutata di vedere come sopperiva a quei bisogni, e lui ha fatto di tutto per nascondere ciò che faceva.» Helena gli afferrò la mano. «Ma l'altro giorno, quando ho saputo di Phineas, ho chiamato Mark dopo avergli già dato il pomeriggio libero. Quando è arrivato, ho sentito... ho sentito il profumo di una donna su di lui.»

«Helena.» Adrian provò una fitta di compassione al petto.

«Ero furiosa, Adrian. Come non lo ero mai stata prima. Ho sfogato la mia rabbia su di lui. Gli ho detto delle crudeltà per ferirlo volutamente. Gli ho detto che non aveva carattere e che era uno schiavo del vizio. E poi altre cose... tante altre cose. Ero un fiume in piena. Gli ho rovesciato addosso le parole più orribili e non ho potuto impedirlo. Sono riuscita a farlo sentire un mostro. Lui già si sentiva in colpa e si vergognava, e io ho scaricato su di lui tutto il peso della mia sofferenza.»

«Eri gelosa.» E ora anche lei sapeva ciò che conoscevano solo poche altre Sentinelle... che erano capaci di essere gelosi proprio come i lycan e i vampiri. A quanto pareva, quello era un tratto tipico dei serafini che era stato trasmesso anche ai Caduti. «Sarebbe stato peggio se fossi andata a letto con lui.»

«È proprio questo il dilemma di cui volevo parlarti.» Helena sollevò il mento. «Tu più di tutti sai come mi sento. Per tutto questo tempo ho creduto che fossimo superiori ai bisogni della carne. Che la lussuria fosse una battaglia che non dovevamo combattere.»

«Siamo stati creati per essere messi alla prova, lo sai.»

«Sì, ma mentre cercavo di spiegare a Mark il mio comportamento, mentre cercavo di scusarmi per averlo ferito e avvertirlo che presto sarebbe stato trasferito altrove, lui mi ha fatto notare qualcosa a cui non avevo mai pensato. Noi non possiamo accoppiarci con i mortali, Adrian. Ma i lycan, i vampiri e perfino i demoni non lo sono.»

Adrian lasciò la sua mano e si appoggiò allo schienale, abbandonando il ruolo di amico e tornando a quello di capitano. «Tu speri di trovare un cavillo.»

«Non ti azzardare a giudicarmi!» sbottò Helena, troppo sconvolta per pensare alle buone maniere. «Con che coraggio, dopo che sei venuto qui con addosso l'odore di una mortale?»

«Che vuoi che ti dica? Sii onesta con te stessa. Vuoi davvero la mia solidarietà? Perché sai che quella ce l'hai già. Il mio cuore soffre per te. Ma se vuoi un'assoluzione, non posso dartela.»

«Perché no?»

«Se ti dessi il permesso di commettere i miei stessi errori, non sarei migliore di Syre. Io non ti condurrò alla dannazione, Helena. Il mio compito è fare tutto il possibile per impedirti di cadere.»

«Tu predichi bene» disse amaramente «ma razzoli male.»

Helena lo trafisse da parte a parte con lo sguardo. Nel giro di pochi istanti, lui si era trasformato in un nemico. Per quanto la collera di lei lo ferisse, Adrian non poteva fare diversamente. «Non spetta a me darti una risposta. Lo sai.»

Il labbro inferiore di Helena tremò. «Io ho chiesto, ma non ho avuto risposte.»

«Questo mi porta a concludere» disse lui gentilmente «che il silenzio sia una risposta sufficiente.»

Helena trasse un respiro profondo e tremante. «Credevo che mi avresti aiutato.»

«Ci proverò. Ma non come vorresti tu.»

Una lacrima rigò il volto levigato di Helena. La sofferenza che emanava echeggiò dentro di lui. Lei scivolò fuori dal séparé. «Ho bisogno di un momento per riprendermi.»

Adrian annuì e rimase a guardarla mentre attraversava la sala e svoltava in fondo al corridoio diretta verso la toilette. Poi estrasse il suo cellulare e premette un tasto.

«Jason» disse quando il suo secondo in comando rispose. «Trova le guardie del corpo di Helena e richiamale subito.»

«Me ne occupo personalmente. Che succede?»

«Te lo dirò dopo. Se non riesci a trovarle entrambe nel giro di mezz'ora a partire da adesso, fammelo sapere.»

«Ricevuto.»

La cameriera tornò con le ordinazioni, e Adrian le rispedì indietro per farsele incartare. La cameriera ci mise un bel po', e nel frattempo Helena non era ancora tornata. Ma Adrian sapeva già che al cinquanta percento le cose sarebbero andate proprio così. Comprendeva ciò che lei stava passando, e sapeva cosa avrebbe fatto se qualcuno avesse potuto intromettersi tra lui e Lindsay... l'avrebbe afferrata e sarebbero scappati di corsa guadagnando quanto più tempo prezioso prima di essere catturati.

Adrian lanciò le banconote sul tavolo per pagare il conto. Raccolse le vaschette con una mano, e con l'altra si massaggiò il nodo che aveva in gola. Avrebbe dato a Helena un'ora di vantaggio. Era una concessione misera, ma era l'unica cosa che potesse accordarle prima di iniziare a dare la caccia a lei e al suo lycan ribelle.

Adrian sperava che Helena avesse avuto l'accortezza di far aspettare Mark nelle vicinanze. Il fatto che avesse potuto pensare anche solo per un istante che Adrian avrebbe chiuso un occhio era un'alternativa troppo dolorosa da contemplare.

Se le Sentinelle lo avessero visto cadere tanto in basso, le prove che avrebbero dovuto affrontare nei giorni a venire sarebbero state insormontabili.

14

Vash si pulì il sangue dalla bocca col dorso della mano e mostrò le zanne al lycan che aveva inchiodato a un pino con una spada rivestita d'argento. L'avvelenamento lo costrinse a riprendere la forma umana, e la creatura si accasciò a terra ansimando con la testa ciondolante.

«Sai di chi è questo sangue» ripeté Vash, esaminando la miriade di morsi e ferite che aveva addosso. Poi gli agitò sotto il naso il pezzo di stoffa macchiato di sangue. «Chi di voi ha rapito il pilota all'aeroporto di Shreveport?»

«Fottiti. Puttana» ansimò il lycan afferrando l'elsa della spada, ma era troppo debole per liberarsi e staccarsi dall'albero.

«Possiamo stare qui tutto il giorno.»

Il lycan la guardò da sotto il ciuffo di capelli rossi leggermente più chiari dei suoi. «Fra un'ora sarò morto. E tu non otterrai proprio niente.»

«Prima di crepare, dimmi quello che voglio sapere.»

«Non caverai un ragno dal buco.» Disse abbozzando una risata strozzata.

«Hai un talento per la comicità.» Vash gli afferrò il mento e gli sollevò la testa. «Nei tuoi occhi vedo la verità. Se vuotassi il sacco, smetteresti di soffrire.»

Il lycan le mostrò il dito medio. «Vedi anche questo?»

Vash fissò il lycan con la mascella serrata, e si domandò se non fosse stato proprio lui a uccidere il suo compagno. Era una domanda che la tormentava ogni volta che si imbatteva in un lycan. Aveva bisogno di credere che il colpevole fosse ancora vivo da qualche parte, in attesa che lei potesse prendersi la sua vendetta per le atrocità che aveva commesso contro il suo adorato Charron. «Quanti vampiri hai ucciso, cane?»

«N... non abbastanza.»

«È ancora giovane» disse Salem accanto a lei, distraendola per un istante con il suo nuovo colore di capelli blu elettrico. Era fortunato ad avere una struttura ossea armoniosa; nei bellissimi tratti del suo viso c'era un qualcosa di regale che rimaneva immutato qualunque fosse il colore della sua capigliatura. E poi era anche un abilissimo figlio di puttana. Se così non fosse, quella specie di bersaglio colorato ambulante lo avrebbe fatto uccidere già molto tempo prima.

Vash esaminò il viso del lycan. Sotto la maschera di agonia e di sfinimento, riconobbe la sua giovinezza. Forse era troppo giovane. «Quanti anni hai?»

«Succhiami il cazzo.»

Vash si inclinò su di lui e incrociò il suo sguardo. «Ti lascerò andare, idiota. Non farmi cambiare idea.»

Il rosso la fulminò con gli occhi. «Cinquanta.»

Non era lui. Quando Char era morto, quel lycan era solo un cucciolo di cinque anni. Vash estrasse la lama dal tronco e lo guardò crollare a terra. «Va' dallo stronzo che ha rapito la mia amica. Digli che Vash sta venendo da lui. Digli di affrontarmi da uomo, ma che se preferisce accovacciarsi come un cane gli pianterò un coltello nella schiena.»

La pelle del lycan cominciò a incresparsi con l'ombra di una pelliccia, l'ultimo disperato tentativo di salvarsi assumendo la forma di un lupo. Durante la trasformazione, la sua carne lacerata si sarebbe rimarginata più in fretta.

«Lo lasci andare?» chiese Raze, i suoi grossi bicipiti che si contraevano mentre puliva il sangue del lycan dalla sua spada.

«Se esce vivo da questa foresta, vuol dire che il suo momento non è ancora arrivato.»

Vash si voltò e cominciò a seguire il sentiero che avevano preso i due lycan che aveva inseguito. I due capitani Caduti si allinearono dietro di lei.

Dopo un chilometro, Raze la afferrò per un braccio e la guardò attraverso gli occhiali da sole. Vash era alta, ma il capitano lo era ancora di più. «Syre voleva che riportassimo i lycan a Raceport.»

«Quello non avrebbe parlato neanche davanti a Syre. Se volevamo che fosse di qualche utilità, dovevamo liberarlo.»

«Le possibilità che riesca a tornare al mondo civilizzato sono praticamente nulle» osservò Salem, sarcastico.

Vash gli restituì un sorriso triste. «Ha una motivazione. Era pronto a morire piuttosto che tradire le persone che stava proteggendo. Vorrà sicuramente tornare indietro e avvertire gli altri del nostro arrivo, e quando lo farà ci condurrà dritti ai lycan che stiamo cercando. Se sarà necessario, lo aiuteremo e faremo in modo che sopravviva abbastanza a lungo da fornirci una pista.»

I vampiri trovarono i vestiti del lycan tre chilometri più avanti. Nella tasca dei pantaloni c'era il suo portafoglio. Dopo aver estratto il biglietto da visita della Mitchell Aeronautics, Vash sorrise e l'agitò. «Come pensavo. Abita ad Angels' Point. Ero *certa* che ci fosse di mezzo Adrian. Adesso forse saremo in grado di provarlo.»

«Signor Mitchell.»

Adrian si fermò davanti alla reception del Mondego. «Sì?»

La receptionist afferrò la cornetta del telefono. «Il signor Gadara vorrebbe vederla, quando ha un momento.»

Adrian annuì brevemente e proseguì verso gli ascensori.

Mentre attendeva l'apertura delle porte, il *bip* del suo cellulare lo avvisò di un messaggio in arrivo. Lo estrasse dalla tasca ed entrò nella cabina dell'ascensore.

L'obiettivo se n'è andato tramite Gadara. Vado all'aeroporto per intercettarlo, ma forse dovrò arrivare fino in California. Ti farò sapere appena posso.

Impegnato com'era a progettare la missione di recupero di Helena e del suo lycan, Adrian ci mise un secondo per capire che il messaggio lo aveva mandato Elijah, e che l'obiettivo era Lindsay. «Merda.»

Infilò la mano tra le porte un attimo prima che si richiudessero e si precipitò fuori dall'ascensore. «Vorrei vederlo adesso» disse alla receptionist, che lo indirizzò verso un altro ascensore che necessitava di un codice per essere attivato.

L'ascensore aveva solo due pulsanti... uno per l'ufficio di Raguel e l'altro per il tetto. Le porte si aprirono direttamente su un'enorme sala d'attesa che teneva alla larga i visitatori finché Raguel non era pronto a riceverli. Adrian posò le vaschette col cibo sulla scrivania della receptionist e si incamminò dritto nell'ufficio di Raguel.

«Adrian.» L'arcangelo si alzò elegantemente in piedi dietro la sua scrivania e congedò altezzosamente la sua segretaria con un movimento del polso. Alle sue spalle, la parete a vetri offriva una vista panoramica sulla città creando uno sfondo impressionante per l'arcangelo esageratamente ambizioso. «Temo che i risultati del test non siano ancora arrivati.»

«Stai facendo incazzare il serafino sbagliato.»

«Ah, ho capito.» Raguel aveva un sorriso malizioso. «Sei qui per la signorina Gibson. Credevo che fossi impegnato a risolvere questioni più urgenti.»

«In questo momento sono impegnato a rendere la tua vita un inferno. Ti conviene farmi smettere. Dov'è?»

«Nella tua voce non c'è nessuna emozione, eppure le tue parole sono così feroci. Che succede, Adrian? La partenza della signorina Gibson ti sconvolge davvero o semplicemente non sei riuscito a diventare un tipo socievole?»

«Non provocarmi, Raguel. Dov'è?»

L'arcangelo si rimise a sedere con un movimento elegante. «Ha preso il mio elicottero per l'aeroporto, e credo che da lì voglia prendere un volo per la California. Non vedeva l'ora di cominciare il suo lavoro di assistente di direzione al Belladonna.»

«Interferire nei miei affari è estremamente sciocco. Ti facevo più furbo.»

«Non avevo nessun diritto di trattenerla. Quando mi ha detto che voleva andarsene, ho dovuto lasciarglielo fare. Avrei dovuto forse incatenarla?»

Adrian avvertì un'ondata di esasperazione alla schiena. «Non avresti dovuto aiutarla.»

«Lei lavora per me. Come potevo negarle il mio aiuto?»

«Te lo ha chiesto lei? O gliel'hai offerto tu?»

«Che differenza fa? Lei lo ha accettato volentieri.» Il sorriso di Raguel era pieno di malizia.

Adrian estrasse il cellulare e mandò un breve messaggio a Elijah. *Trova l'obiettivo. Proteggilo fino a nuovo ordine.*

«Sono più che felice di prestare il mio elicottero anche a te» disse Raguel.

«Bene. Magari un domani, in caso di emergenza.» Adrian era quasi deciso a non inseguire Lindsay, anche se poteva farlo. Se si fosse tenuto a debita distanza, lei sarebbe stata più al sicuro. Non aveva più bisogno di lei per attirare Syre... il leader dei vampiri gli stava fornendo tutti i motivi possibili per essere catturato, anche senza l'aiuto di sua figlia.

E forse rinunciare a Shadoe era una lezione che lui non aveva mai imparato. Forse era stata lei a mettere continuamente alla prova il suo altruismo, e lui non l'aveva mai superata. Forse liberare l'anima di Shadoe *e* l'involucro che la conteneva era il vero sacrificio che avrebbe dovuto affrontare. Non c'era alcun motivo per cui Lindsay Gibson non potesse vivere lontana da lui. Lui le aveva consentito di scegliere tra la relativa normalità, con un lavoro duraturo e niente più caccia ai vampiri, e l'addestramento con lui. Se lei aveva optato per la prima, lui non aveva nessun motivo valido per trattenerla. Adrian sapeva dove si trovava Lindsay; poteva tenere Syre lontano da lei finché non fosse riuscito a mettere fine a tutto.

Quel momento sarebbe arrivato presto. Molto presto.

Nel frattempo, doveva risolvere la questione di Helena. Non poteva delegare a qualcun altro il compito di trovarla. Aveva troppo rispetto per le sue Sentinelle per non occuparsene personalmente. Quando l'avrebbe finalmente trovata e separata dal suo lycan, sarebbe stato meglio se avesse potuto guardarla negli occhi e dirle che anche lui aveva sacrificato la sua felicità proprio come chiedeva a lei di fare.

«Io non ti capisco» mormorò Raguel. «Hai rischiato così tanto, e adesso lasci perdere senza pensarci su due volte.»

«Tu non mi conosci affatto, Raguel.» Adrian si voltò per lasciare la stanza. «Ma io conosco te. La tua ambizione sarà la tua rovina. Soprattutto se ti metti contro di me.»

«Presto capirai» disse l'arcangelo alle sue spalle «che io sono la freccia che ti conviene avere al tuo arco.»

«A differenza di te, io non ho nessun arco.» Adrian entrò nell'ascensore e fissò Raguel mostrando i denti con un ghigno ferino. Il territorio dell'arcangelo copriva solo il Nordamerica; Adrian invece non aveva confini.

Le porte dell'ascensore si richiusero, nascondendogli l'espressione assorta di Raguel.

Shadoe non era mai fuggita da Adrian. Dalla prima volta che lo aveva sedotto, nonostante tutti i divieti, le regole e il buon senso, si era dimostrata sfacciatamente decisa a renderlo suo schiavo. All'inizio ci aveva messo molto a farlo capitolare. Il suo era stato un assalto incessante e appassionato ai suoi sensi che lo aveva fatto finire tra le sue braccia per appagare un desiderio selvaggio e completamente irrazionale. Da quel momento in poi le incarnazioni di Shadoe si erano dimostrate delle perfette seduttrici, e ogni volta che Adrian si era arreso lei ne aveva gioito.

Fino a quel momento.

Adesso lui era solo, e aveva perso il sostegno delle persone sulle quali aveva sempre contato. Prima Phineas. Poi Helena. La partenza di Lindsay era altrettanto dura da digerire. Aveva trovato conforto nella sua presenza, e le mancava già. Ma Adrian si rifiutava di lasciare che le sue perdite interferissero sulla sua capacità di portare avanti la sua missione.

In ogni caso, doveva ammettere che quelli probabilmente erano i primi di una lunga serie di segnali che preannunciavano il suo castigo.

Lindsay si stava ancora prendendo virtualmente a calci quando il suo aereo atterrò al John Wayne Airport. Scappare non era da lei. Lei era una donna d'azione. Una che affrontava le cose a testa alta. Non le piaceva affidarsi al caso e ignorare le conseguenze delle proprie azioni.

Eppure, quando le si era aperta una via di fuga, era schizzata via come un fulmine. Non che avesse paura... No, non era vero. Tutto quello che riguardava Adrian Mitchell la spaventava a morte. Il modo in cui influiva su di lei era maledettamente spaventoso. Era così abituata a fare tutto da sola, a mantenersi da sola, e lui le si era infiltrato dentro così in profondità che stava già cominciando a dimenticare cosa significasse non averlo accanto. Però non poteva neppure dimenticare cosa significasse stare da sola. Quella era stata un'esperienza liberatoria, e ora stava tornando nella gabbia del mondo 'reale'.

Il senso di perdita era quasi doloroso.

Ma lei avrebbe imparato a gestirlo. Il pericolo che avrebbe corso Adrian era una forte motivazione. Lui era troppo prezioso per rovinarsi per lei.

Il vento, quello stronzo volubile, la schernì sussurrando dolcemente: 'Adrian... Torna da Adrian...'

«Vaffanculo.» Lindsay uscì dal terminal con gli abiti firmati, il cellulare, il caricabatteria di emergenza che aveva comprato all'aeroporto McCarran e la pesante mazzetta di banconote nella borsa messenger. Aveva intenzione di ripagare ogni centesimo che aveva speso, ma non aveva potuto permettersi il lusso di lasciarsi dietro i contanti. Non mentre la sua valigia era ancora a casa di Adrian. Perciò prima o poi lo avrebbe inevitabilmente rivisto. Doveva almeno recuperare il suo trolley. Poteva sempre chiedergli di farlo portare da qualcun altro per risparmiare a entrambi l'imbarazzo, ma non lo avrebbe fatto. Avevano delle questioni in sospeso, e Adrian meritava come minimo una discussione faccia a faccia.

Lindsay si diresse verso il posteggio dei taxi più vicino. Per un solo giorno surreale, le era parso di poter far parte della vita di Adrian. Ma la sua era stata solo una fantasia ridicola. L'esistenza dell'angelo era costellata di jet privati, suite presidenziali, Maybach, documentari televisivi sulla sua casa, draghi, demoni, vampiri con la schiuma alla bocca, cieli pieni di angeli, tizi che si trasformavano in lupi e arti rigeneranti. Mentre lei era una mortale con un trauma psicologico alle spalle, e qualche rotella fuori posto, della classe media che viveva sul filo del rasoio. Lui e lei erano come il giorno e la notte.

Un po' di tempo libero per tornare in sé e capire cosa fare, ecco di cosa aveva bisogno. Poi avrebbe potuto pianificare i suoi prossimi passi. Passi che l'avrebbero portata lontano da Adrian. Lui era una tentazione troppo grande. Non poteva fidarsi di sé stessa quando era con lui.

Dopo essere scivolata sul sedile posteriore di un taxi, Lindsay disse al conducente di portarla all'hotel Belladonna. Il signor Gadara le aveva offerto di alloggiare in una delle suite già pronte finché non avesse completato le pratiche per trasferirsi in uno dei suoi immobili residenziali. Lindsay era rimasta sorpresa dalla sua dolcezza. Per essere un personaggio pubblico molto potente e famoso, sembrava un tipo pratico e alla mano.

Qualunque creatura stesse guidando quel taxi, in quel momento stava emanando delle vibrazioni sovrannaturali così negative che in passato lo avrebbero fatto finire sulla lista nera di Lindsay, ma lei decise di ignorarle volutamente.

«È il tuo giorno fortunato» mormorò Lindsay, incontrando lo sguardo incuriosito del tassista nello specchietto retrovisore.

Estrasse il cellulare dalla tasca, e quando lo riaccese non fu sorpresa di ricevere la sequela di suoni dei messaggi in segreteria e degli sms. Quando avvertì un improvviso nodo allo stomaco si fece coraggio e lesse prima i messaggi.

'Niente casini finché non arrivo, grazie (sono Elijah, comunque).'

«Oddio» mormorò, sentendosi in colpa per avergli creato problemi. Se fosse finito nei guai per colpa sua... Be', avrebbe fatto meglio a non finirci, altrimenti si sarebbe infuriata con Adrian per essersi comportato ingiustamente.

Poi un messaggio di Adrian. 'Chiamami.'

Lindsay compose il suo numero.

«Lindsay.» La voce melodiosa e dolce dell'angelo le fece stringere la presa sul telefono. «Sei ad Anaheim?»

«Non ancora. Sono appena atterrata.»

«Non avresti dovuto andartene» disse con l'arroganza che lei cominciava ad amare. «Però alla fine hai fatto bene. È sorto un problema. Non posso raggiungerti prima di uno o due giorni. Fino ad allora resterai con Elijah. Non piantarlo in asso di nuovo.»

Anche attraverso le onde del telefono, e nonostante il tono impassibile che non lasciava trapelare alcuna emozione, Lindsay sapeva che Adrian era preoccupato. Riusciva a percepirlo. «Cos'hai? Stai bene?»

«Sto...» Adrian si interruppe. «No. Non sto bene per niente.»

Lindsay raddrizzò la schiena. «Che è successo?»

«Non è sicuro parlarne al telefono.» Sospirò rumorosamente. «Vorrei poter parlare liberamente. Ci sono cose che pesano come macigni sul petto e che solo tu potresti capire.»

«Adrian.» Lindsay si inclinò in avanti e si preparò a dire al tassista di fare inversione. «Torno indietro, se hai bisogno di me.»

«Ho sempre bisogno di te» disse tranquillamente, come se il fatto che un essere potente come lui avesse bisogno di lei non fosse già abbastanza. «Ma adesso sei più al sicuro ad Angels' Point.»

«Veramente...» Lindsay esitò prima di mettere la dovuta distanza tra loro. Non le sembrava il momento... non ora che aveva bisogno di lei. Ma non poteva neppure mentirgli, né rimandare l'inevitabile. Qualunque tipo di relazione avessero, si fondava sul condividere lati della loro personalità che non avevano mai rivelato a nessuno. «Sto andando al Belladonna. Rimarrò lì finché non troverò una sistemazione. Hai detto che con Gadara sarei stata al sicuro.»

Seguì una breve pausa. «Voglio che tu stia con Elijah ogni minuto. Rimani in hotel il più a lungo possibile e *non andare a caccia*.»

«Va bene. Lo so che prima dobbiamo discutere della logistica.» Per annientare i vampiri che avevano ucciso sua madre, Lindsay aveva bisogno del suo aiuto. Per quanto a volte potesse essere avventata, non aveva alcuna voglia di morire e non voleva mettere inavvertitamente in pericolo Adrian superando un limite o infrangendo una regola che non conosceva.

«Quando hai lasciato Las Vegas stavi lasciando anche me?»

Lindsay sentì un nodo allo stomaco. «Sentivo di doverlo fare. Io... ti voglio. Se la nostra fosse solo una storia di sesso, mi andrebbe bene. Ma più sto con te, più mi piaci. Non sono altrettanto brava a reprimere questo tipo di sentimenti. Non riesco a dirti di no, e sappiamo entrambi che devo farlo.»

Stavolta il silenzio si prolungò. Al punto che Lindsay temette di aver perso la linea. «Adrian?»

«Sono qui. È solo che... sono sorpreso. Non mi aspettavo che avessi preso la decisione di andartene per proteggermi.»

«Non vale la pena di cadere per me» mormorò. «Te lo assicuro.»

«Non sono d'accordo.» Anche se il suo tono era sempre lo stesso, Lindsay percepì un cambiamento in lui. «Anche tu mi piaci, Lindsay. Sono affascinato da te. Per uno della mia età, questo è un dono raro. Se mi avessi promesso che non saresti più andata a caccia di vampiri, ti avrei lasciato andare. Ma ho cambiato idea. Ne riparleremo quando tornerò, troveremo un compromesso.»

Lindsay inarcò un sopracciglio. Non riusciva a immaginare Adrian che scendeva a un qualunque tipo di compromesso. Alla fine sembrava ottenere sempre quello che voleva. Lui era un privilegiato, un angelo guerriero con le ali macchiate di sangue che l'aveva completamente ammaliata.

«Volevo ringraziarti» disse Lindsay «per aver chiamato mio padre. Si sarebbe preoccupato da morire.»

«È stato un piacere.»

«Il tuo gesto significa molto per me.»

«Non posso fare a meno di pensare a te» disse con una voce profonda e intima. «Non riesco a smettere di farlo da quando ci siamo conosciuti.»

Dio... per lei era esattamente la stessa cosa. Erano totalmente presi l'uno dall'altra. «Qualsiasi cosa tu debba fare, ti prego, sta' attento.»

«Non preoccuparti, *neshama*. Niente può impedirmi di portare a termine ciò che abbiamo cominciato oggi.»

«Prima o poi mi dirai che cosa significa quella parola strana?»

«Richiedimelo» mormorò «la prossima volta che sarò dentro di te.»

L'improvvisa ondata di calore sensuale la fece rabbrividire, e Lindsay si affrettò a salutarlo prima di interrompere la chiamata.

Sapeva che andarsene era stata la cosa più giusta da fare, però se ne pentiva ugualmente. Soprattutto ora che sapeva quanto Adrian avesse bisogno del suo conforto.

Accidenti... doveva riprendere il controllo e riflettere, ma i suoi polmoni erano oppressi da una feroce pressione che le diceva di tornare da lui. Anche se razionalmente sapeva che la cosa più ragionevole e altruistica da fare era stargli lontana, nel profondo avvertiva un bisogno travolgente che le suggeriva di tornare indietro per riprenderselo. Per reclamarlo. Per renderlo definitivamente suo. Quella necessità così rapace era talmente intensa da spaventarla.

Lindsay non aveva mai avuto problemi a portare ad applicare le proprie decisioni, ma con Adrian sembrava sempre che stesse combattendo contro sé stessa... correndo il grosso rischio di perdere. Lui era una creatura potente, orgogliosa e pericolosamente bella. Il suo unico scopo era dare la caccia proprio alle creature che lei odiava tanto e che voleva estirpare dalla faccia della Terra. Se lo avesse rovinato e avesse mandato a monte il suo lavoro, per lei così importante, avrebbe distrutto anche sé stessa. Però contemplare le possibili conseguenze non sembrava sufficiente a mettere a tacere il demonio che le sussurrava furiosamente sopra la spalla.

Decise di restare ferma sulla sua decisione facendo appello a tutta la sua forza di volontà e mandò un sms a Elijah: 'Ci vediamo al Belladonna'.

Lindsay era felice al pensiero di averlo accanto. Elijah era schietto e sincero. Le avrebbe impedito di avere la testa tra le nuvole, là dove gli angeli volavano e i mortali non potevano arrivare.

«È meglio così» si disse, guadagnandosi un altro sguardo diffidente da parte del tassista.

Ma dirselo ad alta voce non l'aiutò tanto quanto aveva sperato.

«Pensa alla cosa più disastrosa che riesci a immaginare. Be', la realtà è anche peggio.» Torque infilò un cuscino dietro la schiena e si appoggiò alla spalliera del letto, facendo attenzione a tenere la gamba lontana dal sottile raggio di sole che filtrava attraverso le tende della camera del motel. «Dicono che Phineas sia morto... dopo essere caduto in un'imboscata dei vampiri.»

Seguì un lungo silenzio, riempito solo dai respiri profondi e regolari di suo padre. «Morto? Ne sei certo?»

«Ne ho la certezza anche se non l'ho sentito dire da Adrian in persona. È fuori città da quando sono arrivato. Io credo che stia dando la caccia ai responsabili.»

«Su questo non ci piove.»

Torque forniva risorse illimitate alla combriccola di vampiri che era riuscito a infiltrare nella zona e che riferiva a lui e a suo padre notizie abbastanza precise su Adrian e sulle attività delle altre Sentinelle. Naturalmente Adrian lasciava trapelare di proposito alcune informazioni, e Torque sospettava ormai da molto tempo che i membri della sua cricca potessero agire indisturbati solo perché il capitano delle Sentinelle lo consentiva. Il suo messaggio sembrava essere: 'Anche se sapete quando arriverò, vi coglierò comunque impreparati.'

«Speravo di riuscire a incontrarlo» disse Torque giocherellando con uno *shuriken* «per fargli sapere che noi non c'entriamo niente con questa faccenda.»

«*No*. Potrebbe ucciderti per vendicare la morte di Phineas... Per lui il suo vice era importante come tu lo sei per me.»

«Un piccolo sacrificio per evitare una guerra.»

«Non spetta a te prendere questa decisione.»

«Ah, no?» Torque scagliò lo *shuriken* contro la parete, poi osservò distrattamente la posizione del dardo a forma di stella sulla carta da parati. Suo padre era troppo protettivo, al punto che Vash ricopriva il ruolo di vicecomandante per tenere Torque lontano dalla linea del fuoco. Anche se Torque comprendeva le sue motivazioni e la paranoia che le alimentava, questo non lo rendeva un boccone meno amaro. Lui voleva servire la comunità dei vampiri in tutti i modi possibili. Non c'era niente che non avrebbe fatto né sacrificato pur di vederli crescere e prosperare.

«Ho già perso una figlia. Non perderò anche te.» Torque riusciva a immaginare la testa di suo padre pesantemente inclinata sul poggiatesta della sedia del suo ufficio. «Torna a casa, figlio mio. Abbiamo tutte le informazioni che ci servono. Ora dobbiamo solo capire cosa farne.»

«Dovremmo mandare Vash a fare un po' di pulizia. Se ci controlliamo tra noi per primi, magari proveremo meglio la nostra innocenza.»

«Sì, hai ragione. Puoi assumere il comando nella caccia ai rapitori di Nikki.»

«Niente mi farebbe più piacere, ma c'è dell'altro.» Torque lanciò un'altra stella, che si conficcò nella parete proprio accanto alla prima. «Recentemente Adrian è stato avvistato con una donna.»

Un'altra pausa lunga e silenziosa. «Credi che si tratti di Shadoe?»

«Che io sappia, non ha mai mostrato interesse per nessun'altra. Tu che dici?»

«Phineas è scomparso. Adrian sarà profondamente addolorato, e forse infrangerà le sue stesse leggi. Dobbiamo essere certi dell'identità di quella donna, prima di prenderla.»

Torque rilassò la mano. «Indagherò ancora finché non lo saprò con certezza.»

«Se è tua sorella, dobbiamo riportarla a casa.»

«Certo. Ti terrò aggiornato.» Torque allontanò il telefono dall'orecchio, lo spense e lo gettò accanto a sé sul letto. Fare qualche indagine lo avrebbe distratto dal dolore che in quel momento non riusciva a sopportare. Lui aveva Trasformato Nikki per renderla immortale e vivere con lei per l'eternità. La morte di Nikki era un sacrificio che non aveva mai preso in considerazione. Vivere senza di lei lo stava uccidendo a poco a poco. Ora comprendeva il veleno che Vash aveva nelle vene da quando aveva perso il suo compagno. Il suo dolore manteneva costante la sua attenzione e alimentava il bisogno di vendetta che gli bolliva nel sangue.

Ancora un paio d'ore al tramonto, poi sarebbe potuto uscire di nuovo in strada. Che il cielo avesse aiutato le Sentinelle che avrebbe incontrato lungo il cammino.

***

Adrian era appena arrivato a Mesquite quando il suo cellulare suonò. «Mitchell» disse.

«Sai da quanto tempo era malato il vampiro che hai catturato?»

La voce tetra di Raguel catturò la totale attenzione di Adrian. «No. Perché?»

«Dopo che il vampiro è morto, il campione di sangue si è deteriorato durante le analisi. Mi hanno detto che alla fine sembrava l'olio coagulato di un motore.»

«Questo mi delude molto.» *Mi fa infuriare* sarebbe stato più appropriato, ma si accertò di non farlo trapelare dal suo tono di voce.

«Qualunque sia la cosa di cui ti stai occupando,» proseguì l'arcangelo «pare che sia fulminante e letale. Dipende da quando il soggetto ha contratto l'infezione.»

«Grazie. Apprezzo il tuo aiuto.»

Dopo aver chiuso la telefonata, Adrian guardò Jason e Damien. Lo aspettavano depressi e scoraggiati sotto un'insegna al neon lampeggiante lì vicino. Adrian non avrebbe voluto coinvolgerli nella caccia a un serafino come loro, ma non poteva rischiare di perdere Helena o il suo lycan nel caso avessero deciso di separarsi. L'altra guardia di Helena era partita da sola, si fermava meno frequentemente e proseguiva più in fretta.

«Dobbiamo catturare altri minion» disse loro. «Malati e sani.»

La bellezza dorata di Jason era incupita dalla preoccupazione. «Che sta succedendo?»

«Forse la fine dei vampiri è finalmente vicina.» Adrian rinfilò il cellulare nella tasca. 'Geova si diverte a infliggere le sue piaghe', aveva detto Raguel. Forse l'arcangelo aveva intuito qualcosa.

«Sarebbe proprio una benedizione» disse Damien minaccioso, seguendo Adrian mentre svoltavano l'angolo nel parcheggio del casinò per prepararsi al decollo.

Adrian non palesò le sue altre preoccupazioni.

O forse ci attende una prova che potrebbe sterminarci tutti.

15

Lindsay sfiorò la tastiera del suo cellulare chiedendosi se fosse saggio chiamare Adrian. Per i primi giorni si era fatta forza e si era trattenuta, ma la notte precedente era stata dura. Si era svegliata alle tre del mattino, i pensieri colmi dei ricordi di un sogno che otto ore dopo era ancora molto nitido.

Nel sogno si era ritrovata in una valle rigogliosa insieme a Adrian. Accanto a loro scorreva un fiume enorme che forniva l'acqua necessaria al nutrimento di chilometri e chilometri di piante che crescevano lungo le rive. Il sole era accecante, l'aria umida e fin troppo calda. Adrian indossava solo un paio di pantaloni di lino grezzo e sandali di cuoio, i suoi capelli abbastanza lunghi da sfiorargli le ampie spalle possenti. Aveva la testa inclinata all'indietro, gli occhi chiusi, la bocca sensuale assottigliata dalla frustrazione o dal dispiacere. Impugnava una spada... un'arma spessa e robusta che le ricordava le alabarde o le spade medievali come Excalibur di re Artù. Adrian la faceva roteare agilmente con fare assente, mostrando la sua abilità e la familiarità con il peso e la lunghezza della lama. L'angelo era al tempo stesso regale e feroce. Bello da mozzare il fiato.

Mentre il vento scivolava amorevolmente tra i suoi capelli,

lui la guardava con un'espressione molto tormentata. Lindsay si sentiva trafiggere dal suo sguardo. Come se Adrian la stesse infilzando con la spada che brandiva con tanta agitazione.

Ani ohev otach, tzel, aveva detto alla Lindsay del sogno. *Ti amo, ombra. Ma non posso averti. Lo sai. Perché mi tenti? Perché ostenti quello che bramo e che non posso avere?*

La tristezza che aveva provato davanti alla sua sofferenza le aveva tolto il fiato causandole un dolore così travolgente da risvegliarla dal sonno. Lindsay si era destata di soprassalto con il viso e il cuscino bagnati di lacrime, mentre i resti della compassione e del dolore le aggrovigliavano ancora lo stomaco. Adrian le aveva parlato come se fosse stata lei a causargli quel dolore, ma Lindsay non riusciva a capire che cosa avesse fatto per sconvolgerlo in quel modo. Lei avrebbe preferito morire, piuttosto che ferirlo così profondamente.

Trascorrere il resto della notte tutta sola nella sua suite al Belladonna era stata un'esperienza quasi malinconica e struggente come la conversazione che aveva avuto con Adrian al telefono quattro giorni prima. La voglia di richiamarlo stava diventando irresistibile. Lindsay era preoccupata per lui, e le mancava più di quanto non avesse immaginato.

Fece un respiro strozzato, combattendo l'avido desiderio e la possessività che non aveva il diritto di provare. Aveva sempre vissuto cercando di adattarsi alla routine delle persone 'normali', mentre le erano bastati solo un paio di giorni per abituarsi perfettamente a un posto che di normale non aveva proprio niente. Ricrearlo da sola dopo che si era ambientata non era affatto facile, e chiedersi se Adrian si sentisse ugualmente perso non la aiutava di certo.

Lindsay premette il tasto di chiamata del cellulare e lo avvicinò all'orecchio.

Adrian rispose quasi istantaneamente. «Lindsay... va tutto bene?»

Il nodo che aveva allo stomaco si sciolse di colpo quando

udì il suono della sua voce calda e sicura. «Ti ho chiamato per chiederti la stessa cosa.»

«Per chiedermi...?» L'angelo si interruppe. «Io...»

«Adrian? Stai bene?»

«Scusami. Non sono ancora abituato a sentirmi chiedere una cosa del genere. Sono stati giorni difficili, ma presto sarà tutto finito.»

Il cuore di Lindsay perse un battito. Lui era così calmo e posato, così controllato e padrone di sé e degli altri; era normale presumere che stesse sempre bene. Con chi si confidava quando i suoi fardelli diventavano troppo pesanti? Ora che Phineas era morto, aveva qualcun altro?

Lindsay era riuscita a sfogarsi con lui. Se avesse potuto ricambiare il favore, se Adrian si fosse fidato di lei fino a quel punto, lo avrebbe considerato un onore. «Non mi sembri molto contento di questo.»

«Una cara amica sta soffrendo molto, e sto per infliggerle altro dolore.»

La gelosia graffiò Lindsay dall'interno, una reazione così nuova e fastidiosa che la fece sentire profondamente a disagio. «Mi dispiace. Vorrei poter fare qualcosa.»

«Mi basta sentire la tua voce e sapere che mi pensi.»

Lindsay si inorgoglì al pensiero di essere ancora una fonte di conforto per lui, nonostante tutto. «Stanotte ti ho sognato.»

«Ah, sì?» La sua voce assunse una dolcezza seducente. «Cosa hai sognato?»

«Mi chiedevi di lasciarti in pace. Di smetterla di tentarti.» Lindsay sospirò pesantemente e si accasciò sul tavolo. «A una parte orribile di me non importava che tu stessi soffrendo perché mi desideravi. Ero quasi inebriata dalla tua angoscia. Avere un controllo del genere su di te mi faceva sentire potente. E ti volevo... a tutti i costi.»

Adrian sospirò lentamente. «Questo sogno ti ha sconvolto?»

«Certo che mi ha sconvolto! Mi dà fastidio il fatto di averlo pensato anche solo per un istante. Io *non* sono così. Non sarò mai così.»

«Lindsay.» Adrian fece una pausa. «Lo so. Era solo un sogno.»

«Ma questo significa che in qualche parte del mio subconscio quel pensiero esiste.» Si passò una mano tra i ricci. «Non voglio essere quel tipo di persona, Adrian. Io non vorrei mai farti del male, eppure guardami. Non posso stare neanche quattro giorni senza chiamarti, anche se so che dobbiamo mantenere una certa distanza.»

«Tu non sei quel tipo di persona.» Il suo tono brusco la riportò alla realtà. «Così come io non sono l'Adrian che hai sognato. Semmai, i ruoli del tuo sogno erano invertiti. Tu mi chiedi di lasciarti in pace, e io non voglio farlo. Lo so che mi vuoi, e io sfrutterò il tuo desiderio più che posso... Ti voglio fino a questo punto. Ogni giorno che passa, ogni volta che parliamo, ti desidero sempre di più. Mi sento ardere, Lindsay. Ti desidero da morire.»

«Adrian...» Lindsay chiuse gli occhi sospirando. «Mi dispiace davvero tanto che ci siamo conosciuti.»

«No, non è vero. Ti dispiace solo che il nostro rapporto comporti dei rischi.»

«Dovrei scappare finché sono in tempo.» Si era allontanata così tanto da suo padre per lo stesso motivo, perché sapeva che averla intorno sarebbe stato troppo rischioso per lui. Se gli fosse successo qualcosa per colpa della sua attività di cacciatrice non se lo sarebbe mai perdonato, proprio come non si sarebbe mai perdonata se Adrian fosse stato punito per causa sua.

«Io ti troverei» disse in tono cupo. «Non importa dove tu vada o dove ti nasconda... io ti troverei comunque.»

Qualcuno bussò alla porta a fianco, riportandola bruscamente al presente. «Dovrei lasciarti andare.»

«Ci vediamo presto, *neshama*. Nel frattempo non cacciarti nei guai.»

«Non preoccuparti. Ora come ora, tu sei l'unico guaio in cui possa cacciarmi.»

Lindsay riagganciò ed esclamò: «Entra, El.»

Elijah fece il suo ingresso nella stanza. Si era fatto una doccia e si era pettinato i capelli ancora bagnati all'indietro. Indossava i soliti jeans comodi e una maglietta, ed esaminò attentamente l'ambiente come faceva ogni volta che entrava in una stanza. Quell'uomo era un guerriero fino al midollo.

«Hai fame?» gli chiese lei, anche se conosceva già la risposta. Elijah aveva sempre una fame da... lupi.

«Sto morendo.»

«Ti prego, non chiamiamo ancora il servizio in camera. Ho bisogno di uscire da questo hotel. Quanto potrà *mai* essere pericoloso arrivare al bar dietro l'angolo?»

«*Mmm...*» Elijah guardò fuori dalla finestra. Era una bella giornata di sole. «Va bene. Porta la borsa con tutti i tuoi giocattoli.»

Lindsay si alzò in piedi. «Lo so che non sopporti di rimanere bloccato qui con me, ma io sono contenta che tu sia qui.»

Lei adorava Elijah, anche se le ricordava costantemente Adrian e la vita che avrebbe potuto avere con lui se solo fossero rimasti amici e non desiderosi di avere molto di più. Dopo aver perso la madre non poteva sopportare di perdere un'altra persona che amava, e visto che lei dava la caccia alle creature malvagie, la sua vita era troppo pericolosa per potersi impegnare con qualcun altro. Non sarebbe stato giusto per nessuno. Ma Adrian era speciale. Loro due conducevano lo stesso tipo di vita, e Lindsay mal sopportava il pensiero di non poter nemmeno provare ad avere una relazione con lui. Quante volte aveva sognato di trovare una persona a cui dire la verità, che comprendesse il motivo per cui andava a caccia... e ora che finalmente l'aveva trovata aveva scoperto che non sarebbero mai potuti stare insieme. Perfino il vento sembrava piangere per quell'ingiustizia, ululando dolcemente ogni volta che metteva piede in strada.

«Questo posto non è male» disse Elijah, raddrizzando le spalle come se sentisse i muscoli troppo tesi.

«Ma se ti stai annoiando a morte.»

«Sì, ma in questo momento devo starmene buono.»

Lindsay fece una smorfia. «Per colpa mia? Perché sono scappata?»

«No.» Il lycan sospirò rumorosamente. «Una volta ero nel branco del lago Navajo. Poi mi hanno mandato da Adrian sotto osservazione. In questo momento, meno sono sotto i riflettori, più sarà probabile che si dimentichino dei problemi che ho causato.»

«Non ti facevo un piantagrane.» Elijah era troppo stoico, troppo onesto. Prendeva i suoi doveri molto seriamente, lo dimostrava il fatto che fosse saltato su un aereo per inseguirla anche se aveva paura di volare.

«Non credo di esserlo.»

«*Mmm*... Andiamo a mangiare da qualche parte, così mi racconterai tutto.»

«Io voglio soltanto mangiare, non mi va di parlare.»

Lindsay lo guardò di traverso. «Dopo quasi una settimana con me non hai ancora capito come sono fatta?»

Frustrato, Elijah emise un lungo sospiro prima di indicarle la porta. «Ci ho provato.»

Lindsay lasciò che Elijah divorasse due pile di pancake e sei uova all'occhio di bue prima di chiedergli altre informazioni. «Allora, perché la gente pensa che tu sia un piantagrane?»

Il lycan lasciò cadere una noce di burro sulle sue patate fritte. «Non ho detto che sono un piantagrane, ho detto che sono sotto osservazione.»

«E va bene.» Lindsay scostò i resti della sua colazione. «Perché sei sotto osservazione?»

Elijah si ficcò una grossa forchettata di patate in bocca. Dopo aver masticato e inghiottito, disse: «Alcuni pensano che io abbia le caratteristiche di un maschio alfa.»

«Un maschio alfa. Come un cavallo vincente? Il re della foresta? Che tiene tutti sotto lo schiaffo?» Lindsay annuì. «Assolutamente sì.»

Elijah rimase con un altro boccone sospeso a mezz'aria tra il piatto e la bocca. «Così però non mi aiuti.»

«Perché?» Lindsay si appoggiò allo schienale del séparé. «Che male c'è, scusa? Sempre meglio che essere un maschio beta. Voglio dire, anche loro serviranno a qualcosa... però le donne vogliono maschi alfa sexy e muscolosi. Noi adoriamo quella specie di aura 'qui comando io', 'adesso ti faccio vedere io' che emanano i cattivi ragazzi. Ci mette proprio al tappeto, sai? Be', in settanta e passa anni di vita te ne sarai accorto sicuramente.»

Elijah sbuffò, dimostrando di avere una pazienza infinita. «Donne a parte,» disse seccato «se sei un lycan non è un bene mostrare tratti alfa.»

«Perché no?»

Elijah la fissò per un lungo istante, incerto su come risponderle. «Solo le Sentinelle possono essere alfa. I lycan devono cercare la loro guida, non guidare a loro volta.»

La solennità della sua voce la calmò. Lindsay aspettò che la cameriera riempisse fino all'orlo le loro tazze di caffè e raggiungesse un altro tavolo, poi chiese: «Che cosa succede, se stabiliscono che sei un lycan alfa?»

«Verrò separato dagli altri e... non lo so. Di alfa non se ne vedono molti in giro, quindi non so che fine facciano. Ho sentito dire che li tengono insieme e assegnano loro dei lavori d'ufficio come gli interrogatori, ma francamente non vedo come potrebbe funzionare. Non puoi mettere un gruppo di alfa insieme e aspettarti che fili tutto liscio. Ma forse il punto è proprio questo... ci fanno uccidere a vicenda, così le Sentinelle non si sporcano le mani.»

«Non credo che Adrian lo permetterebbe.»

«Lavorando con lui mi sono convinto che non abbia ancora capito come funzioni il mondo dei lycan.» Elijah afferrò la metà superiore di un muffin e guardò la glassa che lo ricopriva. «È sempre in prima linea, più di qualsiasi altra Sentinella. Va sempre a caccia. Quando ci hai visto a Phoenix, erano due settimane che non tornava a casa. Avevamo abbattuto una minion ribelle giusto qualche ora prima di conoscerti.»

«Non torna a casa da parecchi giorni.»

Elijah aprì due bustine di gelatina e fece colare il contenuto sul suo muffin. «Già. La caccia è tutta la sua vita. Lui è fatto così.»

Lindsay sospirò. Anche lei era fatta così. Conosceva solo quel tipo di vita. «Okay, forse penserai che sia una follia, ma... che ne dici di fare affari con me? Cacciatori di taglie? Investigazioni private? Potresti continuare a cacciare. E poi io ho un conto in sospeso, e tu potresti essermi davvero utile. Sappiamo entrambi che ho bisogno di una persona saggia che mi aiuti a non perdere la ragione.»

Elijah smise di masticare, la fissò e ingoiò tutto con mezzo bicchiere di succo d'arancia. «Pensi che possa andarmene quando mi pare?»

«Ehi, anch'io dovrei lasciare il mio lavoro.»

«L'unico modo per smettere di lavorare per le Sentinelle è morire.»

Il cuore di Lindsay accelerò. «Che vuoi dire? Siete prigionieri? Schiavi?»

Il lycan riprese a mangiare. Dopo aver inghiottito, rispose: «Credo che farò venire qui un altro lycan.»

«Va bene, ignora pure la domanda più importante. Tanto prima o poi ti farò parlare. Per quanto riguarda l'altro lycan, fa' come credi. Io mi fido di te. È una donna...? Mi sentirei molto meglio se ti divertissi un po', mentre mi fai da babysitter.»

Gli occhi verdi di Elijah brillarono divertiti.

Lindsay rifletté su ciò che aveva appena detto e gemette. «Mi sono espressa male.»

«No, non è una donna. È qualcuno che ha bisogno di una vacanza.»

«È un alfa?»

Elijah scrollò la testa. «No. Grazie al cielo.»

Non furono le sue parole a far rabbrividire Lindsay, ma il tono sollevato della sua voce.

Adrian lasciò il parco di Yellowstone e raggiunse Gardiner nel Montana subito dopo il tramonto. Quella mattina era riuscito a localizzare Helena e Mark, poi aveva detto a Damien e a Jason di aspettare fino a sera per consentire ai due amanti di trascorrere un ultimo giorno insieme.

Le Sentinelle avevano obbedito senza discutere, anche se non comprendevano la sua decisione. Ciò che i mortali chiamavano 'amore' per loro era un concetto incomprensibile. Così come il desiderio disperato, l'attesa sofferta o la gioia pura che gli esseri umani provavano con l'anima gemella.

Adrian conosceva fin troppo bene quei sentimenti estremi, ma stavolta Lindsay era una novità sotto molti punti di vista. Non riusciva a smettere di pensare a lei, non riusciva a smettere di paragonare la sua incarnazione alle precedenti. Con lei aveva sempre ricominciato da zero, ma certe cose erano costanti. Lindsay invece deviava da quello schema, e adesso lui avrebbe potuto trovare dei nuovi strumenti con cui mappare le loro interazioni. Con lei era tutto nuovo e imprevisto. E Adrian era attratto dalle incostanti emozioni che lei gli faceva provare.

«Che cosa vuoi fare, capitano?» chiese Damien mentre entravano a piedi nella piccola cittadina.

«È già deciso. Il lycan si unirà al branco di Hokkaidō.»

«Io rimango dell'idea che dovresti abbatterlo» disse Jason. «È l'occasione giusta per mandare un messaggio ai lycan. Quando verranno a sapere che...»

Adrian lo mise a tacere con uno sguardo. «Non lo verranno mai a sapere.»

Il capitano delle Sentinelle aveva localizzato anzitutto la seconda guardia lycan di Helena, e l'aveva raggiunta a Cedar City mentre era diretta al lago Navajo. Il fatto che stesse andando lì mostrava tutta la determinazione del suo istinto di sopravvivenza. Dato che aveva avuto la possibilità di darsi alla fuga mentre le Sentinelle erano distratte dalla scomparsa di Helena, la lycan aveva preferito dirigersi verso il branco più vicino. Poi, senza esitare, aveva accettato di non parlare mai più di Mark e Helena. In cambio della sua lealtà, e del suo buon senso, Adrian le aveva offerto di reintegrarla nel suo branco, una promozione che lei aveva prontamente accettato. Adrian aveva imparato da tempo che il rinforzo positivo era un incentivo di gran lunga migliore della paura e dell'intimidazione.

«Quando Mark sarà in Giappone e Helena ad Anaheim,» proseguì calmo «ci lasceremo alle spalle gli ultimi quattro giorni. Nessuno di noi vorrebbe affrontare le conseguenze di ciò che è successo.»

Una storia d'amore tra una Sentinella e un lycan. I due che fuggono insieme. Le conseguenze di quella scelta. Si sarebbe trasformato tutto in una bomba a orologeria che avrebbe scatenato il malcontento. Dopo la recente ondata di aggressioni da parte dei vampiri e il morbo che si stava diffondendo in Arizona e nello Utah, Adrian non poteva rischiare che nascessero dei disordini tra i ranghi delle Sentinelle. L'equilibrio che aveva preservato per tanto tempo si stava sgretolando intorno a lui. Se avesse perso il controllo delle Sentinelle, niente avrebbe potuto salvare il mondo dal caos che sarebbe seguito.

Vista sempre più pressante la necessità di segretezza, finora Adrian aveva preferito evitare di utilizzare le risorse della Mitchell Aeronautics, e aveva condotto la missione senza alcun aiuto tecnologico per non lasciare tracce. Se avesse potuto monitorare l'auto noleggiata da Helena tramite il GPS avrebbe guadagnato tempo, ma non aveva fretta. Concederle un paio di giorni di felicità era ben poca cosa, ma era il massimo che potesse fare. Più la sua assenza ingiustificata si prolungava, più la situazione sarebbe diventata instabile.

«Tu e Helena non sarete mica le uniche Sentinelle innamorate» disse Jason.

«No.» Di colpo sembrava che tutti i nodi fossero venuti al pettine. O forse Adrian aveva quell'impressione perché non aveva ancora accettato la decisione di Lindsay di lasciarlo. Lei si stava comportando così per lui, per il suo bene. E lui doveva cercare di fare altrettanto, magari lasciandola andare una volta per tutte.

«Sei sorpreso?» proseguì Jason. «È una vita che facciamo questo lavoro.»

«Mi sorprende solo che ci sia voluto tanto tempo.» Adrian guardò Damien, che si limitò a scrollare bruscamente le spalle per non prendere una posizione. «Ma quali alternative abbiamo? Disobbedire agli ordini? Perdere le nostre ali? Approfittare dei mortali che dobbiamo proteggere? Chi cazzo vorrebbe vivere così?»

Damien sospirò rumorosamente. «Questo dovresti chiederlo ai Caduti.»

Gli angeli attraversarono Gardiner e raggiunsero una delle baite in affitto dove si era nascosta Helena. Adrian aveva pedinato lei e il suo lycan volando per tutta la notte. Li aveva inseguiti lungo le strade secondarie e i paesini che avevano attraversato finché verso l'alba non si erano fermati.

Infilò la mano in tasca e prese il cellulare. Quanto avrebbe voluto parlare con Lindsay in quel momento. Il suo cuore mortale forse non comprendeva perché era deciso a separare due amanti, ma avrebbe capito quanto lo addolorava farlo. Lindsay non avrebbe considerato la sua compassione e la sua pietà come una forma di debolezza. Anche se avesse protestato per le azioni che era costretto a compiere, la sua voce e le sue parole sincere sarebbero riuscite a calmarlo, e lo avrebbero reso più forte mentre si preparava a procurare sofferenza all'amica che amava.

Quando il suo cellulare vibrò per una chiamata in arrivo, Adrian fu colto di sorpresa e lo strinse nella mano. Poi allentò la presa e si domandò se in realtà non lo stesse chiamando solo perché lui aveva desiderato che lo facesse.

La chiamata veniva da Point. Adrian rispose.

«Forse abbiamo un problema» disse Oliver senza preamboli.

Adrian si fermò. Oliver non etichettava mai niente come un 'problema' a meno che non fosse un guaio bello grosso. «Che c'è?»

«Ho appena parlato con Aaron. Era in Louisiana per dare la caccia a un ribelle, ed è caduto in un'imboscata di Vash e due dei suoi capitani. Aaron è rimasto ferito, e per un po' non sarà operativo. Non sa che fine abbiano fatto i suoi lycan mentre si stava rigenerando. Ormai li cerca da tre giorni.»

Quando guardò Jason e Damien, che potevano ascoltare quella conversazione con facilità, Adrian vide la propria disperazione riflessa sui loro volti. Era troppo. Stava accadendo troppo in fretta. Proprio come nel gioco del domino, stava crollando tutto in una successione rapida e inarrestabile.

«Hai mandato una squadra a recuperarlo?» chiese Adrian.

«Sì. Ma dopo Phineas e l'aggressione che hai subìto ho ritenuto di doverti informare che Vash era sulle tracce dei lycan.»

«È possibile che siano stati loro a uccidere Charron?»

«Ci avevo pensato. Ma sono entrambi troppo giovani.»

«Tienimi aggiornato.» Dopo aver chiuso la conversazione, Adrian ricominciò a camminare, spinto dalla voglia di tornare a casa dove avrebbe potuto riorganizzare il gruppo e sferrare l'offensiva. Poteva solo sperare che tutte le informazioni che aveva raccolto la settimana precedente gli avrebbero fatto finalmente capire che diavolo stava succedendo e perché tutto era andato a puttane nel giro di pochi giorni.

«Finiamo questa cosa» disse a Jason e Damien.

Mentre si avvicinavano alla baita, Adrian spiegò le ali. L'odore metallico che gli penetrò nelle narici fu immediatamente riconoscibile. L'oscurità che avvolgeva la baita intensificò il suo presentimento. Il capitano delle Sentinelle percorse in fretta gli ultimi metri che lo separavano dalla porta e aprì la serratura con il pensiero prima di raggiungere la maniglia. Il fetore del sangue rappreso lo colpì come un pugno e lo fece indietreggiare di un passo. Sempre con la forza del pensiero, accese le luci anche se non ce n'era bisogno.

Imprecò distogliendo lo sguardo dalla carneficina che pareva ancor più terrificante sotto la luce fredda delle lampade fluorescenti e tremolanti.

Jason entrò nella baita e rimase pietrificato. «Ma che cazzo...?» disse spalancando la bocca prima di voltarsi e inciampare fuori dalla porta.

Poi entrò Damien. L'odore pungente anticipò il suo shock e lo sgomento, ma rimase accanto a Adrian a guardarsi intorno mentre pian piano prendeva coscienza del macabro quadro che si presentava davanti a loro.

Consapevole di dover dare forza alle due Sentinelle, Adrian si sfregò il viso con le mani e raddrizzò le spalle. Si voltò nuovamente in avanti e respirò attraverso la bocca. L'immagine di un'ala distesa sul pavimento si sfocò, poi tornò improvvisamente nitida quando le lacrime gli rigarono il viso. Le altre ali erano sparse qua e là nella stanza come spazzatura. Una penzolava in fondo al letto, le morbide piume rosa e grigie ora macchiate di sangue. Qualcuno le aveva strappate dalla schiena di Helena lasciandole soltanto tre paia di moncherini sporgenti.

La Sentinella morta giaceva stesa sul letto, con gli occhi vitrei verso la porta e i capelli dorati, intrisi di sudore e sangue, appiccicati alle guance e alla schiena. Il suo lycan era disteso sul pavimento ai piedi del letto. Due fori ancora aperti sul collo spiegavano il pallore inquietante della sua pelle. Adrian dubitava che nel corpo di Mark fosse rimasta qualche goccia di sangue.

«Questo è l'inferno» disse bruscamente, scosso fino al midollo dalla devastazione e dall'*ingiustizia* che quella scena rappresentava.

Damien lo guardò. «Perché non ha funzionato?»

«Perché mai avrebbe dovuto? Lei non era stata punita. È stato il suo amante lycan a strapparle le ali, non una Sentinella. Lui è stato morso da un...» Adrian si avvicinò al cadavere di Helena e le scostò il labbro superiore. Rimase a fissarlo per un lungo istante. «I suoi canini non sono distesi.»

«Forse si sono ritratti perché non si è trasformata completamente.»

Adrian alzò lo sguardo verso il cielo mentre il dolore corrosivo gli ardeva nelle vene. Poi passò le dita tra i capelli di Helena, un tempo bellissimi. Per lui era stata più di un'amica. Era stata la prova che il fallimento non era inevitabile, che se fossero stati abbastanza forti avrebbero potuto condurre la loro missione senza perdere la fede. Ora quella speranza era svanita, e appassiva con l'agonia e la morte di un serafino dal cuore talmente puro che solo l'amore aveva potuto distruggerlo.

Per la prima volta, Adrian pensò che forse le Sentinelle non erano state messe abbastanza alla prova per poter rispondere alla domanda: la caduta dei Vigilanti era inevitabile?

«Hai ragione, capitano» disse Jason, rimanendo sotto il portico. «Questa cosa non deve uscire da qui.»

Damien si passò una mano tremante tra i capelli bruni. «Dobbiamo pulire questo posto.»

Con i pugni serrati lungo i fianchi, Adrian continuò a controllare i danni. Non avevano perso soltanto due vite. Un serafino si era mutilato da solo per poter cadere. Poi aveva cercato di trasformare il suo lycan. Se il loro piano fosse andato a buon fine, si sarebbero trasformati entrambi in vampiri...

una nuova specie di vampiri. E avrebbero spinto altri a fare lo stesso. Ciò che avevano fatto era estremamente pericoloso.

«Qualcosa è andato storto» pensò Adrian ad alta voce.

«Forse il sangue del lycan ha arrestato la sua caduta. Forse lui avrebbe potuto Trasformarsi se lei gli avesse fatto bere il suo sangue prima. Forse non avevano nessuna speranza di realizzare il loro piano. Non lo sapremo a meno che non succederà di nuovo. E potrebbero volerci molti tentativi. Qualunque siano stati gli intenti che li hanno spinti a commettere un atto così disperato, devono morire qui insieme a loro.»

Anche se Adrian parlava come se avesse il controllo totale della situazione, sapeva che era solo questione di tempo prima che un'altra mente creativa avesse partorito la stessa idea.

Lo sapeva con certezza perché aveva avuto lui la stessa idea, molto tempo prima.

E anche di recente.

16

«Lei è qui ad Anaheim.» Torque si riparò gli occhi dai fari di una macchina che entrava nel parcheggio davanti alla sua stanza al piano terra del motel. «Ma Adrian è fuori città da quasi un mese, a parte una visita serale una settimana fa, quando lo hanno visto con lei.»

«Allora non può essere Shadoe» disse Syre, sospirando rammaricato.

«Non posso dirlo con certezza. Quella donna ha una guardia del corpo lycan. Non esce quasi mai dall'hotel, e ogni volta che lo fa sono sempre insieme. Magari Adrian non vuole farle correre dei rischi mentre è in missione.»

«E la lascia con una guardia soltanto? Lontano da Point?»

«Be', lei lavora per Raguel e vive in uno dei suoi hotel. Se è sotto la protezione di un arcangelo non ha bisogno di molte misure di sicurezza.»

Syre sospirò bruscamente.

Torque aggrottò le sopracciglia quando udì quella reazione carica di inquietudine e di frustrazione. Non era quello che si era aspettato da suo padre mentre discutevano della possibile reincarnazione di Shadoe. «Che c'è? Perché non parli?»

«Ricordi quello che ha detto Adrian di Nikki? Del suo aspetto, e di ciò che ha fatto?»

«Come potrei dimenticare una bugia penosa come quella?»

«Torque...» Un'altra pausa riflessiva. «Ho ricevuto altre due testimonianze simili. Stavolta dai nostri stessi ranghi.»

«Testimonianze di cosa?»

«Malattie. Infezioni. Tu non hai sentito niente?»

«No. La squadra qui funziona proprio perché sono tutti molto discreti. Agiscono nell'ombra e non perdono mai di vista Angels' Point.» Le spie più brave della cricca di Torque, i *kage*, erano i suoi minion più fidati, quelli che obbedivano agli ordini senza fare domande e lo rispettavano profondamente in quanto figlio di Syre. «Che tipo di malattie?»

«Violenza gratuita, una sete incredibile. La descrizione di Adrian sulla schiuma alla bocca e gli occhi iniettati di sangue coincide con le altre.»

Torque affondò sul bordo del letto, il battito del suo cuore sempre più incalzante. «Nikki era scomparsa solo da due giorni...»

La vecchia sedia confortevole di suo padre scricchiolò attraverso la cornetta del telefono. «Se non riuscirai a stabilire con certezza l'identità di quella donna per la fine della settimana, voglio che torni a casa. Non conosciamo l'entità della malattia, ma una guerra con le Sentinelle è nell'aria. Dobbiamo farci trovare pronti.»

Una famiglia di giovani turisti passò davanti alla finestra di Torque, ridendo e chiacchierando ad alta voce nonostante l'ora tarda. Il vampiro si voltò per non assistere a quella semplice dimostrazione di felicità che lui non avrebbe mai sperimentato e guardò l'orologio sul comodino. «Penso che sia più importante scoprire l'identità di quella donna. Pensaci, papà. E se dietro tutto quello che sta succedendo ci fosse Adrian? E se stesse inscenando di proposito queste aggressioni per avere una scusa per darti la caccia? Se la bionda fosse Shadoe, avrebbe senso.»

«È bionda?»

Il dolore nella voce di suo padre gli fece raggelare il sangue. Se quella donna era sua sorella, non avrebbero potuto essere due gemelli più diversi. «Già. E dire che proprio in questo momento mi sto tingendo i capelli per togliere il biondo. Buffo, vero? Domani ho un colloquio di lavoro con lei, vediamo che succederà. Ecco perché ti ho chiesto di spedirmi il sangue dei Caduti. Domattina devo uscire.»

«È arrivato?»

«Sì, ce l'ho qui.»

«Vashti dovrebbe arrivare a breve, se hai bisogno di altro. Voglio un rapporto dettagliato da tutti e due.»

Torque era stanco di aspettare. «Mi farò vivo quando potrò. Nel frattempo, rifletti sulla possibilità che dietro queste aggressioni e la malattia potrebbe esserci Adrian.»

«Non sarebbe mai arrivato a uccidere Phineas. Erano come fratelli.»

«Papà, la disperazione spinge a fare delle cose orribili. Il fatto che Vash stia inseguendo il rapitore di Nikki che è diretto proprio a Point non può essere un caso. Mentre esamini i rapporti sui minion malati, controlla se ci sono notizie di sequestri di vampiri.» Torque si passò una mano sul viso, stanco e infastidito dalla puzza di ammoniaca. «Io credo che le voci che circolano siano state diffuse ad arte. Ma se c'è un briciolo di verità, e Adrian è coinvolto, significa che lui sta catturando i nostri simili per infettarli. In questo caso, qualcuno là fuori sente la mancanza dei vampiri scomparsi. Proprio come io sento la mancanza di Nikki.»

La sua terribile scomparsa lo stava divorando vivo. A volte aveva l'impressione di gridare al mondo rinchiuso in una gabbia di vetro insonorizzata.

«Approfondirò la questione, figliolo. Come sempre, grazie per i tuoi consigli.»

«Già, be', vorrei che potessimo parlare di cose più allegre.»

***

Lindsay guardò l'orologio. Aveva ancora quindici minuti prima del prossimo colloquio. Anche se sapeva che era sbagliato, voleva sentire Adrian. La telefonata che aveva appena concluso con l'artigiano che le fabbricava pugnali su misura le aveva fatto venire voglia di sentire la voce dell'angelo. Aveva appena cominciato a roteare il cellulare sulla scrivania quando arrivò una chiamata. Quando lesse il nome di Adrian sul display, afferrò il telefono alla velocità della luce.

«Ehi» si affrettò a rispondere. «Stavo proprio pensando a te.»

«Lindsay.» Adrian sospirò con fare severo. «Avevo bisogno di sentire la tua voce.»

Il suo sorriso svanì all'istante. «Che c'è che non va?»

«Un sacco di cose. Ieri sera ho... ho perso una Sentinella.»

«Adrian.» Lindsay si lasciò andare sullo schienale della sedia, sapendo quanto prendeva seriamente la sua missione e le sue Sentinelle. «Mi dispiace tanto. Ti va di parlarne?»

«Si è uccisa. Si è sentita costretta a rischiare il tutto per tutto pur di essere felice. Sono stato io a metterla in quella posizione, e lei ha pagato con la vita.»

«Lei ha fatto una scelta» ribatté Lindsay. «Non è colpa tua se era quella sbagliata.»

Lindsay lo sentì respirare dolcemente al telefono. «Non credi che un capitano debba dare il buon esempio?»

«Sì.»

«Allora in parte la colpa è mia. Anzi, a dire il vero io invidio la sua forza di volontà. Mi sono trovato di fronte alla sua stessa scelta. Ma non ho avuto... *non ho* il coraggio di fare quello che ha fatto lei.»

La calma nella sua voce era più inquietante di qualsiasi grido di dolore. «Lei è morta. Quello non è coraggio; è follia. Devi tornare a casa. Sei stato via troppo a lungo, e sei stanco. Hai bisogno di dormire.»

«Ho bisogno di te.»

Con la mano libera, Lindsay fece dei movimenti circolari sul bracciolo della sedia. Essere l'amica di cui aveva bisogno era una cosa di cui non poteva fare a meno. Proprio come non poteva fare a meno di parlargli del suo nuovo lavoro, delle sue armi, della sua giornata... di qualunque cosa. Perché lei era *sua*. E Lindsay era abbastanza sicura che lui provasse la stessa cosa. «Sai dove sono.»

Adrian la salutò, e lei riattaccò con il cuore oppresso dalla preoccupazione.

I sogni che faceva su Adrian ogni notte la tenevano legata a lui. Era come se lo vedesse ogni giorno, come se non si fossero mai allontanati da quando aveva lasciato Las Vegas.

La notte prima aveva sognato di fare l'amore con lui in una carrozza trainata da cavalli. Indossavano abiti d'epoca come quelli che aveva visto nei film tratti dai romanzi di Jane Austen. Gli era salita in grembo dopo essersi sollevata strati e strati di sottogonne, e lui si era sbottonato i pantaloni. Quando gli aveva afferrato l'erezione, lui le aveva preso il viso tra le mani e l'aveva baciata sciogliendole l'acconciatura elaborata e liberando le sue lunghe ciocche di capelli neri. Afferrandola per i fianchi, l'aveva penetrata con una ferocia quasi incontenibile e le aveva fatto raggiungere l'orgasmo con una determinazione implacabile. I suoi occhi avevano brillato con quella fiamma azzurra sovrannaturale mentre le aveva mormorato con voce roca: '*Ani ohev otach, tzel.*'

Ti amo, ombra.

Lindsay era spaventata dal suo livello di comprensione di una lingua che non aveva mai sentito prima. I suoi sogni variavano enormemente per ambientazioni e costumi, ma c'erano alcune cose che si ripetevano costantemente. Adrian era sempre con lei. Era sempre innamorato di lei, ed era sempre insaziabile. Il loro tempo insieme era caratterizzato ogni volta da una costante disperazione e dalla sua avida determinazione a conquistarlo a qualunque costo. Lei era sempre una donna innamorata di Adrian, noncurante delle conseguenze, ma non era mai la stessa. Il suo aspetto, la sua cultura, il suo linguaggio e la sua storia... variavano in ogni sogno.

Lindsay si raddrizzò e trasse un respiro profondo per schiarirsi le idee. Col passare dei giorni, la sua confusione aumentava. Si sentiva sempre più nervosa e non riusciva a concentrarsi. Doveva riprendere a cacciare. Finché non avesse fatto pace con il suo passato, non avrebbe ritrovato la serenità.

Il telefono sulla sua scrivania squillò avvisandola che il suo prossimo candidato era arrivato. Un attimo dopo, un affascinante e giovane asiatico comparve dietro la porta trasparente del suo ufficio.

Lindsay sorrise e lo invitò a entrare con un cenno della mano.

Il giovane entrò con passi spediti e decisi. «Buongiorno.»

«Salve.» Lindsay si alzò in piedi e diede una rapida occhiata al suo curriculum per leggere il nome. *Kent Magus.* Suonava bene. Mentre si stringevano le mani, fu colta subito alla sprovvista... Magus non era un essere umano, però non le faceva venire la pelle d'oca. Indossava un paio di pantaloni comodi color cachi e una camicia nera a maniche corte. Aveva un sorriso smagliante, e quando si erano dati la mano aveva avvertito la sua presa forte e decisa.

Non riusciva a capire se fosse innocuo o malvagio, perché Lindsay aveva l'opprimente sensazione di averlo già conosciuto. «Prego, si sieda, signor Magus.»

Il giovane attese che fosse lei a sedersi per prima. «Il Belladonna è magnifico.»

«Vero?» Un fatto che rendeva l'insoddisfazione di Lindsay ancora più irritante. Aveva un lavoro meraviglioso che capitava soltanto una volta nella vita, e non lo apprezzava come avrebbe dovuto. «Lei ha fatto domanda per il posto di receptionist notturno.»

«Sì, è così.»

«Devo dirglielo, lei è troppo qualificato.»

«Be', ho pensato che potrebbero esserci delle possibilità di avanzamento...»

Lindsay afferrò i braccioli della sedia. Il déjà-vu particolarmente intenso che avvertiva in sua presenza fece inclinare improvvisamente la stanza. L'indirizzo che lui aveva indicato nella sua domanda era in Virginia, uno Stato che Lindsay aveva attraversato in macchina parecchie volte. Era possibile che a un certo punto l'avesse incontrato in una stazione di servizio o in un ristorante. Lindsay sbatté le palpebre mentre alcune macchie nere le danzavano davanti agli occhi, e si sforzò di riportare il cervello alla massima concentrazione.

Kent aveva i capelli corti, di una lunghezza simile alla sua. Aveva anche un fisico possente, spalle larghe e bicipiti gonfi, ma non era grosso come un lycan. Lindsay si ripromise di chiedere a Elijah sotto quale specie classificarlo.

«Una possibilità di avanzamento c'è sicuramente» lo rassicurò. «Vedo che lei è nuovo della zona. Le confesso che un suo eventuale trasferimento mi preoccupa un po'. La West Coast è molto diversa dalla East Coast.»

«Conosce bene la East Coast?»

«Mi sono appena trasferita dalla Carolina del Nord.» Lindsay non riusciva a scrollarsi di dosso la sensazione di stordimento, così si alzò in piedi. «Vuole un bicchiere d'acqua?»

Anche Kent si alzò in piedi, mostrando le buone maniere che lei aveva sempre cercato in un uomo ma che negli ultimi due giorni quasi nessun candidato aveva avuto. «No, grazie. E così io e lei eravamo praticamente vicini di casa.»

Dopo aver estratto l'acqua dal frigobar dietro la sua scrivania, ora che era in piedi e non si sentiva più così stordita, Lindsay era sollevata. Bevve un bel po' d'acqua e notò la fede nuziale al dito dell'uomo. Una creatura sovrannaturale sposata. Quel fatto la sbalordì. «L'orario di lavoro è dalle ventitré alle sette, dal martedì al sabato. Sarebbe un problema per lei?»

«Niente affatto. Io sono un nottambulo.»

«Anche sua moglie lo è?» Lindsay non aveva intenzione di impicciarsi, ma non voleva neanche formare un receptionist notturno che avrebbe rinunciato al lavoro poco dopo.

Ogni traccia di fascino e umorismo abbandonò di colpo il volto di Kent. I suoi bellissimi occhi ambrati rivelarono una profonda tristezza. «Mia moglie è scomparsa di recente.»

Nella sua candidatura aveva scritto di avere ventisei anni. Era troppo giovane per aver subìto una perdita del genere. Ma in fondo poteva avere migliaia di anni come Adrian. O anche decenni, come Elijah. «Mi dispiace molto.»

L'uomo annuì brevemente. «Voglio ricominciare daccapo, in un posto nuovo, con un lavoro nuovo che mi tenga occupato durante la notte. Se sarò assunto, le assicuro che non se ne pentirà.»

Lindsay prese un respiro profondo. Qualunque creatura fosse Kent Magus, provava compassione per lui. Sapeva quanto potessero essere dure le notti, dopo aver perso una persona cara. Durante il giorno era facile tenersi occupati, ma di notte ogni famiglia condivide una routine privata... la cena, i programmi televisivi preferiti, i rituali prima di andare a letto. La sicurezza e la tranquilla dignità di quel giovane erano due caratteristiche che lei ammirava molto, e la sua serietà le dava l'impressione che fosse il tipo di persona che dava il cento percento in tutto quello che faceva. Lindsay ammise anche la possibilità che le piacesse *proprio* perché era 'diverso', anche se aveva amato, perduto e sofferto proprio come lei. Proprio come Adrian. Il suo angelo le aveva mostrato che non tutte le creature sovrannaturali erano malvagie.

«Quando può iniziare?» gli chiese.

A Kent tornò il sorriso. «Quando vuole. Sono a sua completa disposizione, signora Gibson.»

«Chiamami Lindsay.»

Quando Lindsay vide Elijah, che l'aspettava nella grande

hall del Belladonna, si accorse che qualcosa non andava. Lo capì dalla posizione delle sue spalle e dalla linea severa della bocca. E il lycan stava camminando, o meglio, si stava aggirando furtivamente come una pantera agitata. Anzi, no... come un lupo.

Il cuore le sprofondò nello stomaco. «Che problema c'è? Si tratta di Adrian?»

Elijah scrollò la testa e portò le mani lungo i fianchi. Un ringhio profondo gli rimbombò nel petto. «Ricordi quell'amico di cui ti ho parlato? Quello che volevo qui con me?»

«Sì.»

«È andato a caccia in Louisiana proprio prima che partissimo per lo Utah. Ho appena scoperto che non avevano più sue tracce fino a oggi pomeriggio.»

«Come sta?» Lindsay incrociò le braccia, sapendo che Adrian le stava prendendo a destra e a manca, accusando i colpi.

«Mi hanno detto che è in fin di vita. E che ha chiesto di me.»Gli occhi verdi del lycan, affilati come lame, incrociarono il suo sguardo. «Devi restare qui. Non uscire dall'hotel finché non tornerò o non verrà qualcun altro a sostituirmi.»

«Voglio venire con te, El. Non voglio che tu vada da solo, e so che non ti va di lasciarmi qui. Se resto qui sarai preoccupato per me e anche per il tuo amico.»

«Non volevo chiedertelo» disse lui in tono brusco. «Micah è ad Angels' Point.»

Il respiro di Lindsay accelerò al ricordo di quella mattina in cui con Adrian aveva sorvolato le colline intorno alla casa. Il suo corpo reagì ai ricordi come se li stesse rivivendo tutti. Quel giorno il vento era stato felice, aveva fischiato con una gioia che raramente aveva sentito. O forse quella felice era stata lei.

All'improvviso il profumo delle voluminose composizioni floreali che decoravano la hall divenne stucchevole. Il soffitto altissimo sembrò chiudersi sopra di lei. Tutto l'hotel sembrava intrappolarla di colpo. Lindsay non era a suo agio lì dentro. Per quanto si sforzasse, si sentiva ancora una disadattata nel mondo dei 'normali', e lo sarebbe sempre stata.

«Non preoccuparti» disse cercando di rassicurare sé stessa quanto lui. «Se ti serve un altro motivo per portarmi con te, ti ricordo che devo comunque riprendere il mio trolley. Approfitterò di questa occasione.»

Elijah annuì. «Devi cambiarti... prendere qualcosa?»

«Entrambe le cose.»

Quindici minuti più tardi stavano salendo nella Prius ibrida azzurra di Lindsay che il servizio di trasporto auto le aveva consegnato appena il giorno prima. Elijah riempiva quasi tutto l'abitacolo, anche se aveva spinto il sedile del passeggero tutto all'indietro. A Lindsay dispiaceva che si sentisse così spremuto, ma lei era fiera della sua macchina. Aveva detto a Adrian che lei non aveva l'ambizione di salvare il mondo, ma che avrebbe cercato di non inquinarlo né di prosciugare le sue risorse naturali.

Si immisero sulla strada, ed Elijah si dimostrò da subito un ottimo copilota dicendole dove svoltare e dandole il tempo necessario per passare da una corsia all'altra.

«Sei nervosa» osservò quando Lindsay si strofinò nuovamente il palmo umido sui jeans.

«Sono preoccupata per tutte le cose brutte che stanno succedendo da quando ho conosciuto te e Adrian. Non è sempre così, vero?»

«Noi siamo sempre molto occupati, ma sicuramente questo pericolo è particolarmente intenso.»

«Oh, dio.» Lindsay lasciò andare in fretta il respiro. «Sto male per Adrian. Ultimamente ha perso troppi amici, e con tutte le cose che sono successe in così poco tempo non ha ancora avuto la possibilità di piangerli come avrebbe dovuto.»

«I mortali non trovano un partner così facilmente.»

Lindsay gli lanciò un'occhiata. «Non so che cosa c'entri questo adesso, ma non sono d'accordo. Non hai mai sentito parlare di sesso occasionale? Alcuni mortali lo fanno dopo essersi appena conosciuti.»

«Non intendevo partner sessuali,» corresse seccato «ma compagni pronti a prendersi una pallottola al posto tuo.»

«Io la prenderei, una pallottola al posto tuo. Però, anche se sei uno schianto, non voglio venire a letto con te.»

«Lo sai che sei proprio fuori di testa?»

Lindsay fece spallucce. «E tu sei mio amico. Sai come si dice, no? Dimmi con chi vai...»

Elijah fissò il suo profilo per un lungo istante, poi finalmente si voltò per guardare fuori dal finestrino.

Mentre risalivano la collina che conduceva ad Angels' Point, il cellulare di Lindsay squillò. Lei lo estrasse dal portabevande dove lo aveva infilato, e dopo aver armeggiato per premere il tasto del vivavoce rispose finalmente alla chiamata. «Papà. Come stai?»

«Mi manchi. Tu come stai?»

«Tengo duro. Sto assumendo il personale per l'inaugurazione ufficiale e cerco di tenermi lontano dai guai.»

«Come sta Adrian?»

A Lindsay tornò in mente la stanchezza che aveva udito nella voce dell'angelo, così sospirò e rispose: «Sta passando un brutto periodo.»

«Però sei ancora con lui. È buon segno. Dev'essere una cosa seria.»

Dopo aver dato un'occhiata a Elijah, Lindsay decise di dire la verità. Sapeva che entrambi avevano a cuore la sua felicità. «In realtà diciamo che siamo in pausa.»

«Perché?» A differenza di Adrian, Eddie Gibson palesava qualunque emozione attraverso la voce. La sua delusione malcelata era inconfondibile.

«Non siamo proprio... compatibili.»

«Te l'ha detto lui?» Ora sembrava irritato.

«No» si affrettò a dire lei. «Lui vorrebbe provarci. Ma io

credo che sarebbe troppo complicato, ed è meglio che le cose si raffreddino ora che non siamo così coinvolti.»

«Sei già coinvolta, tesoro» ribatté Eddie. «Altrimenti non ti preoccuperesti dei problemi che potrebbero sorgere in futuro.»

Lindsay arricciò le labbra. «*Mmm*...»

«È una vita che tieni alla larga i ragazzi. Quando eri più giovane per me era un sollievo, ma poi ho capito che se le tue storie fossero state davvero importanti non le avresti troncate tanto facilmente. E non è facile troncare con Adrian, vero?»

«Papà, la smetti di psicanalizzarmi? Almeno aspetta di uscire di nuovo con qualcuna.»

«È per questo che ti ho chiamato. Stasera porto una donna a cena fuori.»

Lindsay serrò le mani sul volante. Per un istante non capì cosa provasse. Era un insieme di sensazioni non del tutto piacevoli. Si sentiva sorpresa e spaventata, sgomenta e ferita, felice ed eccitata.

«Lindsay?»

«Sì, papà.» La sua voce era troppo fioca, così si schiarì la gola. «Chi è la fortunata?»

«Una nuova cliente che ho conosciuto oggi. Mi ha chiesto di uscire dopo che le ho cambiato l'olio del motore.»

«Mi piace già. È furba e ha gusto in fatto di uomini.»

Eddie rise. «Sicura che non sia un problema per te?»

«Assolutamente no» gli rispose mentendo. «Se non ci uscissi mi arrabbierei. Sarà meglio che tu ti diverta. E metti la camicia e i pantaloni che ti ho regalato per il tuo compleanno.»

«Okay, okay. Ho capito. Devo uscire. Mi devo divertire. E non devo vestirmi come un barbone. Però anche tu devi fare una cosa per me... concedi una possibilità a Adrian. Una vera.»

Lindsay gemette. «Tu non capisci...»

«Ascolta» disse suo padre, con una voce che non ammetteva scherzi. «Adrian Mitchell è grande e vaccinato. È un adulto. Se per lui non ci sono problemi, non tirarne fuori tu. Linds, meriti di essere felice, e quando si sta con qualcuno bisogna correre qualche rischio. Io sto rimontando in sella. Ma tu... non ti sei mai buttata. Dovresti saltare il fosso una buona volta.»

«Papà, io ti voglio bene, ma le tue metafore mi stanno uccidendo.»

«Ah! Anche io ti voglio bene, tesoro. Fa' la brava.»

«Domani voglio tutti i dettagli» lo avvertì.

«Non sono mica una comare. Ci sentiamo.»

Dopo aver chiuso la telefonata, Lindsay si voltò verso Elijah, e lui ricambiò il suo sguardo. Finalmente suo padre stava ricominciando a uscire. Credeva che ne sarebbe stata contenta. E in realtà Lindsay lo era... perlopiù. Ma c'era una parte di lei, quella infantile, che sentiva che suo padre si stava lasciando la mamma alle spalle. Ed era una cosa che a Lindsay ancora non riusciva.

«Sei molto affezionata a tuo padre» osservò Elijah.

«È tutto ciò che ho, e la cosa è reciproca, non so se mi spiego.»

Elijah annuì e disse: «Ecco perché Adrian lo fa sorvegliare dai lycan.»

Lindsay sollevò il piede dall'acceleratore. «*Cosa?* Perché?»

«Adrian ha mandato dei lycan a proteggerlo. Non capivo perché. Adesso sì. Lo sta facendo per te, perché tuo padre è molto importante per te.»

«Quando l'ha deciso?»

«A Las Vegas.»

Lindsay premette il pedale dell'acceleratore, e pensò che forse in quel momento non avrebbe dovuto essere al volante. «Perché a mio padre servono delle guardie?»

«Chiunque sia vicino a Adrian rischia di essere usato contro di lui.»

Arrivare a suo padre significava arrivare a lei, e quindi a Adrian. «Se dovesse succedergli qualcosa...»

«Non preoccuparti.» Elijah le offrì un sorriso rassicurante. «Adrian mi ha chiesto di scegliere la squadra, e io gli ho suggerito i membri migliori del branco. Con loro sarà al sicuro.»

Se Lindsay non fosse stata impegnata a guidare, lo avrebbe baciato. «Grazie.»

«Prego. Dovresti ringraziare anche Adrian.»

«Sì» mormorò Lindsay, mentre il suo cuore si placava un po'. Il problema principale non era più la caduta di Adrian, ma quella più imminente di Lindsay. «Dovrei farlo. Lo farò. Merda, che casino.»

«Già.»

Quel discorso le rammentò il motivo per cui erano diretti a Point, tanto per cominciare. «Sai cosa sia successo al tuo amico? Perché era scomparso?»

«È caduto in un'imboscata e lo hanno creduto morto. Gli ci sono voluti due giorni per raggiungere l'autostrada, dove lo hanno trovato.»

«Gesù» sussurrò Lindsay. «Vampiri?»

Elijah annuì brevemente e le fece cenno di svoltare a sinistra più avanti.

«Che bastardi. Ho voglia di ammazzarli tutti.» Anche mentre pronunciava quelle parole, l'odio profondo che provava la stupì. La sua vita era cambiata così tanto nelle ultime due settimane. Ora i vampiri stavano facendo del male ai suoi amici, e le impedivano di avere Adrian. Non riusciva a pensare a una buona ragione per la cui dovessero continuare a esistere. Erano come le pulci o le zanzare... parassiti disgustosi, inutili e succhiasangue che meritavano l'estinzione.

Lindsay si fermò al cancello di ferro e alla portineria che proteggeva il Point. La guardia diede un'occhiata a Elijah e li fece entrare. Era pomeriggio inoltrato. Il sole era ancora alto, così Lindsay ebbe la possibilità di osservare quello che si era persa la prima volta che aveva varcato l'elegante cancello. I lupi rimasero in fondo alla salita della strada e si tennero lontani dagli sguardi. Quando Lindsay raggiunse la cima, li vide punteggiare il paesaggio incontaminato. Erano davvero tanti, imponenti e potenzialmente pericolosi.

Dopo aver percorso il viale circolare, Lindsay fermò la macchina. Poi cercò di sciogliere parte della tensione con un breve e brusco sospiro.

Elijah scese prontamente dall'auto con una serie di movimenti rapidi e aprì lo sportello di Lindsay quando lei non si era ancora tolta la cintura. Il lycan aspettò che scendesse e le indicò una specie di enorme hangar in cima a una collina a circa ottocento metri di distanza. «Io vado laggiù. Quando hai finito di prendere le tue cose raggiungimi, oppure aspettami qui. Se ci vorrà più di un'ora, te lo farò sapere.»

Lindsay lo afferrò per un braccio prima che si voltasse.

Quando Elijah posò lo sguardo sulla sua mano, lei si affrettò a ritrarla. «Scusami. Non volevo lasciarti il mio odore addosso. È solo che... mi dispiace per il tuo amico, Elijah.»

Il lycan sollevò lo sguardo su di lei, e la sua espressione si addolcì. «Lo so. Grazie.»

«Se hai bisogno di qualcosa, conta pure su di me.» Lindsay gli offrì un sorriso compassionevole, poi si diresse verso le doppie porte dell'ingresso. Aveva appena sollevato la mano per bussare quando la porta si aprì.

«Signora Gibson.»

Un uomo alto e muscoloso dai capelli rossi riempì la soglia. Aveva i capelli lunghi fino alle spalle, ma in lui non c'era niente di effeminato. Le fece venire in mente un antico guerriero vichingo con l'espressione dura e risoluta.

Lindsay esitò. «Salve. Devo soltanto prendere la mia roba; poi mi toglierò dai piedi.»

Lui la esaminò per un attimo, facendola sentire una povera mentecatta. Infine la invitò a entrare con un cenno.

Sapeva che quell'uomo era un angelo. Tutte le Sentinelle avevano gli stessi occhi azzurri scintillanti, anche se solo quelli di Adrian emettevano calore. Le Sentinelle erano davvero un'opera d'arte. Essere circondati da decine di esseri perfetti e bellissimi incuteva un certo timore.

Dato che il rosso si rifiutava di aggiungere altro, Lindsay andò dritta nella camera da letto dove aveva dormito quella notte. Era rimasto tutto come l'aveva lasciato... il letto era rifatto, e i suoi cosmetici erano disposti ordinatamente sul piano del bagno. L'ultima volta che era uscita dalla stanza, quasi due settimane prima, aveva creduto che sarebbe tornata lì per la notte. La perdita di ciò che avrebbe potuto avere, se avesse fatto parte della vita di Adrian, le fece venire un nodo in gola che le impedì di deglutire normalmente.

Col senno di poi, i progetti che aveva fatto di vivere in quel posto magnifico, con un terrazzo che conduceva a una piattaforma per il decollo degli angeli e di uno in particolare, che era la creatura più magnifica del mondo, sembravano totalmente assurdi. Ma per un attimo lei aveva accarezzato quell'idea, e ora le mancava terribilmente.

Lindsay guardò il letto mentre ci passava accanto, e ricordò come aveva sognato di sedurre Adrian proprio lì sopra. Quel tipo di fantasia era stata particolarmente realistica, ma la realtà si era dimostrata infinitamente più selvaggia e bollente.

«Devo andarmene da qui» mormorò, combattendo il feroce desiderio di restare lì per sempre. Combattendo il desiderio insopportabile di abbracciare l'angelo, la sua vita e i suoi eventuali amici come Elijah, che avrebbe sicuramente capito cosa l'avesse spinta a farlo.

Dopo aver infilato tutto nel trolley a tempo di record, Lindsay afferrò la maniglia estensibile e lo trascinò fuori. Doveva superare molte Sentinelle che erano comparse all'improvviso per osservarla da vicino. Lei era l'umana impicciona che stava facendo impazzire il loro capitano.

«Faccio il tifo per voi, ragazzi» disse. Avrebbe voluto chiedere a tutti quegli angeli di prendersi cura di Adrian per lei, ma non aveva il diritto di farlo. Lui apparteneva a loro, non a lei.

La porta d'ingresso si chiuse alle sue spalle con un lieve scatto. Lindsay non pianse; si rifiutava di farlo. *Non* si sarebbe lasciata sopraffare dalla tristezza per aver fatto la cosa giusta per Adrian. Anzi, in realtà lo stava facendo per il mondo, che dipendeva da lui anche se non lo sapeva.

Dopo aver aperto il bagagliaio, richiuse la maniglia telescopica del suo trolley e lo sollevò da terra. Ma all'improvviso il vento si scatenò con una tromba d'aria che circondò solo lei. Lindsay fu trattenuta da quell'abbraccio turbolento.

Canticchiava: 'Resta, resta, resta'.

«Ho già causato abbastanza problemi» ribatté lei.

'Non andare, Lindsay. Lindsay... Lindsay...' Il vento cessò improvvisamente, lasciando un vuoto in cui il suo nome schioccò come una frusta.

«*Lindsay.*»

Lindsay si voltò. Adrian era in piedi accanto allo sportello posteriore della Maybach, che attendeva in folle all'inizio del vialetto. Il vento lo accarezzava come un'amante, infilandosi tra i suoi capelli bruni che erano cresciuti di almeno un centimetro dall'ultima volta che lo aveva visto. Era disinvolto e bellissimo, con la sua maglietta nera a maniche lunghe e i pantaloni blu cuciti su misura. Il suo volto era sereno e la sua postura rilassata, ma lei avvertì il suo feroce tumulto interiore. Adrian posò lo sguardo sul trolley che Lindsay aveva sollevato, e lei si sentì sommergere da un'improvvisa e glaciale ondata di tristezza che la fece rabbrividire. Non aveva mai provato una disperazione simile, un senso di colpa e un dolore così strazianti. Quelli di Adrian e i suoi.

Le lacrime le colmarono gli occhi mentre respirava a fatica.

Dio. Tra tutte le cose alle quali doveva rinunciare, perché proprio lui? Avrebbe rinunciato al cibo. Al cioccolato. All'acqua. All'aria. Pur di poterlo avere senza remore anche solo per un istante.

Adrian cominciò a correre verso di lei.

Lindsay allentò la presa sul trolley, che cadde sul vialetto di ghiaia. «*Adrian.*»

Aveva appena mosso qualche passo verso l'angelo quando lui l'afferrò, togliendole il respiro.

Le sue ali si spalancarono in un'esplosione di alabastro macchiato di cremisi, ed entrambi presero il volo.

17

Elijah entrò nella caserma dei lycan, e fu accolto da un silenzio agghiacciante aggravato dalla sensazione di una morte imminente. Le file di letti a castello ordinatamente rifatti si estendevano all'infinito, e il fondo della stanza si allontanava da lui man mano che la percorreva in lunghezza.

Si fece guidare dai *beep* dell'elettrocardiogramma, ma anche senza quei suoni sapeva molto bene dove stava andando. Micah si trovava in una delle camere private in fondo, quelle generalmente destinate alle coppie. La porta della stanza era aperta, e la soglia era assediata da una manciata di lycan, tra cui Esther e Jonas.

I lycan lo guardarono con occhi spiritati e imploranti. Elijah distolse lo sguardo dalle loro umilianti aspettative, profondamente infastidito dalla loro convinzione che lui fosse una specie di messia. Il fatto che sapesse controllare in ogni momento la sua bestia non significava che potesse controllare allo stesso modo il destino e le circostanze degli altri, anche se molti di loro lo speravano e ci credevano fermamente.

Quando entrò nella stanza vide Micah sul letto. Il lycan era pieno di flebo, e Rachel si stava prendendo cura di lui. Quando Elijah si avvicinò, lei si alzò in piedi e gli venne incontro a metà strada, pallida e smunta come il suo compagno.

Dopo aver inghiottito la saliva per alleviare il nodo in gola, Elijah le chiese: «Come sta?»

Rachel si passò una mano tremante tra i capelli scuri, e sollevando il mento di scatto gli ordinò silenziosamente di uscire. Quando furono tornati nell'enorme sala della caserma, la lycan disse: «Sta morendo, El. È un miracolo che sia ancora vivo.»

Elijah si stropicciò gli occhi con i pugni, cercando di liberarsi da un dolore pungente.

«Ti stava aspettando» continuò Rachel. «Sinceramente credo che non desiderasse altro.»

Elijah la guardò impotente.

La lycan si asciugò le lacrime dalle guance. «Lui ti vuole molto bene.»

Elijah tornò indietro correndo con una fretta disperata, rientrò nella stanza e occupò la sedia su cui prima era stata seduta Rachel. L'avvicinò al letto, distese un braccio e afferrò la mano fredda dell'amico.

Micah aprì leggermente gli occhi, poi si voltò e incrociò lo sguardo di Elijah. «Ehi» sussurrò. «Ce l'hai fatta.»

«Questo dovrei dirlo io.»

Un lento sorriso trasformò per un istante i tratti del lycan, ma in un lampo era già sparito. «Dovevo dirti... Vash...»

«È stata Vash a farti questo?»

«Lei sta cercando... te.»

«Me? Perché?»

«Una vampira a Shreveport... scomparsa. C'era il tuo sangue, lì.»

«Io non sono mai stato a Shreveport.»

Un brivido violento scosse il volto emaciato di Micah. «Ma il tuo sangue... sì.»

«Smettila di parlare. Riposati un po'. Parleremo dopo.»

Gli occhi verdi di Micah, un tempo limpidi, erano velati dal dolore e dallo sfinimento. «Non c'è tempo. Sto morendo, alfa. È così.»

«No.»

«Guardati la schiena. Il sangue... è tuo.»

Elijah guardò Rachel, che era in piedi sulla soglia, e lei annuì tristemente. *Il suo sangue.* Sulla scena di un rapimento, in una città dove non era mai stato.

Un sibilo acuto proveniente dal letto riportò la sua attenzione su Micah.

«Me la caverò» disse Elijah, brusco. «Non preoccuparti per me. Pensa a rimetterti in sesto.»

Micah serrò la mano su quella di Elijah con una forza sorprendente, e i suoi artigli si distesero ferendo il suo palmo e quello dell'amico. Il sangue caldo e denso confluì tra le loro mani giunte. «Ascolta. Tu sei il prescelto. Hai capito? Sei tu. Porta via Rachel... Porta via tutti.»

Elijah si ritrasse di colpo. «Non farmi questo, Micah.»

«Lei si fida di te...» Il lycan dai capelli rossi fu improvvisamente scosso da una tosse secca e violenta che lasciò delle macchie di sangue sulle sue labbra e sulle lenzuola immacolate.

«Rachel se la caverà, te lo assicuro.»

«Non Rach...» Micah ansimò. «La donna di Adrian... si fida di te. Puoi rapirla... Usarla.»

Elijah si liberò dalla presa di Micah, infuriato e sconvolto per il fatto che il suo migliore amico in quel momento gli stesse rovesciando addosso quelle stronzate. Mentre era nel suo fottuto letto di morte. «Non farlo» sibilò. «Non chiedermi questo. Lei ha rischiato la vita per salvarmi.»

Micah sollevò la testa dal cuscino, nel suo sguardo solo un'eco della ferocia di un tempo. «Adrian si piegherà per lei. Promettimelo. Assumi il comando. Realizza il nostro sogno. Puoi liberarli tutti. Solo tu puoi farlo.»

Elijah si alzò in piedi e incespicò uscendo dalla stanza.

«Il giuramento di sangue, El» sussurrò Micah, sollevando la mano insanguinata. Poi si afflosciò sul letto rantolando.

Elijah scomparve dalla soglia. Guardò i lycan che attendevano fuori dalla stanza. Ora ce n'erano di più. Una decina di volti familiari lo guardavano con una speranza tetra e risoluta.

«Siete stati voi a mettergli in testa questa idea» li accusò. «Gli avete detto dove sono stato nelle ultime due settimane.»

Esther si fece avanti. «Elijah...»

«Bastardi egoisti del cazzo.»

Elijah si guardò la mano e i graffi ancora visibili, e si trasformò con un ruggito. Dopo essersi liberato dei vestiti, balzò in alto con una forza tale da raggiungere quasi l'altra estremità dell'edificio.

Poi si lanciò contro la porta per aprirla e corse via.

Quando Adrian atterrò dall'altra parte della casa, Lindsay era ancora a bocca aperta per cercare di riprendere il fiato che lui le aveva tolto. Udì il fruscio della porta di vetro che scorreva alle sue spalle; poi oltrepassarono la soglia e si ritrovò in una stanza che conteneva una scrivania massiccia e una libreria stracolma.

Inclinò la schiena all'indietro in quell'abbraccio e lo guardò in faccia. L'angelo aveva i lineamenti tesi, la pelle contratta dalla sua feroce determinazione. Un'altra porta interna si chiuse dietro di lei, e Adrian la inchiodò all'anta con il suo corpo caldo e vigoroso. Le tende si chiusero automaticamente insieme con la porta scorrevole di vetro, immergendo la stanza nel silenzio e nell'oscurità.

«Adrian...»

L'angelo la zittì con un bacio. Le afferrò i polsi con le mani, glieli sollevò sopra la testa uno dopo l'altro e tuffò rapidamente la lingua nella sua bocca eccitandola all'istante.

Il profumo caldo e vibrante della sua pelle le riempì le narici in modo più intenso di quanto ricordasse. Più sensuale.

Lindsay si dimenò per contrastare la sua presa, e si trovò

con i polsi legati a un appendiabiti sul retro della porta. Mentre le mani di Adrian scivolavano lungo le sue braccia, Lindsay le strattonò inutilmente e annaspò freneticamente con le dita. Quando sfiorò il pizzo, si rese conto che con la forza del pensiero lui l'aveva spogliata e l'aveva fissata al gancio usando le sue stesse mutandine. Dimenò le gambe, e si rese conto di non avere più niente sotto i jeans. «Lasciami.»

«Non ti lascerò andare.» La sua voce era bassa e si fingeva calma, ma la serietà che celava era tangibile quanto il perizoma intorno ai suoi polsi.

Lindsay diede un altro strattone. Il pizzo si strappò, ma qualcosa di più forte la bloccò immediatamente alla porta. Quando le mani di Adrian si spinsero sotto la sua maglietta e si chiusero intorno ai suoi seni nudi, Lindsay capì che aveva usato anche il suo reggiseno. Rabbrividì. L'unica volta che era stata trattenuta contro la sua volontà era stato il giorno in cui sua madre era stata uccisa. «Slegami, Adrian.»

Adrian posò la bocca sul suo collo. Le tirò i capezzoli con le dita fino a renderli due punte dure. «No.»

Senza volere, Lindsay si inarcò nelle sue mani mentre i suoi seni diventavano più sodi e morbidi. «Sei sconvolto. Dovremmo pa... parlare. *Dobbiamo* parlare.»

«Non ora.» Le afferrò i fianchi, e capì che era completamente nuda. Quando una coscia leggermente pelosa si infilò tra le sue, Lindsay si rese conto che era nudo anche lui.

Il suo respiro ansimante era l'unico suono in quella stanza altrimenti silenziosa. Il suo cuore martellava spinto da un misto di paura e desiderio proibito. Se l'avesse trattenuta chiunque altro, avrebbe perso le staffe. Ma si trattava di Adrian, e sentire le sue mani sulla pelle allontanava qualunque terrore avesse potuto provare.

«Rifletti.» Lindsay ansimò e cercò di divincolarsi dalla sua presa infuocata. «Tu non vuoi farlo. Le conseguenze sarebbero orribili.»

Adrian fece scivolare il pene tra le labbra umide del suo sesso. Lindsay rimase pietrificata. Era duro e bollente, deliziosamente lungo e grosso.

«Ti do l'impressione» mormorò con la voce roca «di non volerlo fare?»

Lindsay si dimenò quando l'angelo le afferrò il capezzolo con le labbra. Il gancio appendiabiti scricchiolò in segno di protesta, ma tenne duro. Nella casa di Adrian non c'erano porte di legno scadente che le avrebbero concesso una possibilità di fuga. Il legno massello che aveva scelto il suo architetto era abbastanza forte da sorreggere il peso di Lindsay e qualunque assalto.

Adrian si concentrò sui suoi seni, succhiandoli lentamente e profondamente. Le buone intenzioni di Lindsay cominciarono a vacillare.

«Ho paura...» mentì, sperando di farlo smettere.

«Lo so. Sei spaventata a morte.» Adrian allargò le labbra del suo sesso e fece scorrere un dito attraverso il liquido setoso del suo desiderio. «Sei sempre così impavida, hai paura solo di me.»

Il gemito di Lindsay echeggiò nella stanza. Era dolorosamente consapevole che, oltre la porta alle sue spalle, c'era una dozzina di angeli che la disprezzavano e non si fidavano di lei proprio per questo motivo... perché lei riduceva il loro capo a un semplice uomo, con tutte le debolezze, le pulsioni sessuali e il desiderio di appagarle tipico della condizione mortale. «Fermati.»

«Non posso.» La baciò ancora. Il bacio caldo, umido e appassionato di un uomo che a un certo punto, nei giorni in cui erano stati separati, aveva toccato il fondo. «Non voglio.»

«Per l'amor del cielo, Adrian.» Lindsay si dimenò quando le afferrò nuovamente il capezzolo con la bocca e riprese a tormentare quella punta turgida con la lingua. «Perché non vuoi che ti salvi?»

Lui si ritrasse con un debole verso, poi si raddrizzò e sfregò la tempia contro la sua. «Non c'è niente da salvare. Sta crollando tutto.»

Il tono doloroso delle sue parole le spezzò il cuore. Lindsay avrebbe voluto tendere le braccia per stringerlo e alleviare il suo tormento. Ma non poteva muoversi, poteva consolarlo solo con le parole. «Dimmi cosa è successo.»

«Dopo.» Adrian si chinò. Prima le sfiorò la scollatura con le labbra; poi sfrecciò con la lingua verso il suo ventre. Quando sfregò il naso tra le sue gambe, Lindsay si morse il labbro inferiore per non gridare. Nonostante l'irritazione per il fatto di essere immobilizzata al buio, e la preoccupazione per l'umore incostante di Adrian, si sentiva ferocemente eccitata. In una situazione ormai insostenibile. Non riusciva a ignorare quanto fossero esposti e quante persone, o meglio, *angeli*, li circondassero in quel momento.

«Non farlo. Te ne pentirai.»

«Mi pentirò se *non* lo farò.» Adrian la tenne aperta con i pollici, poi agitò sfrenatamente la lingua sul suo clitoride. Mentre il sesso di Lindsay si contraeva in preda a una fame avida, Adrian emise un verso roco. «Avrei dovuto finire ciò che avevamo cominciato a Las Vegas. Avrei dovuto ignorare quella maledetta porta e scoparti finché l'idea di lasciarmi non ti avrebbe più neanche *sfiorato*.»

La sua voce spezzata rivelò l'angoscia che provava, e lei rimase profondamente ferita. Avrebbe voluto infilare le dita tra i suoi capelli e abbracciarlo forte. Avrebbe voluto calmarlo accarezzandolo dolcemente lungo la schiena. Avrebbe voluto dargli la libertà di scrollarsi di dosso tutti quei fardelli in totale sicurezza, lontano dagli occhi di chi lo voleva forte in ogni momento. Ma se lo avesse fatto lo avrebbe posto di fronte a ciò che lo corrodeva, e invece lui ora desiderava l'oblio che poteva trovare nel suo corpo.

Un oblio che lei non poteva offrirgli. Non a quel prezzo.

Adrian le afferrò la gamba destra da dietro il ginocchio. Gliela sollevò, se l'appoggiò sulla spalla e con la lingua aprì la sua intimità. Lindsay inarcò la schiena e sbatté la testa alla porta. Il colpo riecheggiò nella stanza e sicuramente anche lungo il corridoio. Adrian non se ne accorse, oppure lo ignorò. La sua bocca affondava nelle pieghe bagnate del suo sesso, la sua lingua infilata il più possibile dentro di lei. Succhiava la sua tenera carne con avidità, come se potesse inghiottirla. Consumarla. Marchiarle il corpo con il suo bacio bollente e intimo. Lindsay tremò e spalancò la bocca, arricciando talmente forte le dita dei piedi che cominciò ad avvertire i crampi. Restò aggrappata a quella sensazione dolorosa, resistendo all'orgasmo che lui era determinato a farle raggiungere.

L'improvviso grugnito che emise l'angelo le fece venire le lacrime agli occhi, il suono così sconvolto e desolato.

«Non è tro... troppo tardi» riuscì a dire tra un respiro ansimante e l'altro. Le lacrime calde si riversarono sui suoi seni, il suo cuore lacerato perché sapeva che invece era *davvero* troppo tardi. Ormai si erano spinti troppo oltre per tornare indietro. Avevano oltrepassato il punto di non ritorno nel momento in cui Lindsay aveva ucciso quel drago davanti a lui. Lei avrebbe potuto prendere le distanze quella sera, ma non lo aveva fatto. Gli aveva rivelato i suoi segreti più intimi poche ore dopo averlo conosciuto, come se avesse voluto che la vedesse per ciò che era in realtà.

Eppure combatteva l'inevitabile perché teneva a lui. Profondamente. Al punto che il pensiero di farlo soffrire a causa sua la faceva impazzire. «Fermati, Adrian. Prima che tu vada oltre.»

In quel momento lui ringhiò, il segnale profondo e fragoroso della sua aggressività e di tutta la sua determinazione. Posò la bocca sul suo clitoride e prese a succhiarlo con una cadenza rapida e intensa. Il suo ritmo costante e coinvolgente le fece raggiungere un orgasmo esplosivo. Il suo corpo madido di sudore fu scosso da spasmi brutali, devastato da un piacere incandescente contro il quale non poté difendersi.

Adrian si voltò e si asciugò la bocca nel suo interno coscia. Poi abbassò la spalla per liberarsi dalla sua gamba e si alzò in piedi.

«Che cosa intendi con 'troppo tardi' e 'oltre'?» chiese con una calma inquietante. «Sono già stato dentro di te. Con le dita. Con la lingua. Con il mio uccello.»

Lindsay strizzò gli occhi e lasciò ciondolare la testa. Cercò di calmare i respiri, di recuperare almeno in parte il controllo del suo corpo. Anche avvolta dall'oscurità, si sentiva oscena ed esposta, ustionata dal furioso tormento interiore di Adrian. «Te... tecnicamente sì» riuscì a dire tra i respiri ansimanti. «Però ti sei fermato. Ti sei già trattenuto prima d'ora. Puoi farlo ancora.»

«Tecnicamente, dici.» Adrian le tastò le natiche e gliele strinse con forza. Poi le mordicchiò il rigonfiamento del seno in prossimità del cuore, abbastanza forte da farle male. Il severo autocontrollo che aveva sempre associato a lui era sparito. Adrian era spietato, predatorio, fermo sul suo intento di dominarla dall'interno. «Non siamo venuti. Perciò non conta, giusto?»

Adrian la sollevò da terra, le afferrò le gambe e se le mise intorno ai fianchi. Un istante dopo la stava penetrando con la sua erezione. Lindsay tremò e si distese per agevolarlo, ma con una rapida spinta in avanti l'angelo affondò completamente.

Inchiodata alla porta, Lindsay gemette in preda a una squisita agonia. Nonostante i numerosi e teneri sogni erotici, le serviva ancora un po' di tempo per adattarsi alle sue dimensioni.

«Ti prego» sussurrò, ma non sapeva cosa gli stesse chiedendo. Di fermarsi? Di cominciare? Di non smettere neanche se lo avesse implorato? Non poteva dirgli di sì perché sapeva quali rischi correva. Ma non riusciva ad arginare il desiderio egoistico che non avrebbe mai accettato un no come risposta. Lindsay in quel momento non avrebbe voluto essere in nessun altro posto, ma se si opponeva non era per lei. Era per Adrian e per ciò che era meglio per lui.

Udì il fruscio delle sue ali, sentì la brezza che creavano mentre si spiegavano e si muovevano. Quel bacio aereo e rivelatore tradì le emozioni che lui cercava di nascondere.

«No» gemette nell'ultimo, vano tentativo di salvarlo.

Adrian le afferrò i capelli con la mano e le sollevò la testa per poterla baciare. Posò le labbra sulle sue, inalando ogni suo respiro ansimante. Ondeggiò le anche e la penetrò in profondità, sfregandola per premerle il clitoride gonfio e già stimolato. Il corpo di Lindsay si irrigidì in cocente trepidazione, mentre il suo sesso avido si contraeva lungo il pene pulsante.

Adrian trattenne il fiato. Le sue iridi si illuminarono abbastanza da delineare il bianco degli occhi e lo spessore delle sue ciglia nell'oscurità. Rilasciò il respiro nei polmoni di Lindsay. «Basta con le formalità.»

Adrian venne così furiosamente che a Lindsay parve di sentire una spinta profonda e impetuosa dentro di sé. Gli spasmi violenti del suo pene che eiaculava... L'ondata di liquido bollente che le fece colare il sudore tra i seni...

L'orgasmo la colse di sorpresa.

Fu scossa da un piacere inatteso, e il sangue le ruggì nelle orecchie al punto che lo sentì appena gemere il suo nome.

Lindsay si sentì sopraffare dalla necessità di singhiozzare. Gli catturò il collo tra i denti e glielo morse per smorzare i suoni che non voleva far sentire a nessuno.

«Sì» sibilò lui, continuando a spingere senza pensare. «Sì, cazzo.»

I polsi di Lindsay ora erano liberi. Lasciò cadere le braccia sulle spalle dell'angelo, i suoi muscoli scossi dagli spasmi e formicolanti per lo sforzo di liberarsi.

Adrian si allontanò dalla porta volteggiando con lei in braccio, muovendosi al buio... ancora unito a lei, mentre continuava a eiaculare. Quando si sedette, Lindsay avvertì i cuscini sotto le ginocchia. Un divanetto, forse. Oppure una sedia senza braccioli. Rilassò la mandibola e liberò la gola di Adrian, poi sollevò la testa. Dietro di lei comparve una luce soffusa che aumentò gradualmente come se fosse stata accesa da un interruttore a reostato... una lampada da tavolo che illuminò la stanza a poco a poco finché Lindsay non fu in grado di vedere tutto.

Posò lo sguardo su di lui, e la gioia di vederlo le fece martellare il cuore nel petto. Adrian aveva il viso arrossato, gli occhi febbrilmente luminosi, le labbra gonfie per la ferocia dei suoi baci. Ma la scintillante umidità sulle sue ciglia rovinò quel quadro.

Lacrime. Del suo indomabile e implacabile angelo.

«È già troppo tardi» disse con voce aspra, e dato che anche Lindsay stava piangendo, le accarezzò delicatamente le guance con i pollici per asciugarle. «Capito?»

Lei annuì.

Adrian le baciò i segni sui polsi lasciati dalla biancheria intima. «So che volevi proteggermi da questo. Ho provato a lasciartelo fare, ma non ci riesco.»

«Mi dispiace. Mi dispiace da morire che...»

«No.» L'angelo lasciò cadere la testa all'indietro. Rivestito di camoscio scuro, il divanetto sul quale erano seduti incorniciava lo splendore tenebroso di Adrian e bilanciava la sua bellissima pelle olivastra. «Non dispiacerti di tenere così tanto a me. Di essere forte quando io non lo sono. Non dispiacerti di essere l'unica cosa che mi rende felice.»

«Per quanto?»

«Per tutto il tempo che ci verrà concesso. Non respingermi. Ho bisogno di te. Ho bisogno di *questo*... delle tue carezze, del tuo piacere, del tuo amore. Senza te non riesco a pensare, non provo niente. E per superare l'inferno in cui sono adesso ho bisogno di entrambe le cose. Se davvero vuoi salvarmi, devi restare al mio fianco.»

«E che mi dici delle altre Sentinelle?»

«Cosa dico? Là fuori tutti sanno che ti ho appena scopato contro la porta del mio ufficio.»

«Oh, dio...» Lindsay arrossì per l'imbarazzo.

«Io *volevo* che sentissero» disse con veemenza. «Avrei potuto possederti a chilometri di distanza, ma tu e io... dobbiamo uscire allo scoperto. Non mi vergogno di quello che provo per te. Non mi vergogno di non poter fare a meno di te. Le cose stanno così.»

«Già mi odiavano prima.» Lindsay aveva lasciato la stanza terrorizzata all'idea di affrontare tutti quegli occhi cerulei puntati su di lei. «Adesso...»

«Ti hanno sentito quando hai detto di no. Non possono incolparti, stavolta.»

Lindsay gli prese il viso tra le mani. «Non merito tutto questo. Davvero. Sono solo una pazza mortale senza istinto di sopravvivenza.»

«E io sono un angelo che morirebbe per te. Vedi? Siamo una coppia perfetta.»

Il cuore di Lindsay le sprofondò fino allo stomaco. «*Adrian...*»

L'angelo le afferrò i polsi, e il suo volto lasciò trapelare così tante emozioni che Lindsay pianse di fronte a una tale bellezza. «Resta con me, Lindsay. Resta.»

«Come faccio a dire di sì, se so cosa comporterà?»

«Tu dillo e basta.»

Erano entrambi troppo testardi. Lei aveva ottenuto quello che aveva desiderato. E, ancora una volta, se ne pentiva. Lindsay non riusciva a dire di sì, e lui non avrebbe accettato un no. «Sai che non ho un posto dove andare. Non mi sono mai trovata a mio agio con le persone 'normali'. E non mi trovo a mio agio con la tua gente. Ma sono a mio agio con *te*. Lo so. Lo sento. Però è una cosa proibita. Che io sia dannata, se per colpa mia dovessi cadere e perdere le ali. Preferirei morire, piuttosto che vederti diventare un vampiro sanguisuga senz'anima.»

Adrian strofinò il naso contro il suo. «*Ani ohev otach,* Lindsay.»

Oh, dio... Ora che sapeva cosa voleva dire...

«Fa' l'amore con me» sussurrò, tirando la bocca di Lindsay con la sua e stuzzicandole le labbra con la punta della lingua. «Mostrami che lo vuoi quanto lo voglio io.»

Lindsay afferrò la spalliera del divanetto.

«Prendimi, *neshama sheli*» la blandì, contraendo il suo pene ancora eretto dentro di lei. Seduto comodamente in tutta la sua gloriosa magnificenza mentre mormorava quell'erotico invito, Adrian sembrava proprio un peccaminoso, decadente, spudorato e malvagio angelo caduto. «Sono tuo.»

Lindsay scrollò la testa. «No.»

I lineamenti di Adrian furono illuminati da un bellissimo sorriso. Si mosse rapidamente, e tutt'a un tratto lei si ritrovò sotto di lui, piena di lui.

«So che cosa vuoi dire» mormorò. Infilò il braccio sotto la sua gamba, gliela sollevò per farla aprire al massimo e la penetrò fino in fondo.

Ansimando per quella squisita tortura, Lindsay riuscì a dire: «Voglio dire corri. Mettiti in salvo.»

«E cioè: 'Mi sto innamorando di te, Adrian.'»

Le tracciò il profilo del labbro inferiore con la lingua prima di afferrare quella curva decisa tra i denti. La guardò con le palpebre pesanti, scrutando la sua espressione mentre roteava abilmente i fianchi. La corona spessa del glande sfregò contro tutte le zone erogene dentro di Lindsay deliziosamente tenere... un assalto volutamente sensuale.

Lindsay mugolava mentre lui si ritirava lentamente per poi penetrarla di nuovo fino in fondo. Lentamente e con facilità. Si era liberato della tensione, e ora si preparava a quella che Lindsay sapeva sarebbe stata una lunga, lenta scopata. Conficcò le unghie nei suoi fianchi affusolati. «Adrian.»

Lui chinò la testa e gemette dentro la sua bocca. «Anche io mi sto innamorando di te, Lindsay.»

18

«Non può essere che lei.»

Syre scostò le esili braccia femminili che giacevano sul suo torace e scivolò giù dal letto. Sbuffò bruscamente, cercando di contenere la crescente speranza che troppo spesso sfociava nella delusione. «Ne sei certo?»

«All'inizio ero piuttosto dubbioso» disse Torque. «Anche dopo averla conosciuta di persona, non riuscivo a esserne certo. Questa volta è diverso.»

«In che senso?»

«In molti sensi. Tanto per dirne uno, sono quasi sicuro di averla colpita. Un paio di volte mi ha guardato in modo strano, come se avesse la sensazione di avermi già conosciuto ma non riuscisse a ricordare come e dove.»

«Questo non prova niente.»

«No, ma due ore dopo il colloquio è partita per Angels' Point. E Adrian è tornato subito dopo.»

Irrequieto per l'emozione, Syre percorse la lunghezza della sua camera da letto. «Come farai ad arrivare a lei?»

«Dovrà tornare in città per lavorare.» La voce di Torque comunicava la sua soddisfazione. «E sono stato assunto, perciò dovrò passare quasi tutte le notti in hotel. Non ci vorrà molto prima che si presenti l'occasione perfetta.»

«Sembra troppo bello per essere vero.»

«È la migliore opportunità che abbiamo mai avuto.»

Syre si massaggiò il dolore che avvertiva nel petto. «Dovrei raggiungerti.»

«No.» La voce di Torque era tagliente, il suo tono implacabile. «Vash è arrivata con Raze e Salem. Ho tutta la protezione che mi serve. Se verrai darai a Adrian la possibilità di ucciderti. Per ora devi restare a Raceport e nasconderti il più a lungo possibile.»

«Non voglio nascondermi.»

«Ma tu ami Shadoe, e vuoi rivederla. Non credo che ci vorranno più di due settimane prima che accada.»

Syre guardò la luna fuori dalla finestra, uno spettacolo che aveva visto troppe volte per ricordarle tutte. Troppe volte senza Shadoe. I genitori in lutto non avevano la possibilità di riabbracciare i figli che avevano perduto, ma la sua maledizione era anche la sua benedizione. Lui era caduto in disgrazia per aver generato Torque e Shadoe. I suoi figli erano *nefilim*. Mezzi angeli. Eppure era proprio grazie a quella speciale natura ibrida che l'anima di sua figlia era sopravvissuta quando lui aveva cominciato a Trasformarla per salvarle la vita. Tutti i vampiri *nefilim* erano unici in questo senso. Le loro anime sopravvivevano alla Trasformazione perché erano forti come quelle degli angeli, ma senza la vulnerabilità delle ali.

«Prenditi tutto il tempo che ti serve, figliolo» disse calmo, allontanandosi ancora di più dal letto quando una delle due donne che ci era sdraiata sopra rotolò di lato, sospirando scontenta. «Non mi farebbe piacere perdere un figlio nel tentativo di recuperare l'altro. Ho bisogno di tutti e due.»

«Papà.» Torque rise sommessamente. «Se sono arrivato fin qui, vuol dire che finora non ho fatto cazzate. Non preoccuparti. Tu pensa a organizzare il ritorno di Shadoe. Prima che te ne renda conto, saremo di nuovo tutti insieme.»

«Micah dice che Vash aveva uno straccio, un pezzo di stoffa... qualcosa col mio sangue sopra.»

Mentre scendeva i gradini che conducevano al soggiorno incassato nel pavimento, Adrian scrutò Elijah, che sembrava insolitamente agitato. «E dice che lo hanno trovato sulla scena di un rapimento a Shreveport?»

Il lycan annuì. Aveva le braccia conserte e le gambe divaricate come se cercasse di non perdere l'equilibrio per un'eventuale e improvvisa folata di vento. «All'aeroporto. Ma io quel giorno ero con te a Phoenix. La vampira è stata rapita un paio di giorni prima del nostro incidente aereo.»

«Com'è possibile?» chiese Jason, che in quel momento era seduto accanto al camino. «Come fa il tuo sangue ad arrivare in un altro Stato?»

«E io che diavolo ne so?» disse il lycan. «Se sono riusciti a identificarlo con precisione, vuol dire che quella stoffa si era macchiata da meno di un mese. Prima di assaltare il covo dello Utah, negli ultimi trenta giorni di caccia non avevo mai perso abbastanza sangue per farmi ricattare.»

«Scusate...» cominciò Lindsay, attirando l'attenzione di Adrian. Era seduta su uno dei divani, e in quella stanza enorme sembrava piccola e fragile.

Era rimasta in silenzio da quando era riemersa dalla camera da letto di Adrian, fresca di doccia e con addosso il profumo del sapone e dello shampoo del serafino. Nessuno dei due era riuscito a mascherare l'odore del sesso, che a lei era penetrato sottopelle. Si era vergognata tantissimo al pensiero che tutti potessero fiutare la lussuria dell'angelo su di lei, ma poi lui le aveva detto che usando i suoi prodotti avrebbe avuto la scusa perfetta per odorare di lui.

«Sì, *neshama*?» la incoraggiò Adrian. L'energia lo percorreva facendolo vibrare, la sua anima ricaricata dal crescente legame con quella di Lindsay. Rinvigorito dalla forza primitiva che avvertiva dopo aver fatto l'amore con lei per ore e ore, si sentiva pronto ad affrontare qualsiasi cosa. Le Sentinelle credevano che il suo amore per una mortale lo indebolisse, e invece era tutto il contrario. Lindsay lo rafforzava in un modo che non riusciva a spiegare a nessun altro.

«Sicuramente è importante capire *come*» iniziò. «Ma io sono curiosa di sapere *perché*. Perché qualcuno vorrebbe incastrare Elijah? Che cosa ci guadagnerebbe?»

Lindsay guardò il lycan e gli offrì un breve sorriso solidale. Lei sembrava adorarlo, perciò Adrian era determinato a tenerlo sempre al sicuro per amor suo. Avrebbe fatto di tutto pur di darle stabilità e sicurezza nonostante le circostanze precarie.

«Forse non ce l'hanno con lui in particolare» suggerì Jason. «Magari volevano servirsi di un lycan *qualsiasi*. Tutto quello che fanno si riflette su Adrian.»

Lindsay arricciò le labbra pensierosa. «Quindi qualcuno voleva che il rapimento della vampira fosse attribuito a Adrian...? Non vedo cosa ci sia di strano. Lui dà la caccia ai vampiri, lo fate tutti voi, lycan e angeli.»

Adrian si gustò un sorriso interiore, compiaciuto dalla sua partecipazione e dalla sua mente sveglia. Lei lo rendeva una persona migliore. Lindsay era una guerriera, proprio come lui. Proprio come lo era stata Shadoe. Ma Lindsay era razionale, analitica, mentre Shadoe aveva sempre usato la sessualità come arma.

«Vash non vendicherebbe mai una vampira qualsiasi» disse Adrian. «Ha detto chi è stato rapito?»

Sul volto di Elijah balenò un'ombra. «Non ha fatto nomi. Sappiamo solo che si tratta di una femmina. Una pilota e amica di Vash.»

«Una pilota.» Adrian guardò Jason, e si domandò se il suo secondo avesse raggiunto la stessa conclusione.

Jason fischiò. «Non posso dirlo con certezza, capitano. Non è che l'abbia guardata con attenzione.»

«Era malata e irriconoscibile. Malata come il vampiro che abbiamo catturato a Hurricane.»

Aaron entrò nella stanza. La Sentinella era tornata di recente, e aveva già palesato il suo desiderio di vendetta. Oltre a Micah, le cui condizioni andavano peggiorando sempre di più, nell'imboscata tesa da Vash aveva perso l'altra sua guardia lycan. «Vash era insieme a Salem e Raze. Ci hanno aggredito in pieno giorno.»

Tre Caduti a caccia insieme. Non era impossibile, ma alquanto raro. Non avevano molte occasioni di esercitare tutta quella forza in una sola volta.

A Adrian tornò in mente la sua conversazione con Syre. 'Nikki era la donna più gentile che avessi mai conosciuto...'

Merda. Adrian guardò Damien, che si trovava dietro il divano dov'era seduta Lindsay. «La moglie di Torque. Nicole, giusto?»

La Sentinella annuì. «Ha senso. Era un'ex pilota dell'esercito.»

«Chi è Torque?» chiese Lindsay, facendo saettare lo sguardo da un volto all'altro.

Tuo fratello. Il tuo gemello.

Adrian guardò Jason, che aveva sollevato le sopracciglia con un'espressione che chiedeva: 'Quante cose le dirai?'

Elijah rispose: «Il figlio di Syre.»

«E Syre è...?» chiese lei, spronandoli.

«Il leader dei vampiri» disse Adrian, con un tono impassibile che celava lo stomaco in subbuglio. Non era ancora pronta per conoscere tutta la verità. Avrebbe preferito che non l'avesse mai saputa. Se il Creatore fosse stato magnanimo, Adrian sarebbe riuscito a uccidere Syre. A quel punto Lindsay si sarebbe liberata dei doni *nafil* di Shadoe, l'anima di Shadoe avrebbe abbandonato il purgatorio e Adrian avrebbe avuto un richiamo per aver disobbedito all'ordine di mantenere vivi i Caduti. Era tutto quello che poteva fare per rimediare al suo errore.

«Quel Vigilante che ti ha macchiato di rosso le punte delle ali quando è caduto?» chiese Lindsay.

Adrian annuì leggermente.

«Va bene. Prima di andare avanti... Come mai tutti questi nomi da supereroi? Syre, Torque, Vash, Raze...»

«Quasi tutti hanno abbandonato il nome angelico quando sono caduti. Syre un tempo si chiamava Samyaza. Raze si chiamava Ertael. I vampiri cambiano nome di tanto in tanto, nella loro cultura c'è una specie di gara a chi ha quello più assurdo.»

«Oookay... Vediamo se ho capito... Vash, una vampira importante, è coinvolta in questa storia perché la tizia che è stata rapita era la nuora del leader dei vampiri, perciò era importante anche lei. Ho capito bene finora?»

«Sì.»

«Allora perché semplicemente non ti chiamano e non ti chiedono le condizioni di un eventuale riscatto? Di sicuro sapranno dove ti trovi.»

«È quello che hanno fatto.»

«E non hanno creduto alla tua innocenza?»

«Io l'ho uccisa, e l'ho detto a Syre.» Adrian incontrò il suo sguardo senza scomporsi minimamente, sapendo che lei avrebbe compreso la confessione così brutale di un omicidio.

Lindsay sbatté le palpebre sorpresa. «Quando?»

Adrian scese nella zona del salotto. «Quando gliel'ho detto? A Phoenix. All'aeroporto, subito dopo averti conosciuto.»

«Quindi Vash sa che questa non è una missione di recupero. È assetata di sangue perché vuole vendicare la morte di quella vampira. È riuscita a catturare Aaron e i suoi due lycan. Ma invece di rapire Aaron per chiedere un riscatto, o di torturarlo perché rispetto ai lycan è in cima alla catena alimentare, lo ha lasciato andare. Non capisco perché un vampiro che di solito pesca i pesci grossi abbia ributtato in acqua quello più grosso di tutti.» Guardò Elijah. «Con tutto il rispetto per il tuo amico.»

Il lycan incrociò il suo sguardo. «Chiaro.»

Jason aveva le braccia conserte. «Uccidere una Sentinella peggiorerebbe la situazione più di quanto Syre potrebbe permettere.»

«La moglie di suo figlio è morta per mano di Adrian, e lui si lascia sfuggire l'occasione di abbattere una Sentinella?»

Damien guardò Adrian. «Continua, Lindsay. Il tuo ragionamento sta diventando interessante.»

Lindsay si voltò sul divano, coinvolgendolo di più nella conversazione. «Sto solo cercando di capire che cosa stia succedendo. La nuora del capo dei vampiri viene rapita da Elijah. *Presumibilmente*» specificò quando il lycan si preparò a intervenire. «Il vampiro chiama Adrian per chiedergli di rilasciarla, e Adrian gli dice che l'ha uccisa. Eppure Vash continua ad accanirsi sul lycan coinvolto e non sulle Sentinelle. Perché?»

Adrian spiegò le ali. «Io ho accusato Syre di aver mandato Nikki ad aggredirmi. Lui non ha reagito come mi sarei aspettato alla mia accusa, né quando ho accennato a Phineas, il che mi ha fatto pensare che forse stava perdendo il controllo dei suoi vampiri.»

«È possibile che lui pensi che tu stia perdendo il controllo dei lycan? Voglio dire, è vero anche il contrario. Tu forse non hai reagito come lui si aspettava. Lui ti ha chiamato perché era preoccupato per sua nuora, e tu non sapevi chi fosse. Non l'avevi riconosciuta. Ma i lycan che l'avevano rapita conoscevano la sua identità... sempre che non fosse già malata quando è stata rapita. Lui deve aver pensato che i lycan fossero stati piuttosto sfacciati a rapire una vampira così importante per lui mentre tu non ne sapevi niente.»

«Te l'avevo detto» disse Jason, rivolgendosi a Adrian.

«Che significa?» chiese Aaron.

Jason inarcò un sopracciglio. «È possibile che i lycan stiano agendo per conto loro.»

«Ma» li interruppe Lindsay dopo aver dato un'occhiata a Elijah, che aveva un'espressione completamente impassibile «perché coinvolgere uno di loro lasciando il sangue di Elijah sulla scena del crimine?»

Aaron sbuffò seccato. «Col risultato che Luke, l'altro mio lycan, è morto all'istante. Non hanno provato né a catturarlo né a interrogarlo. E Micah è praticamente morto.»

«L'hanno catturato e poi l'hanno lasciato andare.»

«Credevano che fosse morto» disse Aaron. «C'è una bella differenza.»

«Dici?» chiese Lindsay. «La storia di lasciar perdere qualcuno perché sembra morto non mi convince per niente. O uno è morto o non lo è. E se non lo è, e vorresti che lo fosse, non lo lasci in balìa del destino. Perché mai Vash...?»

Lindsay si interruppe improvvisamente, e nella stanza calò un silenzio di tomba. Tutti posarono gli occhi su di lei finché non scrollò le spalle con noncuranza e disse: «No, niente. È troppo complicato per me. Mi è venuto il mal di testa.»

Si alzò in piedi, si avvicinò alle finestre e le oltrepassò quando l'enorme pannello di vetro scorse automaticamente.

Adrian resistette all'impulso di distendere le ali, e congedò Jason e Aaron con l'ordine di fare rapporto nel suo ufficio in mattinata. Finse di essere tranquillo, ma dentro di sé stava soppesando la miriade di possibili motivi per i quali Elijah, il primo alfa a comparire dopo molti anni, era stato incastrato per essere accusato del rapimento di Nikki. Sapeva che Lindsay aveva fatto lo stesso ragionamento, e che aveva smesso di avanzare congetture quando si era resa conto di quanto potessero essere pericolose per Elijah.

Adrian scrutò il lycan mentre la stanza si svuotava, e si accorse che Elijah aveva seguito Lindsay fino alla finestra senza toglierle mai gli occhi di dosso, facendo comunque molta attenzione a mantenere la dovuta distanza per non suscitare la feroce gelosia del capitano delle Sentinelle. Era chiaro che tra il lycan e Lindsay era nata una specie di amicizia, e per questo Adrian gli aveva affidato il compito di proteggerla. Però Elijah, in quanto maschio alfa, costituiva comunque un pericolo. Che fosse implicato nel rapimento o meno, a quanto pareva qualcuno si stava dando molto da fare per attirare l'attenzione dei vampiri sul lycan alfa, e i vampiri a loro volta stavano compiendo i passi necessari per trovarlo.

Il nemico del mio nemico è mio amico.

Una coalizione tra lycan e vampiri avrebbe segnato la fine delle Sentinelle, che essendo in minoranza numerica non sarebbero mai riuscite ad affrontarli.

Era più importante che mai accertarsi della lealtà di Elijah. Anche se il lycan preferiva darla ai suoi simili, il rapporto che aveva con Lindsay poteva essere abbastanza forte da scoraggiare una sua eventuale defezione.

Elijah lo guardò mentre si apprestava a seguire Lindsay all'esterno.

Adrian si fermò sulla soglia. «Cosa ne pensi, Elijah?»

«Vash è rimasta a mani vuote, dopo aver parlato con Micah. Poteva scegliere di interrogare un altro lycan prima che il mio sangue si deteriorasse o seguire Micah fino a me. Credo che lo abbia risparmiato per questo.»

«Se dovesse venire qui cosa faresti?»

«Sventrerei quella stronza.» Elijah ringhiò, nei suoi occhi ardeva un fuoco verde. «Micah è mio amico. È come un fratello per me, come Phineas lo era per te. E lei lo ha ucciso. Avrei potuto accettarlo se si fossero battuti lealmente. Ma morire così, malato e disperato in un letto... nessun lycan merita di morire in quel modo.»

Adrian posò una mano sulla spalla di Elijah e rovistò in fretta nella sua mente. Un bagliore rossastro di collera e dolore avvolgeva ogni pensiero che passava in rassegna, e nessuno di questi aveva a che fare con l'ammutinamento o il tradimento. Momentaneamente rassicurato, Adrian mormorò: «Spero che ce ne andremo tutti combattendo.»

L'angelo si allontanò dal lycan e uscì nella veranda per raggiungere Lindsay, che si trovava a debita distanza dalla ringhiera mentre fissava il profilo della città in lontananza.

Adrian la cinse da dietro, circondandola con le sue braccia e le sue ali.

«La tua partecipazione ci è stata di grande aiuto» mormorò sfiorandole l'orecchio con le labbra. «Grazie.»

«Non sopporto l'idea che tu debba affrontare tutti questi problemi contemporaneamente.» Lindsay si lasciò andare nel suo abbraccio e posò le braccia sulle sue. «Non hai avuto il tempo di piangere. E il fatto che io sia qui peggiora soltanto le cose.»

Adrian la strinse più forte. «Il fatto che tu sia qui le rende sopportabili.»

«Sei un masochista» mormorò lei. «Lui ti è fedele. Elijah. Ed è una brava persona.»

«Questo non lo rende necessariamente meno pericoloso.»

«Che cosa significa essere un alfa? Che cosa lo rende diverso?»

«La bestia che risiede nei lycan è potente. Loro furono creati con il sangue dei lupi mannari, in pratica è come se siano posseduti. Hanno due nature in conflitto dentro di loro.»

«Dio» sussurrò Lindsay. «Posso solo immaginare come dev'essere. Qualche volta mi sento quasi in guerra con me stessa. Specialmente quando si tratta di te. So quello che devo fare, ma è difficile far tacere la voce che nella mia testa dice: 'Al diavolo le conseguenze'.»

Dopo aver chiuso gli occhi per quella confessione inavvertitamente accurata, Adrian continuò: «A volte la bestia prende il sopravvento. Il lycan non riesce a controllare il bisogno di mutare forma né la violenza che ne deriva. Gli alfa sono diversi. Hanno il potere di decidere quale delle loro due nature sia quella dominante, indipendentemente dai fattori scatenanti o dalle provocazioni, e quel potere sembra estendersi anche al di fuori. Sono in grado di calmare e assoggettare le bestie dei lycan che li circondano. Gli altri sono attratti da quella forza di volontà, e le loro bestie si sottomettono volontariamente all'alfa, ma la loro devozione deve andare prima di tutto alle Sentinelle.»

Lindsay lasciò cadere la testa nell'incavo della sua spalla, e i suoi ricci dorati gli sfiorarono la mandibola. «Cosa fate agli alfa?»

«Li teniamo lontani dagli altri e li usiamo per le missioni che richiedono un cacciatore solitario. Gli altri lycan devono lavorare in squadre.»

«Chi li sorveglia per te? O lo fai tu stesso?»

«Il responsabile degli alfa è Reese. Se vuoi te lo presento. Può rispondere meglio alle tue domande.»

Lindsay sospirò e inclinò la testa di lato. Le sue labbra morbide sussurrarono sul suo mento. «Non so come fai a sopportare il peso di tutte queste responsabilità, ma ti rispetto, perché quello che fai deve essere il lavoro più difficile del mondo.»

Nello Utah, Adrian si era accorto che Lindsay non lo contraddiceva mai in pubblico, mostrandogli rispetto e un riserbo che per lei era unico. Pur avendo la forza di volontà e la passione di Shadoe, era molto più cauta di lei quando doveva soppesare le conseguenze delle sue parole e delle sue azioni. Sapeva lavorare bene in gruppo, ma faceva sempre il possibile per non attirare l'attenzione su di sé. Mentre Shadoe amava sempre stare al centro dell'attenzione, Lindsay riusciva a mantenere un profilo basso. La sua era una tattica difensiva che doveva aver sviluppato per gestire la sua diversità. Chi avrebbe potuto notare le sue stranezze, se nessuno si accorgeva mai della sua presenza?

Adrian ammirava questa sua capacità, ecco perché era sempre più determinato a proteggerla da ulteriori esperienze che avrebbero potuto minare la sua autostima. Lindsay Gibson era una donna straordinaria sotto molti punti di vista. E lui non voleva mettere in discussione il suo valore neanche per un istante.

Eppure Adrian l'aveva portata in un posto dove tutti la guardavano con sospetto e risentimento. Quando smise di pensare a sé stesso, capì quello che avrebbe dovuto fare. Prima avesse ucciso Syre, prima si sarebbe liberata dell'anima di Shadoe e di questa vita di guerre che non faceva per lei. Con il passare delle ore, però, Adrian cadeva sempre di più, e la prospettiva di perderla diventava sempre più dolorosa.

Era sicuro di aver già provato la stessa feroce paura in passato, ma che fosse dannato se avesse ricordato quando.

Lindsay affondò nella poltrona nella camera da letto di Adrian e si stiracchiò. Il suo spazio personale era sorprendentemente spartano in confronto alla camera da letto che aveva dato a lei. Non c'erano quadri alle pareti, e i mobili erano molto semplici.

Questo, pensò Lindsay, era tipico di lui. Anche se in casa appariva circondato dagli orpelli della sua immensa ricchezza, in questa stanza era veramente sé stesso. Mentre lei osservava l'ambiente, l'affinità che provava per l'angelo divenne più profonda. Lindsay sapeva cosa significasse indossare continuamente una maschera. Era molto faticoso, e a lungo andare anche logorante.

Adrian era occupato a disfare le sue valigie. A Lindsay non sfuggì che lo faceva alla vecchia maniera... usando solo le mani. Se si teneva occupato con del lavoro manuale significava che era agitato. O che aveva bisogno di evadere.

Infilò le mani dietro la testa e fissò il soffitto. Era una cosa che lei e suo padre avevano fatto spesso... starsene sdraiati a guardare il cielo, mentre la brezza li sfiorava sussurrando dolcemente. Eddie Gibson non aveva mai dubitato che Lindsay sentisse le voci nell'aria, anche se lui non ci riusciva. Lei gli era sempre stata grata per il suo amore incondizionato. Era quello che le permetteva di amare persone straordinarie come Adrian.

«Comunque grazie» disse «per aver assegnato delle guardie del corpo a mio padre. So che in questo momento ti servono tutti i soldati possibili, ma non ti convincerò a togliergli la scorta. Lui è la mia roccia. Non potrei fare a meno di lui.»

«Non c'è di che.»

Lindsay si sfregò distrattamente la nostalgia che le opprimeva il petto. «Sei molto silenzioso. Un penny per i tuoi pensieri.»

«Sto pensando alle domande che hai fatto prima.» Adrian la guardò. «Anche tu sei silenziosa. A cosa stai pensando?»

«A mio padre, ecco perché ho pensato ai lycan che lo sorvegliano. Sto cercando di abituarmi a questa tua legge del 'o lavori per me o muori'. Non è da te. Comandante delle forze militari, va bene. Datore di lavoro, va bene. Anche angelo non è un problema. Ma costringere le persone a fare qualcosa, pena la morte? Non ti ci vedo proprio.»

Adrian sospirò pesantemente. Anche se la sua espressione non era cambiata, Lindsay percepì la sua inquietudine.

«Sono schiavi?» Lo guardò di nuovo. «Adrian?»

Lui si fermò con le mani nel borsone e aggrottò la fronte. «Mi piace definirli 'contrattisti'.»

«Questa è una forma di servitù.»

«Io non ho mai abusato di loro. Faccio di tutto affinché stiano bene. Cerco in tutti i modi di essere corretto con loro.»

«Però non possono lasciare questo lavoro? Non possono andarsene quando vogliono?»

Il petto di Adrian si sollevò e si abbassò in un profondo sospiro. «No.»

«Già... Il punto è proprio questo.»

«Ma lo stesso vale per le Sentinelle. E per i vampiri. Siamo tutti intrappolati nei nostri ruoli, che sono stati stabiliti molti secoli fa. Questo tira e molla è più grande di tutti noi. Il lato brutale della questione è che se i lycan non mi aiutano a mantenere il controllo non ci sarà nessun mondo in cui essere liberi.»

Lindsay si allontanò i capelli dalla fronte spingendoli all'indietro. «Capisco quello che vuoi dire. Ma non mi piace comunque.»

«Pensi che invece a me piaccia?»
«No, non credo. Non credo che ti si addica, ecco perché mi chiedo come hai fatto a farlo per tanto tempo.»
«Io sono un soldato, Linds. Ricevo gli ordini e li eseguo. Non posso fare altro.»
Nel tono della sua voce c'era una dolcezza che lo faceva sembrare estremamente solo, proprio come si era sentita lei molte volte. Lindsay gli tese la mano. «Vorrei che mi raccontassi quello che è successo la scorsa settimana.»
Adrian attraversò la stanza per raggiungerla. *Non qui*, le mimò con la bocca mentre intrecciava le dita alle sue. La fece alzare in piedi e la trascinò fuori sul terrazzo.
Dopo essersi rannicchiata tra le sue braccia, Lindsay disse: «Aspetta un attimo, prima di prendere il volo.»
«Hai ancora paura?»
«In questo momento no, ma tra un attimo ce l'avrò.» Lindsay gli sorrise, perché non avrebbe voluto essere in nessun altro posto se non tra le braccia di Adrian. Tutta l'ansia che l'aveva agitata nell'ultima settimana, e prima ancora in tutta la sua vita, era sparita lasciando il posto a un languore che non scaturiva soltanto da un sesso fantastico. Proveniva solo da lui, e le faceva ritrovare il suo equilibrio. «Adoro la sensazione del tuo corpo che si muove sul mio. E visto che praticamente questo è l'unico modo per godermelo senza sensi di colpa, voglio essere sicura di gustarmi in ogni istante.»
Adrian fece scivolare le mani lungo i fianchi di Lindsay e la strinse a sé. «Ogni volta che vuoi sentirmi muovere sopra di te, non hai che da chiedere.»
Lindsay si avviluppò a lui, dalle spalle alle caviglie. «Sai che non posso farlo.»
L'angelo posò su di lei uno sguardo ardente di desiderio, addolcito dall'amore. «Sì, *neshama.* Lo so. Pronta?»
Lindsay annuì.
Adrian spiegò di colpo le ali e superò la ringhiera bassa

con un balzo. Poi spiccarono il volo e si librarono sopra le colline adombrate mentre il vento cantava sommessamente. A breve distanza, le luci della città brillavano come una coperta di stelle dai mille colori.

Il volo si interruppe troppo presto. Adrian atterrò a qualche chilometro di distanza, proprio davanti a un edificio metallico che si ergeva su una pianura deserta.

«Dove siamo?» chiese Lindsay senza fiato, il suo cuore ancora martellante per l'euforia del volo.

«In uno dei campi di addestramento. Se ti va, puoi cominciare domani.»

L'angelo aprì la porta, e le luci fluorescenti tremolarono automaticamente rivelando una grande sala simile a un magazzino con cinque o sei letti a castello e due divani. Sulle pareti erano esposte tutte le armi che Lindsay conosceva, ma anche molte che non aveva mai visto. Quel posto sembrava l'enorme rifugio di un serial killer.

«Se i lycan e le Sentinelle hanno per natura dei meccanismi di difesa tanto impressionanti, perché hanno bisogno di queste cose?»

«Perché i vampiri le usano. Dobbiamo saper respingere gli attacchi che sferrano con queste armi, e non dobbiamo farci cogliere alla sprovvista se qualcuno di loro dovesse cadere nelle nostre mani.»

Lindsay osservò una lama che in qualche modo le ricordava una falce, poi lo guardò da dietro la spalla. «Non credo che le altre Sentinelle prenderanno bene il fatto che mi addestri con loro.»

Adrian si fermò vicino a lei e la guardò con un orgoglio vibrante. «A loro ci penso io.»

«Io non voglio crearti problemi, Adrian. Finora non ho fatto altro. E questo non lo sopporto.»

«Stamattina mi sono svegliato pregando che la fine arrivasse in fretta. Ma ora che ho te, la fine è l'ultima cosa che voglio.»

Lindsay non poté fermare la lacrima che le scese lungo la guancia. Riusciva a essere forte quasi sempre, ma la tenerezza di Adrian era stata devastante fin dall'inizio. Lui la faceva sentire come se fosse preziosa. L'idea che lui avrebbe cercato di darle tutto sé stesso, e che lei avrebbe potuto comunque averne solo una parte, la faceva morire. Non c'era niente che potesse fare, se non offrirgli la consolazione di cui era capace ed evitare di chiedergli qualcosa in cambio. «Parlami. Dimmi perché eri pronto a rinunciare.»

Adrian flesse le ali irrequieto. Lo sfondo perlaceo che incorniciava la sua bellezza tenebrosa era da mozzare il fiato.

Dopo la morte di sua madre, Lindsay aveva sempre provato rancore. Aveva inveito contro le entità in cui le altre persone credevano, contro quel Dio che gli altri ritenevano tanto generoso e amorevole. In vita sua non aveva avuto molte occasioni di recuperare la fede in un potere superiore e benevolo che aveva perso, ma l'esistenza di Adrian addolciva il suo scetticismo. Se lo stesso essere che aveva permesso alla madre di essere brutalmente uccisa era lo stesso che aveva creato Adrian, allora al mondo c'era qualcosa di magico e lodevole, anche se lei non aveva mai avuto la possibilità di sperimentarlo.

«La Sentinella che ho perso era una cara amica» mormorò l'angelo, ferendola involontariamente con il proprio dolore. «Ma più di tutto, era l'esempio cristallino di come dovrebbe essere un serafino. Era pura di spirito e di intenti, si concentrava esclusivamente sulla nostra missione.»

Lindsay si avvicinò a lui, gli prese la mano e gliela strinse nella sua. Quanti morti. Ne aveva visti fin troppi. «Un'altra aggressione dei vampiri?»

«Magari fosse stato così.»

Lindsay si avvicinò ancora di più, e lui la abbracciò sistemando il mento sopra la sua testa. Il legame che aveva con Adrian in quel momento la cullò. Dentro un magazzino su un pendio remoto, circondata da strumenti di morte e dalle braccia di un angelo, si sentì in pace come non lo era mai stata prima. «Hai detto che avresti dovuto ferire qualcuno che amavi.»

«Si era innamorata» mormorò. «Di un lycan.»

«E questo è un male?»

«È proibito.»

«Perché? I lycan non sono mortali.»

Adrian scoppiò in una risata amara.

«Helena ha detto la stessa cosa, ma i serafini non sono nati per sperimentare l'amore come gli esseri umani. Noi non dovremmo avere un compagno. Lei voleva la mia benedizione. Sperava che gliel'avrei data perché io ho te. Ma non spetta a me prendere quella decisione. Il mio compito è mantenere le Sentinelle sulla retta via.»

Lindsay sentì che dopo i recenti progressi per riacquistare la fede ora stava di nuovo facendo marcia indietro. Com'era possibile considerare l'amore, quale che fosse la sua forma, una cosa sbagliata? «Cosa ha fatto?»

Mentre le raccontava quello che era successo a Helena, Lindsay raggelò e le venne la pelle d'oca. Poté rivivere insieme a lui l'orrore e la sofferenza di quella notte, e le sue spalle si afflosciarono sotto il peso crescente della disperazione di Adrian. Il suicidio di Helena e del suo amato lycan era la prova definitiva che lei non avrebbe mai potuto amare Adrian.

«Dio» sussurrò quando lui ebbe finito di parlare. «Non riesco neanche a immaginare una cosa simile.»

«Io sì.» Il petto dell'angelo si gonfiò con un profondo respiro. «Ci avevo pensato anch'io.»

Il cuore di Lindsay si fermò, poi riprese a martellare due volte più forte. Si ritrasse e lo fulminò con gli occhi.

«Ti giuro...» La sua voce si spezzò, costringendola a schiarirsi la gola prima di continuare. «Se mai proverai a fare una cosa del genere, te ne farò pentire.»

Adrian premette le labbra sulla sua fronte. «Ti preoccupi troppo per me.»

«Dico sul serio.» Lindsay affondò le dita nei suoi fianchi. «Qualunque punizione ci meritiamo perché stiamo insieme, non possiamo farci niente. Non serve aggiungere altre complicazioni.»

«E non lo faremo.» Per un attimo le parve così risoluto e cupo, e le diede l'impressione che dovesse dirle qualcos'altro. Invece aggiunse: «Dovremmo tornare indietro. Domattina devi alzarti presto, e io devo scoprire come mai il sangue di Elijah è finito in Louisiana.»

«Hai qualche idea?»

«Noi preleviamo e conserviamo il sangue di ogni lycan per identificarli e condurre degli studi genetici. Se dovesse mancare uno qualsiasi dei campioni di sangue di Elijah che abbiamo in archivio, vuol dire che nei miei ranghi c'è un traditore. Oppure qualcuno potrebbe aver raccolto il suo sangue in passato mentre era a caccia e averlo conservato, il che implicherebbe una lunga premeditazione. Nessuna delle due ipotesi è un bene. Qualcuno là fuori ha un secondo fine che può causarmi soltanto un mucchio di guai.» Le accarezzò lo zigomo con il pollice. «So quello che pensi dei lycan, e sono d'accordo con te, ma senza il loro aiuto centosessantuno Sentinelle non possono controllare le migliaia di vampiri che infestano il mondo.»

«Lascia che ti aiuti, che ti consigli. Io voglio sostenere...»

«Sì, *neshama*. Non vedo l'ora che tu lo faccia.» Adrian la spinse verso la porta. «Ma prima devi dormire un po'.»

«Dormire non sarà un problema per me.» Lindsay lo precedette fuori dall'edificio. «L'ultima volta che ho dormito bene era a Las Vegas, e oggi è stata una giornata molto lunga.»

La bocca dell'angelo si sollevò in un mezzo sorriso che la incantò. «Forse dopo l'addestramento di domani dovrai rivedere la tua definizione di 'giornata molto lunga.'»

Lindsay lo guardò attraverso la ciocca di capelli che la brezza serale le soffiava sulla guancia. «Non riuscirai a spaventarmi.»

Adrian spense le luci e uscì con lei. Il vento baciò anche

lui, sussurrando sulle sue ali. «Sei coraggiosa. Questo è uno dei tanti motivi per cui ti voglio.»

Un fremito di consapevolezza sessuale la percorse riscaldandole il sangue.

Quando tornarono a casa, Lindsay non entrò. Sapeva che era meglio non affrontare la tentazione faccia a faccia. «Ho intenzione di tornare in albergo. Le mie cose sono ancora all'ingresso?»

Adrian si fermò sulla soglia della porta di vetro scorrevole che conduceva alla sua camera da letto. «Voglio che resti.»

«Non è una buona idea. E poi,» si affrettò ad aggiungere, quando vide nei suoi occhi lo scintillio della determinazione «devo dare un preavviso di due settimane. E prima lo farò, meglio sarà.»

L'angelo ponderò le sue parole. «Quando avrai lasciato il tuo lavoro, verrai a stare qui.»

«Adrian...»

Lui fece un passo verso di lei.

Lindsay sapeva cosa sarebbe successo se l'avesse toccata. «Possiamo parlarne più tardi? Sono distrutta.»

Dopo una breve esitazione, Adrian annuì. «Domani. Lascia qui il tuo trolley.»

«Non hai...»

«...idea di quello che ho provato quando ti ho visto che lo caricavi in macchina.» L'angelo le afferrò la mano e le accarezzò il dorso con il pollice. «Lascialo qui.»

«Va bene.» Lindsay gli strinse le dita, una debole eco delle emozioni che le attanagliavano il cuore.

Lei non sapeva esprimerlo a parole, ma poteva mostrarglielo. E per il momento sarebbe dovuto bastare a entrambi.

19

«Lo sapevo che non sarebbe stato facile» mormorò Lindsay a Elijah, mentre osservava le Sentinelle che atterravano una dopo l'altra nel prato del magazzino dove si svolgeva l'addestramento.

Il sole era appena sorto. La sera prima, Adrian aveva insistito che Elijah riaccompagnasse Lindsay all'hotel, adducendo la scusa che lei era troppo stanca per mettersi al volante. Inoltre, visto che la Prius era troppo piccola per contenere un lycan grosso come lui, gli aveva suggerito di prendere una delle Jeep di Point. Lindsay aveva pensato che quello fosse uno dei tanti modi di Adrian di tenere con sé qualcosa di lei, qualcosa che Lindsay sarebbe dovuta tornare a riprendere, così non lo aveva contraddetto.

«La routine delle Sentinelle è la stessa da parecchio tempo» disse Elijah. «Probabilmente era un bel po' che non si sentivano così spiazzati.»

Lindsay si voltò per guardarlo. «Stai bene, El? Con tutta la faccenda dell'alfa e adesso anche la questione del sangue... Posso fare qualcosa per aiutarti?»

Il lycan posò lo sguardo su di lei. I suoi occhi verdi erano coperti dagli occhiali da sole scuri, quindi lei non riusciva a immaginare cosa stesse pensando. «Rimani incollata a me e basta. Io devo proteggerti. Se faccio qualche cazzata, sono fottuto.»

«Non ti ci vedo proprio a fare qualche cazzata.»

Elijah sbuffò.

«Ti va di parlarne?» lo incoraggiò lei.

«Non voglio neanche pensarci.»

«Okay. Se hai bisogno di me, sono qui.»

Damien si diresse verso di loro. Anche se era una mattina fredda, e la nebbia ricopriva il suolo, l'angelo era vestito come tutte le altre Sentinelle sul prato: pantaloni larghi e sandali di cuoio. Le donne indossavano reggiseni sportivi, ma per il resto erano tutti a torso nudo. Lindsay tremava solo a guardarli. Lei indossava una tuta da jogging con le righe laterali, ma non la smetteva di battere i denti.

«Ti ho visto in azione con i pugnali e un fucile da caccia.» La Sentinella la fissò con uno sguardo clinico. «Sei piuttosto abile con entrambi. Come te la cavi nel combattimento corpo a corpo?»

Lindsay sollevò le sopracciglia. «Scherzi? Io sono un essere umano. Ecco perché uso i coltelli e le pistole, per impedire alle creature sovrannaturali di avvicinarsi e di farmi a brandelli. E poi lanciare pugnali e fare il cecchino sono attività solitarie, io ho imparato da sola a... Ehi...!»

Lindsay inarcò la schiena all'indietro per schivare il pugno di Damien che volava dritto verso il suo viso. L'impatto della carne sulla carne produsse un tonfo che riempì l'aria. Lindsay finì col sedere per terra e guardò verso l'alto con gli occhi spalancati.

Elijah aveva bloccato il colpo di Damien con il palmo della mano. I due erano in una situazione di stallo, con le braccia tremanti per lo sforzo, in una sorta di brutale braccio di ferro.

«Ma che cazzo?» sbottò lei.

Il lycan e l'angelo si ritrassero l'uno dall'altro facendo un passo indietro. Poi si voltarono all'unisono verso di lei e le tesero entrambi una mano per aiutarla a sollevarsi. Lindsay afferrò le loro mani e si rialzò in piedi.

«Adrian ha detto che eri veloce» disse Damien con calma, come se non le avesse appena sferrato un pugno che avrebbe frantumato le ossa a chiunque. «Non ho avuto la possibilità di osservarti a Hurricane, perciò dovevo valutare la tua rapidità.»

Lindsay lo guardò a bocca aperta, poi lanciò un'occhiata a Elijah. La mandibola del lycan tremava. Magari Damien non aveva voluto mettere alla prova solo lei. Magari stavano testando anche lui.

Le altre Sentinelle, all'incirca dieci angeli maschi e femmine, la stavano osservando mentre punteggiavano il prato intorno a loro. Lindsay si sentì come una bistecca cruda lanciata in mezzo a un branco di avvoltoi affamati.

Infine raddrizzò la schiena.

«Se mi addestrerai a dovere,» disse a Damien «Adrian non si preoccuperà più per me e potrà concentrarsi esclusivamente sui problemi che state affrontando. È quello che vogliamo tutti.»

La Sentinella rimase immobile per un attimo e la guardò dall'alto in basso. Lindsay non si tirò indietro.

Alla fine, l'angelo annuì. Forse volevano tutti una libbra della carne di Lindsay, ma Damien li avrebbe tenuti concentrati sull'obiettivo principale. Almeno era quello che sperava lei.

Elijah si avvicinò a Lindsay. «Rimarrò qui per tutto il tempo» le promise con un tono apparentemente minaccioso. Un guanto di sfida lanciato a tutti gli altri.

Damien le fece cenno di unirsi alle altre Sentinelle sul prato. «Andiamo.»

Lindsay si rese conto che Adrian non aveva scherzato quando le aveva detto che avrebbe dovuto rivedere la sua definizione di 'giornata molto lunga.' Quella sarebbe stata a dir poco interminabile, ne era certa. E non era neppure cominciata.

***

«Dal lago Navajo manca il sangue di Elijah.»

Adrian distolse lo sguardo dal panorama dietro il finestrino posteriore della Maybach, e fissò il suo secondo in comando. «Cazzo.»

«Già.» Jason infilò di nuovo il cellulare in tasca. «Non tutto il campione, solo una parte. Se ne sono accorti quando hanno pesato la provetta.»

Il sole fece scintillare i capelli dorati della Sentinella attraverso il tettuccio panoramico di vetro, creando una specie di aureola. Per un attimo, Adrian avvertì una profonda e dolorosa nostalgia nel petto.

I campioni di sangue potevano essere conservati al massimo per dieci anni prima che la crioconservazione ne alterasse la qualità. Qualcuno aveva avuto accesso all'archivio, aveva sottratto una certa quantità di sangue dalla provetta e poi l'aveva rimessa a posto.

«Quando arriviamo alla pista di atterraggio,» disse Adrian «voglio che tu vada al lago Navajo e che scopri chi è stato. Solo le Sentinelle hanno l'autorizzazione ad accedere agli archivi criogenici.»

«Pensi che sia stato uno di noi?»

«Dopo Helena... chi può dirlo con certezza? Devo esserne sicuro.»

Jason sospirò. «Non avrei mai creduto di provare compassione per quello che hanno fatto Syre e i Vigilanti. Ma sembra che più tempo passiamo qui, più diventiamo umani. Desideriamo... proviamo emozioni... Be', hai capito.»

Adrian scrutò il suo secondo per un lungo istante, poi lo osservò accuratamente come non faceva da un po'. A quanto pareva, aveva smesso di fare attenzione a molte cose. Era stato troppo preso dall'apatia alimentata dal suo dolore e dai sensi di colpa.

«Hai qualche desiderio, Jason?»
«Non come te, non riguarda il sesso. Il mio nervosismo deriva più che altro dalla frustrazione. Sono stanco di portare un giogo che non posso mai togliermi.»
«Ti consolerei, se potessi.»
«Pazienza.» Jason scrollò una spalla. «Sopravvivrò. E spero che questo morbo che affligge i vampiri sia il segnale che la nostra missione sta per finire. Se il Creatore vorrà, se li porterà via tutti quanti e noi potremo tornarcene a casa.»
Adrian riprese a guardare fuori dal finestrino.
Casa. Per lui, in quel momento era ovunque fosse Lindsay.
Gli angeli raggiunsero Ontario e l'hangar della Mitchell Aeronautics. Attesero brevemente che le enormi porte di metallo si aprissero, poi entrarono con la Maybach. Jason scese per prendere gli accordi di volo per il suo viaggio nello Utah. Adrian si addentrò nell'hangar, diretto nei sotterranei. Man mano che scendeva, riusciva a udire più distintamente degli esseri ringhiare e sibilare. Rumori incomprensibili si mescolavano con le grida minacciose e le oscenità di coloro che erano stati catturati prima di aver contratto il morbo.
In pratica era come entrare nelle viscere dell'inferno.
«Capitano.»
Una moretta minuta si avvicinò a lui con passi spediti e decisi. Con la tuta militare e i capelli corti da folletto, Siobhán sembrava più delicata che pericolosa, e questo la aiutava enormemente in battaglia. I suoi nemici la sottovalutavano sempre. Ecco perché Adrian le aveva affidato il compito di catturare i vampiri infetti. L'altro motivo era la sua passione per la scienza. Questa missione aveva richiesto qualcuno che comprendesse che la cattura di quegli esseri era soltanto l'inizio.
Senza togliere i guanti, Siobhán abbassò la mascherina chirurgica che le copriva il viso. «Abbiamo già perso due dei sei che ho catturato. Quattro soggetti sono troppo pochi, quindi presto dovrò tornare a caccia.»

«Quelli non infetti hanno detto qualcosa di utile? Sanno quando sono comparsi i primi sintomi della malattia? O quale potrebbe essere la causa?»

«Uno era disposto a parlare.» Si infilò la mano nella tasca dei pantaloni, e dopo aver estratto una mascherina e un paio di guanti glieli porse.

«È proprio necessario?» Le Sentinelle erano immuni alle malattie.

«Non lo so.» Siobhán gli fece cenno di seguirla, e lo condusse in una stanza piena di gabbie rivestite d'argento. «Ma è meglio non farsi sputare addosso, se non altro perché fa schifo.»

Adrian indossò la protezione senza fare altre domande. «Che cosa sappiamo?»

«Il morbo ha iniziato a diffondersi circa una settimana fa. I sintomi sono variabili. Alcuni soccombono rapidamente e muoiono nel giro di pochi giorni. Altri manifestano i sintomi in ritardo e arrivano a due settimane. Questo gruppo non sapeva che ci fossero stati altri casi di infezione in altri Stati, il che mi fa pensare che Syre non ne sappia poi così tanto.»

Adrian passò accanto alle gabbie, esaminando i vampiri infetti con un'attenzione macabra. Avevano gli occhi rossi e la schiuma alla bocca, e sembravano assenti. Sbattevano violentemente contro le ostili sbarre di metallo e allungavano le braccia all'esterno con le dita artigliate cercando di afferrare disperatamente Adrian e Siobhán. Avevano lo sguardo allucinato, apparentemente senza vita. «Mostrano qualche segno di intelligenza?»

«No. Sono come gli zombie dei film di serie B. A parte l'incredibile sete di sangue, sembra che in casa non ci sia nessuno.»

Adrian sospirò bruscamente. «State esaminando il loro sangue?»

«Abbiamo prelevato campioni dai soggetti infetti e da quelli sani mentre erano ancora sedati sull'aereo. Però...»

Quella pausa attirò l'attenzione di Adrian, che distolse lo sguardo dal macabro spettacolo per guardarla. «Va' avanti.»

Siobhán incrociò le braccia. «Il loro metabolismo è estremamente accelerato. Mentre i vampiri sani hanno continuato a dormire sotto anestesia per tutta la durata del volo, quelli malati si sono svegliati subito dopo il decollo. Uno di loro ha morso Malachai durante il prelievo.»

«Come sta?»

«Per ora bene. Ma l'ho messo in quarantena finché non sarò sicura. Il vampiro che lo ha morso è stato anche il primo a morire. Ho dovuto abbatterlo per staccarlo da Malachai.»

Siobhán riprese a camminare e si fermò davanti a una gabbia che conteneva un vampiro maschio seduto in un angolo con le braccia intorno alle ginocchia sollevate. «Questo è quello loquace.»

«E così tu sei il grande Adrian» disse il vampiro, la sua voce tremante. «Con quella mascherina non sei tanto spaventoso. Sembri più spaventato.»

Adrian si accovacciò e gli chiese: «Come ti chiami?»

«Ha importanza?»

«Per me sì.»

Il vampiro sollevò una mano tremante per spingere all'indietro una ciocca scura di capelli sporchi che gli era caduta sulla fronte. «Singe.» *Bruciato.*

«Di cosa ti fai?» chiese Adrian quando riconobbe i segni degli aghi, sapendo che i nomi scelti dai vampiri spesso avevano un significato.

«*Crystal dream.*»

Adrian guardò Siobhán e chiese: «È possibile che c'entri quella droga? Forse conferisce una specie di immunità?»

«A questo punto tutto è possibile.»

«Grazie per il tuo aiuto, Singe.» Adrian si rialzò in piedi e guardò Siobhán. «Portami da Malachai.»

I due lasciarono la stanza e percorsero il corridoio.

«Ho una domanda da farti» disse Adrian con calma.

«Sì, capitano?»

«Lindsay Gibson ha detto che il suo sangue ha un effetto

negativo su alcune creature a cui ha dato la caccia. Visto che ha abbattuto sia vampiri sia demoni, presumo che il gruppo suscettibile sia il secondo.» Adrian ripensò alla vampira che aveva interrogato a Hurricane. Anche lui aveva toccato il sangue di Lindsay, senza avere reazioni di alcun tipo, né negative né positive. «Puoi spiegarmi perché una lama intinta nel suo sangue riesce a tagliare la pelle impenetrabile di un drago?»

Siobhán si accigliò. «Interessante. Ci devo pensare. Mi piacerebbe davvero esaminare un campione del suo sangue.»

«È possibile che la causa sia la presenza di due anime dentro di lei?»

Siobhán rallentò in prossimità di una porta metallica con una finestrella. «Sì, è possibile. Sai quanto sono potenti le anime. Un corpo che ne contiene due può generare una forza unica che probabilmente non comprenderemo mai interamente.»

Adrian guardò attraverso la finestrella e vide Malachai che sgambettava su un lettino con il cellulare in mano. Adrian bussò. Malachai sollevò lo sguardo, e quando lo riconobbe sorrise.

«Sto bene, capitano!» gridò la Sentinella.

«Mi fa piacere.» Adrian stava per aggiungere qualcosa quando udì un tonfo improvviso e feroce in fondo al corridoio. Guardò dietro la spalla. «Che cosa è stato?»

Siobhán corrugò la fronte. «Non lo so. Ma non mi piace.»

Nel corridoio comparve qualche altra Sentinella mentre i colpi violenti continuavano. Guardarono tutti Adrian, e lui li superò in fretta per raggiungere la fonte di quel rumore.

Quando capirono da dove provenivano i colpi, Siobhán disse: «L'obitorio improvvisato.»

«Chi c'è lì dentro?»

«Oltre ai cadaveri dei due vampiri infetti? Nessuno.»

Il rumore di vetri infranti precedette un grido. «*Fatemi uscire di qui!*»

Gli angeli svoltarono l'angolo e percorsero un breve corridoio che conduceva a una porta. Un volto maschile li fissava da dietro la finestrella rotta, i suoi occhi ambrati brillanti di collera. «Vaffanculo, Sentinelle» ringhiò il vampiro. «Se non volete ammazzarmi, lasciatemi andare. Non lasciatemi qui dentro con un cadavere in putrefazione, cazzo!»

«Anche *lui* era un cadavere» sussurrò Siobhán. «Gli ho sparato io stessa quando ha morso Malachai.»

Adrian continuò a fissare il vampiro che aveva davanti. «È guarito miracolosamente.»

«Ma l'altro è ancora morto...?»

«Come quello che ho catturato io. Mi hanno detto che si è trasformato in olio coagulato.» Adrian guardò il vampiro apparentemente guarito socchiudendo gli occhi, il ritmo del suo cuore che accelerava mentre vagliava le possibilità.

«Uno di questi esseri è diverso dagli altri» mormorò. «Ma cos'è che fa la... differenza? Il fatto che abbia bevuto il sangue di una Sentinella?»

Siobhán fece un verso strozzato. «Merda.»

Già, una montagna di merda.

«Ti senti meglio?» chiese Elijah quando vide uscire Lindsay dalla stanza adiacente.

Il lycan era seduto alla piccola scrivania della sua suite, stava lavorando con il suo portatile e cercava di ignorare tutti gli occhi puntati su di lui. Era piuttosto difficile riuscirci, vista la diffidenza che gli rivolgevano le Sentinelle e la trepidazione che appesantiva lo sguardo dei lycan. Stavano tutti aspettando la sua prossima mossa, che avrebbe distrutto il sistema ben oliato che teneva i mortali beatamente all'oscuro di tutto. Una fazione voleva attenuare il potere che emanava, l'altra voleva che esplodesse come un barilotto di polvere da sparo. In entrambi i casi, era fottuto.

«Ehi.» Lindsay si scosse i riccioli bagnati con le mani. «Mi hai preso quella bevanda energetica che ti avevo chiesto?»

«È nel minibar, Vostra altezza.»

«Vecchio mio.» Lindsay lo guardò con un'espressione esageratamente scioccata. «Hai appena fatto una battuta?»

Elijah si trattenne dal sorridere. «No.»

«Io penso proprio di sì.»

Il lycan riportò l'attenzione sul monitor del suo portatile. Lei gli piaceva. Dopo che aveva rischiato più volte la vita per salvargli la pelle, lui la considerava un'amica. E di amici Elijah non ne aveva molti, ecco perché era rimasto senza parole quando lei aveva detto che lo erano. A un certo punto, nei giorni che aveva passato a proteggerla, aveva smesso di vederla come il suo capo e aveva cominciato a pensare a lei solo come Lindsay. Per la prima volta dopo tanto tempo si sentiva più a suo agio con lei che con chiunque altro avesse mai conosciuto, perché la loro amicizia non aveva condizioni né secondi fini. Lei era pazza e divertente, e fin troppo sincera. Era abbastanza ingenua da ammettere di non aver mai socializzato molto da bambina. Proprio come lui, probabilmente Lindsay poteva fidarsi solo di un gruppo ristretto di persone. Elijah si domandò se avesse mai condiviso i suoi doni con qualcun altro. Anzi, come faceva ad averli, tanto per cominciare? Lindsay era un grande punto interrogativo, tutti volevano qualcosa da lei. E il compito di Elijah era assicurarsi che nessuno, a parte Adrian, lo ottenesse.

Lindsay riapparve un attimo dopo. Stava bevendo un liquido fluorescente da una bottiglietta che vantava un ottimo apporto energetico. «Sai... Mi sento come se fossi stata investita da un treno merci mentre ero sbronza.»

Le Sentinelle l'avevano fatta lavorare di brutto per tutta la mattina, talmente tanto che Elijah era dovuto perfino intervenire un paio di volte. Loro si erano infastidite, ma sapevano che lui aveva il sostegno di Adrian. Quanto a Lindsay, si era adeguata a quel ritmo brutale senza protestare, incassando con calma qualche colpo sporco.

Le Sentinelle evidentemente non avevano compreso perché Adrian avesse marcato il suo territorio sessuale il giorno prima, altrimenti sarebbero stati più attenti con lei. Forse anche Adrian non comprendeva appieno il bisogno di reclamarla, di marcarla e di possederla, un bisogno che era diventato più impellente quando lei aveva cercato di allontanarsi da lui. Le femmine lycan sapevano che era meglio non fuggire. Risvegliare la bestia del loro compagno negandogli la sua compagna non era la cosa più saggia da fare. Elijah un tempo aveva creduto che fosse il sangue demoniaco dei lycan a renderli così selvaggi con le loro compagne, e con Lindsay era stato attento fin dall'inizio, perché non si poteva mai sapere. La sua era stata una mossa scaltra, lo sapeva. Ora era evidente che gli angeli erano in grado di provare lo stesso carnale e primitivo desiderio di possesso. Forse il contributo angelico alla mutazione genetica dei lycan era la fonte più grande di quella bramosia quasi violenta.

In ogni caso, i lycan avevano ricevuto forte e chiaro il messaggio di Adrian. Purtroppo Elijah temeva che l'importanza di Lindsay per il capitano delle Sentinelle la rendesse solo più vulnerabile. Si era reso conto che chi aveva diffuso le voci di una ribellione cercava una falla nel potere inviolato di Adrian, e Lindsay lo era.

Cazzo. Elijah si strofinò il viso con entrambe le mani. Come aveva fatto a non accorgersi che gli altri erano diventati tanto fanatici? Da quanto tempo Micah riempiva le loro teste con la chimera della libertà?

«Riesco a sentire le rotelle della tua testa che girano» disse Lindsay ironicamente, appoggiando la bottiglietta vuota sul comò in modo che le signore delle pulizie avrebbero potuto riciclarla. Doveva essere un'ambientalista convinta, pensò Elijah.

Lui avrebbe dovuto dare la caccia a chi lo aveva incastrato, ma non poteva lasciare Lindsay da sola, e lì non c'era nessuno a cui poterla affidare.

Lindsay si avvicinò all'armadio e tirò fuori la sua borsa messenger. Si sentiva perfettamente a suo agio con quell'arsenale a tracolla. «Devo uscire.»

Elijah si ritrasse dalla scrivania. «Per fare cosa?»

«Devo prendere quei souvenir ridicoli della Disney e della California. Cappelli, felpe, bicchierini, cose così.»

Il lycan doveva aver assunto un'espressione tutt'altro che entusiastica, perché lei scoppiò a ridere.

«Per mio padre. Devo prendergli qualcosa per farlo contento» spiegò. «Però, per tua fortuna, non staremo in giro molto a lungo. Devo fare un colloquio alle tre.»

Elijah guardò l'orologio e notò che era l'una. Doveva riconoscerlo... Lindsay ne aveva prese a non finire per tutta la mattina, ed era ancora energica. «Che piani hai per stasera?»

«Devo riprendere la macchina a Point, poi sei libero di fare quello che vuoi.»

Elijah annuì. «Bene. Grazie.»

Una volta che si fosse sistemata in albergo per la notte, lui avrebbe potuto chiamare Rachel. Doveva capire fin dove arrivassero i piani di ribellione di Micah. Elijah doveva estirpare il prima possibile quell'erbaccia alla radice... ed era un compito praticamente impossibile, visto che trascorreva la maggior parte del tempo lontano dal resto del branco.

«Perché non hai una ragazza?» gli chiese mentre uscivano dall'ascensore al pianoterra. Di solito si facevano a piedi tutti i diciassette piani di scale, ma oggi lei era troppo stanca per fare esercizio.

«È troppo complicato, porta via troppo tempo, costa troppa fatica.»

«Però ti piacciono le ragazze, no? O mi sbaglio?»

Elijah le lanciò un'occhiata e incrociò i suoi occhi scuri divertiti.

«Paura, eh?» lo prese in giro.

Elijah si sforzò di non ridere, e alla fine decise di sbuffare.

Lindsay superò le porte girevoli che conducevano all'area dove sostavano i facchini e alla zona parcheggio, e si fermò di colpo. I fattorini si stavano addestrando proprio lì davanti, mentre i giardinieri mettevano gli ultimi ritocchi sul letto di fiori che incorniciava il vialetto a forma di mezzaluna. La vita come la conoscevano i mortali procedeva come al solito, ma l'improvviso irrigidimento della postura di Lindsay e il suo sguardo profondamente concentrato come un cane da caccia segnalarono la presenza di una preda nelle vicinanze.

All'improvviso, i sensi di Elijah scattarono in allerta. Esaminò di nuovo la zona circostante proprio come aveva fatto automaticamente prima di uscire dalla sala d'attesa. Il vento misterioso che sembrava seguire sempre Lindsay esplose davanti a lui, portando con sé l'intenso odore di sangue di vampiro. La bestia dentro di lui si contorse per prepararsi a qualsiasi evenienza, ringhiando sommessamente in attesa che lui le ordinasse di attaccare.

La vampira che aveva provocato le loro reazioni istintive comparve un istante dopo. Camminava lentamente mentre si infilava nel parcheggio dal marciapiede pubblico, beatamente inconsapevole dei predatori che aveva appena risvegliato.

Il suo aspetto fisico colpì Elijah. Era alta e ben equipaggiata, con i fianchi sinuosi e due tette grandi e sode. Aveva i capelli lunghi fino alla vita, liscissimi e rossi come il sangue. Era vestita come una maledetta dominatrice, indossava un paio di stivali col tacco a spillo, pantaloni neri attillati e un giubbotto di pelle a V che metteva in mostra la profonda vallata scollatura.

Elijah fu accecato dall'insano desiderio di piegarla sul cofano della Mercedes che stava superando in quel momento, di avvolgere i suoi capelli intorno all'avambraccio e penetrare il suo corpo succulento fino a venire.

Lui ce l'aveva a morte con i vampiri, in particolare con le femmine, che erano più feroci dei maschi. Eppure più la guardava, più il suo uccello si gonfiava in preda a una lussuria selvaggia.

La vampira all'improvviso sussultò, riportandolo bruscamente alla realtà. La creatura si voltò di colpo come se fosse stata appena colpita, poi tornò nella posizione iniziale scoprendo le zanne.

Elijah si rese conto di ciò che era successo solo quando vide il riflesso del sole su qualcosa di metallico incastonato nella spalla della vampira.

«Merda» mormorò, afferrando in tempo la spalla di Lindsay mentre lei stava per scattare in avanti.

«Lasciami andare, El» sbottò lei, dimenandosi per liberarsi dalla sua presa ostinata.

«Che cazzo fai?» gridò il lycan. «Siamo in pieno giorno. Quella è una dei Caduti.»

Lindsay gli ferì il braccio con il suo coltello, strappandogli un ruggito di dolore e liberandosi dalla sua presa.

Era già a metà strada verso la vampira quando gli rispose. «Quella stronza ha ucciso mia madre.»

20

Vash posò gli occhi sulla spalla dolorante e si accorse che era stata colpita da un pugnale argentato. Dopo averlo estratto, sollevò lo sguardo e fece appena in tempo ad accorgersi dell'arrivo di un'altra lama rotante che le si conficcò nel bicipite.

«Cazzo!» sibilò, colta alla sprovvista da un attacco in piena regola nel bel mezzo di quel fottuto giorno.

Una bionda stava correndo verso di lei mentre le lanciava un altro pugnale. Vash schivò la traiettoria della lama per un pelo, e l'odore del suo stesso sangue le fece venire fame.

Un *essere umano*. Ma che cazzo succedeva?

Quando Vash partì al contrattacco, pronta ad abbattere quella stronza, fiutò la presenza di un lycan.

La creatura spuntò all'improvviso dal tendone che adombrava l'ingresso dell'hotel e si gettò all'inseguimento disperato della folle bionda.

In quel momento Vash capì: *Shadoe*. Seguita prontamente dall'odore del suo cane da guardia...

Il fottuto bastardo che aveva rapito Nikki.

Stordita e confusa, Vash si fermò di colpo e si guadagnò un'altra lama nella coscia.

Le due persone che era venuta a cercare stavano correndo dritte verso di lei, e non c'era un bel niente che potesse fare al riguardo. Non finché era sola. Non senza le sue armi. Non davanti a dei testimoni.

Un'altra lama le si conficcò nella spalla, in un punto maledettamente vicino al primo colpo che aveva ricevuto.

Era stata proprio lei a insegnare a Shadoe a tirare in quel modo. Le aveva insegnato a cacciare, a uccidere. Le fu subito chiaro: Shadoe stava evitando volutamente gli organi vitali e le arterie. La bionda pazza pensava di essere vicina a catturare un vampiro.

Vash estrasse il pugnale dalla spalla e lo gettò contro il lycan, poi si liberò di quello nella gamba e si lanciò in avanti. Colpì il petto di Shadoe con i palmi delle mani, e dopo averla fatta volare all'indietro di diversi metri la scagliò addosso al lycan. I due si schiantarono a terra, e Vash fuggì saltando sul cofano di una Jaguar lì vicino e poi sul tettuccio. Infine scavalcò il muro di pietra che divideva il parcheggio del Belladonna da quello di un ristorante adiacente, in preda a una collera così selvaggia che riuscì a stento a guardare davanti a sé.

Lei non scappava mai. Non veniva mai ferita più di una volta. Chi le faceva versare sangue pagava sempre con la vita. Ma non poteva uccidere la figlia di Syre. Non poteva uccidere Shadoe.

«Porca puttana! Merda! Fanculo!» gridò.

Quando saltò dall'altra parte del muro, i suoi stivali atterrarono sul tettuccio di un SUV innescando immediatamente un'esplosione a catena di allarmi e clacson. Il tacco destro si ruppe, e facendole perdere l'equilibrio e ruzzolare sul parabrezza, sul cofano e infine sull'asfalto.

Vash si era appena rialzata in piedi quando udì il tonfo di un altro corpo sull'auto dietro di lei. Guardò da dietro la spalla e vide la bionda agguerrita. Vash si beccò un altro colpo alla spalla, e lo sfrigolio dell'argento le inviò una scarica agonizzante nelle vene. Non riuscì a estrarre il pugnale dalla schiena, così non poté fare altro che riprendere a correre con la speranza di trovare una via di fuga. Davanti a lei c'era una strada trafficata, ma questo non parve scoraggiare Shadoe. Qualunque cosa avesse spinto la figlia di Syre ad attaccarla, doveva essere una cosa molto grave.

Un pick-up bianco comparve improvvisamente nel parcheggio a velocità troppo elevata e si diresse verso di lei. Vash stava calcolando la traiettoria per saltare, quando il veicolo fece un testa-coda e cambiò senso di marcia. Dal finestrino del guidatore spuntò la testa di Salem. «Sali!»

Vash saltò sul retro, Salem diede gas e fece schizzare in alto l'asfalto sciolto lasciandosi dietro una nuvola che puzzava di gomma bruciata. Un pugnale rotante colpì la parte posteriore del pick-up con un rumore assordante. Vash si accovacciò imprecando.

Il pick-up scricchiolò e si infilò nel traffico intenso tra un coro di clacson infuriati e lo stridio del metallo e del vetroresina. Quando ebbero percorso ben tre chilometri, Vash trovò il coraggio di rialzare la testa.

«Avevi chiesto notizie di eventuali rapimenti?»

Syre alzò gli occhi dai fogli di calcolo sul monitor davanti a lui e incontrò lo sguardo della vampira sulla soglia del suo ufficio. «Sì, Raven.»

La bellissima moretta entrò con una falcata inconsapevolmente sensuale. Indossava tacchi a spillo vertiginosi, una gonna attillata lunga fino al ginocchio e una camicetta abbottonata fino al collo che le fasciava il seno prosperoso. A quanto pareva stava recitando il ruolo della segretaria cattiva, uno dei tanti che si divertiva a interpretare per suscitare l'interesse di Syre.

«Ieri notte c'è stato un raid in Oregon» disse. «Un gruppo di Sentinelle ha invaso un covo, e hanno portato via parecchi minion.»

Appoggiato allo schienale della sedia, Syre rifletté sulla

crescente audacia di Adrian. Non era proprio da lui infettare qualche minion. Adrian era un guerriero che cercava lo scontro fisico ed eccelleva nel combattimento. Le armi biologiche erano uno strumento che Syre non avrebbe mai attribuito al capitano delle Sentinelle. Qualcosa era cambiato, o stava per cambiare.

Per la prima volta dopo moltissimi anni, Syre avvertì l'inesorabile e impaziente ticchettio dell'orologio. Torque lo aveva sempre esortato ad agire, invece di reagire. E ora sembrava che fosse giunto il momento.

«Grazie» mormorò. «Manda una squadra nell'Oregon. Voglio conoscere tutti i dettagli del raid. E segnalami immediatamente altri eventuali episodi.»

«Sì, Syre.»

Raven lasciò la stanza. Syre cercò di riportare l'attenzione sullo schermo davanti a sé, ma inutilmente. Quando il telefono squillò si sentì sollevato, e allungò il braccio per afferrarlo mentre i suoi pensieri erano ancora concentrati sulle mosse di Adrian.

'Non sai cosa sono autorizzato a fare', aveva detto il capitano delle Sentinelle solo poche settimane prima. Forse in quelle parole c'erano parecchie minacce che Syre aveva ignorato.

Udì la voce concitata dell'interlocutore dall'altro capo del telefono prima ancora di averlo avvicinato all'orecchio.

«Calmati, Vash» disse. «Rallenta. Non...»

Syre si irrigidì mentre la vampira continuava a vomitare in fretta le parole, e tutti i suoi pensieri si dissiparono, eccetto uno. *Agire, invece di reagire.*

Era giunto il momento.

«Come cazzo ti è venuto in mente?» chiese Adrian con quel tono di voce freddo e modulato che faceva stringere i denti a Lindsay.

Nervosa com'era, avrebbe preferito che avesse urlato, alzato la voce, camminato su e giù per la stanza... o che l'avesse guardata in cagnesco... *qualsiasi cosa*. Invece lui se ne stava tranquillamente in piedi davanti alla sua scrivania e parlava con la stessa calma con cui si poteva parlare del tempo. Solo il rombo di un tuono in lontananza le fece capire che il suo solito aplomb era messo a dura prova dal fatto che lei aveva agito senza riflettere aggredendo uno dei Caduti.

«È tutta la vita che cerco quella vampira» sbottò. «Lei era lì, camminava proprio verso di me. Dovevo fare qualcosa.»

«Era pieno giorno. Eri circondata da decine e decine di turisti.»

Lindsay incrociò le braccia. «Non ho tutta l'eternità per darle la caccia. Se devo aspettare altri vent'anni per trovarla, potrei non avere più il fisico adatto per vendicarmi. Magari sarò già *morta*. Era un'occasione imperdibile.»

Adrian fissò i suoi scintillanti occhi azzurri su di lei, scottandola con il loro calore. «Adesso i Caduti ti conoscono. Verranno a cercarti.»

«Spero che mandino lei» ribatté Lindsay con aria di sfida. «La prossima volta non le farò due taglietti. L'ammazzerò e basta.»

Damien attirò la sua attenzione con un verso. «Perché non l'hai uccisa, visto che ne avevi l'occasione?»

«Perché devo sapere dove sono gli altri due stronzi. All'inizio era da sola. Non c'era nessuno con lei, sono arrivati dopo a salvarla. A proposito, il ragazzo con la cresta di un colore assurdo che guidava il pick-up era lo stesso che ha aggredito mia madre. Se lei fa ancora comunella con lui, scommetto che anche l'altro non è distante.»

«Ciò che hai fatto si ripercuoterà su di noi. Noi non diamo la caccia ai Caduti. Non possiamo farlo. La loro punizione è vivere la loro nuova condizione.»

«Lei non ha sofferto minimamente quando ha terrorizzato mia madre; se la godeva a più non posso. Quella puttana succhiasangue non merita di vivere.» Lindsay diede un'occhiata a Adrian, il cui volto impassibile non lasciava trapelare niente. Le si aggrovigliò lo stomaco. Dio, non voleva causargli altri guai. Ma cosa avrebbe potuto fare? Aveva dedicato tutta la vita a vendicare sua madre. «Lei quella volta ha commesso un errore non uccidendo anche me, quindi è colpa sua se adesso le sto dando la caccia. Forse pensava che non sarei mai potuta diventare una minaccia, visto che ero un essere umano. Ma questo dovrebbe assolvervi da qualunque colpa. Io non sono una di voi. Non agisco secondo le vostre regole. Quello che faccio non dovrebbe riguardare anche voi.»

«C'era un lycan con te» le ricordò Adrian. «Quindi siamo coinvolti anche noi.»

«Allora lasciatemi andare.» Lindsay odiò la morbida nota di supplica nella sua voce. «Potrò solo causarvi altri problemi. E questo mi sta uccidendo, Adrian. Mi spezza il cuore.»

Adrian sospirò bruscamente, appoggiò il sedere sulla sua scrivania e si aggrappò al bordo con le mani. «Quando Vash ti ha scagliato addosso a Elijah, avrebbe potuto perforare con altrettanta facilità la tua gabbia toracica con il pugno e strapparti il cuore. Se adesso stai respirando, è solo perché lei ha voluto lasciarti andare.»

«Perché cazzo l'avrebbe fatto? *Ancora*? Stavolta ho avuto la meglio su di lei; posso farcela ancora.»

«Quella era Vash?» Il ringhio di Elijah rombò per tutta la stanza. «Voglio occuparmene io.»

Lindsay lo guardò e fece un cenno del capo. Vash si era presa le vite delle persone che amavano, ed era il momento di fargliela pagare.

Dopo aver riportato gli occhi su Adrian, Lindsay disse: «Mi hai detto che mi avresti aiutato a darle la caccia. Hai rovistato nel mio cervello. Sapevi chi era. O mentivi?»

«No. Ma dobbiamo fare in modo che siano loro a iniziare, non possiamo scatenare noi la guerra. Possiamo difenderci, non attaccare. Ci sono delle regole, e noi dobbiamo rispettarle...» Il suo cellulare squillò attirando il suo sguardo verso la scrivania, dove aveva appoggiato il telefono. Si accigliò e disse: «Scusatemi.»

Adrian rispose con un conciso: «Mitchell.»

Mentre Lindsay lo guardava, il volto dell'angelo si indurì come la pietra. L'interlocutore parlava rapidamente, ma non riuscì a distinguere le parole. Elijah sospirò in fretta e si avvicinò a lei come se volesse starle accanto. Sostenerla. Lindsay si sentì raggelare da un presentimento.

Passò un lungo, estenuante momento. Alla fine, Adrian annuì. «Sì. Tenetevi pronti. Mi attivo subito.»

Dopo aver posato il BlackBerry con estrema cura, Adrian spostò gli occhi su Damien e Elijah. Comunicarono solo con lo sguardo, e i due si prepararono a lasciare la stanza. La breve pacca di Elijah sulla spalla di Lindsay e lo sguardo compassionevole che Damien le rivolse le fecero provare un freddo terrore che le annodò stomaco.

«Che è successo?» chiese quando la porta si chiuse e rimase da sola con Adrian nel suo ufficio.

L'angelo fece un passo verso di lei e le afferrò le braccia con le mani gentili. «Si tratta di tuo padre, Lindsay. È...»

«No.» Il pavimento si allontanò da lei facendola barcollare. Ebbe l'impressione che il suo cuore si fosse appena frantumato. Il dolore era talmente atroce che se Adrian non l'avesse sostenuta si sarebbe schiantata sul pavimento.

«È uscito di strada mentre guidava. Ha preso in pieno un albero.»

«Stronzate.» Le lacrime le rigarono il viso. «Non ci credo, cazzo. Mio padre è un guidatore esperto. È colpa di Vash. È la vicecomandante. Poteva dare l'ordine.»

Quindi in parte era colpa sua.

Adrian spiegò le ali e le avvolse intorno a lei creandole un rifugio. L'abbracciò afferrandole la nuca e la vita, e la strinse forte a sé. «Non posso escluderlo. Indagherò finché non scoprirò la verità.»

Un rumore improvviso e spezzato riempì la stanza. Lindsay si accorse che stava singhiozzando, il suo corpo scosso da tremiti violenti.

Adrian la tenne stretta, e il calore che emanava la penetrò profondamente. Anzi... era *lui* che era entrato dentro di lei. Era di nuovo nella sua mente, e le avvolgeva ogni pensiero come insidiosi viticci di fumo. Il dolore agonizzante di Lindsay cominciò a svanire, gli spigoli più taglienti smussati da una strana sensazione di benessere.

Lindsay si ritrasse improvvisamente da quell'abbraccio, inciampò all'indietro e cadde sul pavimento. «Che ca... cazzo stai facendo?»

Adrian si accovacciò accanto a lei e allungò un braccio per scansarle i capelli dal viso. La fiammella sovrannaturale guizzava nei suoi occhi brillanti colmi di lacrime. «Porto via il tuo dolore. Non posso sopportarlo.»

«Co... cosa? Come...?»

«Posso estrarre i tuoi ricordi dolorosi, *neshama*. Posso intensificare quelli felici.»

«Non ti azzardare!» Lindsay si alzò in piedi e spinse via la sua mano quando si offrì di aiutarla. «Se osi rubarmi anche un solo ricordo, non ti perdonerò mai.»

«Non puoi arrabbiarti per aver perso qualcosa che non ricordi neanche.»

A Lindsay sembrò un miracolo restare in piedi mentre aveva la sensazione che una lama incandescente le stesse perforando il petto. «Se davvero tieni a me, non mi porterai via gli eventi che mi hanno fatto diventare quella che sono oggi... Dio...» Lindsay si afferrò la testa martellante tra le mani mentre i pensieri precipitavano nella sua mente in un caotico diluvio. Il suo petto si sollevava cercando disperatamente di riprendere aria mentre era sopraffatta da singhiozzi irrefrenabili. «Me ne devo andare. Non posso stare qui.»

«Rimani stanotte» le disse calmo. «Puoi farlo per me? Adesso non sei in condizione di stare sola.»

«Adrian...» Lindsay non riusciva neppure a vederlo dietro il fiume di lacrime che le bruciavano gli occhi e la gola. In quella stanza avevano fatto l'amore, si erano tenuti abbracciati per ore. Era giusto scontare nello stesso posto la punizione per aver commesso quel peccato. «Ci stiamo uccidendo a vicenda. Ogni momento che passiamo insieme lo paghiamo con un tormento inflitto alle persone che amiamo. Io e te dobbiamo stare lontani.»

«Va bene» disse lui tranquillamente. «Ti lascerò andare. Ma non stanotte. Non così. Passa la notte a casa mia, così ti saprò al sicuro. Non ti disturberò. Puoi farmi questo favore?»

«E tu prometti di lasciarmi andare?»

«Sì, *neshama sheli*. Te lo prometto.»

Lindsay non voleva più sapere cosa significassero quelle parole. La dolce e calda intimità che condividevano era davvero troppo dolorosa. Acconsentì alla sua richiesta annuendo, la bocca troppo secca per potergli rispondere.

Adrian chinò leggermente la testa. «Grazie.»

Nella severa austerità dei suoi lineamenti c'era qualcosa che la fece sentire a disagio. Un pizzico di cupa determinazione. Ma in quel momento lei non ce la faceva più. Stava crollando a pezzi, frantumata da un colpo da cui non si sarebbe più ripresa.

Papà...

Senza aggiungere altro, Lindsay lasciò l'ufficio e si chiuse la porta alle spalle. Era un disastro. La sua vita era un totale disastro. E la stava rovinando anche a quelli che le stavano intorno.

Si ritirò nella sua stanza, strisciò sul letto e pianse fino a cadere in un sonno buio e agitato.

Adrian preparò un borsone riflettendo con calma. Aveva preso gli indumenti per una settimana, ma era convinto che non gli sarebbero serviti tutti. Se il Creatore avesse voluto, Syre sarebbe morto entro le prossime quarantott'ore.

Aveva così poco tempo. Vash sapeva che Lindsay era Shadoe; non c'era nessun motivo per cui avrebbe dovuto lasciarla vivere. In quel preciso istante, Syre sapeva che sua figlia era tornata. Il leader dei Caduti probabilmente stava vagliando le sue opzioni. Si sarebbe consultato con quelli di cui si fidava, avrebbe raccolto le informazioni necessarie e avrebbe preso una decisione. Adrian doveva trovarlo prima di allora.

Poi doveva trovare Vashti. L'aggressione alla madre di Lindsay era un'azione così aliena alla natura della vampira che il suo doveva essere stato un messaggio indirizzato a Adrian. Vash quel giorno doveva aver capito che Lindsay era Shadoe, e si era pregustata la reazione dell'angelo quando ne sarebbe venuto a conoscenza dopo averla conosciuta. Per un immortale, i pochi anni trascorsi nel frattempo non erano che un istante, un'attesa irrilevante.

Ma la domanda più importante era: perché? Se la vampira aveva scoperto la vera identità di Lindsay tanto tempo prima, perché non l'aveva detto a Syre? Adrian era intenzionato ad avere la risposta direttamente da lei.

Dannazione. Odiava questo tipo di caccia... senza un piano, troppo affrettata. Ecco perché, con tutte le precedenti incarnazioni di Shadoe, aveva sempre aspettato l'arrivo di Syre. Era meglio affrontare il suo avversario su un terreno familiare, con tutti i vantaggi dalla sua parte. Però, a volte, un'azione rapida e improvvisa era proprio quello che ci voleva per superare le difese nemiche. Pregò che questa volta fosse così, perché lui avrebbe agito in questo modo. Perché questa volta era diverso. Lindsay era diversa. *Lui* era diverso con lei. Ne sarebbe valsa la pena, a qualunque costo.

Il suo sguardo sfrecciò verso l'orologio sul comodino. Mancava poco alla mezzanotte. Fortunatamente, Lindsay aveva smesso di piangere intorno alle dieci, poi si era addormentata. Ogni singhiozzo proveniente dalla sua stanza lo aveva ferito sempre più in profondità, e ora il suo cuore sanguinava senza sosta. Tra loro non era mai stato così. In passato lei aveva trovato sempre il modo di infilarsi nel suo letto, e lì era rimasta. Qualunque altra incarnazione in quel momento sarebbe stata tra le sue braccia. Lui l'avrebbe tenuta stretta e avrebbe fatto l'amore con lei scegliendo di non affrettare l'inevitabile confronto con Syre, in modo da passare un altro giorno con la donna che amava.

Invece ora aveva prenotato un posto su un aereo che lo avrebbe portato a Raceport in poche ore. Avrebbe viaggiato da solo con un volo di linea, e sarebbe atterrato subito dopo l'alba. L'orario non avrebbe sfavorito Syre direttamente, ma avrebbe limitato il numero di minion che Adrian avrebbe dovuto affrontare.

Mentre spingeva un'altra maglia nel borsone, sentì un gemito di Lindsay. Si immobilizzò, i suoi sensi puntati sulla donna che dormiva nella stanza accanto. Il materasso sospirava mentre lei si muoveva; poi un gemito sommesso e sensuale permeò i suoi sensi.

A Adrian venne la pelle d'oca. Si allontanò dal letto e si avvicinò al muro, anche se non gli serviva accorciare le distanze. Anche se si fosse trovato nella caserma dei lycan, avrebbe udito comunque il respiro di Lindsay come se avesse tenuto l'orecchio premuto contro il suo petto.

Lindsay cominciò ad ansimare, poi si contorse. Un altro gemito lo scosse.

Incapace di resisterle, ora che il loro tempo insieme stava quasi per scadere, Adrian uscì dalla sua stanza e percorse la breve distanza del corridoio che conduceva alla sua porta. Aprì la serratura con un pensiero impaziente ed entrò.

La camera da letto di Lindsay era avvolta nel buio. Lei aveva chiuso le tende per non vedere il panorama della città in lontananza. Adrian richiuse la porta alle sue spalle e si avvicinò silenziosamente al letto, vedendola chiaramente come se tutte le luci fossero accese.

Lindsay aveva calciato via le coperte. Si rigirava nel letto con movimenti lascivi, e il profumo seducente del suo desiderio gli diede alla testa, inebriandolo completamente. Adrian chiuse le mani sui suoi seni e glieli strizzò attraverso il raso della canotta in coordinato con il perizoma.

Lindsay inarcò la schiena per offrirgli in dono il suo bel seno.

«*Adrian*...»

Lui inspirò bruscamente quando udì quell'invito erotico. Portò la mano verso il basso, e si accarezzò attraverso i pantaloni l'erezione che ardeva di desiderio, mentre il sangue gli scorreva caldo e denso nelle vene. Era così eccitato dalla lussuria che gli mostrava mentre dormiva, una lussuria che gli negava durante la veglia perché teneva a lui. Adrian comprendeva l'affetto che la spingeva. Se lei non lo avesse amato, non si sarebbe negata i bisogni che la perseguitavano anche in sogno.

Anche se sapeva che non avrebbe dovuto farlo, con la forza del pensiero Adrian si liberò dei vestiti, che finirono tutti disordinatamente sul pavimento. Avvertì la piacevole brezza fresca della notte sulla sua pelle accaldata, quasi come se lei lo stesse accarezzando con entrambe le mani. Lindsay gemette ancora sommessamente. Adrian posò un ginocchio sul letto.

Quando il materasso si piegò sotto il suo peso, Lindsay spalancò gli occhi.

«Adrian» sussurrò, rotolando rapidamente tra le sue braccia.

L'angelo gemette quando lei premette ardentemente la bocca sulla sua e infilò la lingua con una fame che gli fece bagnare il glande al pensiero di possederla. Lindsay lo spinse via, gli cinse la vita con una gamba setosa e distese un braccio per afferrargli il pene con la mano esile. Adrian inarcò il collo, inebriato dal piacere del tocco, del desiderio, della lussuria che lei gli donava per la prima volta senza riserve.

Lindsay si sedette sopra di lui, e il calore umido del suo sesso impregnò il raso del perizoma facendo ardere la pelle sensibile della sua erezione. Adrian aveva bisogno di sentire la pelle nuda di Lindsay a contatto con la sua, così le afferrò il perizoma con un pugno e glielo strappò di dosso. Lei era talmente bagnata che fu scosso da un brivido. Sentire le sue labbra di lei che denudate e morbide come il petalo di un fiore gli accarezzavano il pene per poco non gli fece raggiungere l'orgasmo.

«*Ani rotza otha,* Adrian.» Lindsay gemette facendo scivolare il suo sesso liscio avanti e indietro su di lui.

Ti voglio.

Adrian rimase pietrificato, e il suo cuore si calmò. Conosceva fin troppo bene quel tono seducente. «Shadoe?»

Lei si sollevò facendo scivolare le mani tra i riccioli biondi e sexy di Lindsay, e fece ondeggiare il suo corpo mentre intesseva un incantesimo sensuale su di lui.

Ma non era più lussuria quello che Adrian provava mentre l'anima di Shadoe lo fissava dal bel viso di Lindsay.

L'angelo rilasciò un respiro tremante.

La prima volta lei lo aveva sedotto in questo modo. Era iniziato tutto con un bacio rubato. Poi un assaggio dei suoi seni offerti a lui con entrambe le mani, i capezzoli marrone scuro inturgiditi all'aria aperta. L'aveva pregata di lasciarlo in pace, di rispettare la legge che lui aveva imposto proprio a suo padre. L'aveva pregata di essere forte per lui perché non era stato capace di resisterle.

E invece Shadoe era diventata sempre più audace col passare dei mesi. Aveva giocato con il suo corpo di fronte a lui, si era fatta trovare volutamente negli stessi luoghi che lui frequentava, lo aveva provocato mostrandogli le dita luccicanti che si infilava e si sfilava dal sesso imbronciato fino a raggiungere l'estasi con il suo nome sulle labbra. Lui aveva resistito finché lei non lo aveva minacciato di trovarsi un amante, poi aveva fatto in modo che lui si imbattesse in lei mentre palpeggiava il pene di un altro uomo attraverso i pantaloni. Infuriato, geloso, tentato oltre ogni limite, Adrian le aveva dato quello che voleva e l'aveva posseduta a terra come un animale in calore. Poi, una volta caduto, non era più potuto tornare indietro.

«*Ani rotza otha*» ripeté lei, ondeggiando i fianchi su di lui quasi con violenza, cavalcandolo quasi fino a farlo venire.

«No, *tzel*.»

Adrian la afferrò per la vita e la fece scendere, poi si alzò in piedi e si passò le mani tra i capelli, dolorosamente eccitato dalle carezze di Lindsay, dal suo profumo, dal suono della sua voce.

Ma non era Lindsay che lo chiamava dal letto alle sue spalle.

«*Ani ohevet otchah*» sussurrò Shadoe, facendo frusciare le lenzuola con movimenti sensuali.

Ti amo.

Adrian strizzò gli occhi. Spiegò le ali e le flesse con rabbia. Avrebbe dovuto immaginarselo. Lindsay non lo avrebbe sedotto mai e poi mai. Lo avrebbe respinto come aveva cercato di fare fin dall'inizio. Per il suo bene. Perché lei lo amava.

Adrian indossò di nuovo i vestiti con il pensiero, poi si ficcò le dita tra i capelli. Quando la mano di Shadoe gli sfiorò la spalla nuda, lui gliela afferrò e si voltò per guardarla.

«Prendimi» gli sussurrò, nuda davanti a lui, dentro un corpo che si adattava così perfettamente al suo, che lo abbracciava così dolcemente, che gli aveva donato un piacere così intenso da commuoverlo.

Ma se non conteneva la donna che amava, era solo un guscio.

Adrian prese il viso di Lindsay tra le mani e la guardò negli occhi, le finestre di un'anima che non era la sua. Inclinò la testa e la baciò dolcemente, castamente, con il cuore dolente per la donna che aveva amato tanto tempo fa. Una donna così bella, forte e seducente che aveva sedotto un angelo e lo aveva fatto cadere. Lui l'aveva amata con tutto sé stesso e intensamente.

Ma il tempo di Shadoe era finito, e lui si era già innamorato di un'altra. Una mortale che lo amava in modo disinteressato. Una donna che lo accettava così com'era, comprese le leggi e le regole che lo avevano forgiato ma che gli impedivano di stare insieme a lei.

Adrian le accarezzò gli zigomi con i pollici e premette la fronte sulla sua. «Ti libererò, Shadoe. Ti lascerò andare.»

«Ti voglio» disse lei, afferrando l'erezione che stava svanendo.

Adrian inarcò i fianchi per allontanarsi dalla sua mano, ed emanò un languore che attraversò il corpo di Lindsay. Quando lei si afflosciò priva di sensi, la sostenne, la prese in braccio e la portò a letto. Non poteva rimediare al perizoma che aveva distrutto in preda al desiderio, così la coprì con il lenzuolo. Dopo averle scansato i capelli dal viso, la baciò sulla fronte.

«Lindsay.» Le sfiorò la pelle madida di sudore con le labbra. «Presto sarà tutto finito.»

Adrian si raddrizzò e lasciò la stanza con passi decisi. I battiti del suo cuore erano rapidi e pesanti, ma per la prima volta dopo tanti secoli era finalmente sereno.

Il peso del passato si dissipò insieme alle ali.

Quando si spogliò di nuovo e si infilò sotto una doccia fredda, l'acqua spazzò via tutto... il senso di colpa e la sofferenza, il dolore e il rimorso.

'Perché non vuoi che ti salvi?', gli aveva chiesto Lindsay, senza sapere che lei già lo aveva salvato nel più importante dei modi. Lei gli aveva dato la forza che gli era mancata, e un dolce, prezioso amore. Ma poteva insegnargli ancora molto su come dimostrare il suo amore. Il suo più grande rimpianto era non averlo imparato prima.

Tuttavia poteva liberarla dal suo passato. La paura e l'indecisione che lo avevano afflitto per secoli erano svanite di colpo. Non si domandava più se fosse saggio decidere di colpire per primo, in territorio nemico. Lindsay era infelice, e Adrian non poteva sopportarlo. Non poteva sopportare di essere la causa del suo dolore. Se poteva porre fine alla sua sofferenza, doveva provarci.

In tutti quegli anni aveva voluto risparmiarsi ulteriori recriminazioni. Invece di concedere a Shadoe la pace di una morte onorevole in battaglia, aveva egoisticamente cercato di legarla a sé attraverso l'immortalità. Non spettava a lui interferire, se il Creatore aveva deciso che per qualcuno era giunto il momento di morire, e la sua punizione per averlo fatto era stata lunga e straziante. Adrian aveva intenzione di interrompere quel ciclo tanto per sé stesso quanto per Shadoe.

Ora avrebbe agito solo per Lindsay. Le avrebbe restituito la vita che avrebbe dovuto essere sua. Una vita normale. La possibilità di essere felice. La possibilità di trovare un uomo che l'avrebbe amata senza tutte le catene che legavano Adrian al suo dovere.

Quello era un regalo che poteva farle senza alcuna condizione. Non era pari al dono che aveva ricevuto da lei, ma il suo sarebbe stato un gesto altruista, un atto di amore profondo come quello che prima non conosceva.

21

Quando Lindsay si svegliò, capì che Adrian se n'era andato. Il senso di vuoto che provava era così dilagante da corroderla. Mentre stava per scendere dal letto, si accorse di essere nuda. Per un attimo si chiese come mai. Poi fu travolta dai ricordi.

Ti lascerò andare.

Presto sarà tutto finito...

Trattenne il fiato e si piegò in avanti, il suo torace schiacciato da un dolore straziante. Suo padre era morto. *Papà.*

E poi capì, come solo una donna innamorata poteva capire, che Adrian non voleva più rivederla.

Chiuse gli occhi, ma le lacrime le scesero lungo il viso. In un colpo solo, aveva perso le due persone più importanti della sua vita. Mentre si dondolava per il dolore, l'eco dei suoi sogni tornò a tormentarla. Era stata posseduta da un desiderio ardente e passionale al quale non aveva saputo resistere. Lo aveva accolto e amplificato, e aveva tratto un piacere immenso quando lo aveva usato per piegare Adrian come una canna al vento. Il senso di potere che aveva provato nel farlo arrendere alla sua volontà era stato inebriante e coinvolgente. E a dir poco nauseante. Si era sentita quasi come se avesse guardato sé stessa dall'esterno, incapace di controllare i propri impulsi selvaggi. Quando Adrian si era allontanato da lei, si era sentita estremamente sollevata per entrambi, estremamente grata che lui possedesse la forza che a lei mancava.

Ma Adrian non si era allontanato temporaneamente. L'aveva abbandonata per sempre. La voce dell'angelo nei suoi sogni non aveva avuto quella tenerezza dolente che era abituata a sentire.

Le scappò una risatina isterica rotta dai singhiozzi.

Si alzò in piedi, si raddrizzò e si sforzò di tenere la testa alta. Doveva tornare a Raleigh, dove sarebbe rimasta per un po'. Doveva rimettersi in sesto, capire cosa fare da quel momento in poi. Doveva prima riorganizzarsi, poi escogitare un piano per trovare Vash. Il suo desiderio di vendetta era così pervasivo che riusciva a malapena a pensare ad altro. In un certo senso, questa era una benedizione. La vendetta le avrebbe dato qualcosa su cui concentrarsi mentre era oppressa da quel dolore estenuante.

Lindsay si lavò e si vestì. Mentre rifaceva il letto, trovò il suo perizoma strappato. Non sapeva se fosse stata lei a ridurlo così durante un sogno erotico o se fosse stato Adrian, dopo averle fatto realmente visita. In ogni caso, il risultato finale era sempre lo stesso... tra loro due era finita.

«Attenta a quello che desideri» mormorò, e si chiese perché non avesse mai smesso di esprimere desideri.

Uscì sulla veranda che circondava la casa, e dalla posizione del sole capì che doveva essere mattino inoltrato. Non c'erano angeli in volo, e neanche una nuvola. Era una giornata splendida, di quelle che i californiani del sud si godevano per la maggior parte dell'anno.

Persa nel suo dolore, Lindsay scese una serie di scale che conducevano a una veranda più piccola, un centinaio di metri più in basso. Da laggiù era impossibile scorgere il panorama cittadino, e si aveva l'impressione di essere completamente soli circondati dalla natura rigogliosa del paesaggio californiano.

Appoggiò i gomiti alla ringhiera e passò in rassegna la lista dei contatti sul suo cellulare. C'erano così tante persone da chiamare, così tanti preparativi da fare, ma si sforzò di proseguire anche se si sentiva vuota e fredda. Morta.

All'improvviso, un'enorme sagoma alata la sorvolò.

L'ombra di un angelo, seguita dal fruscio delle piume mentre la Sentinella atterrava dietro di lei. Aggrappandosi disperatamente all'inutile speranza che fosse Adrian che tornava da lei, Lindsay esitò un attimo prima di voltarsi e guardare il suo compagno.

Una mano le sfiorò la spalla.

«Buongio...» iniziò.

Lindsay perse i sensi prima di finire la frase.

Adrian arrivò a Raceport sulla Harley che aveva acquistato solo un'ora prima. Era il primo pomeriggio. La maggior parte dei minion stava dormendo da qualche parte, rintanata al buio. Sfortunatamente, Raceport aveva una delle più alte concentrazioni di Caduti di tutta la nazione. Dopo tutto quel tempo ronzavano ancora intorno a Syre come falene intorno a una fiamma, anche se erano già tutti bruciati e sfigurati.

Se avesse portato con sé una squadra di Sentinelle o un branco di lycan, Adrian sarebbe stato molto più avvantaggiato. Però, anche se il successo di quella missione aveva la priorità assoluta, si era rifiutato di coinvolgere altre persone nella propria vendetta personale. Questa era la sua battaglia. Le conseguenze di quello che stava per fare sarebbero ricadute solo sulle sue spalle.

L'angelo fermò la moto in un parcheggio proprio davanti all'emporio. L'ufficio di Syre doveva essere al piano di sopra, viste le guardie che sorvegliavano costantemente quell'area... proprio come Angels' Point. Era una danza accuratamente inscenata, la necessità di mantenere un equilibrio anche quando tutto cambiava e si spostava intorno a loro.

Adrian scese dalla moto ed estrasse un fucile dalla fondina. Aveva con sé anche una pistola e un pugnale fissati a ciascuna coscia, e la schiena gli formicolava per la frenesia di usare le sue armi più potenti. La rabbia degli angeli scorreva calda e densa nelle sue vene.

Prima di raggiungere il gradino più basso della scala esterna che conduceva all'ufficio del leader dei Caduti, Adrian si accorse che c'era qualcosa di strano. Raceport era affollata come sempre, perché era una specie di mecca per gli appassionati di moto provenienti da tutta la nazione, ma lui non stava suscitando particolare interesse. Un gruppo di donne con folcloristici pantaloni di pelle fischiarono la loro ammirazione per lui dall'altra parte della strada, ma nonostante questo si voltarono solo in pochi. Se Syre fosse stato nelle vicinanze, le misure di sicurezza sarebbero state strettissime quanto quelle che Adrian adottava ad Angels' Point.

Con il volto severo e lo sguardo determinato, Adrian salì le scale senza nessun intoppo e proseguì nel corridoio in cima.

Due figure indistinte gli corsero incontro. Lui li abbatté con i proiettili, e fu costretto a contenere le ali in quello spazio molto angusto. Altri due tizi gli si avvicinarono alle spalle proprio quando raggiunse l'ufficio di Syre. Adrian aprì la porta e irruppe all'interno mentre uno dei suoi inseguitori gridava per la luce del sole che aveva inondato il corridoio.

Dopo aver richiuso la porta con un calcio, Adrian infilò una sedia sotto il pomello della porta senza distogliere mai né gli occhi né la canna del suo fucile dalla vampira seduta alla scrivania di Syre.

«Ciao, Adrian» mormorò incurvando le labbra in un sorriso. La luce del sole le illuminava le braccia nude e pallide e i capelli color cioccolato. I suoi occhi ambrati scintillarono come quelli di una tigre, ma lui ricordò che un tempo erano stati azzurri come i suoi.

«Raven.»

«Lui non c'è.»

«Lo vedo.»

«Non è neanche in Virginia.»

Adrian si avvicinò all'anta dell'armadio, l'aprì e gettò uno sguardo frettoloso all'interno.

«Ci siamo solo io e te» lo rassicurò. «E ho ricevuto l'ordine di non ucciderti.»

«Ah. Quindi giochiamo con le stesse regole.»

La vampira si alzò in piedi con un movimento singolarmente aggraziato, rivelando una gonna jeans ultracorta che non le consentiva di chinarsi senza mettere in mostra le sue grazie. La camicetta a quadri legata con un nodo tra i seni prosperosi le conferiva l'aspetto di una ragazza country, e Adrian era certo che quella mise fosse perfetta per accalappiare gli uomini in visita nella zona.

Mentre girava intorno alla scrivania, Raven fece scorrere le dita della mano destra lungo il braccio sinistro e lo guardò da sotto le ciglia lunghe e folte. «Ti trovo bene, Adrian. Sei davvero in forma. Il sesso ti fa bene.»

Lui sorrise, ormai abituato a questo gioco. Ai Caduti piaceva provocare le Sentinelle con la loro sensualità. Era come se volessero ostentare il motivo che li aveva condotti alla caduta e pungolare le creature famose per la loro astinenza. «Dov'è?»

«Che fretta c'è?» La vampira si avvicinò lentamente leccandosi il labbro inferiore.

Adrian spiegò un'ala, costringendola a scansarsi con una piroetta per evitare di rimanere affettata. Raven finì sdraiata a faccia in giù sulla scrivania. Adrian le inchiodò le mani dietro la schiena prima che potesse reagire.

Si chinò sopra di lei e le sibilò all'orecchio: «Dov'è?»

«Non c'è bisogno di maltrattarmi» ribatté Raven mentre si divincolava. «Lui vuole che te lo dica.»

Adrian sapeva perché. Gli si annodò lo stomaco. «È diretto in California.»

«In realtà,» mormorò sorridendo con cattiveria «è già lì.»

***

Syre si allontanò dal letto dove dormiva sua figlia e andò nel soggiorno della suite a due stanze dell'hotel che aveva prenotato a Irvine. Torque era seduto sul divano con i gomiti sulle ginocchia e le dita giunte sotto il mento. Vash camminava incessantemente avanti e indietro.

«Le hanno fatto il lavaggio del cervello» sibilò la vampira. «Non so da quanto tempo sta con Adrian, ma l'ha addestrata bene. Ha cercato di uccidermi!»

Torque guardò Syre e scrollò le spalle. «Non l'ho vista in azione, ma ho curato le ferite di Vash. Shadoe le ha fatto proprio un bel lavoretto.»

I lunghi capelli della vampira le dondolavano intorno ai fianchi accompagnando i suoi movimenti frenetici. «Non credo che avrai il tempo di farla parlare. Ci vorranno anni per deprogrammarla, e il lycan che era con lei è quello che ha rapito Nikki.»

Torque ringhiò.

Syre si passò una mano tra i capelli. Un'ora prima, aveva ricevuto un sms che lo avvertiva che Adrian aveva fatto una visita a Raceport. In quel momento il capitano delle Sentinelle aveva scoperto che Lindsay Gibson non era più sotto la sua custodia, e ora stava già organizzando le ricerche. Molto presto sarebbe stato impossibile lasciare lo Stato senza che Adrian lo fosse venuto a sapere. Se Syre non avesse Trasformato Shadoe il prima possibile, niente avrebbe potuto salvarli.

«Forse dovresti prima Trasformarla,» disse Torque «e poi darle tutte le spiegazioni che vuole. Quando sarà tornata a essere Shadoe, non avrà più motivo di odiarci. A quel punto ci riconoscerà.»

Syre andò nella stanza adiacente e li scacciò con la mano. «Via. Tutti e due. Lasciatemi solo con lei.»

«Non è prudente» disse Vash. «Potrebbe cercare di ucciderti.»

«Come fa a sapere chi sono, se non glielo dice quel lycan?»

«Tu dai per scontato che non lo capirà. Ma io l'ho vista correre... l'ho vista saltare sopra un maledetto muro alto due metri e mezzo. Non è umana al cento percento, anche se ha quel maledetto odore addosso.»

Lindsay aveva l'odore di Adrian, e questo faceva venire il voltastomaco a Syre. Il leader dei vampiri era pronto a dirle perché aveva sofferto in tutti quegli anni. Era pronto a ricordarle quanto le fosse costata la passione di Adrian.

«Allora vuol dire che Shadoe sta per avere la meglio su Lindsay Gibson» disse. «E sono più al sicuro di quanto non pensi. Adesso va'. Aiuta Torque a trovare il lycan. Cerchiamo di sistemare le ultime cose finché siamo ancora qui.»

I due vampiri uscirono dalla porta e si ritrovarono nella stanza accanto mentre Vash lo guardava di traverso da dietro la spalla. Syre chiuse la porta a chiave alle loro spalle, sorridendo. Vash non sopportava di perdere, in nessuna circostanza. Il fatto di essere stata battuta da una sua allieva le rodeva parecchio. Se Lindsay Gibson non fosse stata l'involucro che conteneva la figlia di Syre, l'avrebbe uccisa molto tempo prima.

Syre udì il debole scricchiolio del materasso nella stanza, si voltò e guardò la porta con il cuore che gli martellava violentemente nel petto. Non era mai stato tanto vicino al riaverla. Adrian l'aveva sempre tenuta accanto a sé, nell'attesa che Syre si fosse infuriato e fosse venuto a riprendersela. Il capitano delle Sentinelle non aveva idea di quanti tentativi avesse fatto Syre in tutti quegli anni. Adrian era troppo preciso, troppo metodico... una macchina. Era praticamente impossibile violare il suo codice. Ma stavolta qualcosa era cambiato. Qualcosa lo aveva spinto ad agire in modo affrettato, a lasciarla scoperta, da sola... La ragione doveva essere la stessa Lindsay Gibson e il ritorno imminente di Shadoe. Magari era proprio questo che Adrian aveva atteso per tutto questo tempo.

Lindsay comparve sulla soglia, il suo sguardo penetrante

come quello di un falco. Lo sguardo di una predatrice. Di una cacciatrice. Lo posò prima su di lui, poi lo fece sfrecciare qua e là nella stanza relativamente piccola. «Tu cosa sei?»

«Quanto vuoi che sia preciso?»

Syre vide l'ombra della confusione attraversarle i lineamenti del viso. Lei non gli somigliava per niente, come non somigliava minimamente né a sua madre né a suo fratello, la cui provenienza asiatica era evidente dalla carnagione e dagli occhi a mandorla. Ma qualcosa dentro di lei lo riconobbe, lasciandola perplessa.

«Molto» rispose.

«Mi chiamo Syre. Sono un vampiro,» disse mentre la sua bocca si incurvava gentilmente mostrando un affetto sincero «e sono tuo padre.»

Lindsay fissò l'uomo affascinante in piedi a pochi metri da lei...

E scoppiò in una risata isterica che proveniva direttamente dallo stufato di emozioni che ribolliva dentro di lei. Rise finché le lacrime non le riempirono gli occhi e non le scesero lungo le guance. Rise finché il suo petto non fu scosso da violenti singhiozzi.

Syre, che in qualche modo riuscì a sembrare spaventato, provò a fare un passo verso di lei. Lindsay sollevò una mano per fermarlo.

Il vampiro si fermò. Il leader dei vampiri, che aveva mandato qualcuno a rapirla ad Angels' Point, si era fermato alla vista della sua mano alzata.

Le aveva obbedito. E lei lo aveva *riconosciuto*.

Lindsay aveva una certezza. Conosceva quell'angelo caduto, anche se apparentemente era troppo giovane per essere suo padre. Era bellissimo. Alto ed elegante come una Sentinella, solo molto più tenebroso. Decisamente pericoloso. Non solo per l'aspetto, che era ugualmente oscuro e pericoloso. I suoi capelli corvini e la carnagione color caramello erano una cornice perfetta per gli occhi marroni, evidenziando nel complesso la sua bellezza esotica.

Dio, il pensiero di lui e Adrian che combattevano per lei era una follia. Avevano gli stessi poteri.

«Dove siamo?» Lindsay aveva riconosciuto la catena dell'hotel dal logo, ma non sapeva in quale città si trovassero.

«Irvine.»

«Perché?»

Il vampiro le fece cenno di sedersi. Com'era già successo con Adrian, Lindsay si sentì inspiegabilmente attratta dal raffinato leader dei vampiri. Non si fidava di quella sensazione... non si fidava di lui. I vampiri ingannavano le loro vittime con la seduzione e con una falsa sensazione di sicurezza.

Lindsay invece si avvicinò al minibar ed estrasse il cavatappi dal cassetto. Un'arma piuttosto ridicola, ma era quello che passava il convento.

«Non devi difenderti da me, *tzel*» mormorò lui, sedendosi al piccolo tavolo da pranzo come se fosse l'uomo più spensierato del mondo.

«Non chiamarmi così» sbottò Lindsay, infastidita dal termine affettuoso di Adrian pronunciato dalle labbra di un altro.

«Perché no? È così che ti chiami.»

Lindsay deglutì a fatica e provò un'altra ondata di stordimento e il forte déjà-vu a cui si era abituata nelle ultime settimane. Ma che non per questo era meno sconcertante. «Io sono Lindsay Gibson. Mio padre si chiama... si chiamava... Eddie Gibson.»

«È vero... se ti riferisci al tuo corpo mortale.» I suoi occhi ambrati la guardavano con un'innegabile intensità. «Ma dentro di te c'è l'anima di mia figlia Shadoe.»

Lindsay impallidì improvvisamente.

«Credevi che a Adrian piacesse chiamarti così?» La voce leggermente roca di Syre era incantevole. «Pensavi che fosse un vezzeggiativo?»

Il suo gancio la colpì in pieno.
«Ah, è così.» Syre sorrideva compiaciuto e malizioso. «Scommetto che dopo il primo sguardo non ti ha lasciato più andare. Ti ha fissato con un'intensità sconvolgente, non è vero? Ti ha seguito con una determinazione irresistibile. Ti ha trattato come se fossi la cosa più preziosa del mondo. E quando un serafino come Adrian si mette in testa una cosa, la ottiene sempre.»
Lindsay si accasciò pesantemente sul minibar e si mise una mano sullo stomaco in subbuglio, cercando di regolare i suoi respiri.
«Tu sei una donna bellissima, Lindsay. Sono sicuro che fosse sinceramente attratto dalla confezione. Ma la donna che lui desidera ardentemente è dentro di te, è mia figlia, e lui ci tiene separati dall'alba dei tempi.»
«Non è possibile» sussurrò attraverso le labbra secche. «Io non sono posseduta dallo spirito di nessuno.»
Syre sollevò il mento. «Allora come la spieghi la tua velocità? Come spieghi la prima domanda che hai fatto quando sei entrata in questa stanza... '*Cosa* sei?', non '*chi* sei?'. Hai avvertito il mio potere con dei sensi che superano quelli del tuo corpo mortale.»
Lindsay lo fissò, e la sua gamba destra cominciò a contrarsi e a tremare per il nervosismo crescente.
«Ti stai chiedendo come sia possibile» disse il vampiro, mantenendo un tono basso e seducente. «Vedi, Shadoe fu ferita mortalmente. Tu eri una cacciatrice anche allora. Adrian ti amava così tanto che non poteva sopportare l'idea di perderti. Aveva già scoperto che io potevo rendere immortali gli altri, così ti portò da me quando eri in punto di morte e mi implorò di salvarti.»
Lindsay non si era accorta che stava piangendo finché le lacrime non le caddero sul petto.
«Non esitai un attimo» proseguì il vampiro. «Diedi inizio al processo di Trasformazione.»

«Per farmi diventare una vampira?» Lindsay era nauseata al solo pensiero.

Syre fece una risatina amara. «Adrian ebbe la stessa reazione. Era convinto che potessi guarirti senza Trasformarti. Eri messa troppo male, e il suo sangue non poteva aiutarti in alcun modo, ma aveva sentito dire che la Trasformazione portava le persone sul baratro della morte, e credeva che io potessi riportarti indietro. Tutto questo era vero, ma tu saresti tornata come una vampira. Quando capì cosa saresti diventata, ti finì lui stesso conficcandoti una spada nel cuore.»

Lindsay trasalì, immaginando quanto fosse costato a Adrian... uccidere la donna che amava per salvarla. Ma poteva anche comprenderlo. Tutte le tragedie che aveva dovuto affrontare, esattamente com'era accaduto a lei, erano state causate dai vampiri. Era normale che preferisse perdere il suo amore, piuttosto che vederla diventare una creatura succhiasangue senz'anima.

«Ma ormai era troppo tardi. Tu eri una *nafil*, una dei *nefilim*... figlia di una mortale e di un angelo. La tua anima era più forte di quella di un semplice essere umano. Aveva la forza di un'anima angelica, ma senza la debolezza delle ali. Prima che Adrian uccidesse il tuo corpo, io ti avevo già dato sangue a sufficienza per rendere immortale la tua parte sovrannaturale. E così sei tornata ripetutamente in vita, ogni volta in un corpo diverso, sempre come mia figlia.»

Sempre come la donna amata da Adrian. Una donna che non era lei.

Lindsay raddrizzò la schiena. «È una bella st... storia, ma non ti credo.»

«Perché dovrei mentire?»

«Per mettermi contro Adrian.»

Il vampiro fece un verso con i denti. «Al contrario, io voglio restituirtelo. Completamente. So che lo vuoi anche tu. È chiaro che lo ami moltissimo.»

«Che stai dicendo?»

Syre si alzò in piedi e si avvicinò a lei. «Posso concludere la Trasformazione, Lindsay. Posso darti l'immortalità e risvegliare l'anima che è dentro di te, quella che Adrian ama tanto. Posso privarti della mortalità che gli impedisce di averti. Le cose possono diventare ciò che avrebbero dovuto essere già da tempo.»

Lindsay rise, ma il suo fu piuttosto un grido spezzato di dolore. «Certo. Prendi la donna di Adrian e la Trasformi in vampira. L'ultima vendetta per aver perso le ali. Devi roderti dalla rabbia ogni volta che vedi le punte rosse delle sue belle piume. Dev'essere il dolorosissimo ricordo di come ti ha mutilato.»

Syre rimase impassibile di fronte al suo scatto d'ira. «Immaginavo che non mi avresti creduto. Ci crederesti se te lo dicesse lui?»

Il cuore di Lindsay si fermò. «Che vuoi dire?»

«Chiamalo.» I bellissimi occhi del vampiro scintillarono come pietre preziose. «Chiedigielo.»

22

Attraverso i finestrini posteriori del SUV nero Elijah guardò i cancelli che conducevano al branco del lago Navajo. Non riusciva a scrollarsi di dosso il timore che lo avvolgeva. Anche se Damien gli aveva assicurato che non era responsabile per il rapimento di Lindsay, perché tecnicamente era avvenuto mentre erano di guardia le Sentinelle, non gli avevano consentito di partecipare alla missione di salvataggio, ed era stato rispedito immediatamente al lago Navajo. L'intero branco di Adrian era stato rispedito in quel posto per formarne uno nuovo.

La portata estrema di quella decisione mostrava una profonda diffidenza. Lindsay era stata rapita ad Angels' Point, e questo significava che qualcuno era innegabilmente coinvolto. Mettere in quarantena i lycan sembrava il primo passo per tentare di identificare i colpevoli.

Anche se Elijah comprendeva la precarietà della sua situazione, ciò per cui temeva di più era la sorte di Lindsay. Quando il lycan aveva scoperto l'identità della vampira che lei aveva aggredito, le sue budella si erano rivoltate. Vash già gli dava la caccia per via del sangue ritrovato a Shreveport; per di più Lindsay era stata avvistata con lui... proprio mentre la attaccava. Poco ma sicuro, per la sua amica le cose non si mettevano affatto bene. Anzi, era proprio nella merda fino al collo. Elijah dubitava che Lindsay avrebbe superato viva quella giornata, ammesso che non fosse già morta.

Come se non bastasse, si trovava a centinaia di chilometri di distanza e non era in grado di aiutarla. La bestia dentro di lui fremeva irrequieta, e ringhiava tutto il suo desiderio di liberarsi dal guinzaglio. Se non fosse stato un alfa, Elijah avrebbe perso il controllo molte ore prima. In realtà, per la prima volta in vita sua stava considerando l'ammutinamento. Lui non aveva così tanti amici da potersi permettere di perderne uno senza battere ciglio, e Lindsay per lui era speciale... aveva già dimostrato in diverse occasioni di essere pronta a morire per salvargli il culo. E lui doveva ancora restituirle il favore.

Il veicolo rallentò fino a fermarsi al centro dell'avamposto. Elijah scese. Cinque o sei grandi furgoni avanzarono in fila dietro il SUV, poi anche il resto del branco di Adrian si riversò nel cortile.

Jason si avvicinò a Elijah. «Sei venuto in fretta. Bene. Ho ristretto la cerchia dei sospettati a sei. Uno di loro ha rubato il tuo sangue. Ho pensato che volessi interrogarli.»

Elijah fissò la Sentinella attraverso gli occhiali da sole, e quella dimostrazione di cameratismo lo mise subito in guardia. Jason non aveva molta considerazione per i lycan. Di tanto in tanto tornavano utili, ma erano comunque sempre sacrificabili... e a volte venivano trattati peggio dei cani.

La Sentinella gli diede una pacca sulla schiena e sorrise. «Pensavo che ti avrebbe fatto piacere. E invece mi guardi accigliato.»

Elijah mangiò la foglia e si ritrasse dalla presa della Sentinella. Jason lo stava facendo passare per il lycan che aveva più legami con gli angeli che con i membri della sua specie. Ecco perché lo avevano fatto viaggiare nel SUV. Ecco perché in quel momento Jason lo aveva preso da parte. Elijah aveva creduto che volessero prepararlo a ricevere la sua punizione.

E in effetti aveva avuto ragione, anche se non nel modo che si era aspettato.

Quando tornò verso gli altri membri del branco di Adrian, si accorse che lo guardavano tutti con disprezzo e determinazione.

Rachel si fece avanti e sibilò. «Pensi di essere uno di loro?»

«Tu sei una ragazza intelligente, Rach. Ormai dovresti aver capito che manipolano me quanto te. Ci manipolano tutti.»

Jonas si avvicinò. «Tu sei un alfa, Elijah. Che cosa hai intenzione di fare?»

Il giovane e impetuoso lycan indicò la palizzata alta dieci metri. «Se io fossi un alfa, distruggerei questa.»

«Per andare dove?» chiese Elijah.

Gli occhi di Rachel brillarono. «Non so cosa ti spaventi, El. Ma devi decidere da che parte stare. Non lasciare che Micah sia morto invano.»

«Non puoi darmi questo peso.»

«È *tutto* su di te» disse gelida. «Più di quanto immagini.»

Elijah spalancò la bocca per replicare, ma Rachel si trasformò in lupo e cominciò a ululare. Il resto del branco seguì il suo esempio, circondandolo con una chiassosa e plateale arrendevolezza. Le Sentinelle che erano nei paraggi spiegarono le ali, i loro occhi incendiati.

Jason si avvicinò e arricciò le ali in avanti, assumendo la familiare posa da combattimento. «Elijah...»

Il branco rispose alla minaccia implicita verso l'alfa, provocata da loro stessi, e balzarono in avanti in un mare agitato di pellicce diverse.

Le grida frantumarono la quiete della montagna. Gli angeli spiccarono il volo. I lycan in forma lupina come un'onda si riversarono fuori dalle porte sfondate e le finestre infrante. Gli spari e gli ululati impregnarono l'aria.

Elijah era in piedi in mezzo al caos, e guardò il mondo che conosceva trasformarsi in un mare di sangue, pellicce e piume. Le urla lo fecero vibrare echeggiandogli nella mente terrorizzata.

Un proiettile gli perforò la spalla, e la piccola parte argentata che conteneva gli bruciò la carne come acido. I lycan diventarono più frenetici e feroci quando fiutarono l'odore del suo sangue. Ora che non aveva più altra scelta, Elijah si lanciò nella mischia sperando di salvare più vite possibile.

Adrian guardò la città attraverso le finestre dell'ufficio di Syre. La trepidazione gli aveva raggelato il sangue. Col passare dei minuti, aveva l'impressione di sprofondare in una spirale di rabbia primitiva sempre più profonda.

Il suo cellulare vibrò sulla scrivania. Mentre lo sollevava e lo avvicinava all'orecchio, avvertì lo sguardo circospetto di Raven su di lui. «Mitchell.»

«Adrian.»

Il fiato gli esplose dal petto. «Lindsay! Dove sei? Sei ferita?»

«Non preferiresti chiamarmi *tzel*?» chiese lei con calma.

L'angelo sprofondò sulla sedia di Syre. «Cosa ti ha detto?»

«Mi ha raccontato molte cose, ma il succo è che dentro di me c'è la donna che ami. È vero?»

Adrian esitò per un istante quando percepì il dolore celato dietro la sua voce. «Tu porti l'anima di Shadoe, sì.»

Raven lo guardò avidamente dalla sedia nell'angolo, i suoi occhi scintillanti di gioia malevola.

«Perciò mi hai abbordato in aeroporto?»

«All'inizio era per lei» ammise. «Ma poi le cose sono cambiate. Ciò che abbiamo condiviso da quel giorno in poi lo devo a te, Lindsay.»

«Nel giro di qualche settimana hai dimenticato la donna che hai amato per secoli e ti sei innamorato di me?» Lindsay singhiozzò, e quel suono così addolorato gli spezzò il cuore. «Scusami, ma non la bevo.»

«Posso dimostrartelo. Dimmi dove sei, come trovarti. Se uccido Syre, l'anima di Shadoe sarà finalmente libera. Ci saremo solo io e te.»

«Però ieri mi hai detto addio, Adrian. Non hai sprecato molte parole, ma il concetto era chiaro. E il motivo era questo?»

«No, accidenti.» Adrian strinse una penna nel pugno. «Quando ucciderò Syre, il tuo corpo e la tua anima saranno solo tuoi. Non percepirai più il male che ti circonda. Non avvertirai più la presenza delle creature sovrannaturali. Non avrai più quelle capacità che hai sempre cercato di nascondere. Potrai essere finalmente normale. Condurre una vita normale. Goderti tutte le cose mortali importanti che finora non hai mai avuto il tempo di fare.»

Seguì un lungo silenzio, riempito soltanto dal suono dei loro respiri affannati. Adrian udì una porta che si chiudeva dall'altro capo del telefono. «Syre dice che può mettere a posto le cose. Può sistemare tutto.»

Adrian si inclinò in avanti. «Non ascoltarlo. Ti direbbe qualunque cosa per ottenere ciò che vuole.»

«Dice che se completa la Trasformazione potrai riavere Shadoe. Stavolta per sempre. La renderà immortale.»

«No, cazzo.» La stanza gli girava tutt'intorno. «Io non voglio.»

«Ah, no? Tutti questi secoli... tutte quelle incarnazioni... L'hai sempre ritrovata e amata. E perduta... continuamente. Ora c'è la possibilità di mettere fine a tutto questo.»

«Si sbaglia, Lindsay.» Adrian udì la sua voce roca, la brutale disperazione, e si chiese perché invece lei non la sentisse. «Lui crede che l'anima *nafil* di Shadoe, che in parte è angelica, sia più forte della tua. Forse era vero quando era viva. Ma Shadoe è morta. È una clandestina che vive nel *tuo* corpo. La tua anima controlla il tuo corpo più di quanto possa fare la sua. Tu non sei come le altre incarnazioni. Tu avverti i suoi impulsi, ma riesci a ignorarli. Sei sempre stata *te stessa,* da quando ci siamo conosciuti. Se permetterai a Syre di completare la Trasformazione, la sua anima sarà liberata, la tua morirà e quello che rimarrà sarà solo una vampira succhiasangue. Tu non vuoi questo. Non lo voglio io.»

Adrian udì un sospiro sommesso.

«Lindsay.» Gli bruciavano gli occhi. Aveva i polmoni in fiamme. «Ti prego. Ti prego, non farlo. Aspettami, parliamone. Nelle ultime ventiquattr'ore ne hai passate troppe. Sei ancora sotto shock per la morte di tuo padre... è comprensibile. Ti serve un po' di tempo per riflettere. Per guarire. Lascia che ti consoli come tu hai fatto con me.»

«Non ho bisogno di riflettere. A prescindere da come andrà la Trasformazione, alla fine tu sarai libero. Con lei o senza di lei, questo ciclo orribile che ti ha fatto soffrire per tutta la vita finalmente finirà.»

La penna che Adrian aveva in mano si spezzò, e l'inchiostro nero schizzò sulla scrivania. «Posso ottenere lo stesso risultato uccidendo Syre. Lui ha dato inizio alla Trasformazione; solo lui può portarla a termine. Fammi fare a modo mio. Lascia che ci pensi io.»

«Adrian...»

«Ti amo, Lindsay. Amo *te*. Non lei. Un tempo la amavo, ma ora non più. Non come prima. Non l'amo più da molto tempo, e ieri notte finalmente l'ho capito. Non l'ho mai amata come amo te. Ti supplico... con tutto me stesso... con tutto quello che ti appartiene... non farlo.»

«Sono convinta che mi ami» sussurrò lei, talmente piano che l'angelo la udì appena. «Nei limiti del possibile. E questo è un altro motivo per finirla qui. Finché ci sarò io, non riuscirai mai a lasciarmi andare... lo sento dalla tua voce. Ti schianterai ripetutamente sulle rocce finché non ti sarai sgretolato completamente. Non posso lasciartelo fare. Almeno, quando mi sarò Trasformata, mi lascerai andare. Quando sarò una vampira.»

Adrian si alzò in piedi, e il suo BlackBerry scricchiolò nella sua mano. «Lindsay!»

«Ti amo, Adrian. Addio.»

Lindsay uscì dalla camera fresca di doccia, pulita dentro e fuori. Syre attendeva pazientemente al tavolo da pranzo. Aveva l'impressione che fosse un tipo infinitamente paziente e ostinato, capace di aspettare con assoluta calma per ore e ore. Emanava una padronanza di sé e un autocontrollo proprio come Adrian, la cui bellissima voce l'aveva aspramente criticata e frustrata con la forza delle sue emozioni. Lei lo stava rendendo più umano ogni giorno di più, indebolendolo proprio mentre doveva essere più forte di tutti. Affrontare Syre faccia a faccia ne era la dimostrazione più lampante. Il leader dei vampiri era un essere incredibilmente forte con cui fare i conti, e la vicecomandante era una pazza omicida. Nei giorni a venire, Adrian avrebbe dovuto essere all'altezza della situazione se voleva sopravvivere.

«Sei pronta?» Il vampiro si alzò in piedi con movimenti aggraziati e assolutamente fluidi.

Lindsay annuì. «Sì. Sono pronta.»

Syre le fece cenno di tornare in camera da letto.

«Puoi dirmi cosa succederà?» chiese Lindsay mentre si sdraiava sul letto come le aveva ordinato. Il cuore le martellava così violentemente nel petto che si aspettava di avere un infarto da un momento all'altro.

Il vampiro si sedette sul letto accanto a lei e le prese la mano. La guardò dritto negli occhi, i suoi perfetti lineamenti addolciti da un'espressione affettuosa. Le bastava guardarlo per capire quanto doveva essere stata bella Shadoe. Una bellezza esotica che aveva reso Adrian per sempre schiavo dell'amore.

«Berrò il tuo sangue.» La sua voce era calda e inebriante come un brandy. «Ti condurrò in punto di morte. Poi ti riempirò nuovamente con il sangue delle mie vene, e questo ti Trasformerà.»

«La mia anima morirà.»

Per un attimo sembrò disposto a mentirle. Poi annuì. «Le anime dei mortali non sopravvivono alla Trasformazione. Ma se può consolarti, io credo che Shadoe abbia assorbito una parte di te nel periodo che avete trascorso insieme. Potresti continuare a esistere, in un certo senso. Non credo che scomparirai del tutto.»

«Però non ne sei sicuro.»

«No» ammise. «Tu sei unica.»

Lindsay fece un sospiro tremante. «Okay. Sono pronta.»

Syre le scansò i capelli dalla fronte. «Tu lo ami davvero. Vorrei capire perché. Ogni volta che torni ti innamori di lui.»

Lindsay chiuse gli occhi. «Ti prego. Facciamola finita.»

Avvertì l'umidità del suo respiro speziato a contatto con il suo polso, poi il dolore pungente del suo morso.

Lindsay fluttuò in un miasma stranamente caldo. Come una nuotatrice sul dorso, si lasciò trasportare languidamente, il senso del tempo e dell'urgenza completamente svaniti.

Intorno a lei si sollevavano e si increspavano onde di ricordi. Alcuni erano i suoi; la maggior parte no. Li passò in rassegna affascinata, e guardò la serie di eventi come se stesse assistendo alla proiezione di un film. C'erano molte versioni di lei, era come l'unica attrice di una recita infinita con tanti personaggi, ambientazioni ed epoche storiche diverse.

In fondo alla sua mente registrò l'eco di un bruciore. Intorno a lei, il fumo e il fuoco lambirono le rive dei suoi ricordi, facendo bollire l'acqua finché non avvertì una piacevole sensazione intorno alla sua carne nuda. Provò a voltarsi e a immergersi nella profondità delle acque, ma sotto la superficie non c'era nessun fondale. Solo un vuoto infinito e la stimolante sensazione di quell'abisso che le succhiava le dita dei piedi invitandola a raggiungerlo.

Lindsay riemerse in superficie e tornò nella posizione orizzontale tenendo le gambe lontane dalla sensuale attrazione sotto di lei.

Non riusciva a fuggire da quel calore sempre più intenso.

«Presto finirà.»

Lindsay si voltò per cercare quella voce e vide una donna che galleggiava lì vicino. Una donna con tratti esotici da mozzare il fiato. Una donna la cui incredibile bellezza si sarebbe sposata perfettamente con la misteriosa magnificenza di Adrian.

«Shadoe.»

Shadoe incurvò la bocca. «Ciao, Lindsay.»

Lindsay distese un braccio, e quando le loro dita si incrociarono avvertì una scarica di sollievo refrigerante lungo il braccio. La sua mente si riempì di immagini di Syre e di una bellissima donna asiatica. I due ridevano. Giocavano. Inseguivano due bimbi che ridacchiavano in un campo d'erba alta. Syre aveva le ali. Grandi ali magnifiche di un azzurro che si intonava perfettamente al colore dei suoi occhi. Le spiegò e le distese in una palese manifestazione di gioia. Poi sollevò la bambina e la baciò sulla fronte. Lindsay avvertì la pressione di quelle labbra sulla sua pelle, percepì l'amore paterno che accompagnava quel bacio come se fosse destinato a lei.

Syre posò Shadoe a terra e inseguì suo figlio, un bambino adorabile con le braccia e le gambe paffute. Shadoe si avvicinò alla madre, che stava allestendo un picnic. Si sedette sul bordo della tovaglia e lanciò qualche pezzettino di verdura verso il confine della pianura, dove l'erba cominciava a dominare il paesaggio.

All'improvviso comparve una specie di coniglio morbido, vaporoso e bianco. Dopo aver seguito il sentiero tra la vegetazione fitta verso di lei, Shadoe accarezzò la sua testolina fiduciosa con la punta delle dita. Quando la creatura si fece più audace, e si inclinò per posare le zampe anteriori sulla coscia di Shadoe, la piccola rise contenta e la sollevò come aveva fatto Syre qualche minuto prima con lei. Sfregò il naso lentigginoso contro quello dell'animale, poi nascose il viso nel suo collo.

L'urlo della creatura spaventò talmente tanto Lindsay da farla sobbalzare e affondare sotto le onde. Il ricordo le scivolò via e rimase intrappolato nella risacca agitata sulla riva cocente, ma non prima che Lindsay avesse fiutato l'odore intenso del sangue e la bellezza cremisi che si immergeva nel bianco candido. Come le ali di Adrian.

Lindsay agitò le gambe per riemergere in superficie, e riprese aria con un misto di paura, fascino e fame sempre più intensa. L'odore del sangue di quella creatura la faceva impazzire. Le venne l'acquolina in bocca per il desiderio di bere avidamente come aveva fatto Shadoe.

Quando Shadoe vide Lindsay sputare l'acqua tra i respiri affannati, sorrise. La *nafil* galleggiò aggraziatamente sulla schiena con le mani dietro la testa. I suoi capelli scuri si aprivano a ventaglio come la gonna trasparente del suo vestito. Sembrava una ninfa bellissima e seducente.

«Tu eri già una vampira» l'accusò Lindsay.

«No. I *nefilim* erano già assetati di sangue prima della caduta dei Vigilanti. Le nostre metà angeliche avevano bisogno dell'energia presente nella vita degli altri.» Non c'era orrore né rimorso nella voce della donna. Non si vergognava, e non era imbarazzata.

Lindsay si sforzò di dare un senso a tutto questo. La rabbia cocente stava svanendo lentamente, e tornò il languore di prima. Ebbe l'impressione di addormentarsi mentre affondava nell'abbraccio setoso dei ricordi che la circondavano.

«Lui mi ama da sempre» disse Shadoe con disinvoltura. «È ossessionato da me.»

«Lo so.»

Lindsay fu avvolta da nuovi ricordi, e ne riconobbe alcuni

che aveva già sognato. Ora avevano senso. Tutte le immagini e le scene che aveva visto riguardavano Adrian nei momenti di lussuria e di passione. Lindsay li guardò con una gelosia intensa e feroce. Chiuse gli occhi, ma non trovò alcun sollievo. I ricordi erano impressi nella sua mente e sussurravano. Canticchiavano. Supplicavano. Mentre stava per immergersi sotto la superficie delle onde per sbarazzarsi di loro, vide sé stessa. Smise di battere le gambe e si lasciò trasportare dal ricordo, rivivendo i teneri momenti che aveva condiviso con Adrian.

'Ho bisogno di te, *tzel*.'

Quando Lindsay capì quello che significava, avvertì un dolore cocente: quando aveva fatto l'amore con lei, aveva pensato a un'altra.

I ricordi continuarono implacabili, e non le diedero pace.

'Prendimi, *neshama sheli*.'

Lindsay pianse per l'emozione intensa di Adrian che le chiedeva di prendere tutto quello che aveva da offrirle.

«Cosa significa?» chiese a Shadoe con una voce indebolita dal dolore e dal desiderio. «*Neshama sheli?*»

«Significa 'anima mia'. È un vezzeggiativo.»

Lindsay improvvisamente capì. Mentre i ricordi vorticavano intorno a lei, ruotando sempre più veloci fino a formare una spirale verso il basso, si accorse di quanto le parole affettuose dell'angelo fossero mutate col progredire della loro relazione. Verso la fine, si era rivolto a lei solo come la sua anima. Non quella di Shadoe, ma quella di Lindsay.

'No, *tzel*. Ti libererò. Ti lascerò andare...'

Aveva detto addio a Shadoe, non a lei.

Lindsay riprese a battere le gambe verso l'alto, combattendo contro la forza del vortice che la risucchiava. Gridò in cerca d'aiuto, mentre annegava con l'improvvisa consapevolezza di quanto avesse interpretato male i sogni che aveva fatto la notte precedente.

Adrian l'amava. Lei era pazza di lui abbastanza da morire

per la sua felicità. E, a quanto pareva, solo lei poteva dargliela... era lei la donna che lo rendeva felice.

Lindsay non si sarebbe arresa. Si rifiutava di farlo. Lui la conosceva dentro e fuori. Fin dall'inizio le aveva concesso di scegliere in quale direzione viaggiare, e qualunque strada lei avesse scelto, l'hotel o la missione di caccia, con o senza di lui, Adrian aveva fatto tutto il possibile per concederle quella libertà mentre aveva continuato a proteggerla. Con Adrian poteva essere sé stessa, e lui l'avrebbe amata così com'era. L'avrebbe protetta.

Facendo appello a tutte le sue forze, Lindsay combatté l'incessante forza attrattiva dell'abisso che ora brillava sotto di lei, ma i ricordi che la circondavano si sollevarono sempre in un vortice sempre più alto, e la serie di immagini nel cielo sovrastante parve allontanarsi sempre di più.

«Shadoe!» gridò. «Non lo avrai mai tutto per te. Mai più.»

Un braccio spuntò all'improvviso e le afferrò il polso. Shadoe si affacciò dal bordo del vortice, i lunghi capelli neri dondolavano come una tenda davanti al viso grazioso.

«Una parte di lui ora mi appartiene.» Lindsay gemette quando la sua spalla si separò dall'articolazione tirata da due direzioni opposte. «Non mi sembri il tipo di donna che accetta di condividere qualcosa.»

«E tu invece sì?»

Lindsay serrò la mandibola per sopportare il dolore. «Prenderò da lui quello che posso» disse. «Se qualche volta penserà a te, lo sopporterò. Ma tu riuscirai a sopportare l'idea che lui faccia l'amore con il mio corpo mentre è con te?»

Shadoe socchiuse gli occhi a mandorla. Poi le sue labbra carnose si incurvarono in un sorriso. Lasciò andare il suo braccio, e Lindsay cadde verso la luce raggiante sotto di lei.

«*Shadoe.*»

La sua rivale si tuffò nel vortice e la superò con le braccia distese e le mani giunte a formare una lama sottile. Tagliò la luce e scomparve al suo interno. Di colpo il vortice cambiò direzione, e cominciò a roteare verso l'alto. Mente le immagini in movimento sopra Lindsay si precipitavano andandole incontro, lei trattenne il fiato e chiuse gli occhi.

Poi fu schizzata fuori dalla tempesta e tentò di riprendere aria per recuperare i sensi.

Lindsay si piegò in avanti e si svegliò in un letto sconosciuto. Dopo aver sbattuto le palpebre, vide che Kent Magus era seduto su una sedia accanto a lei.

«Kent?» chiese, e si rese conto di essere madida di sudore. Era talmente sudata da aver inzuppato anche la coperta e le lenzuola sotto di lei. Sentì qualcosa di duro in bocca. Lo sputò, poi sputò un'altra cosa. Quando vide due canini umani nel palmo della sua mano, fece una smorfia. «Che ci fai nel mio sogno?»

Kent la fissò, poi si accigliò. «Lindsay...? Dov'è Shadoe?»

«Anche *tu* hai una cotta per lei?» Lindsay socchiuse gli occhi. I bellissimi lineamenti di Kent somigliavano a quelli della donna alla quale aveva appena detto addio nella sua mente... o nella sua anima, ovunque fosse accaduto. «Se n'è andata. Non tornerà più. Ora è in un posto migliore, come si dice in questi casi.»

«Merda» sussurrò lui, passandosi le dita tra i capelli che si erano drizzati.

«Che ci fai qui?»

Kent si stropicciò gli occhi umidi e arrossati. «Sono tuo... sono il fratello di Shadoe, Torque.»

«Ah. Pensavo che fossi il receptionist notturno.» Lindsay si lasciò cadere sul letto bagnato con un gemito, certa di essere sul punto di impazzire o di morire. Nessuno poteva sopravvivere all'orrore che aveva affrontato lei. Brividi violenti le scossero il corpo come se stesse congelando, ma in realtà si sentiva bruciare. Le parve di avere la bocca piena di cotone che sapeva di cenere e nicotina. Il suo stomaco si contorse come se si preparasse a vomitare, e la testa le pulsava talmente tanto che pensò che qualcuno stesse cercando di sfondarle il cranio dall'interno.

Ma la realtà nella quale si era svegliata era anche peggiore.

Era ancora Lindsay, ancora pazza di Adrian, ma era diventata qualcosa che entrambi odiavano e cercavano di uccidere... un vampiro.

23

Adrian vide il fumo che si sollevava dalle macerie qualche chilometro prima di raggiungere il lago Navajo. Quando Damien guidò il SUV attraverso i cancelli, si ritrovarono letteralmente in un territorio di guerra. Solo poche cose erano rimaste in piedi, e gli incendi ardevano incontrollati. L'edificio che aveva ospitato gli archivi criogenici era svanito lasciando una fossa annerita profonda parecchi metri. Non era rimasta una finestra intatta. Migliaia di piume e decine di cadaveri nudi punteggiavano il terreno.

Per la prima volta in due giorni, l'emozione penetrò la spessa coltre di dolore che offuscava la mente e il cuore di Adrian.

L'angelo scese dal veicolo e scrutò la devastazione. Si sfregò il dolore sordo che provava nel petto e chiese: «Quante vittime tra le Sentinelle?»

«Cinque, compreso Jason.»

Nel giro di poche ore c'erano state più vittime di quante ne avessero avute negli ultimi secoli, più il suo secondo in comando e la Sentinella che lo aveva sostituito nel giro di un mese. «Quanti lycan?»

«Una trentina.» Damien era pallido e teso. «Anche se probabilmente altri sono fuggiti e sono morti altrove per le ferite riportate. Alcuni sono rimasti fedeli a noi, ma non so quanto potranno esserci utili. Gli altri lycan li uccideranno a vista.»

Adrian vagò tra i resti dell'avamposto distrutto. Quello era stato l'episodio più grave, perché avrebbe potuto causare la fine di tutte le Sentinelle.

E lui non si sentiva per niente in forma. Tutto era torbido, come se stesse guardando il mondo attraverso un vetro sporco e incrinato.

Dov'era Lindsay? Come stava? Era stata Trasformata? Syre si stava godendo finalmente il ritorno della figlia dopo tutti quei secoli di lontananza?

Il pensiero di rivedere Shadoe nel corpo di Lindsay lo ferì come un rasoio affilato, ma lui sapeva che prima o poi quel giorno sarebbe arrivato, ammesso che la Trasformazione si era conclusa come Syre aveva predetto. Non aveva la minima idea di come avrebbe potuto sopravvivere a un incontro del genere. Poteva solo sperare che il Creatore gli avrebbe risparmiato una simile agonia.

Adrian si sforzò di riportare la mente distrutta sull'orrore immediato che avevano davanti. «Gli altri branchi lo sanno già?»

«Non tutti» rispose Damien tristemente. «Ma da ieri non riusciamo a metterci in contatto con quelli di Andover e Forest River.»

Adrian tornò al SUV per prendere gli attrezzi che aveva sistemato nel retro. «Seguiremo il protocollo, bruceremo i cadaveri e poi demoliremo il resto. Non possiamo lasciare niente ai curiosi.»

«Sì, capitano.»

Sentire il suo grado lo fece rabbrividire. «Quando saremo tornati a Point, tu e Oliver studierete come procedere da qui in avanti. Per dopodomani dovrete aver trovato il mio sostituto.»

«Adrian.»

L'angelo avvertì il peso dello sguardo di Damien su di sé. Le altre Sentinelle che erano con loro, Malachai e Geoffrey, si fecero avanti.

«Mi dispiace» disse bruscamente, la sua gola stretta dal rimorso. Avrebbe dovuto sostenere i suoi uomini, incoraggiarli e dar loro una motivazione quando avevano il morale a terra. Ma lui stesso si sentiva perso. «Vi ho deluso. Avrei dovuto ritirarmi dalla missione non appena sono caduto. Forse tutto questo non sarebbe successo.»

Lindsay. Dove sei?

«Io ho sempre pensato che la tua capacità di provare emozioni umane fosse un punto di forza, per noi» disse Damien.

Malachai annuì accanto a lui.

Geoffrey, un serafino taciturno, scrollò le spalle. «Mentirei se dicessi di non essere mai stato attratto da una mortale.»

Mentre agitava le ali con fare irrequieto, Adrian impiegò diversi momenti per decidere che cosa dire. «Forse dovremmo richiamare tutte le Sentinelle a Point. Parlarne tutti insieme potrebbe darci le risposte e la forza che ci servono.»

«La mia forza sei tu, capitano» disse Malachai con una calma convinzione.

Com'era possibile, si domandava Adrian, se non aveva più forza lui stesso? Non sapeva se gliene fosse rimasta una briciola da qualche parte, perché si sentiva totalmente svuotato.

Lindsay. Dove sei?

La vena della cameriera pulsava piena di vita, pompando sangue denso e nutriente nel suo corpo indaffarato.

Lindsay percepì ogni singolo battito del cuore di quella donna come lo stesse udendo attraverso uno stetoscopio. I suoi canini si distesero, e la sua salivazione aumentò. Serrò i pugni per il bisogno impellente di nutrirsi.

Syre era seduto sul divanetto lì vicino, con i gomiti appoggiati sulle ginocchia divaricate e la fronte tra le mani. Fissava il pavimento, ma Lindsay sapeva che aveva un'espressione desolata. Stava soffrendo, e il suo dolore era una presenza palpabile in quella stanza d'albergo.

Torque era in piedi davanti al minibar, e sorvegliava le sacche di sangue vuote che avevano usato mentre lei aveva completato la sua Trasformazione. Stava esaminando Lindsay anche troppo attentamente, la scrutava come se sperasse di ritrovare in lei sua sorella, o qualche altro miracolo.

Quanto a Lindsay, se ne stava seduta al piccolo tavolo da pranzo in attesa che l'assassina dai capelli rossi facesse la sua comparsa. Profondamente nervosa, stava facendo roteare il suo cellulare sul tavolo con la mano destra. La luce rossa lampeggiante nello schermo la avvertiva che non aveva ancora ascoltato i messaggi che Adrian ed Elijah le avevano lasciato, ma lei non aveva alcun bisogno di ascoltarli. Era troppo affamata, si sentiva come una tossica bisognosa di droga. Tremava e aveva la nausea. Il suo corpo bramava il sostentamento, ma il suo stomaco ribolliva al pensiero di ingerire del sangue.

«È solo una tua convinzione» le aveva detto Torque quella mattina. «Assaggialo, e vedrai.»

Lui era molto gentile e premuroso con lei, come Syre, ma Lindsay si sentiva comunque un'imbrogliona. Come si era sentita a suo agio con Adrian, si sentiva altrettanto a disagio con i vampiri. Loro non sapevano che aveva passato quasi tutta la vita a dare la caccia alla loro specie. Non sapevano che non si sarebbe fermata finché non avesse ucciso Vashti.

La sua esecuzione avrebbe segnato la fine della sua vita, di questo era certa. A quel punto loro avrebbero ucciso anche lei, e sarebbe stata una benedizione. Ormai non le restava più niente. I suoi genitori erano morti, doveva succhiare il sangue per vivere... e d'ora in poi Adrian l'avrebbe odiata. Lui aveva ucciso Shadoe, la donna che aveva amato fino a ossessionarsi e che lo aveva fatto cadere, pur di non vederla diventare una vampira.

Il vento gemette lungo il corridoio che circondava l'atrio. Quel suono lamentoso le spezzò il cuore... anche Adrian era in lutto.

La cameriera si precipitò fuori dalla suite come se i segugi dell'inferno la inseguissero col fiato sul collo. Non poteva non avvertire la tensione in quella stanza. Lindsay si chiese cosa avrebbe fatto quella donna, se avesse saputo che era la candidata ideale per diventare una merenda sostanziosa.

Quando la porta cominciò a richiudersi, fu improvvisamente spinta di nuovo verso l'interno. Vash irruppe nei suoi stivali tacco dieci come se fosse la regina del mondo.

Lindsay sentì la sete di sangue e l'aggressività esplodere dentro di sé. Dilatò le narici, e i suoi occhi si concentrarono sulla donna che voleva uccidere da una vita. Ora i suoi sensi erano così potenti da sopraffarla, ma non avrebbe avuto la possibilità di abituarcisi. Sarebbe stata finita per sempre nel giro di trenta minuti.

Vash si gettò i capelli lunghi dietro la spalla e lanciò un'occhiata a Lindsay. Quando i loro sguardi si incrociarono rimase pietrificata, e il suo volto assunse un'espressione di scontenta rassegnazione.

«Oh, merda» mormorò un attimo prima che Lindsay si avventasse su di lei con un balzo che coprì l'intera lunghezza della stanza.

Lindsay scagliò la vampira sul divanetto e mancò Syre di un millimetro quando il vampiro si scansò alla velocità della luce. Il divano si spezzò a metà e si ripiegò intorno a loro come un taco. Incastrata nel mezzo, Vash non riuscì a proteggersi la giugulare. Con i canini distesi, Lindsay l'addentò in profondità. Poi trafisse con un pugno i cuscini della seduta e con la mano cercò un frammento di legno del telaio rotto. Vash si divincolò sotto di lei mentre imprecava con la voce gorgogliante.

I ricordi della vampira colpirono Lindsay con la forza delle cascate del Niagara... la storia di Vash trasmessa dal suo sangue. La linfa vitale di cui le Sentinelle e i Caduti avevano bisogno per sopravvivere.

Lindsay si ritrasse all'improvviso, e dopo aver inciampato all'indietro finì col sedersi pesantemente sul tavolino. Si asciugò la bocca insanguinata con il dorso della mano e vide la stanza girarle intorno per la frenesia con cui si era nutrita e la sorpresa di scoprire l'innocenza di Vash.

«Non sei stata tu!» Lindsay si afferrò la testa martellante, in preda alle vertigini e disorientata dall'assalto di secoli e secoli di ricordi che non includevano la morte di sua madre.

Vash riuscì a rialzarsi in piedi mentre cercava di arginare la vena che fiottava sangue premendola con la mano. «Questa è la seconda volta che chiudo un occhio, brutta stronza. La prossima volta che mi aggredirai te la farò pagare cara.»

«Come vuoi» mormorò Lindsay, schiacciata dalla consapevolezza di dover ricominciare a cercare un ago in un pagliaio. Il pensiero che nel frattempo avrebbe dovuto nutrirsi di sangue non l'allettava per niente. Era diventata uno dei mostri a cui dava la caccia, e cercare l'assassino di sua madre mentre avrebbe fatto ad altri quello che loro avevano fatto a lei sarebbe stata un'ipocrisia incredibilmente inquietante. «Fammi un favore, finiscimi una volta per tutte.»

«Come vuoi» disse Vash, un attimo prima di sferrarle un calcio in testa.

Lindsay non ebbe il tempo di vedere la moquette del pavimento che le arrivava addosso.

Adrian lanciò il borsone sul letto e spiegò le ali, poi le distese cercando con tutte le forze di alleviare la tensione sfiancante che avvertiva alle spalle. Mentre andava in bagno per fare una doccia, qualcuno bussò alla sua porta aperta.

Si fermò e vide Oliver, che aveva un'espressione triste come tutti i volti che aveva visto negli ultimi tre giorni. «Sì?»

«Capitano, c'è una cosa che devi vedere assolutamente.»

La serietà del tono di Oliver rinnovò la tensione dolorosa che Adrian provava alla schiena. «Che succede?»

«Vampiri ai cancelli.»

Ribollendo di rabbia, Adrian uscì sulla veranda, volò fino alla fine del viale e si piazzò proprio davanti alla barriera di ferro battuto. Non c'era più alcuna guardia, i lycan avevano abbandonato la struttura. Il suo approccio solitario era impavido e impulsivo, e dimostrava quanto poco tenesse alla sua vita in quel momento.

Una berlina con i finestrini oscurati era ferma sulla strada principale, col muso già puntato verso la strada in discesa. Dall'altra parte dei cancelli c'erano Torque e Raze.

«Dove sono i tuoi cani, Adrian?» ringhiò Raze. Le enormi labbra del vampiro si arricciarono mentre scrutava la tenuta attraverso gli occhiali da sole.

«Non ne ho bisogno per tenervi a bada.»

Torque dondolò sui talloni. «Ho un regalo per te.»

Un brutto presentimento raggelò i tendini di Adrian, ma lui assunse un'espressione annoiata e disse impassibile: «Se non è Lindsay Gibson, non me ne frega un cazzo.»

«È proprio lei. E sta morendo.»

Per la prima volta dopo tanti giorni, il cuore di Adrian palpitò pieno di vita. Torque non avrebbe mai portato Shadoe lì. Solo Lindsay... una donna con la quale Syre non aveva un vero legame. Ma Adrian doveva esserne comunque sicuro. «E Shadoe?»

Torque scrollò la testa. «Se n'è andata. E Lindsay non vuole mangiare. A parte un bel morso che ha strappato a Vash, non ha ancora bevuto una goccia di sangue. Il battito del suo cuore si è rallentato talmente tanto che quando siamo arrivati qui ho creduto che fosse già morta.»

Prima che Torque potesse aggiungere altro, Adrian aveva già varcato i cancelli e staccato lo sportello dalla macchina. Lindsay era distesa sui sedili posteriori, e la sua pelle un tempo dorata adesso era pallida come l'alabastro. L'angelo la protesse dai raggi solari con le sue ali, senza curarsi di come fosse diventato mentre dava le spalle ai due vampiri. Lindsay giaceva immobile come un cadavere, il suo petto si muoveva appena.

«Syre te la restituisce in onore di Shadoe» disse Torque con calma. «Lei ha portato dentro di sé l'anima di Shadoe. Noi le siamo grati, e tu puoi riscuotere la tua ricompensa.»

Adrian distese le braccia e afferrò la coperta aggrovigliata che era vicino a lei, poi la avvolse intorno al suo corpo molle e la estrasse dalla macchina. La tenne stretta a sé, spiccò il volo e superò i cancelli.

«Non c'è di che!» gridò Raze alle sue spalle, ma Adrian si stava già precipitando dentro casa.

L'angelo portò Lindsay nella sua camera da letto e la infilò sotto le coperte, poi chiuse le tende per proteggerla dalla luce del sole. Era fredda come il marmo, e altrettanto esanime. Adrian le tolse i vestiti con la forza del pensiero, e dopo essersi steso accanto a lei la abbracciò per trasmetterle il suo calore. Quando entrò in contatto con il suo corpo freddo, fu scosso da un violento tremore.

«Lindsay» sussurrò sfiorandole la testa con le labbra. Lei aveva un profumo buonissimo, e lo annusò con un respiro tremante. Le lacrime bagnarono il suo viso e i capelli di Lindsay, mentre la quiete della stanza era rotta dai singulti serrati e incontrollabili della sua gola dolorante.

Adrian si ritrasse da lei quel tanto che bastava per osservarla, e con la mano tremante le scansò i ricci ribelli dal viso. Le sue pallide labbra socchiuse rivelarono la punta di una zanna. Il cuore di Adrian si strinse nel petto. «*Neshama*, non lasciarmi.»

Le infilò il dito in bocca, e la punta affilata di un canino gli tagliò il polpastrello. Fece scivolare il dito sanguinante più all'interno e glielo passò sulla lingua. «Bevi» le disse. «Bevi, altrimenti morirai e ucciderai anche me.»

Adrian attese alcuni interminabili istanti. Quando vide che Lindsay non si muoveva, ritrasse la mano e si tagliò un secondo polpastrello, poi infilò entrambe le dita sanguinanti nella sua fredda bocca.

Le labbra di Lindsay tremarono.
«Sì, *neshama sheli*. Bevi. Torna da me.»
Con un gemito lento e flebile, Lindsay deglutì leggermente.
«Bevi il mio sangue» la esortò. «Bevine quanto ne vuoi.»
Un altro leggero movimento della gola. Le sue palpebre fremettero, la pelle era così trasparente che Adrian poteva vedere la fitta rete di venature blu che scorrevano sotto la superficie. Poi si sollevarono rivelando le iridi ambrate dei vampiri. Lindsay aveva lo sguardo vacuo, il suo era respiro ancora troppo basso.
Adrian fece per ritrarre le dita, ma lei mosse la lingua inchiodandole al palato. Era troppo debole per poterlo trattenere, e lui si liberò incurvando le labbra con un sorriso triste quando lei miagolò in segno di protesta.
Dopo essersi voltato, Adrian fece risalire le dita sanguinanti sulla spessa arteria del suo collo. La bocca di Lindsay la seguì, si aprì e gliela circondò come una bambina affamata. Lui le prese la nuca con la mano e gliela tenne ferma in quel punto.
Lindsay gli leccò ripetutamente l'arteria pulsante, facendola gonfiare ed eccitandolo al tempo stesso. Quando gli trafisse la pelle con le zanne, l'uccello di Adrian si indurì all'istante. Lei prese a succhiargli il sangue con un ritmo costante, mentre scariche di lussuria e desiderio si irradiavano tutte intorno al punto in cui lo aveva morso. La pelle di Lindsay cominciò a riscaldarsi, e il suo corpo riprese forza man mano che beveva. Il suo gemito vibrò attraverso di lui facendolo sobbalzare per quell'ondata di sensazioni.
Lindsay cominciò a sfregarsi contro il suo corpo facendo le fusa, arrendendosi al piacere sessuale che i vampiri traevano nel nutrirsi. Dopo averlo agganciato a sé con una gamba, posò il suo sesso sulla sua coscia e si lasciò dietro una scia umida.
Adrian la afferrò per i fianchi, ancora più eccitato al pensiero degli anni a venire, dei giorni interminabili che avrebbe passato con la donna che amava per sempre al suo fianco. «Mettimi dentro di te, Lindsay. Montami fino a venire.»

Lindsay estrasse le zanne. «Fino a *farti* venire» sussurrò lei, mettendosi a cavalcioni sopra di lui.

Poi gli leccò i due fori gemelli per richiuderli. Distese una mano tra loro, gli circondò l'uccello con le mani calde e lo avvicinò alla fessura del suo corpo. Poi affondò intorno a lui con una spinta decisa dei fianchi che gli fece inarcare la schiena con un sibilo di piacere.

«Mio dio... Adrian.» Lindsay strofinò la tempia sulla sua, i suoi respiri caldi mentre ansimava vicina al suo orecchio. «Quanto mi sei mancato.»

Poi si bloccò di colpo.

Quando vide che era rimasta immobile e che respirava a malapena, Adrian allontanò il petto dal suo per guardarla in volto. «Lindsay? Che c'è?»

Lei si coprì la bocca con la mano, i suoi occhi ambrati scuriti dallo shock e dall'orrore. «Oh! Mi dispiace, Adrian. Io...»

Adrian le prese il viso tra le mani. «Per cosa?»

Mentre Lindsay scrollava la testa, i suoi occhi si riempirono di lacrime. Si coprì i seni con le braccia, una dimostrazione di vergogna che Adrian non poteva sopportare. Il sesso stretto e bagnato di Lindsay scivolò lungo il pene quando si allontanò da lui. «Sono cambiata. Io non...»

Adrian si voltò e la inchiodò sotto di lui. «Adesso ti desidero più di prima.»

«Non puoi...»

«Oh, sì che posso. Ti voglio.» La catturò bloccandole le braccia sopra la testa, e infilando le ginocchia tra le sue cosce gliele fece divaricare. Adrian si ritrasse dalle profondità ancora aggrappate a lui con una squisita lentezza, torturando entrambi. Poi affondò dentro di lei con una spinta rapida e decisa.

Lindsay rimase senza fiato, i suoi occhi spalancati e bellissimi. Gli occhi di una vampira, con l'anima pura e altruista di Lindsay che brillava attraverso di essi. Occhi che nella penombra della stanza buia lo vedevano chiaramente, come lui vedeva lei.

Adrian si ritrasse e spinse ancora. «Mentre ti nutrivi dal mio collo mi sono eccitato moltissimo. Senti quanto ce l'ho grosso? Senti quanto me l'hai fatto diventare duro? Mi fai impazzire.»

Lindsay gli strinse i fianchi con le cosce, aggrappandosi teneramente a lui.

Adrian chiuse gli occhi con gratitudine. Il desiderio si avvolse intorno alla sua spina dorsale come un ferro rovente, facendolo gemere. Il corpo di Lindsay era così sublime che gli pareva di ardere, e sentì che stava tornando in vita proprio come il suo sangue aveva riportato in vita lei. «Non mi importa *cosa* sei diventata. Né adesso né mai. Io amo *Lindsay*.»

Lindsay affondò le unghie nel dorso delle sue mani, facendogli provare un morso acuto di dolore mentre gli artigli appena formati gli trafiggevano la carne. Anche quello lo eccitava. Il pene mostrò il suo apprezzamento irrigidendosi, riempiendola fino a farla contorcere. Adrian era a casa, la propria anima completata dalla vicinanza di quella della sua Lindsay... così coraggiosa e altruista.

Rapito dalla sensazione di averla sotto di sé e intorno a sé, Adrian affondò dentro di lei con spinte potenti. Vide il piacere che le appesantiva le palpebre e le faceva aprire la bocca carnosa. Le sue ali si spiegarono, tremando per il desiderio furioso che aumentava, una spinta profonda dopo l'altra.

«Non posso vivere senza di te» ringhiò. «Non lascerò che tu te ne vada.»

Lindsay si inarcò sotto i suoi fianchi martellanti, il suo corpo elegante ancora più forte di prima. Abbastanza forte da prendersi tutto quello che lui aveva da offrirle e pretendere ancora di più. «Ti amo.»

Adrian si sollevò e la spinse in alto. Rimase seduto sui talloni e la fece ondeggiare sopra di lui. «Scopami, Linds. Fammi venire.»

Lei gli cinse il collo con le braccia setose e le ginocchia ai lati di Adrian. Lo cavalcò spingendo i fianchi, prendendolo rapidamente e con decisione mentre ondeggiava con movimenti fluidi e aggraziati.

Ora lei era formidabile e lo devastava con il piacere. I colpi ritmici del bacino di Lindsay contro il suo erano così erotici che Adrian si morse il labbro inferiore per tenere a bada l'assalto dell'orgasmo. Non ancora... Troppo presto... Ancora un po'...

«Non trattenerti» gemette lei. «Ti sto aspettando.»

Adrian le afferrò la nuca con la mano e la tirò a sé per baciarla. Le loro labbra si sigillarono, e i loro respiri ansimanti diventarono un tutt'uno quando raggiunsero insieme l'orgasmo. L'intensità dell'estasi li fece tremare. Il legame puro che avevano li scosse. Senza più inibizioni.

Finalmente.

«Anche Elijah?» chiese Lindsay, accarezzando il petto di Adrian con le dita. «È fuggito con loro?»

«Non era tra i cadaveri, perciò presumo di sì.»

Quella cosa la ferì. Le azioni di Elijah potevano metterlo contro l'uomo che lei amava. Pensò al messaggio che il lycan le aveva lasciato in segreteria, e la data della sua chiamata era *successiva* alla ribellione. Voleva vederla, le chiedeva aiuto. E dato che lui era un suo amico, Lindsay voleva darglielo. Era divisa tra due fuochi, riconoscente a entrambi perché in momenti diversi le avevano salvato la vita. «E ora che faremo?»

Adrian si voltò e le baciò la fronte. «Ci rimetteremo in sesto e ci riorganizzeremo. Poi valuteremo i danni e cominceremo a ricostruire.»

«Ma siete rimasti così in pochi.»

«Possiamo farcela.» Sembrava così sicuro.

«Puoi fidarti davvero delle tue Sentinelle?»

«Ciecamente.»

Lindsay lasciò andare il respiro. «Quello che mi ha rapito a Point e mi ha portato da Syre...»

«Sì?»

«...aveva le ali.»

Adrian trasalì per la sorpresa.

«Mi dispiace.» Cercò di consolarlo continuando ad accarezzargli delicatamente il petto. «Non ho visto chi è stato. Mi ha messo KO da dietro con una specie di presa vulcaniana.»

Adrian rimase a lungo in silenzio, ma il suo tumulto interiore era riflesso nei venti ululanti che circondavano la casa.

«Sei bravo a nascondere le emozioni» mormorò Lindsay. «Ma le condizioni atmosferiche ti tradiscono.»

Lui la guardò spalancando gli occhi. «Come fai a saperlo?»

«Io le avverto dentro di te. Diciamo che sono in sintonia con certe cose. Il vento mi porta le emozioni. È come se mi parlasse. Un tempo mi metteva anche in guardia contro le creature sovrannaturali, ma adesso le riconosco da sola. Credo che il mio radar atmosferico fosse un talento solo mio, e non un'eco delle abilità di Shadoe.»

Adrian incurvò la bocca in uno dei suoi rari sorrisi.

«Che c'è?» Quel sorriso l'aveva stordita e l'aveva portata a chiedersi cosa lo avesse provocato.

«Ho pregato per avere un segno... un segno qualsiasi... che il Creatore mi avrebbe perdonato per essermi innamorato. Quando il clima ha cominciato a reagire ai miei stati d'animo, ho creduto che fosse il promemoria di tutte le mie mancanze. Ma forse invece era il segno che avevo chiesto, un dono che ti avrebbe condotto da me.»

«Questo è meraviglioso.»

«E mi dà speranza, una cosa di cui ora ho bisogno. Ne abbiamo bisogno tutti.»

Lindsay lo abbracciò. «Quando ero piccola, credevo che il mio sesto senso mi rendesse diversa.»

«No. Ti rende mia.»

Rimasero distesi in silenzio per un po'. Lindsay si rilassò quasi fino a addormentarsi, cullata dal battito regolare del cuore di Adrian e dal calore che emanava il corpo caldo e massiccio di lui premuto contro il suo.

«Lei ti manca?» gli chiese dopo un po'.

Il petto dell'angelo si gonfiò mentre prendeva un profondo respiro. Non fece finta di non capire. «Dovrebbe mancarmi... le devo molto... ma è passato tanto di quel tempo, e io ti desidero da morire. È difficile non pensare a te. Anche se, a dire la verità, non è che mi stia sforzando granché. Quello che vedo mi piace molto.»

«Non mi offendo, se pensi a lei. Le ho detto che non ce l'avrei avuta con te, se ti fosse mancata.»

«Hai parlato con lei?»

Lindsay mise le mani sui muscoli contratti del suo addome, poi appoggiò il mento sulle mani. «Lei voleva stare con te. È stata davvero brava a gestire tutte quelle vite passate e quei ricordi... io invece ci stavo annegando dentro. Ho dovuto lottare per te.»

Gli occhi azzurri di Adrian si incendiarono per il calore delle sue emozioni. «Davvero?»

«Eh, già. Dopo averti respinto tante di quelle volte, alla fine mi sono resa conto che non potevo vivere senza di te. E neanche morire. Quindi le ho detto che, se fosse rimasta con te, io avrei sempre avuto una parte di te, e lei avrebbe dovuto condividerla con me. A quanto pare, ha preferito che tu stessi con me pensando a lei, piuttosto che stare con lei mentre pensavi a me.»

Il sorriso di Adrian le fece arricciare le dita dei piedi. «Tipico di lei.»

«Le sono grata» ammise Lindsay. «Ha rinunciato alla sua anima perché io potessi tenermi la mia.»

«E per questo le vorrò bene per sempre. Ma il mio cuore e la mia anima sono tuoi, Lindsay.»

«Lo so.»

Dopo un lungo istante, Adrian sospirò pesantemente. «Magari questa... esperienza ha fatto bene anche a lei. Shadoe non era una cattiva persona, ma non era il tipo da sacrificare i suoi desideri per il bene degli altri.»

«Pensi che sia maturata nel corso delle sue innumerevoli vite?»

«Mi piace pensare che sia così. Per il suo bene.»

Lindsay seguì con lo sguardo le sue dita mentre le trascinava lungo la sottile linea di peli scuri che separava gli addominali dell'angelo e conduceva più in basso, verso luoghi deliziosi. Dopo tutto quello che aveva passato e aveva perso, Adrian riusciva ancora a vedere il lato positivo delle cose. Lei lo amava per questo, e per infinite altre cose. «Le ho detto che sono pronta ad accettare tutto, quando si tratta di te.»

Adrian si spostò abilmente, intrappolandola sotto di sé. Incorniciato dalle sue ali distese, era una bellezza misteriosa che toglieva il respiro. «Allora preparati ad accettare tutto me stesso.»

«Sì, *neshama*.» Lindsay gli fece scivolare le braccia intorno al collo. «Tutto. Sempre.»

24

«Come temevo,» disse Damien «abbiamo perso i branchi di Andover e Forest River. Per il momento riusciamo a tenere buoni gli altri, ma se subiremo un attacco dall'esterno mentre combattiamo l'ammutinamento dall'interno, ne cadranno altri.»

Adrian era appoggiato alla ringhiera della veranda e guardava le sue Sentinelle esercitare le ali nell'aria sopra di lui. Il cielo rosa e grigio dell'alba stava lasciando il posto a un celeste tenue. «Dovremo trovare il modo per essere più intraprendenti. Nel frattempo, il morbo si sta diffondendo tra i ranghi dei vampiri come un incendio indomabile. Forse quello che dobbiamo fare è starcene seduti ad aspettare. Io non ci conterei, ma è una possibilità.»

«Oggi stai meglio» osservò Damien.

«Sono più forte» ammise. «Più felice. Pronto a dominare il mondo.»

«È merito del sesso.»

Adrian si voltò quando udì la voce di Lindsay, e la trovò a pochi metri di distanza. Lei distese le braccia sopra la testa, si mise in punta di piedi e stirò il corpo grazioso e flessibile... per la gioia dei suoi occhi.

Poi si raddrizzò, arricciò il naso e si rivolse a Damien. «Scusatemi. Non voglio burlarmi delle vostre leggi o sembrare irrispettosa. È il genere di cose che dice un uomo la mattina, dopo aver fatto passare una notte insonne alla sua ragazza.»

La mattina...

Adrian guardò in direzione del sole, poi lanciò un'occhiata a Damien, che aveva aperto leggermente la bocca. Lindsay non sembrava minimamente infastidita dalla luce del sole.

«Vorrei riprendere l'addestramento» continuò. «Mi servirà, se voglio guardarti le spalle *e* trovare il vampiro che ha ucciso mia madre. Non smetterò di dare la caccia a quei cazzoni, gliela farò pagare. E poi devo sapere con certezza cos'è successo a mio padre. Se c'è qualche conto in sospeso, devo saperlo. Se è stato solo un incidente, devo sapere anche questo.»

«Tutto quello che vuoi, *neshama*» la tranquillizzò Adrian, mascherando il suo stupore.

Damien si avvicinò a lui e sussurrò: «Con questo sole, dovrebbe già aver preso fuoco. Com'è possibile che sia ancora tutta intera?»

Adrian si sedette sulla ringhiera e guardò Lindsay mentre faceva una serie di esercizi complicati e involontariamente sexy. «Non lo so, ma credo che in qualche modo c'entri il mio sangue. Un po' come il sangue dei Caduti che trasmette un'immunità temporanea.»

«In passato altri vampiri hanno morso le Sentinelle. Ma dopo non si sono messi a fare yoga su una veranda in pieno giorno.»

«Ma solo Lindsay ha bevuto il sangue delle Sentinelle dopo essere diventata una vampira per mano di un Caduto. Ogni cellula del suo corpo è nutrita dal sangue che la protegge. Finché continuerà a bere il mio sangue, potrà avere dei benefici.»

«Una minion con i doni dei Caduti.» Damien si portò una mano alla fronte come se avesse il mal di testa. «Se il sangue delle Sentinelle fosse in grado di curare il morbo dei vampiri e fornisse immunità a chi è sano, e lo venisse a sapere qualcun altro...»

«...ci darebbero la caccia e finiremmo con l'estinguerci. Lo so.»

«Senza i lycan, siamo agnellini indifesi.»

«Siobhán sta analizzando il sangue dei lycan per capire se possa essere un'alternativa. Anche loro un tempo erano dei serafini.»

Damien rimase in silenzio per un momento. «Pregherò che avvenga il miracolo.»

«Prega per tutti noi.» Adrian appoggiò le mani alla ringhiera e sollevò il viso verso il sole. La brezza mattutina soffiò attraverso le sue piume come se fosse il dolce saluto del nuovo giorno. «Ne avremo bisogno.»

Ringraziamenti

Ringrazio Danielle Perez, Claire Zion, Kara Welsh, Leslie Gelbman e tutti quelli della NAL per l'entusiasmo dimostrato per i miei *Angeli Ribelli,* dall'asta fino alla pubblicazione.

Tanto di cappello a Beth Miller per tutti i piccoli dettagli.

Grazie a Erin Galloway per i suoi suggerimenti e per essere quello che è.

Ringrazio il reparto grafico per avermi concesso di avere Tony Mauro come grafico editoriale.

Amo follemente Tony Mauro e il meraviglioso lavoro che ha fatto con Adrian. Gli sono grata per i tanti modi in cui mi ha permesso di condividere la storia di Adrian attraverso la sua arte.

Grazie a Monique Patterson per aver nutrito la mia musa.

Un enorme grazie a Shayla Black e Cynthia D'Alba per aver letto le prime bozze di questa storia e per avermi aiutato a metterle insieme.

Il mio immenso affetto va alla mia amica Lora Leigh, alla quale Lindsay/Shadoe rende omaggio.

Lara Adrian, Larissa Ione, Angela Knight e Cheyenne McCray sono sempre molto impegnate, ma hanno generosamente speso una parte del loro tempo a leggere la storia di Adrian e Lindsay. Grazie di cuore, signore!

Glossario

Caduti: i Vigilanti dopo la caduta. Dopo essere stati privati delle ali e dell'anima, sono diventati creature immortali che si nutrono di sangue e non possono procreare.

Lycan: minoranza dei Caduti ai quali è stata risparmiata la condizione di vampirismo a patto di servire le Sentinelle. Hanno ricevuto una trasfusione di sangue demoniaco che ha protetto le loro anime ma li ha resi mortali. Possono mutare forma e procreare.

Minion: mortale che è stato Trasformato in vampiro da uno dei Caduti. La maggior parte dei mortali non tollera questo processo e sviluppa la rabbia. A differenza dei Caduti, non sopportano la luce del sole.

Nafil: singolare di *nefilim*.

Nefilim: figli generati da un Vigilante e un mortale. Il loro nutrirsi di sangue ha ispirato la punizione vampiresca dei *Caduti*.
('Si ribellarono agli uomini per divorarli', *Libro di Enoch* 7:13)
('Non mangeranno cibo; e saranno assetati', *Libro di Enoch* 15:10)

Sentinelle: unità speciale dei serafini incaricata di far rispettare la punizione inflitta ai Vigilanti.

Serafini: il più alto rango nella gerarchia angelica.

Trasformazione: processo attraverso il quale un mortale diventa un vampiro.

Vampiri: termine che include sia i Caduti sia i loro minion.

Vigilanti: duecento angeli serafini mandati sulla Terra all'alba dei tempi per osservare gli esseri umani. Hanno violato la legge accoppiandosi con i mortali, e sono stati condannati a passare l'eternità sulla Terra come vampiri senza alcuna possibilità di perdono.

Il romance nel catalogo One

One Love

On Fire di Sylvia Day
Attrazione profonda di Maya Banks
On Desire di Sylvia Day
Luci d'inverno di Nora Roberts
Beautiful Bitch di Christina Lauren
Il gioco dei sensi di Shiloh Walker
Heaven, Texas, un posto nel tuo cuore di Susan Elizabeth Phillips
Il bacio cremisi di Lara Adrian
Quattro cuori e un matrimonio di Stephanie Bond
Gioco pericoloso di Karin Tabke
Segreti di una notte d'estate di Lisa Kleypas
Un amore su misura di Sugar Jamison
E se fosse lui quello giusto? di Susan Elizabeth Phillips
Beautiful Bombshell di Christina Lauren
Intime promesse di Sherry Thomas
Temptation di Jennifer Crusie
Segreto inconfessabile di Shayla Black
Il giardino dei nuovi inizi di Nora Roberts
Amanti pericolosi di Lisa Marie Rice
Le coincidenze dell'amore di Colleen Hoover
Lezioni di seduzione di Emma Wildes
Il paradiso non può attendere di Pamela Clare
Il legame del drago di Thea Harrison
Sogno inconfessabile di Shayla Black
Beautiful Bastard di Christina Lauren
Corinna. La regina dei mari di Kathleen McGregor
Un piccolo sogno di Susan Elizabeth Phillips
La casa dei grandi incontri di Nora Roberts
Brivido inconfessabile di Shayla Black
La sposa in bianco di Nora Roberts
Innamorarsi a Manhattan di Kate Parker
Segreti pericolosi di Lisa Marie Rice
Roma 40 d.C. Destino d'amore di Adele Vieri Castellano
Accadde in autunno di Lisa Kleypas
Rossa d'Irlanda di Theresa Melville
Tentazioni deliziose di Sherry Thomas
Rischio letale di Pamela Clare
Le sintonie dell'amore di Colleen Hoover
Il lago dei desideri di Susan Elizabeth Phillips
L'ora della verità di Maya Banks
Il cuore della tempesta di Thea Harrison
Passione pericolosa di Lisa Marie Rice
Letto di rose di Nora Roberts

Ladra di cioccolato di Laura Florand
Una promessa d'amore di Mary Balogh
Beautiful Stranger di Christina Lauren
Ménage proibito di Lora Leigh
La meraviglia delle piccole cose di Dawn French
Scandalo in primavera di Lisa Kleypas
Proposta indecente di Emma Wildes
Colpevole d'amare di J.R. Ward
Pazza di te di Jennifer Crusie
Beautiful Beginning di Christina Lauren
Lady Cupido di Susan Elizabeth Phillips
Angeli ribelli di Sylvia Day
Il sapore della felicità di Nora Roberts

Finito di stampare nel giugno 2015 presso
GESP s.r.l. – Città di Castello (PG)
Printed in Italy